Présence du Fantastique/43

L'Échiquier du mal 2

DU MÊME AUTEUR

AUX MÊMES ÉDITIONS

Collection Présences

Les Larmes d'Icare

Le Styx coule à l'envers

Collection Présence du Fantastique

L'Échiquier du mal 1

L'Échiquier du mal 3

L'Échiquier du mal 4

DAN SIMMONS

L'Échiquier du mal 2

roman traduit de l'américain
par Jean-Daniel Brèque

DENOËL

Titre original
CARRION COMFORT
(Warner Books, Inc., New York)
ISBN 0-446-35920-3

9, rue du Cherche-Midi, 75006 Paris
ISBN 2-207-60051-3
B 60051-8

LIVRE DEUXIÈME

Milieu de partie

Ô l'esprit, l'esprit a des montagnes ; des falaises de vertige,
Immenses, terrifiantes, immesurées par l'homme…

GERARD MANLEY HOPKINS

14.
Melanie

Le déroulement des événements est confus dans mon esprit. Je me rappelle parfaitement les dernières heures que j'ai passées à Charleston, mais j'ai des difficultés à me souvenir des journées et des semaines qui ont suivi. D'autres souvenirs s'imposent à moi. Je me rappelle les yeux vitreux et les cheveux clairsemés du petit garçon grandeur nature dans la nursery hantée de Grumblethorpe. Comme c'est étrange; j'ai passé si peu de temps là-bas. Je me souviens des enfants qui jouaient et de la petite fille qui chantait dans la lumière hivernale, sur le flanc de la colline, au-dessus de la forêt, le jour où l'hélicoptère a heurté le pont. Je me souviens du lit blanc, bien sûr, cet étrange espace carcéral qui contenait la prison de mon corps. Je me souviens de Nina s'éveillant de son sommeil de mort, de ses lèvres bleues retroussées sur des dents jaunes, de ses yeux bleus flottant dans leurs orbites au milieu d'une marée de vers, du sang en train de couler à nouveau du minuscule trou percé dans son front pâle. Mais ce n'est pas un véritable souvenir. Je ne le pense pas.

Lorsque je tente de me rappeler les heures et les jours qui ont suivi notre dernière Réunion à Charleston, je ressens tout d'abord un certain enthousiasme, l'impression d'avoir retrouvé ma jeunesse. Je croyais alors que le pire était passé.

Comme j'étais stupide.

J'étais libre !

Libérée de Willi, libérée de Nina, libérée du Jeu et de tous les cauchemars qui l'accompagnaient.

Je laissai derrière moi le bruit et la confusion de Mansard House et m'enfonçai lentement dans le silence de la nuit. En dépit de toutes les douleurs qui m'avaient été infligées durant la journée, je me sentais plus jeune que jamais. Libre ! J'avançais d'un pas léger, savourant l'obscurité et la fraîcheur de l'air nocturne. Les sirènes faisaient retentir leur mélodie lugubre, mais je ne leur accordais aucune attention. J'étais libre !

Je fis halte à un carrefour animé. Le feu passa au rouge et une longue voiture bleue — une Chrysler, je pense — s'arrêta. Je descendis du trottoir et tapai à la vitre avant droite. Le conducteur, un quadragénaire massif aux cheveux rares, se pencha et me regarda d'un air soupçonneux. Puis il sourit et appuya sur un bouton pour baisser la vitre. « Oui, madame, que puis-je faire pour vous ? »

Je hochai la tête et montai. Les sièges en velours artificiel étaient fort moelleux. « Allez-y », dis-je.

Quelques minutes plus tard, nous étions sortis de la ville et roulions sur l'Interstate. Je n'ouvrais la bouche que pour donner des instructions à mon chauffeur. En dépit de ma fatigue, je n'avais aucune difficulté à le contrôler. Avec ma jeunesse, j'avais également retrouvé des forces et un pouvoir qui m'avaient fait défaut depuis longtemps. Je m'adossai à mon siège et regardai les lumières de Charleston s'enfuir derrière nous. Nous étions à plusieurs kilomètres de la ville lorsque je me rendis compte que le conducteur fumait un cigare. Je déteste le cigare. Il baissa sa vitre et le jeta. Je l'obligeai à régler le chauffage, puis nous continuâmes à rouler en silence vers le nord-ouest.

Peu de temps avant minuit, nous passâmes près des marais où s'était écrasé l'avion de Willi. Je fermai les yeux et évoquai Vienne et les jours enfuis : la gaieté des *biergartens* éclairés par des ribambelles d'ampoules jaunes, les promenades nocturnes sur les berges du Danube, l'excitation que nous partagions lorsque nous étions tous les trois réunis, le frisson de nos premiers Festins. Durant ces étés où nous retrouvions Willi dans des capitales ou des villes d'eau, j'ai cru que j'allais tomber amoureuse de lui. Seul le souvenir de mon cher Charles m'a empêchée de céder à la moindre inclination envers ce séduisant jeune homme qui nous accompagnait dans nos voyages nocturnes. J'ouvris les yeux et scrutai la muraille d'arbres et de buissons qui se dressait à droite de la route. Je pensai au corps mutilé de Willi, gisant quelque part dans la boue, assailli par les reptiles et les insectes. Je ne ressentis rien.

Nous nous arrêtâmes à Columbia pour faire le plein, puis nous reprîmes la route. Quand mon chauffeur eut payé le pompiste, j'examinai le contenu de son portefeuille. Il ne contenait que trente dollars, ainsi que l'assortiment habituel de photos de famille et de cartes de crédit. Son nom n'avait aucune importance, et je l'oubliai aussitôt après l'avoir lu sur son permis de conduire.

La conduite est presque un réflexe. Je n'avais guère besoin de me concentrer pour maîtriser mon chauffeur. J'allai même jusqu'à m'assoupir quelques instants alors que nous dépassions Augusta pour pénétrer en Georgie. Il commençait à s'agiter lorsque je me réveillai, marmonnant et secouant la tête pour chasser la confusion de son esprit, mais je resserrai mon emprise et il braqua de nouveau ses yeux sur la route. De vagues images de phares blancs et rouges apparurent devant mes yeux lorsque je les refermai.

Nous arrivâmes à Atlanta peu après trois heures du matin. Je n'ai jamais aimé Atlanta. Il manque à cette ville le charme et la grâce qui caractérisent la culture de la côte atlantique et, comme pour montrer le mépris que lui inspire le style sudiste, elle n'a cessé de s'agrandir dans toutes les directions en un étalage de parcs industriels et de lotissements anonymes. Nous sortîmes de l'autoroute non loin d'un immense stade. Les rues étaient désertes. Suivant mes instructions, mon chauffeur me conduisit devant la banque où je comptais me rendre, mais sa façade obscure ne fit qu'assombrir encore mon humeur. J'avais eu une excellente idée en enfermant les documents relatifs à ma nouvelle identité dans un coffre-fort ; comment aurais-je pu savoir que j'en aurais besoin un dimanche à trois heures et demie du matin ?

Je regrettais d'avoir perdu mon sac à main durant la journée. Les poches de mon imperméable mastic étaient pleines des objets que j'avais transférés de mon manteau déchiré. Je vérifiai la présence de ma carte bancaire et de la clé de mon coffre dans mon portefeuille. Elles s'y trouvaient bien. Je forçai mon chauffeur à rouler dans les rues avoisinantes, mais me rendis vite compte de la futilité de cette décision. Les feux orange clignotaient à la plupart des carrefours, traversés de temps en temps par une voiture de police roulant lentement, suivie par les volutes vaporeuses des gaz d'échappement.

Il y avait plusieurs hôtels corrects près de ma banque, mais mon aspect échevelé et mon absence de bagages éliminaient toute possibilité d'y trouver un havre pour la nuit. J'ordonnai en silence à mon chauffeur de prendre une voie express conduisant vers la banlieue. Il nous fallut quarante minutes pour trouver un motel dont la pancarte CHAMBRES LIBRES était encore allumée. Sortant de la voie express à un endroit nommé Sandy Springs, nous approchâmes d'un de ces sinistres établissements affublés d'un nom du genre Super 8 ou Motel 6, comme si les gens étaient trop stupides pour se souvenir d'un nom sans qu'un chiffre y soit accolé. J'envisageai d'envoyer mon chauffeur nous faire inscrire sur le registre, mais cela me parut difficile ; il pouvait être obligé de faire la conversation au réceptionniste et j'étais trop épuisée pour l'Utiliser de façon aussi poussée. Je regrettais de n'avoir pas eu le temps de le conditionner proprement, mais c'était comme ça. Finalement, je remis un peu d'ordre dans mes cheveux en m'aidant du rétroviseur et y allai moi-même. La réceptionniste était une jeune femme ensommeillée vêtue d'un short et d'un tee-shirt sale aux couleurs de l'université de Mercer. J'inventai un nom, une adresse et un numéro de plaque minéralogique, mais elle ne prit même pas la peine de jeter un regard en direction de la Chrysler. Comme il est de coutume dans de tels établissements minables, elle exigea d'être payée d'avance.

« Une nuit ? demanda-t-elle.

– Deux. Mon mari sera absent demain toute la journée. Il est démarcheur pour Coca-Cola et doit visiter leur usine. Quant à moi, j'ai l'intention de…

– Soixante-trois dollars et quatre-vingt-cinq cents », coupa-t-elle.

Il fut un temps où cette somme aurait permis à toute ma famille de séjourner pendant une semaine dans un grand hôtel du Maine. Je payai la femme.

Elle me tendit une clé attachée à un petit sapin en plastique. « Vingt et un seize. Faites le tour du bâtiment et garez-vous près des poubelles. »

Je suivis ses instructions. Le parking était bourré ; il y avait même plusieurs semi-remorques près de la grille. J'allai ouvrir la porte de la chambre, puis revins près de la voiture.

Affalé sur le volant, le chauffeur tremblait de tous ses membres. Son front était couvert de sueur et ses bajoues frémissaient tandis qu'il luttait pour se libérer de l'espace réduit où j'avais confiné sa volonté. J'étais épuisée, mais je le contrôlais encore bien. Mr. Thorne me manquait. Pendant des années, il m'avait été inutile de formuler mes vœux pour les voir réalisés. Il était frustrant d'Utiliser cet homme obèse, comme si j'avais dû travailler sur des rebuts après avoir appris à ciseler le métal le plus fin. J'hésitai. Il aurait été avantageux de le conserver près de moi jusqu'à lundi, surtout à cause de son automobile. Mais c'était beaucoup trop risqué. Son absence avait peut-être été déjà remarquée. La police recherchait peut-être déjà sa voiture. Tout cela était important, mais ce qui me décida, ce fut la terrible fatigue qui avait remplacé mon enthousiasme initial. Il fallait que je dorme, que je me rétablisse des blessures et de la tension qui m'avaient été infligées durant cette journée de cauchemar. Exempt de conditionnement, le chauffeur ne resterait sûrement pas passif pendant mon sommeil.

Je m'approchai de lui et posai doucement ma main sur sa nuque. « Vous allez retourner sur l'Interstate, murmurai-je. Faites le tour de la ville. Chaque fois que vous passerez devant une sortie, augmentez votre vitesse de quinze kilomètres à l'heure. Quand vous arriverez devant la quatrième sortie, fermez les yeux et ne les rouvrez pas tant que je ne vous en aurai pas donné l'ordre. Hochez la tête si vous avez compris. »

L'homme hocha la tête. Ses yeux étaient fixes et vitreux. Il ne m'aurait pas fourni un bon Festin, même si j'en avais eu envie.

« Allez-y », dis-je.

Je regardai la Chrysler sortir du parking et tourner à gauche en direction de la voie express. Je fermai les yeux et vis le long capot, le blanc des phares des voitures qui venaient en sens inverse et le rouge des feux arrière de celles que je dépassais à mesure que j'accélérais. J'entendis le bourdonnement du chauffage et sentis la laine du pull-over sur mes bras nus. J'avais un goût de cigare dans la bouche. Je frissonnai et retirai en partie ma conscience. Le chauffeur accéléra jusqu'à 100 km/h en passant devant la première sortie. Il était désormais à plusieurs kilomètres de moi et mes perceptions devenaient plus vagues, se mêlaient aux bruits du parking et à la brise qui me caressait le visage. Je ne sentis que vaguement le moment où la voiture atteignit les 145 km/h et où le chauffeur ferma les yeux.

La chambre de motel était aussi sinistre et utilitaire que je l'avais imaginée, mais quelle importance ? J'ôtai mon imperméable et ma robe à fleurs déchirée. L'entaille que j'avais du côté gauche n'était qu'une égratignure, mais ma robe et mon jupon étaient fichus. Mon auriculaire me faisait beaucoup plus mal que mon flanc. Je résistai au sommeil assez longtemps pour prendre un bain bien chaud et me laver les cheveux. Ensuite, je m'assis sur le lit, enveloppée dans une paire de serviettes de bain, et pleurai. Je n'avais même pas de chemise de nuit, ni de sous-vêtements de rechange. Je n'avais pas de *brosse à dents*. La banque n'ouvrirait pas avant lundi matin, dans plus de vingt-quatre heures. Je m'assis et pleurai, me sentant vieille, oubliée, délaissée. Je voulais rentrer chez moi, dormir dans mon lit, et me faire apporter mon café et mes croissants par Mr. Thorne, comme chaque matin. Mais je ne pouvais pas revenir en arrière. Mes sanglots ressemblaient davantage à ceux d'un enfant abandonné qu'à ceux d'une femme de mon âge.

Au bout d'un certain temps, toujours enveloppée dans mes serviettes, je m'étendis, ramenai les couvertures sur moi et m'endormis.

Je fus réveillée vers midi, quand une femme de ménage tenta d'entrer dans ma chambre. J'allai boire un verre d'eau dans la salle de bains, évitant soigneusement de me regarder dans la glace, puis retournai me coucher. Les rideaux étaient tirés, la chambre était plongée dans l'ombre, le ventilateur ronronnait doucement, et je retrouvai le sommeil comme un animal blessé retrouvant l'abri de sa tanière. Je ne me souviens pas d'avoir rêvé.

Le soir venu, je me levai, toujours étourdie et souffrant davantage que la veille, et tâchai d'améliorer mon apparence. Je ne pouvais pas faire grand-chose dans ce sens. Ma robe à fleurs était en lambeaux et je devais me débarrasser de mon imperméable dès que possible. J'avais désespérément besoin d'un coiffeur. En dépit de tout cela, ma peau avait un certain éclat, la chair de ma gorge avait retrouvé sa fermeté, et les rides que le temps y avait gravées avaient en grande partie disparu. Je me sentais plus jeune. En dépit de l'horreur que j'avais vécue la veille, le Festin m'avait fait du bien.

Il y avait un restaurant à l'autre bout de l'immense parking. C'était un lieu inhumain : éclairage aussi intense que celui d'une salle d'opération, nappes en toile cirée à carreaux rouges et blancs portant encore les traces humides de l'éponge crasseuse du garçon, énormes menus en plastique arborant les photographies en couleur des «spécialités» de la maison. Je supposai que ces photographies étaient destinées aux clients illettrés incapables de déchiffrer la prose ampoulée vantant les «frites croustillantes à souhait» et les «traditionnels plats sudistes à base de maïs — un délice — préparés à la façon de Grand-Maman!!» Le menu regorgeait de notes et de commentaires dithyrambiques. Un encadré expliquait en détail les spécialités sudistes et encourageait le touriste yankee à les goûter. Comme il était étrange, songeai-je, que le régime fade d'un peuple trop pauvre ou trop ignorant pour bien se nourrir soit devenu la «cuisine typique» de la nouvelle génération. Je commandai du thé et des gâteaux que j'attendis pendant une demi-heure, agacée par les chamailleries et les bruits de mandibules de la famille nordiste installée à la table voisine. Pour la énième fois, je songeai que la santé mentale de cette nation ferait de grands progrès si la loi exigeait que les enfants et les adultes mangent dans des établissements distincts.

Il faisait noir lorsque je regagnai le motel. Faute d'avoir mieux à faire, j'allumai la télévision. Plus de dix ans s'étaient écoulés depuis que j'avais cessé de la regarder, mais pas grand-chose n'avait changé. Une des chaînes diffusait ce pugilat stupide qu'on appelle le football. La chaîne «éducative» se proposait de m'apprendre tout ce que je souhaitais savoir sur l'esthétique du sumo. Au troisième essai, je tombai sur un téléfilm sans cesse entrecoupé de pauses publicitaires, dont le héros, un jeune travailleur social, consacrait son énergie à sauver l'héroïne d'un réseau de prostitution enfantine. Ce programme débile me rappela les crapuleuses «histoires policières» à trois sous si populaires durant ma jeunesse; en décriant les outrances des comportements tabous — à l'époque, c'était *l'amour libre*, aujourd'hui je crois bien que les médias s'en prennent à la pédophilie — on permet au lecteur ou au spectateur de se vautrer dans les détails les plus excitants.

Au quatrième essai, je trouvai le journal local.

La présentatrice, une jeune femme de couleur, ne cessa pas un instant de sourire tandis qu'elle lisait le reportage sur ce qu'on avait baptisé les Meurtres de Charleston. La police cherchait à la fois des suspects et des mobiles. Les témoins avaient décrit le carnage survenu dans un hôtel bien connu de Charleston. La brigade criminelle et le F.B.I. étaient à la recherche de Mrs. Fuller, citoyenne de longue date de Charleston et employeur de l'une des victimes. Il n'existait aucune photographie de cette dame. Le reportage dura à peine quarante-cinq secondes.

J'éteignis le poste, puis la lumière, et m'étendis dans l'obscurité, frissonnante. Dans moins de quarante-huit heures, me dis-je, je serais bien au chaud et bien à l'abri dans ma villa du midi de la France. Je fermai les yeux et essayai de visualiser les petites fleurs blanches qui poussaient entre les dalles de l'allée conduisant au puits. L'espace d'une seconde, je parvins presque à sentir la fraîcheur salée que le vent du sud amène de la mer en été. Je pensai aux toits du village voisin, aux trapèzes de leurs tuiles rouges et orangées visibles derrière les rectangles verts des vergers de la vallée. Mais à ces images agréables se superposa la dernière vision que j'avais eue de Nina, ses yeux bleus agrandis par la surprise, sa bouche légèrement entrouverte, le trou dans son front, pas plus effrayant qu'une tache qu'elle ne tarderait pas à effacer d'un geste gracieux de ses longs doigts manucurés. Puis, alors que je me mettais à rêver à l'approche du sommeil, le sang perla et se mit à couler, non seulement de sa blessure, mais aussi de sa bouche, de son nez et de ses yeux accusateurs.

Je remontai les couvertures sous mon menton et m'efforçai de ne penser à rien.

Il me fallait absolument un sac à main. Mais si je devais prendre un taxi pour aller à la banque, il ne me resterait pas assez d'argent pour en acheter un. D'autre part, je ne pouvais pas aller à la banque sans sac à main. Je passai en revue le contenu de mon portefeuille, mais même en comptant la petite monnaie, je n'aurais pas assez. Alors que je réfléchissais ainsi dans ma chambre, le taxi que j'avais appelé klaxonna avec impatience dans le parking.

Je résolus mon problème en demandant au chauffeur de s'arrêter en chemin devant un magasin de soldes permanentes. Pour la somme de sept dollars, je me procurai un «fourre-tout» en paille parfaitement atroce. La course, y compris le temps que j'avais consacré à l'achat de mon trésor, me coûta un peu plus de treize dollars. Je donnai un dollar de pourboire au chauffeur et gardai mon dernier dollar pour d'éventuels menus frais.

Je devais offrir un spectacle pittoresque, debout sur le trottoir à attendre l'ouverture de la banque. Mes cheveux ne ressemblaient plus à rien. Je n'étais pas maquillée. Mon imperméable, qui sentait encore la poudre, était boutonné jusqu'en haut. Je serrais dans ma main droite mon sac en paille flambant neuf. Il ne me manquait plus que des tennis aux pieds pour ressembler à ces clochardes qui pullulent dans les rues des grandes villes. Puis je me rendis compte que je portais toujours mes souliers à talons plats qui ressemblaient vaguement à des tennis.

Si incroyable que cela parût, le directeur adjoint me reconnut et sembla enchanté de me voir. «Ah, Mrs. Straughn, dit-il alors que je m'approchais de son guichet d'un pas hésitant. Quel plaisir de vous revoir!»

J'étais stupéfaite. Il y avait près de deux ans que je n'avais pas remis les pieds dans cette banque. Mon compte n'était pas garni au point de me valoir une telle considération de la part d'un directeur adjoint. Durant quelques secondes de panique, j'ai pensé que la police était déjà passée ici et qu'elle m'avait tendu un piège. J'étais en train de dévisager employés et clients, essayant de reconnaître les policiers en civil infiltrés parmi eux, lorsque je remarquai l'attitude détendue et le sourire satisfait du directeur adjoint. Je poussai un long soupir. J'avais affaire à un homme qui se targuait de pouvoir retenir le nom de ses clients, rien de plus.

« Cela fait bien longtemps, dit-il d'un air affable tout en jetant un bref coup d'œil à ma vêture.

– Deux ans.

– Votre mari va bien ? »

Mon mari? J'essayai désespérément de me rappeler quelles fables je lui avais racontées lors de mes précédentes visites. Je n'avais mentionné aucun... soudain, je me rendis compte qu'il parlait du gentleman chauve, élancé et silencieux qui m'avait accompagné chaque fois que j'étais venue ici. « Ah, vous voulez dire Mr. Thorne, mon secrétaire. Mr. Thorne n'est plus à mon service, j'en ai peur. Quant à Mr. Straughn, il est mort d'un cancer en 1956.

– Oh, fit le directeur adjoint, dont le visage rougeaud s'empourpra un peu plus. Excusez-moi. »

Je hochai la tête et nous observâmes quelques secondes de silence en hommage au mythique Mr. Straughn.

« Eh bien, que pouvons-nous faire pour vous, Mrs. Straughn ? Un dépôt, j'espère.

– Un retrait, j'en ai peur. Mais d'abord, j'aimerais voir mon coffre. »

Je produisis la carte appropriée, veillant à ne pas la confondre avec la douzaine d'autres cartes bancaires rangées dans mon portefeuille. Nous accomplîmes ensemble le rituel solennel de l'ouverture des portes. Puis je me retrouvai seule dans un lieu guère plus grand qu'un confessionnal et soulevai alors le couvercle dissimulant ma nouvelle vie.

Le passeport était vieux de quatre ans, mais encore valide. C'était un passeport émis durant l'année du Bicentenaire imprimé sur un papier au filigrane rouge et bleu; le gentleman qui me l'avait donné au bureau de poste d'Atlanta m'avait dit qu'il vaudrait beaucoup d'argent dans quelques années. L'argent, douze mille dollars en diverses devises, était encore valide lui aussi. Et lourd. Je rangeai les liasses de billets dans mon fourre-tout et priai pour que la paille bon marché ne se casse pas. Les titres et actions émis au nom de Mrs. Straughn n'allaient pas me servir à grand-chose dans les circonstances présentes, mais ils dissimuleraient les tas de billets dans le sac. Je ne m'encombrai pas des clés de la Ford Granada. Je n'avais aucune envie d'accomplir les formalités nécessaires pour sortir la voiture de son garage et il serait dangereux pour moi qu'on la retrouve au parking de l'aéroport. Le dernier objet qui se trouvait dans la boîte était le petit Beretta destiné à Mr. Thorne en cas de besoin, mais je n'en aurais pas besoin là où j'allais.

Là où je comptais aller.

Après avoir rangé la boîte avec la même solennité funèbre que lors du précédent rituel, je fis la queue devant la caisse.

« Vous voulez vos dix mille dollars aujourd'hui ? demanda la fille qui mâchait son chewing-gum derrière les barreaux.

– Oui, comme indiqué sur le bon de retrait.

– Ça veut dire que vous allez clore votre compte chez nous ?

– Oui, en effet. » Étonnant comme des années de formation professionnelle peuvent produire de tels exemples d'efficacité. La fille jeta un regard vers le directeur adjoint, assis les doigts croisés sur le ventre comme un parent éploré. Il lui adressa un bref hochement de tête et elle s'acharna de plus belle sur son chewing-gum. « Bien, madame. Sous quelle forme souhaitez-vous recevoir votre argent ? »

Je fus tentée de lui répondre : *En centavos péruviens*. « En chèques de voyage, s'il vous plaît. » Je souris. « Mille dollars en chèques de cinquante. Mille dollars en chèques de cent. Et le reste en chèques de cinq cents.

– Il y aura des frais pour ceux-là », dit l'employée en

se renfrognant légèrement, comme si cette perspective était de nature à me faire changer d'avis.

«Ce n'est pas grave, ma chère.» La journée était encore jeune. *Je* me sentais jeune. Il ferait frais dans le Midi, mais la lumière serait comme du beurre fondu. «Prenez votre temps, ma chère. Rien ne presse.»

Le Sheraton d'Atlanta n'était qu'à deux pâtés de maisons de la banque. J'y pris une chambre. Comme on me demandait une empreinte de ma carte de crédit, je payai avec un chèque de voyage de cinq cents dollars et rangeai la monnaie dans mon portefeuille. La chambre était un peu moins plébéienne que celle du motel numéroté, mais tout aussi nue. Je décrochai le téléphone et appelai une agence de voyages. Après avoir consulté son ordinateur, la jeune femme qui m'avait répondu me donna le choix entre décoller d'Atlanta à six heures sur un vol de la T.W.A. qui ferait escale à Heathrow pendant quarante minutes avant de continuer sur Paris ou prendre un vol direct de la Pan Am à dix heures du soir. Dans les deux cas, la correspondance était assurée avec l'avion à destination de Marseille décollant en fin d'après-midi. Elle me recommanda la seconde option car elle était moins coûteuse. Je choisis la première option et la première classe.

Il y avait trois magasins de vêtements respectables à faible distance de l'hôtel. Je les appelai tous les trois et me décidai pour celui qui rechignait le moins à l'idée de *livrer* des articles à l'hôtel de leur cliente. Puis j'appelai un taxi et partis faire mes achats.

Je jetai mon dévolu sur huit robes signées Albert Nipon, quatre jupes — dont une adorable jupe en laine verte signée Pierre Cardin —, un ensemble complet de bagages en cuir fauve de chez Gucci, deux tailleurs Evan-Picone, dont l'un m'aurait paru convenir à une femme beaucoup plus jeune que moi quelques jours plus tôt, une quantité adéquate de sous-vêtements, deux sacs à main, trois chemises de nuit, une robe de chambre bleue très confortable, cinq paires de chaussures, dont une paire de souliers noirs à talons hauts signée Bally, une demi-douzaine de pull-overs en laine, deux chapeaux — dont un large chapeau de paille assez bien assorti à mon fourre-tout à sept dollars —, une douzaine de chemisiers, des accessoires de toilette, un flacon de parfum Jean Patou qui prétendait être «le parfum le plus cher du monde», ce qui était fort possible, un radio-réveil à affichage numérique et calculette incorporée qui ne me coûta que dix-neuf dollars, une trousse de maquillage, des bas nylon (pas ces horribles «collants», mais d'authentiques bas nylon), une demi-douzaine de best-sellers au rayon librairie, un Guide Michelin de la France, un portefeuille plus gros, divers chocolats et gâteaux anglais, et une petite malle en métal. Puis, pendant que l'employé cherchait un manutentionnaire pour livrer mon butin à mon hôtel, je me rendis dans un salon Elizabeth Arden pour une orgie de soins de beauté.

Plus tard, rafraîchie, détendue, toute picotante, vêtue d'une jupe confortable et d'un chemisier blanc, je retournai au Sheraton. Je commandai un déjeuner — café, sandwich au rosbif et à la moutarde de Dijon, pommes de terre en salade, glace à la vanille — et donnai cinq dollars de pourboire au groom qui me l'apporta. Il y avait un journal télévisé à midi, mais on n'y fit aucune mention des événements survenus samedi à Charleston. Je pris un long bain chaud.

Je mis de côté un tailleur bleu marine pour le voyage. Puis, vêtue d'un simple jupon, je commençai à faire mes bagages. Je rangeai dans le sac de voyage un tailleur de rechange, une chemise de nuit, ma trousse de toilette, des sandwiches, deux livres et la majorité de mon argent liquide. Je dus me faire monter des ciseaux pour ôter les étiquettes de mes achats. A deux heures, j'en avais fini — ma malle n'était qu'à moitié pleine et je fus obligée d'en caler le contenu à l'aide d'une couverture trouvée dans le placard — et je m'étendis pour faire la sieste en attendant quatre heures et quart, heure à laquelle une limousine devait me conduire à l'aéroport. Comme il était agréable de regarder les chiffres noirs défiler doucement sur le cadran d'affichage gris de mon radio-réveil tout neuf. Je n'avais aucune idée de la façon dont fonctionnait ce gadget. Il y a beaucoup de choses que je ne comprends pas dans cette fin de vingtième siècle, mais ça n'a aucune importance. Je m'endormis le sourire aux lèvres.

L'aéroport d'Atlanta ressemble à tous les grands aéroports que j'ai fréquentés et j'en ai fréquenté beaucoup. Je regrette les grandes gares des décennies passées : la dignité marbrée et ensoleillée de Grand Central à son apogée, la majesté aérée de la Gare Terminus de Berlin avant la guerre, et même la débauche architecturale et le chaos populeux de Victoria Station à Bombay. L'aéroport d'Atlanta est le symbole même du voyage dépourvu de classe : interminables corridors carrelés, sièges en plastique moulé, rangées de moniteurs vidéo affichant en silence les horaires d'arrivée et de départ. Les couloirs étaient peuplés d'hommes d'affaire pressés et de familles bruyantes et suantes en guenilles pastel. Ça n'avait aucune importance. Dans vingt minutes, je serais libre.

J'avais fait enregistrer tous mes bagages, excepté mon sac de voyage et mon sac à main. Un employé de la compagnie aérienne m'avait poussée le long des couloirs sur une petite chaise roulante électrique. En fait, mon arthrite me faisait *mal* et mes jambes souffraient encore de mes efforts de samedi. Je présentai mon billet dans la zone de départ, vérifiai qu'il était bien interdit de fumer dans la partie de l'appareil où se trouvait ma place de première, puis allai m'asseoir en attendant l'embarquement, prévu dans une vingtaine de minutes.

«Ms. Fuller. Melanie Fuller. Veuillez décrocher le téléphone blanc le plus proche, s'il vous plaît.»

Je me raidis sur mon siège. Le haut-parleur n'avait cessé de jacasser depuis mon arrivée, appelant passagers et employés, menaçant les voitures mal garées de contraventions et d'enlèvement, déclinant toute responsabilité pour les fanatiques religieux qui infestaient le terminal comme une meute de chacals bardés de tracts. C'était sûrement une erreur! Si on avait vraiment appelé mon nom, je l'aurais entendu plus tôt. Je me redressai, respirant à grand-peine, écoutant la voix asexuée réciter sa litanie de noms propres. Je me détendis en entendant prononcer celui d'une Miss Renée Fowler. C'était une erreur bien naturelle. Cela faisait des jours, des semaines, que mes nerfs étaient à vif. Je n'avais cessé de penser à la Réunion depuis l'automne.

«Ms. Fuller. Melanie Fuller. Veuillez décrocher le téléphone blanc le plus proche, s'il vous plaît.»

Mon cœur cessa de battre une seconde. Je sentis les muscles de ma poitrine se contracter douloureusement. C'est une erreur. Mon nom est fort répandu. Je suis sûre que j'ai mal entendu cet appel...

«Mrs. Straughn. Beatrice Straughn. Veuillez décrocher le téléphone blanc le plus proche, s'il vous plaît. Mr. Bergstrom. Harold Bergstrom...»

L'espace d'un instant, je fus persuadée — à en avoir la nausée — que j'allais m'évanouir ici, dans la salle des départs internationaux de la Trans World Airlines. Je baissai la tête tandis que la pièce bleue et rouge vacillait devant moi et qu'une myriade de points lumineux dansaient à la lisière de mon champ de vision. Puis je me levai, serrant contre moi sac à main, fourre-tout et sac de voyage. Un homme vêtu d'un blazer bleu auquel était accroché un badge passa devant moi et je lui agrippai le bras. «Où est-il?»

Il me regarda sans comprendre.

«Le téléphone blanc, sifflai-je. Où *est-il?*»

Il me désigna un mur tout proche. Je m'approchai de l'appareil comme s'il s'agissait d'une vipère. Durant une minute — une éternité —, il me fut impossible de le saisir. Puis je posai mon sac de voyage par terre, décrochai le combiné et murmurai mon nouveau nom dans le microphone. Une voix étrange me répondit : «Mrs. Straughn? Un instant, s'il vous plaît. Il y a un appel pour vous.»

Je restai immobile pendant que les connexions se mettaient en place avec des bruits caverneux. Lorsque la voix se fit entendre, elle était également caverneuse, vide, à croire qu'elle émanait d'un tunnel ou d'une pièce vide. Ou d'une tombe. Je connaissais bien cette voix.

«Melanie? Melanie, ma chérie, ici Nina… Melanie? Ma chérie, ici Nina…»

Je lâchai le combiné et reculai. Le vacarme qui m'entourait s'estompa jusqu'à devenir un bourdonnement lointain et abstrait. Il me semblait que je voyais des silhouettes minuscules s'agiter au bout d'un tunnel infiniment long. Prise de panique, je fis volte-face et m'enfuis dans le corridor, oubliant mon sac de voyage, oubliant l'argent qu'il contenait, oubliant mon avion, oubliant tout ce qui n'était pas la voix morte qui résonnait à mes oreilles comme un cri dans la nuit.

Alors que je m'approchais des portes du terminal, un ouvrier d'entretien se précipita vers moi. Je ne pris pas le temps de réfléchir. Je jetai un regard au Noir qui courait dans ma direction et il s'effondra sur le sol. Je ne crois pas avoir jamais Utilisé un sujet aussi vite ni aussi brutalement. Il entra en convulsions, se tapant à plusieurs reprises la tête contre les carreaux. Je me glissai entre les portes automatiques pendant que les passants se précipitaient vers l'employé en pleine crise.

Je m'immobilisai au bord de la chaussée et tentai sans succès de dominer le tourbillon de panique qui menaçait de m'engloutir. Chaque visage s'approchant de moi menaçait de devenir le masque mortuaire, blafard et souriant, que je m'attendais vaguement à voir. Je tournai sur moi-même, serrant contre ma poitrine mon sac à main et mon fourre-tout, vieille femme pathétique au bord de l'hystérie. *Melanie? Ma chérie, ici Nina…*

«Taxi, madame?»

Je me tournai vivement vers celui qui m'avait posé cette question. Un taxi vert et blanc s'était immobilisé près de moi sans que je le remarque. D'autres taxis attendaient derrière lui sur la voie qui leur était réservée. Le chauffeur était blanc, âgé d'une trentaine d'années, bien rasé mais pourvu d'une peau translucide où perçait déjà la barbe du lendemain.

« Vous voulez un taxi ? »

Je hochai la tête et m'escrimai sur la portière. Le chauffeur se pencha en arrière et la déverrouilla. L'intérieur de la voiture sentait la fumée refroidie, la sueur et le vinyle. Je jetai un regard par la lunette arrière alors que nous nous engagions sur la courbe de sortie. Des rectangles de lumière verte balayaient la vitre du taxi. Impossible de dire si une voiture nous suivait. Il y avait une circulation folle.

« J'ai dit : où on va ? » hurla le chauffeur.

Je cillai. Mon esprit était vide.

« En ville ? A l'hôtel ?

– Oui. » J'avais l'impression de parler dans une autre langue que lui.

« Lequel ? »

Une douleur atroce éclata derrière mon œil gauche. Je la sentis couler de mon crâne jusqu'à mon cou, puis se répandre dans mon corps comme une flamme liquide. Il me fut impossible de respirer pendant une seconde. Je restai immobile, serrant mon sac à main et mon fourre-tout, attendant que la douleur s'estompe.

« … ou quoi ? demanda le chauffeur.

– Pardon ? » Ma voix était aussi râpeuse que le bruissement du vent dans des tiges de maïs desséchées.

« Je prends la voie express ou quoi ?

– Sheraton. » Ce mot n'était pour moi qu'une suite de syllabes dépourvues de sens. La douleur commença à se dissiper, laissant derrière elle un écho de nausée.

« En ville ou près de l'aéroport ?

– En ville, dis-je sans comprendre de quoi nous discutions.

– Okay. »

Je m'adossai au siège de vinyle froid. Des rais de lumière traversaient l'intérieur du taxi avec une régularité hypnotique et je me concentrai sur mon souffle afin d'en ralentir le rythme. Le bruit des pneus sur le bitume mouillé pénétra le bourdonnement qui avait envahi mes oreilles. *Melanie, ma chérie...*

« Votre nom ? murmurai-je.

– Hein ?

– Votre nom, exigeai-je.

– Steve Lenton. C'est indiqué sur la carte. Pourquoi ?

– Où habitez-vous ?

– Pourquoi ? »

Il commençait à m'horripiler, celui-là. Je poussai. En dépit de ma migraine, en dépit des tourbillons de nausée, je poussai. L'impact fut si fort qu'il s'effondra sur son volant pendant quelques secondes, puis je lui permis de se redresser et de consacrer de nouveau son attention à la route.

« Où habitez-vous ? »

Une image, celle d'une jeune femme aux cheveux blonds et raides devant un garage.

Parlez.

« Beulah Heights. » La voix du chauffeur était dépourvue de timbre.

« Est-ce loin d'ici ?

– Un quart d'heure.

– Est-ce que vous vivez seul ? »

Tristesse. Chagrin. Jalousie. Image pénible de la blonde tenant dans ses bras un enfant morveux, voix dont le ton monte, colère, une robe rouge qui s'éloigne le long de l'allée. Dernière vision du break dans lequel elle s'est engouffrée. Apitoiement. Paroles d'une chanson de country-music aux accents de vérité.

« Nous allons là-bas », dis-je. Oui, je crois l'avoir dit. Je fermai les yeux et écoutai le bruit des pneus sur le bitume mouillé.

La maison du chauffeur n'était pas éclairée. Elle ne différait en rien des autres bicoques du lotissement où nous venions d'entrer : façade en stuc, « fenêtre panoramique » donnant sur un minuscule jardin rectangulaire, garage aussi grand que le reste de la maison. Personne ne nous remarqua à notre arrivée. Le chauffeur ouvrit la porte du garage et y fit entrer son taxi. Il s'y trouvait une autre voiture, une Buick d'un modèle récent, noire ou bleu marine, je n'aurais su le dire tant la lumière était faible. Je forçai le chauffeur à sortir la Buick dans l'allée, puis le fis revenir. Nous laissâmes le moteur du taxi allumé. Le chauffeur rabaissa la porte du garage.

«Faites-moi visiter la maison», dis-je à voix basse. Elle était aussi prévisible que déprimante. Des assiettes sales s'empilaient dans l'évier, chaussettes et sous-vêtements traînaient par terre dans la chambre, il y avait des journaux partout, et des portraits bon marché d'enfants aux yeux candides contemplaient le désordre.

«Où sont vos armes?» demandai-je. Je n'avais pas besoin de sonder son esprit pour savoir qu'il en possédait. Nous étions dans le Sud, après tout. Le chauffeur cligna des yeux et me conduisit au sous-sol, dans un atelier chichement éclairé. Des calendriers périmés exhibaient leurs femmes nues sur les murs en parpaings. Le chauffeur me désigna une armoire métallique où étaient rangés un fusil à pompe, un fusil de chasse et deux pistolets. Ces derniers étaient enveloppés dans des chiffons graisseux. Le premier était un pistolet de tir à canon long, de petit calibre et ne tirant qu'un coup. Le second était un revolver qui m'était plus familier, un calibre 38 me rappelant un peu celui que m'avait laissé Charles. Je le mis dans mon fourre-tout, ainsi que trois boîtes de cartouches, et nous remontâmes dans la cuisine.

Il me donna les clés de la Buick et nous nous assîmes tous les deux pendant que je composais la note qu'il allait écrire. Elle n'était guère originale. Solitude. Remords. Mal de vivre. Les autorités remarqueraient peut-être l'absence du revolver et se mettraient certainement à la recherche de l'automobile, mais l'authenticité de la note et de la méthode choisie dissiperait probablement les soupçons. Du moins l'espérais-je.

Le chauffeur retourna dans son taxi. La porte donnant

sur le garage ne resta ouverte que quelques secondes, mais les gaz d'échappement me piquèrent les yeux. Le bruit du moteur me sembla horriblement fort. Lorsque je vis le chauffeur pour la dernière fois, il était assis sur son siège, les mains posées sur le volant, les yeux fixés sur l'horizon de quelque autoroute invisible. Je refermai la porte.

J'aurais dû partir tout de suite, mais il fallait que je m'assoie un peu. Mes mains tremblaient, des spasmes contractaient ma jambe droite et l'arthrite me poignardait la hanche. Je m'accrochai à la table en Formica et fermai les yeux. *Melanie? Ma chérie, ici Nina...* Impossible de se méprendre sur cette voix. Ou Nina était encore à mes trousses ou j'avais perdu l'esprit. *Le trou de son front était de la taille d'une pièce de monnaie et parfaitement rond. Il n'y avait pas de sang.*

Je fouillai les placards en quête de vin ou de cognac. Je ne trouvai qu'une bouteille de Jack Daniel's à moitié vide. Je dénichai un verre propre et bus. Le bourbon me brûla la gorge et l'estomac, mais mes mains avaient cessé de trembler lorsque je nettoyai le verre avant de le ranger.

J'envisageai pendant quelques secondes de retourner à l'aéroport, mais j'eus vite fait d'écarter cette idée. Mes bagages étaient déjà en route pour Paris. Je pourrais les rattraper en prenant le vol de la Pan Am, mais la seule idée de monter à bord d'un avion me donnait des frissons. *Détendu, Willi se tourne vers l'un de ses compagnons. Puis c'est l'explosion, les hurlements, la longue chute vers l'oubli et les ténèbres.* Non, je ne prendrais plus l'avion de sitôt.

Le bruit du moteur me parvint à travers la porte, un bourdonnement monotone et insistant. Plus d'une demi-heure avait passé. Il était temps que je m'en aille.

Je m'assurai que la rue était déserte et refermai la porte de la maison derrière moi. Le déclic de la serrure prenait tout à coup une résonance définitive. J'entendis à peine le moteur du taxi gronder derrière la porte du garage lorsque je me glissai au volant de la Buick. Il y eut quelques secondes de panique pendant lesquelles je n'arrivais pas à trouver la clé de contact, puis je recommençai mes recherches en prenant tout mon temps, et le moteur démarra tout de suite. Il me fallut une minute supplémentaire pour ajuster le siège et le rétroviseur et allumer les phares. Cela faisait plusieurs années que je n'avais pas conduit une voiture — par moi-même, je veux dire. Je sortis de l'allée en marche arrière et roulai lentement le long des rues tortueuses du lotissement. Je me rendis alors compte que je n'avais aucune destination de rechange, aucun plan de secours. Je n'avais pensé qu'à ma villa des environs de Toulon et à la nouvelle identité qui m'y attendait. Celle de Beatrice Straughn ne devait être que temporaire, un pseudonyme à endosser le temps d'un voyage. Je sursautai en me rappelant que mes douze mille dollars en liquide se trouvaient dans le sac de voyage que j'avais abandonné près du téléphone, à l'aéroport. Il me restait encore plus de neuf mille dollars en chèques de voyage dans mon sac à main et dans mon fourre-tout, ainsi que mon passeport et d'autres papiers, mais je ne possédais en tout et pour tout que le tailleur bleu dont j'étais vêtue. Ma gorge se serra lorsque je pensai aux merveilleux achats que j'avais faits le matin. Je sentis les larmes perler à mes yeux, mais je secouai la tête et démarrai lorsque le feu passa au vert, encouragée par le crétin qui klaxonnait impatiemment derrière moi.

Je réussis sans trop savoir comment à trouver la bretelle d'accès à l'Interstate et pris la direction du nord. J'hésitai en apercevant un panneau vert indiquant la sortie de l'aéroport. Mon sac de voyage se trouvait peut-être encore près du téléphone. Il me serait facile d'embarquer à bord d'un autre avion. Je n'en continuai pas moins ma route. Rien n'aurait pu me convaincre de poser le pied dans ce mausolée bien éclairé où m'attendait la voix de Nina. Nouveaux frissons lorsque apparut soudain dans mon esprit l'image de la salle de départ de la T.W.A. où je m'étais trouvée deux heures plus tôt, une éternité plus tôt. Nina était là, assise dans un fauteuil, toujours vêtue de la robe rose qu'elle portait lors de notre dernière rencontre, les mains croisées au-dessus du sac à main posé sur son giron, les yeux bleus, le front percé d'un trou de la taille d'une pièce de monnaie, un large sourire aux lèvres. Ses dents avaient été taillées en pointe. Elle allait monter à bord de l'avion. Elle n'attendait que moi.

Jetant de fréquents regards dans le rétroviseur, je changeai de file, ralentis et sortis de l'autoroute, la regagnant aussitôt. J'accomplis cette manœuvre à deux reprises. Il me fut impossible de savoir si j'étais suivie, mais je ne le pensais pas. La lueur des phares me brûlait les yeux. Mes mains recommencèrent à trembler. Je baissai un peu la vitre et laissai un filet d'air froid me caresser la joue. Je regrettais de ne pas avoir emporté la bouteille de bourbon.

Un panneau annonça I-85 NORD, CHARLOTTE, N.C. Je haïssais le Nord, la sécheresse des Yankees, la grisaille des villes, la froideur de l'air et les jours sans soleil. Toutes les personnes qui me connaissaient savaient que je détestais les États nordistes, en particulier en hiver, et que je ferais tout mon possible pour les éviter.

Je suivis les voitures qui obliquaient vers la sortie. Les lettres réfléchissantes d'un panneau aérien m'indiquèrent : CHARLOTTE, N.C. : 360 km, DURHAM, N.C. : 505 km, RICHMOND, VA : 810 km, WASHINGTON, D.C. : 975 km.

Agrippant le volant de toutes mes forces, tentant de suivre la vitesse folle de la circulation, je m'enfonçai dans la nuit en direction du nord.

« Hé, madame ! »

Je me réveillai en sursaut et fixai l'apparition immobilisée à quelques centimètres de mon visage. Un soleil éclatant illuminait de longues mèches de cheveux raides qui recouvraient à moitié une figure de rongeur ; petits yeux fuyants, long nez, peau crasseuse et minces lèvres gercées. L'apparition eut un sourire forcé, me laissant entrevoir des dents jaunes et acérées. Une incisive était cassée. L'adolescent n'avait pas plus de dix-sept ans. «Hé, madame, vous allez dans ma direction?»

Je me redressai et secouai la tête. Le soleil était déjà haut dans le ciel et il faisait chaud dans l'habitacle hermétiquement fermé. Je jetai un regard circulaire sur l'intérieur de la Buick et me demandai pourquoi j'avais dormi dans une voiture et non dans mon lit. Puis je me souvins de mon interminable voyage nocturne et de la terrible fatigue dont le poids m'avait obligée à faire halte dans une aire de repos déserte. Quelle distance avais-je parcourue? Je me rappelai vaguement avoir vu la sortie de Greensboro, Caroline du Nord, avant de m'arrêter.

«Madame?» La créature tapota la vitre d'un doigt incrusté de crasse.

J'appuyai sur le bouton pour abaisser la vitre, mais rien ne se passa. Je faillis succomber à la claustrophobie avant de penser à tourner la clé de contact. Tout fonctionnait à l'électricité dans ce véhicule insensé. Je remarquai que la jauge d'essence indiquait un réservoir presque plein. Je me rappelai m'être arrêtée durant la nuit, écartant plusieurs stations avant d'en trouver une qui ne fonctionnait pas uniquement en self-service. En dépit des circonstances, je n'allais pas m'abaisser à manipuler moi-même une pompe à essence. La vitre coulissa à l'intérieur de la portière dans un petit bourdonnement.

«Vous acceptez les auto-stoppeurs, madame?» La voix nasale du garçon était aussi répugnante que son aspect. Il était vêtu d'un blouson kaki très sale et n'avait pour tout bagage qu'un sac à dos et un duvet. Derrière lui, le soleil se reflétait sur le pare-brise des voitures qui fonçaient sur l'Interstate. J'eus soudain la sensation exaltante de faire l'école buissonnière. Le garçon renifla et s'essuya le nez avec la manche de son blouson.

«Où allez-vous? demandai-je.

– Vers le nord», dit le garçon en haussant les épaules.

Je ne cesse d'être étonnée par le fait que nous ayons élevé toute une génération incapable de répondre à la question la plus simple.

« Vos parents savent-ils que vous faites de l'auto-stop ? »

Il haussa de nouveau les épaules, ou plutôt une épaule, comme si hausser les deux lui avait demandé trop d'énergie. Je sus immédiatement que ce garçon était très certainement un fugueur, probablement un voleur, et sans doute un danger pour toute personne assez stupide pour le prendre à bord de sa voiture.

« Montez », dis-je, et j'appuyai sur le bouton qui ouvrait la portière côté passager.

Nous fîmes halte à Durham pour y prendre un petit déjeuner. Le garçon fronça les sourcils en contemplant les photographies reproduites sur le menu, puis me regarda en plissant les yeux. « Euh, je ne peux pas... je veux dire, je n'ai pas d'argent pour me payer un repas. Enfin, j'en ai assez pour arriver jusque chez mon oncle, mais...

– Ce n'est pas grave. Je vous invite. » Nous étions censés croire qu'il se rendait chez son oncle à Washington. Lorsque je lui avais redemandé où il allait, il m'avait gratifiée de son regard de fouine et avait dit : « Et vous, où allez-vous ? » J'avais laissé supposer que ma destination était Washington, et il m'avait offert un nouvel aperçu de ses dents jaunies par la nicotine. « Génial, c'est là qu'habite mon oncle. C'est là que je vais, chez mon oncle. A Washington. *Génial.* »

Le garçon marmonna sa commande à la serveuse et se pencha au-dessus de son assiette pour jouer avec sa fourchette. Comme la majorité des jeunes que je rencontrais ces temps-ci, il m'était impossible de dire si celui-ci était un authentique attardé ou s'il était tout simplement mal élevé. La plupart des personnes âgées de moins de trente ans appartiennent à l'une de ces deux catégories.

Je sirotai mon café et lui demandai : «Vous vous appelez Vincent, c'est bien ça?

– Ouais.» Le garçon se pencha sur sa tasse comme un cheval sur son abreuvoir. Les bruits qu'il émettait allaient dans le sens de cette comparaison.

«C'est un bien joli prénom. Vincent comment?

– Hein?

– Quel est votre nom de famille, Vincent?»

Le garçon approcha de nouveau ses lèvres de la tasse pour gagner du temps. Il me lança un regard de fouine. «Euh... Vincent Pierce.»

Je hochai la tête. Il avait failli dire Vincent Price. J'avais rencontré Price lors d'une vente aux enchères à Madrid, vers la fin des années 60. C'était un homme extrêmement poli, raffiné, aux grandes mains douces et mobiles. Nous avions discuté art, cuisine et culture espagnole. Price avait été chargé d'acheter des œuvres d'art pour le compte de quelque conglomérat américain. Je l'avais trouvé parfaitement délicieux. Ce n'était que plusieurs années plus tard que j'avais appris qu'il avait joué dans quantité de films d'épouvante grotesques. Peut-être lui était-il arrivé de travailler avec Willi...

«Et vous faites de l'auto-stop pour aller chez votre oncle de Washington?

– Ouais.

– A l'occasion des vacances de Noël, sans doute. L'école doit être fermée.

– Ouais.

– Dans quelle partie de Washington habite votre oncle?»

Vincent se courba derechef sur sa tasse. Ses cheveux pendaient sur son visage comme un rideau de lianes graisseuses. Toutes les dix secondes, il levait une main paresseuse pour les chasser de ses yeux. Ce geste était aussi régulier et irritant qu'un tic nerveux. Cela faisait moins d'une heure que je connaissais ce vagabond et ses manières commençaient déjà à me rendre folle.

«Dans la banlieue, peut-être? soufflai-je.

– Ouais.

– Quelle banlieue, Vincent? Il y a plusieurs villes autour de Washington. Peut-être traverserons-nous la bonne, et je pourrai alors vous déposer. Votre oncle habite-t-il dans une banlieue riche?

– Ouais. Mon oncle, il est plein aux as. Toute ma famille est riche, vous comprenez?»

Je ne pus m'empêcher de jeter un regard à son blouson crasseux, à présent ouvert sur un tee-shirt noir déchiré. Son blue-jean taché était reprisé en plusieurs endroits. La tenue vestimentaire ne veut plus dire grand-chose de nos jours, je le sais. Vincent était peut-être le petit-fils de J. Paul Getty. Les chemises de soie que portait mon cher Charles me sont revenues en mémoire. Ainsi que les tenues complexes que Roger Harrison réservait à chaque occasion; la cape et le manteau qu'il enfilait même pour partir en promenade, ses culottes de cheval, sa cravate noire et son habit de soirée. Dans le domaine de l'habillement, l'Amérique a réussi à imposer son idéal égalitaire. Nous avons réduit les options vestimentaires de tout un peuple au plus petit dénominateur commun de la société : les haillons.

«Chevy Chase? dis-je.

– Hein? fit Vincent en plissant les yeux.

– Cette banlieue. C'est peut-être Chevy Chase.»

Il secoua la tête.

«Bethesda? Silver Spring? Takoma Park?»

Vincent plissa le front comme s'il réfléchissait à la question. Il allait prendre la parole lorsque je m'exclamai : «Oh, je sais! Si votre oncle est vraiment riche, il habite sans doute à Bel Air. C'est ça?

– Ouais, c'est ça, acquiesça Vincent, soulagé. C'est là qu'il habite.»

Je hochai la tête. Mon thé et mes toasts arrivèrent. On posa devant Vincent une assiette contenant des œufs, une saucisse, du bacon, des pommes de terre et des gaufres. Nous mangeâmes dans un silence seulement interrompu par le bruit de sa mastication.

Passé Durham, l'I-85 obliquait à nouveau vers le nord. Nous entrâmes en Virginie un peu moins d'une heure après avoir pris notre petit déjeuner. Quand j'étais jeune, ma famille allait souvent en Virginie rendre visite à des amis ou à des parents. En général, nous prenions le train, mais je préférais monter à bord du ferry minuscule mais confortable qui partait de Newport News. Et voilà que je me retrouvais au volant d'une Buick immense mais peu puissante en train de rouler vers le nord sur une autoroute à quatre voies tout en écoutant des chants religieux sur la bande F.M., ma vitre légèrement baissée pour chasser l'odeur de sueur et d'urine sèche qui émanait de mon passager endormi.

Nous avions dépassé Richmond et le soir tombait lorsque Vincent se réveilla. Je lui demandai s'il voulait bien me relayer au volant pendant quelques heures. J'avais mal aux bras et aux jambes à force de conduire aussi vite que les autres automobilistes. Personne ne respectait la limitation de vitesse et tout le monde roulait à plus de 80 km/h. De plus, mes yeux commençaient à fatiguer.

« Ouais, d'accord, je veux dire, vous êtes sûre ?

– Oui. Vous roulerez prudemment, j'espère.

– Ouais, ouais. »

Nous nous arrêtâmes dans une aire de repos pour échanger nos places. Vincent se mit à rouler à 100 km/h, tenant le volant d'une seule main, les paupières si lourdes que je craignis un instant qu'il se fût endormi. Je me rassurai en pensant que les automobiles modernes étaient si simples que même un chimpanzé aurait pu les conduire. J'inclinai mon siège en arrière jusqu'à une position presque horizontale et fermai les yeux. « Réveillez-moi quand nous arriverons à Arlington, s'il vous plaît, Vincent. »

Il grogna. J'avais posé mon sac à main entre les deux sièges avant et je savais que Vincent le regardait. Il avait été incapable de dissimuler son intérêt lorsque j'en avais sorti une épaisse liasse de billets pour payer le petit déjeuner. Je courais un risque en m'endormant, mais j'étais épuisée. Une radio F.M. de Washington diffusait un concerto de Bach. Le bourdonnement du moteur et les échos de la circulation me berçaient et je m'endormis en moins d'une minute.

L'absence de mouvement me réveilla. Je fus aussitôt consciente, alerte — comme un prédateur s'éveillant à l'approche de sa proie.

Nous étions garés sur une aire de repos en cours d'aménagement. La position du soleil dans le ciel hivernal m'indiqua que j'avais dormi environ une heure. La densité de la circulation me suggéra que nous étions tout près de Washington. Le couteau à cran d'arrêt que Vincent tenait dans sa main me suggéra des choses plus sinistres. Il leva les yeux des chèques de voyage qu'il était en train de compter. Je lui rendis son regard sans broncher.

« Faut que vous signiez ces trucs », murmura-t-il.

Je le regardai sans rien dire.

« Faut que vous signiez ces putains de trucs pour que je les encaisse », siffla mon auto-stoppeur. Une mèche de cheveux retomba sur ses yeux ; il l'écarta d'un geste. « Faut que vous les signiez *tout de suite*.

– Non. »

Les yeux de Vincent s'écarquillèrent de surprise. Un peu de salive apparut sur ses lèvres minces. Je pense qu'il aurait pu me tuer à ce moment-là, en plein jour, à moins de vingt mètres de la chaussée où défilait un flot de voitures, sans pouvoir jeter mon cadavre ailleurs que dans le Potomac, mais — et même cet imbécile de Vincent était capable de comprendre ça — il avait besoin de ma signature sur ces chèques.

« Écoute, vieille conne, dit-il en agrippant le devant de mon tailleur, tu signes ces putains de chèques ou je raccourcis ton putain de nez. Tu as compris, *connasse* ? » Il immobilisa la lame de son couteau à quelques centimètres de mon visage.

Je contemplai la main crasseuse qui empoignait ma veste et soupirai. Durant quelques brèves secondes, je me rappelai le jour, plus de trente ans plus tôt, où j'étais entrée dans ma chambre d'hôtel, dans un autre pays, dans un autre monde, pour y trouver un gentleman chauve mais séduisant vêtu d'un habit de soirée et en train de fouiller dans mon coffret à bijoux. Ce voleur-là m'avait adressé un sourire ironique et s'était incliné devant moi. Comme je regrettais sa grâce, la facilité avec laquelle je l'Utilisais, sa tranquille efficacité qui ne devait rien au conditionnement.

«*Allez*», siffla le jeune voyou qui m'avait empoignée. Il approcha son couteau de ma joue. «Tu l'auras voulu, bordel.» Il y avait dans ses yeux une lueur qui n'avait rien à voir avec la cupidité.

«Oui», dis-je. Son bras s'immobilisa à mi-course. Durant plusieurs secondes, il se contracta jusqu'à faire saillir les veines de son front. Il grimaça et ses yeux s'écarquillèrent lorsque sa main se rabaissa, se retourna, et dirigea la lame vers son propre visage.

«Il est temps de commencer», dis-je tout doucement.

La lame effilée comme un rasoir se dressa à la verticale. Elle se glissa entre ses lèvres minces, entre ses dents jaunies et cassées.

«Temps d'enseigner», poursuivis-je.

La lame entra dans sa bouche, tranchant langue et gencives. Ses lèvres se retroussèrent, puis se refermèrent sur l'acier. La lame se couvrit de sang lorsque sa pointe toucha le palais.

«Temps d'apprendre.» Je souris et la première leçon commença.

15.
Washington, D.C., samedi 20 décembre 1980

Saul Laski resta immobile pendant vingt minutes à contempler la petite fille. Elle lui rendit son regard, immobile elle aussi, figée par le temps. Elle portait un chapeau de paille légèrement incliné sur sa tête et un tablier gris sur une robe blanche toute simple. Ses cheveux étaient blonds, ses yeux bleus. Elle avait les bras tendus et les mains jointes, exprimant toute la grâce maladroite de l'enfance.

Quelqu'un s'arrêta devant lui, et Saul fit un pas de côté pour mieux voir le tableau. La petite fille au chapeau de paille continuait de fixer l'espace vide qu'il avait occupé. Saul ne savait pas pourquoi ce tableau l'émouvait à ce point; la plupart des œuvres de Marie Cassatt lui paraissaient trop sentimentales, un salmigondis de pastels flous, mais celle-ci l'avait fait pleurer la première fois qu'il avait visité la National Gallery presque vingt ans plus tôt, et il ne venait jamais à Washington sans se rendre en pèlerinage devant «La petite fille au chapeau de paille». Peut-être que ce visage poupin et ces yeux songeurs lui rappelaient sa sœur Stefa — morte du typhus pendant la guerre — en dépit de ses cheveux bien plus sombres et de ses yeux qui n'avaient rien de bleu.

Saul se détourna du tableau. Chaque fois qu'il visitait ce musée, il se promettait d'en voir d'autres sections, de s'attarder un peu devant les œuvres d'art moderne, et chaque fois il passait tout son temps devant la fillette. La prochaine fois, pensa-t-il.

Il était plus d'une heure de l'après-midi et le restaurant du musée commençait à se vider lorsque Saul y entra et fouilla les tables du regard. Il repéra tout de suite Aaron, assis dans un coin de la salle, près d'une plante verte. Saul adressa un signe de la main au jeune homme et le rejoignit.

«Bonjour, oncle Saul.

– Bonjour, Aaron.»

Le neveu de Saul se leva et le serra dans ses bras. Saul sourit, saisit le garçon par les épaules et l'examina. Non, ce n'était plus un garçon. Aaron aurait vingt-six ans en mars. Ce n'était peut-être plus un garçon, mais il était encore mince, et Saul vit sur son visage le sourire de David, les muscles qui se retroussaient à la commissure de ses lèvres, même si c'étaient les yeux immenses de Rebecca qui le regardaient derrière les verres de ses lunettes. Sa peau sombre et ses pommettes saillantes étaient néanmoins celles du seul David, comme s'il en avait hérité par le simple fait de sa naissance sur le sol d'Israël. Aaron et son frère jumeau avaient treize ans lorsque la guerre des Six Jours avait éclaté, et ils étaient encore petits pour leur âge. Saul, désirant se faire incorporer en tant que médecin, était arrivé cinq heures trop tard à l'aéroport de Tel-Aviv, mais il avait pu écouter Aaron et Isaac lui narrer par le menu les exploits d'Avner, leur frère aîné, capitaine dans l'aviation. Il avait également écouté les jumeaux lui raconter les hauts faits de leur cousin Chaim, qui avait conduit son bataillon sur les hauteurs du Golan. Deux ans plus tard, le jeune Avner était mort, abattu par un SAM égyptien, et Chaim avait été déchiqueté par une mine israélienne mal placée durant la guerre du Kippour. Aaron avait dix-huit ans cette année-là et souffrait encore de l'asthme qui le tourmentait depuis l'enfance. David avait usé de tous les moyens possibles et imaginables pour l'empêcher de s'engager.

Aaron était bien résolu à devenir parachutiste ou commando comme son frère Isaac. Lorsque l'armée l'avait réformé en raison de son asthme et de sa myopie, il avait achevé ses études et joué sa dernière carte. Aaron avait prié son père... avait supplié son père... d'utiliser ses contacts pour lui trouver un poste dans les services secrets du pays. Aaron était entré au Mossad en juin 1974.

On ne l'orienta pas vers le service action; il y avait trop de héros et d'ex-commandos dans les rangs des services secrets israéliens pour qu'on affecte à un tel rôle un jeune intellectuel menacé en permanence par la maladie. Comme le voulait l'usage, Aaron fut entraîné à l'autodéfense et au maniement des armes, apprenant à se servir du petit Beretta calibre 22 qui était l'arme préférée du Mossad à cette époque, mais son domaine d'élection était la cryptographie. Après avoir passé trois ans à Tel-Aviv, dans les transmissions, et un an sur le terrain, quelque part dans le Sinaï, Aaron avait été affecté à l'ambassade d'Israël à Washington. Le fait qu'il soit le fils de David Eshkol avait plaidé en sa faveur.

« Comment vas-tu, oncle Saul? demanda Aaron en hébreu.

– Très bien. Parle en anglais, s'il te plaît.

– Entendu. » Sa voix n'avait aucun accent.

« Comment vont ton père et ton frère ?

– Encore mieux que la dernière fois qu'on s'est vus. Les médecins pensent que Papa pourra passer quelque temps à la ferme cet été. Isaac a été promu au grade de colonel.

– Bien, bien. » Saul regarda les trois dossiers que son neveu avait posés sur la table. Il cherchait un moyen de revenir en arrière, d'obtenir les informations qu'Aaron allait lui fournir sans avoir pour cela à l'entraîner dans son cauchemar.

Comme s'il avait lu dans son esprit, Aaron se pencha en avant et murmura d'une voix insistante : « Oncle Saul, dans *quoi* exactement es-tu impliqué ? »

Saul tiqua. Six jours plus tôt, il avait appelé Aaron et lui avait demandé de lui procurer des informations sur

William Borden et sur le sort de Francis Harrington. Il avait agi de façon stupide; pendant des années, Saul avait évité de s'adresser à sa famille ou aux contacts de celle-ci, mais la disparition du jeune Harrington l'avait plongé dans l'angoisse et il avait craint, en se rendant à Charleston, de n'obtenir par la suite aucune information sur Borden — sur l'Oberst. Aaron l'avait rappelé sur une ligne protégée et lui avait demandé : «Oncle Saul, ça a rapport avec ton colonel allemand, n'est-ce pas?» Saul ne l'avait pas nié. Toute la famille le savait obsédé par un mystérieux nazi qu'il avait rencontré dans les camps. «Tu sais que le Mossad n'opère jamais en territoire américain, n'est-ce pas?» avait ajouté Aaron. Saul n'avait rien répondu à cela, mais son silence en disait long. Il avait travaillé aux côtés du père d'Aaron lorsque l'Irgoun Zvai Leumi et le Hanagah étaient des mouvements illégaux et actifs, achetant des armes et des *usines d'armement* américaines qui étaient expédiées en Palestine en pièces détachées, pour être assemblées et prêtes à servir le jour où les armées arabes déferleraient sur les frontières de la jeune nation sioniste. «D'accord, avait dit finalement Aaron. Je ferai mon possible.»

Saul cilla une nouvelle fois et ôta ses lunettes pour les nettoyer avec une serviette de table. «*Nu,* que veux-tu dire? Cet homme, Borden, a excité ma curiosité. Francis est un de mes anciens étudiants. Il est allé à Los Angeles pour recueillir des renseignements sur cet individu. Sans doute une histoire de divorce, qui sait? Francis n'est pas revenu le jour prévu, Mr. Borden est apparemment mort, et un de mes amis m'a demandé si je pouvais l'aider. Alors j'ai pensé à toi, Aaron.

– Mouais.» Aaron fixa son oncle du regard, puis secoua la tête et soupira. Il regarda autour de lui pour s'assurer que personne ne pouvait les entendre ni les voir. Puis il ouvrit le premier dossier. «Lundi, je suis allé à Los Angeles.

– Tu as fait ça!» Saul était stupéfait. Il avait pensé que son neveu donnerait quelques coups de fil à Washington, qu'il utiliserait les ordinateurs sophistiqués de l'ambassade d'Israël — en particulier ceux du bureau qui abritait les six agents du Mossad — et qu'il jetterait peut-être un coup d'œil dans des dossiers secrets israéliens ou américains. Il n'aurait *jamais* cru que le garçon s'envolerait pour la Côte Ouest dès le lendemain.

Aaron écarta son objection d'un geste. «Pas de problème, dit-il. J'avais droit à plusieurs semaines de congé. Quand donc nous as-tu demandé quelque chose, oncle Saul? Tu nous as toujours donné sans compter, et ce depuis mon enfance. C'est l'argent que tu nous a envoyé de New York qui a payé mes études à Haïfa, alors que nous aurions pu les financer sans problème. Pour une fois que tu me demandes quelque chose, je peux bien me remuer, non?»

Saul se passa une main sur le front. «Tu n'es pas James Bond, Moddy», dit-il, employant le surnom donné à Aaron pendant son enfance. «De plus, le Mossad n'opère jamais en territoire américain.»

Aaron n'eut aucune réaction. «J'étais en vacances, oncle Saul. Tu veux savoir ce que j'ai fait pendant mes vacances, oui ou non?»

Saul hocha la tête.

«C'est là que logeait ton ami Mr. Harrington», reprit Aaron en faisant glisser vers lui la photo en noir et blanc d'un hôtel de Beverly Hills. Saul examina l'image sans la toucher, puis la fit glisser vers son neveu.

«Je n'ai pas pu apprendre grand-chose, poursuivit celui-ci. Mr. Harrington est arrivé à l'hôtel le 8 décembre. Une serveuse se rappelle qu'un jeune homme roux dont la description correspond à celle de Mr. Harrington a pris son petit déjeuner à la cafétéria de l'hôtel le matin du 9. Un portier croit se rappeler avoir vu un homme au volant d'une Datsun jaune identique à celle louée par Harrington sortir du parking de l'hôtel le mardi à trois heures de l'après-midi. Il n'en était pas sûr.» Aaron fit glisser deux feuilles de papier vers Saul. «Voici les photocopies de l'article paru dans la presse…

à peine un entrefilet... et du rapport de police. La Datsun a été retrouvée le mercredi 10, garée non loin de l'agence Hertz de l'aéroport. Hertz a finalement envoyé la facture à la mère de Harrington. La note d'hôtel, 329 dollars 48 *cents*, a été réglée par une personne anonyme au moyen d'un mandat que l'hôtel a reçu le lundi 15. Le jour même de mon arrivée. L'enveloppe était postée de New York. Serais-tu par hasard au courant, oncle Saul ? »

Saul le regarda sans répondre.

« Je m'en doutais », dit Aaron. Il referma le dossier. « Ce qu'il y a d'étrange dans cette histoire, c'est que les deux assistants à temps partiel de Mr. Harrington, Dennis Leland et Selby White, sont morts dans un accident de la route cette même semaine. Le vendredi 12 décembre. Ils avaient quitté New York pour se rendre à Boston après avoir reçu un appel téléphonique longue distance... Qu'y a-t-il, oncle Saul ?

– Rien.

– Tu as eu l'air vraiment malade pendant une seconde. Connaissais-tu ces deux types ? White était allé à Princeton avec Harrington. Il faisait partie des White de Hyannis Port.

– Je ne les ai rencontrés qu'une fois. Continue, Aaron. »

Aaron regarda son oncle en plissant les yeux. Saul se rappela avoir vu cette même expression sur son visage d'enfant lorsqu'il doutait de la véracité des histoires fantastiques que lui racontait son oncle. « Je ne sais pas exactement ce qui est arrivé, mais c'est du travail de professionnel, dit Aaron. Tout à fait dans les cordes du syndicat du crime américain — la nouvelle Mafia. Trois meurtres. Très propres. Deux cadavres dans une épave ; aucune trace du camion qui leur a fait quitter la route. Un troisième corps disparu pour de bon. Mais la question est la suivante : quel lièvre Francis Harrington avait-il soulevé en Californie pour que les pros — s'il s'agit bien de la Mafia — en reviennent à leurs bonnes vieilles méthodes pour l'éliminer ? Et pourquoi les éliminer tous les trois ? Leland et White avaient un emploi stable, ils ne travaillaient pour l'agence de Harrington que pour se divertir durant les week-ends. Harrington a traité trois affaires l'année dernière, dont deux cas de divorce concernant des amis à lui. Quant au troisième cas, c'était celui d'un pauvre type que ses parents avaient abandonné il y a quarante-huit ans et auquel Harrington n'a pu donner satisfaction puisqu'il n'a pas réussi à retrouver les parents en question.

– Où as-tu appris tout ça ? demanda Saul à voix basse.

– J'ai passé une soirée à interroger la secrétaire de Harrington après mon retour de Los Angeles, mercredi dernier.

– Je retire ce que j'ai dit, Moddy. Il y a un peu de James Bond en toi.

– Mouais. » Aaron regarda autour de lui. Le restaurant avait cessé de servir le déjeuner et les tables se vidaient de plus en plus vite. Il restait assez de clients pour que la présence de Saul et d'Aaron ne paraisse pas déplacée, mais le plus proche se trouvait à quatre ou cinq mètres d'eux. Quelque part dehors, un enfant se mit à pleurer avec des accents de klaxon. « T'as encore rien vu, oncle Saul, dit Aaron dans son plus beau style cow-boy.

– Vas-y.

– A en croire sa secrétaire, Harrington a reçu plusieurs coups de fil d'un homme qui a refusé de s'identifier. La police voulait savoir qui était ce type. Elle leur a dit qu'elle n'en savait rien… et que Harrington n'avait gardé aucune trace de son enquête en cours, excepté quelques notes de frais. Quoi qu'il en soit, ce nouveau client a donné assez de travail à Harrington pour qu'il se sente obligé de faire appel à ses camarades de fac.

– Mouais », fit Saul.

Aaron sirota son café. « Tu m'as dit que Harrington était un de tes anciens étudiants, oncle Saul. Il ne figure pas dans les registres de Columbia.

– Il assistait à deux cours en tant qu'auditeur libre. *Guerre et comportement humain* et *Psychologie de l'agression.* Ce n'est pas par manque d'intelligence que Francis a raté ses études à Princeton… c'était un élève brillant, mais qui se lassait vite. Mes cours ne le lassaient pas. Continue, Moddy. »

Aaron avait une expression déterminée qui rappela à Saul l'entêtement de David Eshkol lorsqu'ils discutaient de la validité de la guérilla à la lueur des étoiles, dans sa ferme des environs de Tel-Aviv. « La secrétaire a dit à la police que le client de Harrington était sans doute un Juif. A l'en croire, elle reconnaît toujours les Juifs à leur accent. Celui-ci semblait étranger. Allemand, ou peut-être hongrois.

– *Nu?*

– Est-ce que tu vas me dire ce qui se passe, oncle Saul?

– Pas maintenant, Moddy. Je ne le sais pas exactement moi-même. »

Aaron conserva son air buté. Il tapota les deux autres dossiers. Ils étaient plus épais que le premier. « J'ai là-dedans des trucs beaucoup plus dingues que l'impasse Harrington. Il me semble qu'un échange équitable s'impose. »

Saul haussa légèrement les sourcils. « C'est une transaction, alors, ce n'est plus un service ? »

Aaron soupira et ouvrit le deuxième dossier. « Borden, William D. Apparemment né le 8 août 1906, à Hubbard, Ohio, mais il n'existe aucune trace de lui entre son certificat de naissance et un flot de cartes de sécurité sociale, permis de conduire, et cetera, émis à son nom en 1946. C'est le genre de détails qui attire d'ordinaire l'attention des ordinateurs du F.B.I., mais personne ne semble s'être soucié de son cas. A mon avis, si on allait faire un tour dans les cimetières autour de Hubbard… du diable si je sais où se trouve ce patelin… on y trouverait une petite pierre tombale dressée en mémoire d'un bébé nommé Billy Borden, que les anges l'emmènent tout droit au paradis, et cetera, et cetera. En attendant, notre ami Borden semble être apparu subitement à Newark, New Jersey, début 46. Il s'est établi à New York l'année suivante. Quelle que soit sa véritable identité, il avait du fric. Il a fait partie des financiers occultes de Broadway durant les années 48 et 49. Il a fréquenté le haut du panier, mais sans ostentation... du moins, je n'ai trouvé aucune mention de son nom dans les potins de l'époque, et pas un des vétérans du monde du spectacle encore en vie aujourd'hui ne se souvient de lui.

«Bref, Borden a déménagé à Los Angeles en 1950, a produit son premier film cette même année, et il n'a pas changé d'activité depuis. Il a un peu fait parler de lui durant les années 60. La faune de Hollywood l'appelait le Boche ou Big Bill Borden. Il a donné quelques fêtes, mais les flics n'ont jamais eu à intervenir pour calmer le jeu. Cet homme était un saint : aucune amende, aucune contravention... rien. A moins qu'il n'ait eu assez d'influence pour faire disparaître toute trace de ses erreurs. Qu'en penses-tu, oncle Saul ?

– Qu'est-ce que tu as d'autre ?

– Rien. Rien, excepté quelques potins de studio, une photo du portail de Herr Borden à Bel Air... on ne peut pas voir la maison... et les notices nécrologiques parues dans le *L.A. Times* et dans *Variety* après son accident d'avion de samedi dernier.

– Puis-je les voir, s'il te plaît ?»

Lorsque Saul eut fini de lire les coupures de presse, Aaron lui demanda posément : «Est-ce que c'était ton Allemand, oncle Saul ? Ton Oberst ?

– Probablement. C'est ce que je voulais savoir.

– Et tu as envoyé Francis Harrington enquêter sur ce Borden quelques jours avant qu'il périsse dans un attentat.

– Oui.

– Et ton ancien étudiant et ses deux amis sont morts durant la même période de trois jours.

– C'est toi qui viens de m'apprendre la mort de Dennis et de Selby. Je ne pensais pas qu'ils seraient en danger.

– *Qui* représentait un danger pour eux ?

– Honnêtement, je n'en sais rien pour l'instant.

– Dis-moi ce que tu sais, oncle Saul. Peut-être pouvons-nous t'aider.

– Nous ?

– Levi. Dan. Jack Cohen et Mr. Bergman.

– Des gens de l'ambassade ?

– Jack est mon supérieur, mais c'est aussi un ami. Dis-nous ce qui se passe et nous t'aiderons.

– Non.

– Tu ne peux rien me dire, ou tu ne veux rien me dire ? »

Saul regarda par-dessus son épaule. « Le restaurant va fermer dans quelques minutes. Si on allait ailleurs ? »

Les lèvres d'Aaron se contractèrent. « Trois de ces personnes... le couple près de l'entrée et le jeune homme à la table voisine... sont des nôtres. Ils resteront ici tant que nous aurons besoin d'eux.

– Tu leur as déjà tout raconté ?

– Non, seulement à Levi. De toute façon, c'est lui qui a pris les photos.

– Quelles photos ? »

Aaron sortit une photographie du troisième dossier, le plus épais. Elle montrait un homme de petite taille, cheveux noirs, blouson et chemise à col ouvert, yeux sombres sous de lourdes paupières, bouche cruelle. Il était en train de traverser une rue, son blouson volant au vent. « Qui est-ce ? demanda Saul.

– Harod. Tony Harod.

– L'associé de William Borden. Son nom était mentionné dans l'article de *Variety*. »

Aaron sortit deux nouvelles photographies du dossier. Harod se trouvait devant la porte d'un garage, une carte de crédit à la main, apparemment prêt à l'insérer dans un petit panneau encastré dans le mur. Saul avait déjà vu des serrures électroniques similaires. « Où cette photo a-t-elle été prise ? demanda-t-il.

– A Georgetown, il y a quatre jours.

– *Ici*, à Georgetown ? Que diable faisait-il à Washington ? Et que diable faisais-tu à le photographier ?

– C'est Levi qui l'a photographié, dit Aaron avec un sourire. Lundi, j'ai assisté au service funèbre donné en l'honneur de Mr. Borden à Forest Lawns. C'est Tony Harod qui a prononcé son éloge. D'après les quelques renseignements que j'ai pu recueillir, Mr. Harod était très proche de ton Mr. Borden. Mardi, quand il s'est envolé pour Washington, je l'ai suivi. De toute façon, je devais rentrer chez moi. »

Saul secoua la tête. « Tu l'as donc suivi jusqu'à Georgetown.

– Ça n'a pas été nécessaire, oncle Saul. J'avais téléphoné à Levi et c'est lui qui l'a suivi depuis l'aéroport. Je l'ai rejoint un peu plus tard. C'est à ce moment-là que ces photos ont été prises. Je voulais te parler avant de les montrer à Dan ou à Mr. Bergman. »

Saul regarda les photographies en plissant le front. « Je ne vois pas ce qu'elles peuvent avoir d'intéressant, dit-il. Cette adresse a-t-elle une importance quelconque ?

– Non. La maison a été louée à Bechtronics, une filiale de H.R.L. Industries. »

Saul haussa les épaules. « C'est ça qui est important ?

– Non, mais ceci l'est. » Il fit glisser cinq nouvelles photos sur la table. « Levi avait pris son fourgon de la Compagnie téléphonique Bell, dit Aaron d'un air satisfait. Il était en haut d'un poteau quand il les a photographiés alors qu'ils sortaient par l'allée. Celle-ci est complètement couverte. Ces types n'ont eu qu'à la descendre, à franchir le portail, à monter dans leur limousine et à s'en aller. Les voisins ne pouvaient pas les voir. On ne pouvait même pas les voir depuis le bout de l'allée. C'était parfait. »

Les photographies en noir et blanc montraient chaque homme en train de franchir la distance qui séparait le portail de la limousine ; les épreuves étaient grenues tant elles avaient été agrandies. Saul les étudia avec soin, puis dit : « Ces hommes me sont inconnus, Moddy. »

Aaron se prit la tête dans les mains. « Depuis combien de temps vis-tu dans ce pays, oncle Saul ? » Comme Saul restait muet, Aaron désigna la photo d'un homme aux petits yeux, aux grosses bajoues et à la crinière blanche et ondulée. «Cet homme est James Wayne Sutter, mieux connu de ses fidèles sous le nom de révérend Jimmy Wayne. Ça te dit quelque chose?

– Non, répondit Saul.

– C'est un évangéliste de télé, dit Aaron. Il a fait ses débuts en 1964 dans un drive-in reconverti en église, à Dotham, Alabama, et aujourd'hui il dispose de son propre satellite, de sa propre chaîne câblée, et d'un revenu annuel exonéré d'impôt évalué à soixante-dix-huit millions de dollars. Question politique, il est un peu plus à droite qu'Attila. Si le révérend Jimmy Wayne proclame que l'Union soviétique est l'instrument du diable — ce qu'il fait chaque jour sur le petit écran —, il se trouve environ douze millions de personnes pour crier "Alléluia". Menahem Begin lui-même a fait du plat à ce crétin. Une partie des dons faits à son église est convertie en armes acheminées vers Israël. Tout est bon quand il s'agit de sauver la Terre sainte.

– Ce n'est pas la première fois qu'Israël trafique avec ces intégristes d'extrême droite, dit Saul. C'est ça qui vous a excités, toi et ton ami Levi? Peut-être que Mr. Harod fait partie de ses ouailles.»

Aaron était agité. Il rangea les photos de Harod et de Sutter dans son dossier et sourit à la serveuse qui leur apportait du café. Le restaurant était presque vide. Lorsqu'elle se fut éloignée, Aaron dit d'une voix tendue : «Jimmy Wayne Sutter est le cadet de nos soucis, oncle Saul. Est-ce que tu reconnais cet homme?» Il produisit la photographie d'un individu au visage mince, aux cheveux sombres et aux yeux profondément enfoncés dans les orbites.

«Non.

– Nieman Trask. Proche conseiller de Kellog, sénateur du Maine. Tu te rappelles? Kellog a failli être choisi comme candidat à la vice-présidence l'été dernier.

– Vraiment? Pour quel parti?»

Aaron secoua la tête. «Oncle Saul, que *fais*-tu de tes journées pour ne rien savoir de ce qui se passe autour de toi?»

Saul sourit. «Pas grand-chose. Je donne trois cours magistraux par semaine. Je fais toujours partie du conseil d'administration de la fac, bien que je n'y sois plus obligé. J'ai un programme de recherche à la clinique. Je dois rendre mon deuxième livre à mon éditeur pour le 6 janvier...

– D'accord, d'accord...

– Je fais au moins douze heures de consultation par semaine à la clinique. Je me suis rendu à quatre séminaires en décembre, dont deux en Europe, j'y ai prononcé des conférences...

– D'accord.

– La semaine dernière, par extraordinaire, je n'ai participé qu'à un seul débat. D'habitude, je consacre au moins deux soirées à des réunions avec le doyen et avec le Conseil d'éducation de l'État. Bon, Moddy, pourquoi Mr. Trask est-il si important? Parce que c'est l'un des conseillers du sénateur Kellog?

– Pas *l'un* des conseillers, *le* conseiller. A en croire la rumeur, Kellog ne va jamais aux toilettes sans avoir consulté Nieman Trask au préalable. De plus, Trask a été responsable du financement du parti pendant la dernière campagne électorale. On dit qu'il laisse un sillage de billets verts sur son passage.

– Charmant. Et ce gentleman?» Saul tapota le front d'un homme qui ressemblait vaguement à Charlton Heston.

«Joseph Philip Kepler. Ex-numéro trois de la C.I.A. sous Lyndon Johnson, ex-homme à tout faire du Département d'État, aujourd'hui consultant médiatique et animateur sur la chaîne P.B.S.

– Oui, son visage me disait quelque chose. Son émission passe le dimanche soir, non?

– "Feux Croisés". Il invite des bureaucrates du gouvernement à seule fin de les embarrasser. Celui-ci...»

Aaron indiqua la photographie d'un homme chauve aux lèvres déformées par un rictus. «… c'est Charles C. Colben, assistant spécial du directeur délégué du Federal Bureau of Investigations.

– Voilà un titre bien intéressant. Ça peut vouloir tout dire ou ne rien dire.

– Dans son cas, ça veut dire beaucoup. Colben est la seule personne un tant soit peu impliquée dans l'affaire du Watergate à ne pas s'être retrouvée en prison. C'était le contact de la Maison Blanche au F.B.I. Certains prétendent que c'était aussi le maître à penser de Gordon Liddy. Non seulement il n'a pas été inculpé, mais il a vu son importance croître quand toutes les têtes ont eu fini de tomber.

– Que signifie tout ceci, Moddy?

– Une minute, oncle Saul, nous avons gardé le meilleur pour la fin.» Aaron rangea ses photographies, excepté celle d'un homme mince et impeccablement vêtu, âgé d'une soixantaine d'années. Ses cheveux gris coiffés avec soin lui donnaient un air distingué. En dépit du grain de l'épreuve, Saul perçut chez lui un bronzage, une vêture et une autorité subliminale que seule la richesse pouvait conférer.

«C. Arnold Barent.» Aaron marqua une pause, puis reprit : «"L'ami des présidents". Depuis Eisenhower, tous les chefs d'État de ce pays sont allés en vacances avec leur famille dans une des propriétés de Barent. Le père de Barent était dans l'acier et les chemins de fer… un simple milliardaire… un indigent comparé à Barent Junior et à ses centaines de milliards. Promène-toi au-dessus de Manhattan et choisis au hasard un gratte-ciel, n'importe lequel; il y a plus d'une chance sur deux pour que l'une des compagnies installées au dernier étage appartienne à une société qui est elle-même une filiale d'un conglomérat administré par un consortium dont la majorité des parts appartient à C. Arnold Barent. Médias, micro-puces, studios de cinéma, pétrole, œuvres d'art, petits pots pour bébés, Barent est partout.

– Que veut dire le “C” ?

– Personne n’en a la moindre idée. C. Arnold Senior ne l’a jamais révélé et son fils pas davantage. Quoi qu’il en soit, les services secrets sont enchantés quand le président et sa famille vont lui rendre visite. Les propriétés de Barent se trouvent en général sur des îles… il possède des îles dans le monde entier, oncle Saul… et leur installation — sécurité, héliport, liaison satellite, et cetera — n’a rien à envier à celle de la Maison Blanche.

« Une fois par an — en général durant le mois de juin —, l’Heritage West Foundation de Barent organise son “camp d’été” : une semaine de détente pour les hommes politiques les plus connus de l’Occident. On n’y est admis que sur invitation, et il est nécessaire pour cela d’être au moins chef de cabinet et en pleine ascension… ou d’avoir derrière soi une brillante carrière. A en croire certaines rumeurs, on y a vu d’anciens chanceliers d’Allemagne fédérale danser autour de feux de camp et chanter des chansons paillardes avec d’anciens secrétaires d’État américains et un ex-président ou deux. C’est un endroit où les grands de ce monde peuvent se déboutonner… c’est bien ainsi que l’on dit, oncle Saul ?

– Oui. » Saul regarda son neveu ranger la dernière de ses photographies. « Dis-moi ce que tout ceci signifie, Aaron. Pourquoi Tony Harod est-il venu de Hollywood pour rencontrer en secret ces cinq personnages que je devrais connaître — et pour cause — et que je ne connais pas ? »

Aaron rangea les dossiers dans son attaché-case et se croisa les doigts, les lèvres pincées. « C’est à *toi* de *me* le dire, oncle Saul. Un producteur et ancien nazi — du moins tu penses que c’est ton ancien nazi — est tué dans un accident d’avion, sans doute à cause d’une bombe. Tu envoies un étudiant jouer au détective à Hollywood, il enquête sur le producteur et il se fait enlever… presque certainement tuer… ainsi que ses deux collègues amateurs. Huit jours plus tard, l’associé de ton producteur nazi… un homme qui, selon les rumeurs, a autant de charme qu'un charlatan doublé d'un violeur d'enfants... s'envole pour Washington et y rencontre le plus étrange assortiment de politicards et de magouilleurs depuis la première réunion du Conseil exécutif de Yasser Arafat. Que se passe-t-il, oncle Saul ? »

Saul ôta ses lunettes et en nettoya les verres. Il resta silencieux pendant une bonne minute. Aaron attendit. « Moddy, dit finalement Saul, je ne sais pas ce qui se passe. Je ne m'intéressais qu'à l'Oberst... à l'homme qui à mon avis est devenu William D. Borden. Je n'avais jamais entendu parler de ces hommes-*là* avant aujourd'hui. J'ignorais qui était Borden avant de voir sa photo dans le *New York Times* de dimanche, et c'est seulement à ce moment-là que j'ai été persuadé qu'il s'agissait de l'Oberst Wilhelm von Borchert, de la Waffen S.S... » Saul s'interrompit, remit ses lunettes et se palpa le front d'une main tremblante. Il savait qu'il devait apparaître à son neveu comme un vieil homme désemparé, mais ce n'était pas de la comédie de sa part.

« Oncle Saul, tu peux me dire ce qui ne va pas, dit Aaron en hébreu. Laisse-moi t'aider. »

Saul hocha la tête. Il sentit les larmes perler à ses yeux et il se détourna.

« Si cette histoire a une importance quelconque vis-à-vis d'Israël, insista Aaron, si cela représente une menace pour nous... nous devons travailler ensemble, oncle Saul. »

Saul se redressa sur son siège. *Une menace*. Soudain, il revit son père à Chelmno, portant le petit Josef au milieu de la file d'hommes et de garçons nus et pâles, sentit à nouveau la brûlure de la gifle sur sa joue, son humiliation, et sut avec certitude... tout comme son père l'avait su... que la première, la seule des priorités était de sauver sa famille. Il prit la main d'Aaron dans les siennes. « Moddy... tu dois me faire confiance. Je pense qu'il est en train de se produire plusieurs choses qui n'ont aucun rapport entre elles. Cet homme, que je croyais être mon Oberst... ce n'était probablement pas lui. Francis Harrington était brillant mais instable... il a renoncé à toutes ses responsabilités tout comme il avait renoncé à ses études à Princeton il y a trois ans. Je lui avais versé une confortable avance sur ses frais afin qu'il puisse enquêter sur le passé de William Borden. Je suis sûr que la mère de Francis... ou sa secrétaire... ou sa petite amie va recevoir d'un jour à l'autre une carte postale expédiée de Bora-Bora ou d'un endroit de ce genre...

– Oncle Saul...

– *Écoute-moi*, Moddy, je t'en prie. Les amis de Francis... ils sont morts dans un accident. Tu n'as jamais connu personne qui soit mort dans un accident ? Ton cousin Chaim, peut-être, qui est parti en Jeep sur le Golan pour aller retrouver une fille qui n'était qu'une *nafkeh*...

– Oncle Saul...

– Écoute-moi, Moddy. Voilà que tu te prends pour James Bond, tout comme tu te prenais pour Superman quand tu étais petit. Tu te rappelles l'été où je suis venu vous voir... tu avais neuf ans... tu étais trop grand pour bondir du haut de la terrasse avec une serviette de bain autour du cou en guise de cape. Tu n'as pas pu jouer avec ton oncle préféré pendant tout l'été à cause de ta jambe dans le plâtre. »

Aaron rougit et s'abîma dans la contemplation de ses mains.

« Tes photos sont intéressantes, Moddy. Mais que suggèrent-elles ? Une conspiration contre Jérusalem ? Une cellule du Fatah d'Arafat se préparant à expédier des bombes sur la frontière ? *Moddy*, tu as vu des hommes de pouvoir pleins aux as retrouver un pornographe dans une ville de pouvoir pleine aux as. Penses-tu qu'il s'agissait vraiment d'une rencontre *secrète* ? Tu l'as dit toi-même, C. Arnold Barent possède des îles et des maisons où le président lui-même est plus en sécurité que chez lui. Ce n'était pas une rencontre publique, voilà tout. Qui sait quel projet de cinéma cochon ces gens ont décidé de financer, qui sait où passent les fonds de ton révérend Wayne Jim ?

– Jimmy Wayne, rectifia Aaron.

– Peu importe. Penses-tu vraiment que nous devrions déranger tes supérieurs à l'ambassade, faire intervenir de *vrais* agents et courir le risque de voir David mis au courant, malade comme il l'est en ce moment, à cause d'une *meshuggener* de rencontre où on n'a probablement parlé que de cinéma porno ? »

Aaron était rouge comme une écrevisse. Saul crut une seconde que le jeune homme allait se mettre à pleurer. « D'accord, oncle Saul, tu ne veux *vraiment* rien me dire ? »

Saul posa une nouvelle fois la main sur celle de son neveu. « Moddy, je te jure sur la tombe de ta mère que je t'ai dit tout ce que je comprenais de la situation. Je vais rester encore un jour ou deux à Washington. Peut-être aurai-je le temps de passer chez toi pour embrasser Deborah et les enfants, et nous en reparlerons. C'est de l'autre côté du fleuve, n'est-ce pas ?

– Oui. A Alexandria. Pourquoi pas ce soir ?

– J'ai un rendez-vous. Mais demain… j'aimerais bien un bon repas en famille. » Saul jeta un regard en direction des trois Israéliens qui composaient avec eux toute la clientèle du restaurant. « Qu'allons-nous leur dire ? »

Ce fut au tour d'Aaron d'ajuster ses lunettes. « Seul Levi est au courant des raisons de notre présence ici. De toute façon, nous devions aller déjeuner… » Aaron regarda Saul droit dans les yeux. « Est-ce que tu sais ce que tu fais, oncle Saul ?

– Oui. Et pour le moment, je veux en faire le moins possible, me détendre, profiter un peu de mes vacances et commencer à préparer mes cours de janvier. Moddy, tu ne vas pas demander à l'un d'eux… » Saul inclina la tête en arrière. « … de me suivre, n'est-ce pas ? Cela risquerait d'être fort embarrassant vis-à-vis de la… euh, de la collègue avec laquelle j'espère dîner ce soir. »

Aaron eut un large sourire. « De toute façon, nous

n'en aurions pas les moyens. Seul Levi est un homme de terrain. Les deux autres travaillent avec moi au chiffre.»

Tous deux se levèrent. «Entendu pour demain, oncle Saul? Tu veux que je vienne te chercher?

– Non, j'ai loué une voiture. Six heures, ça ira?

– Un peu plus tôt si ça t'est possible. Tu auras le temps de jouer avec les jumelles avant dîner.

– Quatre heures et demie, alors.

– Et nous reparlerons de tout ça?

– Je te le promets.»

Les deux hommes se dirigèrent vers l'escalier qui conduisait sous le dôme, s'embrassèrent et se séparèrent. Saul resta immobile devant la boutique du musée jusqu'à ce qu'il ait vu Harry, Barbara et Levi, un homme trapu, s'éloigner ensemble. Puis il remonta lentement vers la section des Impressionnistes.

La petite fille au chapeau de paille l'attendait toujours, le regardait toujours de cet air un peu surpris, un peu intrigué, un peu blessé, qui ne manquait jamais de l'émouvoir. Saul resta là un long moment, pensant à la famille, à la vengeance et à la peur. Il se surprit à se demander s'il était juste, s'il était seulement raisonnable, d'impliquer deux goyim dans un combat qui ne pourrait jamais être le leur.

Il décida de retourner à son hôtel, de prendre une bonne douche, bien longue et bien chaude, et de lire le nouveau livre de Mortimer Adler. Ensuite, lorsque le tarif du soir entrerait en vigueur, il appellerait Charleston pour parler à Natalie ou au shérif, si possible aux deux. Il leur dirait que son rendez-vous s'était bien passé; qu'il savait à présent que le producteur décédé dans l'avion de Charleston n'était pas le colonel allemand qui hantait ses cauchemars. Il leur avouerait qu'il avait été fatigué ces derniers temps et les laisserait tirer leurs propres conclusions au sujet de son analyse de Nina Drayton et des événements de Charleston.

Saul était toujours planté devant la petite fille au chapeau de paille, perdu dans ses pensées, lorsqu'une voix de basse dit dans son dos : « C'est un très joli tableau, n'est-ce pas ? Quelle tristesse que la fillette qui a posé pour le peintre soit aujourd'hui morte et son cadavre rongé par les vers. »

Saul fit volte-face. Francis Harrington se tenait devant lui, les yeux brillant d'une lueur étrange, le visage aussi pâle qu'un masque mortuaire. Ses lèvres molles tressautèrent, comme tirées par des crochets, jusqu'à ce qu'un rictus dévoile ses dents en une grotesque parodie de sourire. Ses bras se levèrent, comme pour étreindre Saul, ou comme pour l'engloutir.

« *Guten Tag, mein alte Freund*, dit la chose qui avait été Francis Harrington. *Wie geht's, mein kleiner Bauer ?*... Mon petit pion préféré ? »

16.
Charleston,
jeudi 25 décembre 1980

Un petit arbre de Noël avait été installé au milieu de la salle d'attente de l'hôpital. Cinq paquets vides et enveloppés de papier aux couleurs gaies étaient posés à son pied, et à ses branches pendaient des décorations en papier confectionnées par les enfants. Le soleil découpait des rectangles jaunes et blancs sur le sol carrelé.

Le shérif Bobby Joe Gentry salua la réceptionniste d'un hochement de tête, puis se dirigea vers les ascenseurs. «Bonjour et joyeux Noël, Miz Howell.» Il appuya sur le bouton et attendit l'arrivée de la cabine, un gros sac en papier blanc dans les bras.

«Joyeux Noël, shérif! répliqua la septuagénaire bénévole. Oh… puis-je vous déranger quelques instants?

– Vous ne me dérangez pas, madame.» Ne prêtant aucune attention à la porte qui venait de s'ouvrir devant lui, Gentry se dirigea vers le guichet. La vieille dame était vêtue d'une blouse vert pastel qui jurait avec le bouquet d'aiguilles de pin en plastique posé sur le comptoir en Formica. Deux romans sentimentaux de la collection Silhouette gisaient près de son registre. «En quoi puis-je vous aider, Miz Howell?» demanda Gentry.

La vieille dame se pencha et retira ses verres à double foyer, les laissant pendre au bout de leur chaîne. «C'est au sujet de cette jeune femme de couleur, au quatrième, celle qu'on a admise hier soir, dit-elle dans un murmure qu'on aurait pu qualifier de conspirateur.

– Oui?

– D'après l'infirmière Oleander, vous êtes resté là-haut presque toute la nuit… à monter la garde… et un de vos adjoints vous a remplacé quand vous êtes parti ce matin…

– C'est Lester.» Gentry serra le sac contre lui pour l'empêcher de tomber. «C'est le seul de mes hommes qui soit célibataire comme moi. On se retrouve souvent de garde pendant les périodes de fête.

– Euh, oui, dit Ms. Howell, un peu prise de court, mais on se demandait, l'infirmière Oleander et moi, vu que c'est Noël, eh bien… de quoi est *accusée* cette fille de couleur? Je veux dire, c'est peut-être une enquête officielle ou je ne sais quoi, mais est-il exact que cette fille est soupçonnée d'être impliquée dans les meurtres de Mansard House et qu'il a fallu l'amener ici de force?»

Gentry sourit et se pencha. «Miz Howell, puis-je vous confier un secret?»

La réceptionniste remit ses verres épais en place, plissa les lèvres, se redressa sur son siège et hocha la tête. «Bien sûr que oui, shérif. Tout ce que vous me direz n'ira pas plus loin que ce bureau.»

Gentry opina et se pencha pour lui murmurer à l'oreille : «Ms. Preston est ma fiancée. Cette idée ne lui plaît pas et j'ai été obligé de la garder enfermée dans ma cave. Hier soir, elle a tenté de s'évader pendant que nous faisions la tournée des bars, et j'ai dû lui donner une correction. Lester la tient en respect en attendant mon retour.»

Gentry se retourna pour lancer un clin d'œil à la réceptionniste avant d'entrer dans l'ascenseur. La posture de Ms. Howell était toujours aussi parfaite, mais ses lunettes avaient glissé au bout de son nez et sa bouche était légèrement entrouverte.

Natalie leva les yeux lorsque Gentry entra dans la chambre à deux lits dont elle était la seule occupante.

«Bonjour et joyeux Noël!» s'exclama-t-il. Il plaça le

plateau roulant devant elle et y posa le sac blanc. «Ho, ho, ho.

– Joyeux Noël.» La voix de Natalie était éraillée. Elle grimaça et porta une main à sa gorge.

«On vous a fait voir vos bleus? demanda Gentry en se penchant pour les inspecter une nouvelle fois.

– Oui, chuchota Natalie.

– Celui qui vous a fait ça avait des doigts de catcheur. Comment va votre tête?»

Natalie toucha le large bandage qui recouvrait sa tempe gauche. «Que s'est-il passé? demanda-t-elle d'une voix rauque. Je me rappelle que j'étais en train d'étouffer, mais je ne me rappelle pas m'être cognée…»

Gentry commença à sortir des petites boîtes en plastique de son sac. «Le docteur est passé vous voir?

– Pas depuis mon réveil.

– Le toubib pense que vous vous êtes cognée à la portière pendant que vous vous débattiez.» Gentry ôta les couvercles des gobelets et des tasses en plastique contenant du jus d'orange et du café fumant. «Ce n'est qu'une contusion qui a un peu saigné. C'est parce que ce type vous a étouffée que vous êtes tombée dans les pommes.»

Natalie se toucha la gorge et grimaça à ce souvenir. «A présent, je sais quel effet ça fait d'être étranglée», murmura-t-elle en souriant faiblement.

Gentry secoua la tête. «Non. Il vous a fait une prise d'étranglement, mais c'était pour empêcher le sang d'arriver à votre cerveau, pas pour empêcher l'air d'arriver à vos poumons. Ce type est un expert. Quelques secondes de plus, et vous risquiez de devenir un légume. Vous voulez un muffin avec vos œufs brouillés?»

Natalie contempla le petit déjeuner plantureux disposé devant ses yeux : café, muffins, œufs, bacon, saucisses, jus d'orange et fruits. «Où donc avez-vous trouvé tout ça? On m'a déjà servi le petit déjeuner, et je n'ai pas pu l'avaler… un œuf poché en caoutchouc et de la lavasse en guise de thé. Vous avez trouvé un restaurant ouvert le jour de Noël?»

Gentry ôta son chapeau, le plaqua contre son cœur et prit un air vexé. « Un restaurant ? *Un restaurant ?* Enfin, m'dame, cette ville respecte la volonté divine. Aucun restaurant n'est ouvert ce matin… sauf peut-être celui de Tom Delphin, sur l'Interstate. Tom est agnostique. Non, m'dame, cette bouffe vient tout droit de la cuisine de votre serviteur. Maintenant, mangez avant que ça refroidisse.

– Merci… shérif. Mais je ne pourrai jamais manger tout ça…

– Je le sais bien. C'est aussi l'heure de mon petit déjeuner. Voilà le poivre.

– Mais… ma gorge…

– Le toubib dit qu'elle va vous faire mal pendant quelque temps, mais ça ne vous empêchera pas de manger. À table ! »

Natalie ouvrit la bouche pour parler, se ravisa et attrapa sa fourchette.

Gentry sortit un petit transistor de son sac et le posa sur la table de chevet. La plupart des radios F.M. diffusaient des chants de Noël. Il trouva une station de musique classique qui avait programmé *Le Messie* de Haendel et laissa la musique prendre son essor.

Natalie semblait apprécier ses œufs brouillés. Elle avala une gorgée de café chaud. « C'est excellent, shérif. Et Lester, au fait ?

– Le mot "excellent" ne convient pas tout à fait pour le décrire.

– Non, je veux dire : il est toujours ici ?

– Non. Il est retourné au poste et il y restera jusqu'à midi. Ensuite, Stewart viendra le relever. Ne vous inquiétez pas, Lester a déjà pris son petit déjeuner.

– Ce café est vraiment bon. » Natalie contempla Gentry, assis derrière l'amas de récipients. « Lester m'a dit que vous avez passé la nuit ici. »

Gentry réussit à ôter son chapeau et à hausser les épaules en même temps. « Ces fichus œufs refroidissent même lorsque je les conserve dans ces saletés en plastique, dit-il.

– Vous aviez peur que ce type… mon agresseur… vienne ici ?

– Pas vraiment, mais on n'a pas eu le temps de discuter hier soir avant qu'ils vous fassent cette piqûre. J'ai pensé que ça ne vous ferait pas de mal de trouver quelqu'un à qui parler en vous réveillant.

– Et vous avez passé la nuit de Noël dans une chambre d'hôpital. »

Gentry lui sourit. « Bof, c'était plus distrayant que de regarder pour la vingtième fois Mister Magoo en Scrooge dans "Un conte de Noël".

– Comment avez-vous fait pour me retrouver si vite hier soir ? demanda Natalie d'une voix toujours rauque mais un peu moins éraillée.

– Eh bien, on s'était donné rendez-vous, rappelez-vous. Vous n'étiez pas chez vous, il n'y avait aucun message sur mon répondeur, aussi suis-je allé faire un tour devant la maison Fuller avant de rentrer chez moi. Je savais que vous passiez souvent par là.

– Mais vous n'avez pas vu mon agresseur ?

– Non. Je vous ai trouvée dans votre voiture, recroquevillée sur un appareil photo couvert de sang. »

Natalie secoua la tête. « Je ne me rappelle toujours pas l'avoir frappé avec. Je cherchais à récupérer le pistolet de Papa.

– Au fait, ça me rappelle quelque chose. » Gentry se dirigea vers le blouson vert qu'il avait posé sur une chaise, sortit de sa poche l'automatique calibre 32 et le posa sur le plateau à côté du jus d'orange de Natalie. « J'ai remis le cran de sûreté en place. Il est toujours chargé. »

Natalie approcha un toast de sa bouche, mais ne mordit pas dedans. « *Qui* était-ce ? »

Gentry secoua la tête. « Vous dites qu'il était blanc ?

– Oui. Je n'ai vu que son nez… un morceau de sa joue… et ses yeux, mais je suis sûre qu'il était blanc…

– Quel âge ?

– Je n'en suis pas sûre. J'ai eu l'impression qu'il avait à peu près votre âge… la trentaine, peut-être.

– Vous rappelez-vous un détail que vous n'auriez pas mentionné hier soir ?

– Non, je ne pense pas. Il était dans la voiture quand j'y suis montée. Il avait dû se coucher derrière la banquette avant… » Natalie reposa son toast et frissonna.

« Il avait cassé votre veilleuse, dit Gentry en avalant sa dernière bouchée d'œufs brouillés. C'est pour ça qu'elle ne s'est pas allumée quand vous avez ouvert la portière. Vous dites avoir vu de la lumière au premier étage de la maison Fuller ?

– Oui. Pas dans le couloir ni dans la chambre. Peut-être dans la chambre d'amis. Je l'ai aperçue à travers le volet.

– Tenez, finissez ça, dit Gentry en poussant vers elle une assiette de bacon. Saviez-vous qu'on avait coupé l'électricité dans la maison Fuller ? »

Natalie arqua les sourcils. « Non.

– C'était probablement une lampe-torche. Peut-être une grosse lanterne électrique.

– Vous me croyez, alors ? »

Gentry était occupé à refermer ses récipients et à les jeter dans la corbeille. Il s'interrompit et se tourna vers Natalie. « Bien sûr que je vous crois. Vous ne vous êtes pas fait ces marques à la gorge toute seule.

– Mais pourquoi voudrait-on me tuer ? » Les blessures de Natalie ne suffisaient pas à expliquer la faiblesse de sa voix.

Gentry empila les assiettes. « Hum, fit-il. Quel que soit ce type, il ne cherchait pas à vous tuer. Il voulait vous faire *mal*…

– Il y a réussi, dit Natalie en palpant sa gorge et sa tête bandée.

– … et vous faire *peur*.

– Idem. » Natalie parcourut la chambre du regard. « Bon Dieu, je déteste les hôpitaux.

– Et il y a ce qu'il vous a dit, poursuivit Gentry. Répétez-le, s'il vous plaît. »

Natalie ferma les yeux. « Vous voulez retrouver la vieille ? Allez voir à Germantown.

– Répétez ça encore une fois, insista Gentry. Essayez d'adopter la même intonation, le même débit que lui.»

Natalie répéta la phrase d'une voix sans relief.

«C'est tout? dit Gentry. Pas d'accent particulier?

– Pas vraiment. Il avait une voix neutre. Un peu comme un animateur de F.M. en train de donner le bulletin météo.

– Ce n'était pas un gars d'ici, alors.

– Non.

– Un Yankee, peut-être?» Gentry répéta la phrase avec un accent new-yorkais si prononcé et si bien imité que Natalie éclata de rire en dépit de sa gorge douloureuse.

«Non, dit-elle.

– Un gars de la Nouvelle-Angleterre, alors? Un Allemand? Un Juif du New Jersey?» Gentry répéta trois fois la même phrase en adoptant successivement trois accents différents.

«Non, dit Natalie en riant. Vous êtes vraiment doué. Mais non, sa voix était neutre, tout simplement.

– Et sa tonalité? Grave ou aiguë?

– Grave, mais pas autant que la vôtre. Une voix de baryton.

– Est-ce que ça aurait pu être une femme?»

Natalie cilla. Elle revit le visage qu'elle avait aperçu dans le rétroviseur alors que des points rouges envahissaient son champ de vision : ce visage mince, cette joue creuse, ces yeux gris ardoise. Elle repensa à la force des mains et des bras. *Ça aurait pu être une femme*, songea-t-elle. *Une femme très costaud.* «Non, dit-elle à haute voix. Ce n'est qu'une *impression*, mais ça ressemblait à une attaque d'homme, si vous voyez ce que je veux dire. Ce qui ne veut pas dire que j'aie déjà été agressée par un homme. Et il n'y avait rien de sexuel dans cette agression…» Elle s'interrompit, gênée.

«Je comprends. Quoi qu'il en soit, ça tend à prouver que ce type n'avait pas l'intention de vous tuer. En général, les assassins ne transmettent pas un message à leurs victimes au moment de passer à l'acte.

– Un message destiné à qui ? demanda Natalie.

– "Avertissement" est peut-être le mot qui convient. Quoi qu'il en soit, j'ai enregistré ça comme une agression avec tentative de viol. Ce n'était pas du vol qualifié, puisqu'il ne vous a même pas pris votre sac à main.» Gentry rangea la vaisselle, excepté les tasses à café, et sortit une bouteille thermos de son sac blanc. «Vous vous sentez d'attaque pour reprendre un peu de café ?»

Natalie hésita. «Oui, dit-elle finalement en lui tendant sa tasse. En général, le café a tendance à m'énerver, mais on dirait qu'il compense les effets de la piqûre qu'on m'a faite hier soir.

– Et puis c'est Noël», dit Gentry en resservant. Ils écoutèrent en silence la conclusion triomphante du *Messie*.

Une fois l'oratorio achevé, le speaker annonça la suite du programme. Puis Natalie dit : «Je n'étais pas vraiment obligée de passer la nuit ici, n'est-ce pas ?

– Vous étiez gravement traumatisée. Vous êtes restée inconsciente au moins dix minutes. Il a fallu vous poser huit points de suture sur le cuir chevelu, là où vous aviez heurté l'attache de la ceinture.

– Mais j'aurais pu rentrer chez moi, pas vrai ?

– Probablement. Mais je ne le souhaitais pas. Il valait mieux que vous ne restiez pas seule, vous n'étiez pas en état d'accepter une invitation à venir chez moi, et je ne voulais pas passer la nuit de Noël dans une voiture banalisée garée devant chez vous. De plus, vous *deviez* rester en observation au moins jusqu'à ce matin. C'est le toubib qui l'a dit.

– J'aurais accepté d'aller chez vous.» Il n'y avait aucun soupçon de coquetterie dans la voix de Natalie. «J'ai peur.»

Gentry opina. «Ouais.» Il acheva son café. «Moi aussi. Je ne sais pas pourquoi, mais j'ai l'impression qu'on est embarqués dans quelque chose qu'on ne comprend pas.

– Vous croyez encore à l'histoire de Saul ?

– Je me sentirais plus rassuré si on avait eu de ses

nouvelles durant les six derniers jours. Mais on n'est pas obligés de croire tout ce qu'il nous a dit pour se rendre compte qu'il se passe quelque chose de bizarre par ici.

– Pensez-vous que vous réussirez à retrouver mon agresseur ?» Soudain épuisée, Natalie se laissa tomber sur son oreiller et changea la position du lit.

«Pas si on compte sur l'identité judiciaire. J'ai fait analyser le sang sur le Nikon, mais ça ne nous apprendra pas grand-chose. La seule façon de le retrouver, c'est de continuer l'enquête.

– Ou d'attendre qu'il s'en prenne de nouveau à moi.

– Ça m'étonnerait. Je pense qu'on vous a déjà transmis le message.

– "Vous voulez retrouver la vieille ? Allez voir à Germantown", entonna Natalie. La vieille en question étant Melanie Fuller ?

– Vous en voyez une autre ?

– Non. Où est Germantown ? Est-ce que c'est une vraie ville ? Pensez-vous que ça puisse avoir un rapport avec l'Oberst de Saul... que ce soit une sorte de code ?

– Je connais deux ou trois Germantown. Des quartiers de villes du Nord. Je crois qu'il existe un quartier historique de ce nom à Philadelphie. Mais il y a peut-être des centaines de villes qui s'appellent comme ça en Amérique. Je n'en ai pas trouvé dans mon petit atlas, mais j'irai faire des recherches à la bibliothèque. Ça ne ressemble pas à un code... seulement à un nom de lieu.

– Mais pourquoi nous dirait-on où elle se trouve ? Et qui pourrait le savoir ? Et pourquoi nous le dire à nous ?

– Excellentes questions. Je n'ai encore aucune réponse à vous proposer. Si l'histoire de Saul est véridique, il semble qu'il n'en connaissait pas tous les détails.

– Et si mon agresseur avait été... un agent de Ms. Fuller elle-même ? Quelqu'un qu'elle aurait utilisé comme l'Oberst a utilisé Saul ? Et si elle était encore à Charleston, et qu'elle ait voulu nous lancer sur une fausse piste ?

– Bien sûr, mais j'ai personnellement fabriqué quelques scénarios de ce genre et aucun ne tient la route. Si Melanie Fuller est encore vivante et se trouve encore à Charleston, pourquoi se signalerait-elle à notre attention ? Qui diable sommes-*nous* ? L'enquête a déjà mobilisé la brigade criminelle, la police de trois États et le F.B.I. Les trois networks ont diffusé un reportage la semaine dernière, il y avait cinquante journalistes à la conférence de presse du District Attorney il y a dix jours, et certains d'entre eux sont encore occupés à fouiner dans le coin… même si on ne les voit plus très souvent à mon bureau. Une autre raison pour laquelle je n'ai pas précisé dans mon rapport que vous étiez garée en face de la maison Fuller hier soir. Je vois déjà les manchettes des journaux à sensation : LA MAISON MEURTRIÈRE DE CHARLESTON A FAILLI FAIRE UNE NOUVELLE VICTIME.

– Quel scénario vous paraît le plus raisonnable, alors ? »

Gentry acheva de ranger ses affaires, écarta le plateau mobile et s'assit au bord du lit. Il semblait étrangement souple pour un homme de sa corpulence, comme si sa graisse et sa peau rose dissimulaient un corps d'athlète. « Supposons que l'histoire de Saul soit véridique, dit-il doucement. Nous sommes alors en présence de plusieurs vampires psychiques en train de s'affronter. Nina Drayton est morte… j'ai vu son corps quand il est arrivé à la morgue et quand il en est reparti. Je ne sais pas ce qu'elle était avant, mais ce n'est plus désormais qu'un souvenir… des cendres… ceux qui sont venus réclamer son corps l'ont fait incinérer.

– De qui s'agissait-il ?

– Pas de membres de sa famille. Ni d'amis à proprement parler. Un avocat de New York chargé de régler sa succession et deux membres du conseil d'administration d'une société dont elle faisait partie.

– Nina Drayton a donc disparu du tableau. Qui nous reste-t-il ? »

Gentry leva trois doigts. «Melanie Fuller, William Borden… l'Oberst de Saul…

– Ça fait deux, dit Natalie en regardant le doigt restant. Qui d'autre?

– Un million d'inconnus, dit Gentry en agitant ses dix doigts. Hé, j'ai un cadeau de Noël pour vous.» Il retourna près de son blouson et en revint avec une enveloppe. Elle contenait une carte de vœux et un billet d'avion.

«Destination Saint Louis, lut Natalie. Départ demain.

– Ouaip. Il n'y avait plus de places aujourd'hui.

– Est-ce que vous me chassez de la ville, shérif?

– On pourrait dire ça.» Gentry se fendit d'un large sourire. «Je sais que j'abuse de la situation, Miz Preston, mais je me sentirais foutrement mieux si vous ne reveniez pas ici tant que cette affaire ne sera pas conclue.

– Je ne sais quoi penser. Pourquoi serais-je plus en sécurité à Saint Louis? Si quelqu'un m'en veut, pourquoi ne me suivrait-il pas là-bas?»

Gentry se croisa les bras. «Bien raisonné, mais je ne pense pas que quelqu'un vous en *veuille*, et vous?» Comme elle ne répondait pas, il poursuivit : «Quoi qu'il en soit, vous m'avez dit l'autre jour que vous aviez des amis là-bas… Frederick pourrait rester auprès de vous…

– Je n'ai besoin ni d'un garde du corps ni d'un babysitter, dit Natalie d'une voix glaciale.

– Non, mais là-bas, vous serez occupée et entourée par vos amis. Et vous serez en dehors de ce qui se passe ici.

– Et qui retrouvera l'assassin de mon père? Qui surveillera la maison Fuller en attendant que Saul reprenne contact avec nous?

– Je confierai la surveillance de la maison Fuller à un de mes adjoints. Mrs. Hodges m'a donné la permission de l'installer chez elle… en haut, dans la tanière de Mr. Hodges. Elle donne sur la cour.

– Et vous, que comptez-vous faire?»

Gentry prit son chapeau sur le lit, en lissa les bords et le vissa sur sa tête. «J'avais l'intention de prendre des vacances.

– Des vacances!» Natalie n'en revenait pas. «En plein milieu de cette affaire? Après tout ce qui est arrivé?»

Gentry sourit. «C'est presque exactement ce qu'on m'a dit à la mairie. Mais ça fait deux ans que je n'ai pas pris de congé et le Comté me doit au moins cinq semaines. Je pense que je peux en prendre au moins une ou deux.

– Quand partez-vous?

– Demain.

– Et où irez-vous?» Il y avait plus que de la curiosité dans la voix de Natalie.

Gentry se frotta la joue. «J'ai bien envie d'aller vers le nord et de visiter New York pendant quelques jours. Ça fait une éternité que je n'y ai pas mis les pieds. Ensuite, je crois que j'irai passer un jour ou deux à Washington.

– Pour y chercher Saul.

– Peut-être», grasseya Gentry. Il jeta un coup d'œil à sa montre. «Hé, il se fait tard. Le toubib devrait passer vous voir vers neuf heures. Ensuite, vous pourrez sans doute rentrer chez vous.» Il marqua un temps. «Revenons à ce que vous avez dit tout à l'heure : vous ne verriez aucune objection à vous faire héberger chez moi...»

Natalie se redressa sur ses oreillers. «Est-ce une invitation? demanda-t-elle.

– Oui, m'dame. Je me sentirais mieux si vous ne restiez pas trop longtemps chez vous avant de partir. Bien sûr, vous pouvez toujours prendre une chambre d'hôtel, et je peux toujours demander à Lester ou à Stewart de monter la garde avec...

– Shérif, coupa-t-elle, avant de vous répondre, je tiens à régler un détail avec vous.»

Gentry prit un air sérieux. «Je vous écoute, m'dame.

– J'en ai marre de vous appeler shérif, et j'en ai plus

que marre que vous m'appeliez m'dame. Appelons-nous par nos prénoms ou tout est fini entre nous.

– Ça me va, m'dame, dit Gentry en souriant.

– Il y a encore un problème. Jamais je n'arriverai à vous appeler Bobby Joe.

– Mes parents n'y arrivaient pas non plus. On n'a commencé à m'appeler comme ça que lorsque j'ai été engagé comme adjoint à Charleston. Et ça m'arrangeait de me faire appeler Bobby Joe quand j'ai fait campagne pour être élu shérif.

– Comment vous appelaient vos parents et vos camarades de classe ?

– Les autres gamins m'appelaient surtout Gros Lard, dit Gentry avec un sourire. Ma mère m'appelait Rob.

– Oui, dit Natalie. Je vous remercie de votre invitation, Rob. Je l'accepte. »

Ils s'arrêtèrent chez Natalie le temps qu'elle fasse ses bagages et appelle quelques amis, ainsi que l'avocat de son père. Il allait falloir au moins un mois à ce dernier pour régler la succession et vendre le magasin. Natalie n'avait aucune raison de rester.

La journée de Noël était chaude et ensoleillée. Gentry roulait lentement et prit le chemin des écoliers pour regagner le centre-ville. On était jeudi, mais on se serait cru un dimanche.

Ils dînèrent tôt. Gentry leur prépara du jambon cuit, de la purée de pommes de terre, des brocolis avec une sauce au fromage, et une mousse au chocolat. Ils installèrent la grande table ronde près de la baie vitrée et sirotèrent leur café en contemplant les arbres et les maisons du voisinage que le crépuscule privait peu à peu de couleurs. Puis ils enfilèrent des blousons et se promenèrent sous le ciel qui se piquetait d'étoiles. Les enfants renonçaient à leurs jouets tout neufs pour répondre aux appels lancés par leurs parents. Les pièces sombres s'animaient sous le pinceau des lueurs colorées de la télévision.

«Pensez-vous qu'il soit arrivé quelque chose à Saul?» demanda Natalie. C'était la première fois qu'ils parlaient de choses sérieuses depuis le matin.

Gentry enfonça ses mains dans les poches de son blouson. «Je ne sais pas. Mais j'ai l'impression que oui.

– Ça m'embête un peu d'aller me planquer à Saint Louis. Même si je ne sais pas exactement ce qui se passe, j'ai l'impression qu'après ce qui est arrivé à mon père, je dois aller jusqu'au bout.»

Gentry ne chercha pas à discuter. «Voici ce que nous allons faire. Laissez-moi m'occuper du professeur, et ensuite nous reprendrons contact pour décider ensemble de la suite des opérations. Je pense qu'il vaut mieux qu'une seule personne essaie de le retrouver.

– Mais Melanie Fuller est peut-être ici, à Charleston. Nous ne savons même pas ce que voulait dire le type qui m'a agressée.

– Je ne pense pas que la vieille dame soit encore ici.» Gentry lui parla d'Arthur Lewellyn, qui avait pris sa voiture le soir des meurtres pour aller acheter des cigares — une voiture qui avait percuté un pilier de pont à cent cinquante kilomètres à l'heure aux environs d'Atlanta. «Le buraliste chez lequel se rendait Mr. Lewellyn se trouve tout près de Mansard House, conclut-il.

– Donc, si Melanie Fuller est capable de faire ce que nous a raconté Saul…

– Ouais. C'est complètement dingue, mais ça se tient.

– Vous pensez donc qu'elle se cache à Atlanta?

– Pas exactement. C'est trop près d'ici. A mon avis, elle a dû en partir le plus tôt possible, en voiture ou en avion. J'ai passé toute la semaine accroché à mon téléphone. Il y a eu du grabuge à l'aéroport international de Hartsfield le lundi 15 deux jours après les meurtres. Une femme y a abandonné douze mille dollars en liquide dans un sac… personne n'a pu en donner une description. Un employé de l'entretien… un homme de quarante ans qui n'avait jamais eu d'ennuis de santé… est mort après avoir eu une crise d'épilepsie. J'ai recensé toutes les morts survenues ce soir-là. Une famille de six personnes tuée sur l'I-285, écrasée par un semi; le routier s'était endormi au volant. A Rockdale Park, un homme a tué son beau-frère après s'être disputé avec lui au sujet d'un bateau appartenant à la famille et dont il se prétendait le seul propriétaire. On a retrouvé le cadavre d'un clochard près du Stadium d'Atlanta... selon le bureau du shérif, ça faisait huit jours qu'il était là. Et un chauffeur de taxi nommé Steven Lenton s'est suicidé à son domicile. Ses amis ont déclaré à la police qu'il était très déprimé depuis que sa femme l'avait quitté.

– Quel rapport avec Melanie Fuller?

– C'est la partie la plus amusante de mon boulot. Spéculer.» Ils pénétrèrent dans un petit parc. Natalie s'assit sur une balançoire et oscilla d'avant en arrière. Gentry saisit la chaîne de l'autre balançoire. «Le plus drôle, dans la mort de Mr. Lenton, c'est qu'il s'est suicidé pendant qu'il était de service. La plupart des gens n'interrompent pas leur travail pour aller se tuer. Vous ne devinerez jamais où il était quand il a embarqué son dernier passager...»

Natalie cessa de se balancer. «Je ne... Oh! L'aéroport?

– Ouaip.»

Elle secoua la tête. «Ça n'a aucun sens. Si Melanie Fuller avait décidé de prendre l'avion à l'aéroport d'Atlanta, pourquoi y aurait-elle abandonné son argent, et pourquoi aurait-elle tué un employé et un chauffeur de taxi?

– Imaginons un instant que quelque chose l'ait affolée. Peut-être a-t-elle changé d'avis à la dernière minute. La voiture personnelle du chauffeur de taxi avait disparu — son ex-femme a cassé les pieds à la police pendant presque une semaine avant qu'on finisse par la retrouver.

– Où ça?

– A Washington, D.C. En plein centre-ville.

– Tout ça n'a aucun sens. N'est-il pas plus vraisemblable que cet homme se soit tout simplement suicidé et que quelqu'un ait volé sa voiture pour l'abandonner à Washington ?

– Bien sûr. Mais ce qu'il y a de bien dans l'histoire de Saul Laski, c'est qu'elle remplace une série de coïncidences par une explication toute simple. J'ai toujours été un farouche partisan du rasoir d'Occam. »

Natalie sourit et recommença à se balancer. « Tant que vous le maniez avec précaution. Si son fil s'émousse, vous risquez de vous couper la gorge.

– Mmmm. » Gentry se sentait merveilleusement bien. La brise du soir, le bruit enfantin de la balançoire rouillée, la présence de Natalie, tout cela contribuait à le rendre heureux.

Natalie cessa de se balancer. « Je tiens quand même à rester dans la course. Peut-être pourrais-je aller à Atlanta et faire ma petite enquête pendant que vous irez à Washington.

– Attendez encore quelques jours. Retournez à Saint Louis et je reprendrai bientôt contact avec vous.

– C'est ce qu'avait dit Saul Laski.

– Écoutez, j'ai un répondeur chez moi. Et j'ai aussi un gadget qui me permet d'écouter mes messages au téléphone quand je ne peux pas rentrer chez moi. Comme je perds toujours mes affaires, j'ai même deux gadgets. Prenez-en un. J'appellerai chez moi chaque jour à onze heures du matin et à onze heures du soir. Si vous avez quelque chose à me dire, laissez un message sur mon répondeur. Et je vous transmettrai les miens de la même façon. »

Natalie cilla. « Ça ne serait pas plus facile de m'appeler, tout simplement ?

– Ouais, mais si vous avez besoin d'entrer en contact avec moi, ça risque d'être difficile.

– Mais… tous vos messages privés… »

Gentry lui sourit dans le noir. « Je n'ai pas de secrets pour vous, m'dame. Ou plutôt, je n'en aurai plus une fois que je vous aurai donné ce bidule électronique.

– Je frétille d'impatience », dit Natalie.

Quelqu'un les attendait devant la maison de Gentry. Une cigarette luisait dans l'obscurité qui régnait sous la véranda. Gentry et Natalie firent halte sur l'allée pavée, le shérif fit lentement glisser la fermeture de son blouson et Natalie aperçut la crosse du revolver passé à son ceinturon. « Qui est là ? » demanda Gentry à voix basse.

La braise de la cigarette brilla avec plus d'éclat, puis disparut tandis que se dressait une silhouette sombre. Natalie agrippa le bras gauche de Gentry lorsque l'inconnu s'avança vers eux, s'immobilisant au bord des marches. « Salut, Rob, dit une belle voix de basse, il fait un temps idéal pour voler. Je venais voir si tu avais envie d'aller faire un tour sur la côte.

– Salut, Daryl », dit Gentry, et Natalie sentit le gros homme se détendre.

Les yeux de la jeune femme s'étaient accoutumés à l'obscurité et elle distinguait à présent un homme élancé aux longs cheveux qui grisonnaient sur les tempes. Il portait un blue-jean coupé aux genoux, des sandales et un sweat-shirt aux couleurs fanées portant l'inscription CLEMTON UNIVERSITY. En voyant son visage buriné et intelligent, Natalie pensa à Harry Dean Stanton en plus jeune.

« Natalie, dit Gentry, je vous présente Daryl Meeks. Daryl dirige un service de charter de l'autre côté du port. Il passe plusieurs mois par an à faire tourner un groupe de rock and roll dont il est aussi le batteur. Il se considère comme un mélange de Chuck Yeager et de Frank Zappa. Daryl et moi, on est allés à l'école ensemble. Daryl, je te présente Miz Natalie Preston.

– Enchanté », dit Meeks.

Il avait une poignée de main ferme et amicale que Natalie apprécia aussitôt.

« Sortez des chaises, dit Gentry. Je vais chercher de la bière. »

Meeks écrasa sa cigarette sur la balustrade et jeta le mégot dans un buisson pendant que Natalie installait un fauteuil en osier devant la balancelle de la véranda. Meeks s'assit sur la balancelle et croisa ses jambes osseuses, laissant une de ses sandales pendre au bout de son pied.

« A quelle école êtes-vous allés ensemble ? » demanda Natalie. Meeks lui paraissait plus âgé que Rob.

« Northwestern, dit Meeks de sa voix grave et amicale, mais Rob en est sorti avec un diplôme et moi, je me suis fait jeter et enrôler d'office. On a partagé la même chambre pendant deux ou trois ans. Deux gars du Sud terrifiés dans la grande ville.

– Mouais, tu parles, dit Gentry en revenant avec trois boîtes de Michelob bien fraîche. Daryl a grandi dans le sud, en effet le sud de Chicago. Il n'avait jamais franchi la ligne Mason-Dixon, sauf durant un été où il a passé ses vacances ici avec moi. Mais comme c'est un homme de goût, il est venu s'installer ici à son retour du Viêt-nam. Et il ne s'est pas fait jeter de la fac. Il a abandonné ses études pour s'engager, bien qu'il ait été Marine *avant* de poursuivre ses études et pacifiste *pendant* lesdites études. »

Meeks but une longue gorgée, examina la boîte de bière à la chiche lumière du soir et fit la grimace. « Bon Dieu, Rob, tu bois encore cette eau de vaisselle ? La bière Pabst est ce qui se fait de mieux. Combien de fois faudra-t-il que je te le dise ?

– Vous êtes allé au Viêt-nam ? » demanda Natalie. Elle repensa à Frederick, qui refusait catégoriquement de parler de l'année qu'il avait passée là-bas et entrait dans une colère noire dès que le nom de ce pays était mentionné.

Meeks sourit et acquiesça. « Oui, m'dame. J'ai été C.A.A. — Contrôleur Air Avancé — pendant deux ans. Je me baladais dans mon petit Piper Cub et je disais aux as, aux vrais pilotes, où ils devaient balancer leur marchandise. Je n'ai pas tiré un seul coup de feu durant mon séjour. C'était le boulot le plus peinard que j'aie jamais eu.

– Daryl a été descendu deux fois, dit Gentry. C'est le seul hippie quadragénaire que je connaisse à avoir un tiroir plein de médailles.

– Je les ai achetées aux puces», dit Meeks. Il acheva sa bière, rota et reprit : «On dirait que j'ai mal choisi mon jour pour te proposer une balade en avion, hein, Rob ?

– Ce sera pour une autre fois, amigo.»

Meeks hocha la tête, se leva et s'inclina devant Natalie. «C'était un plaisir, m'dame. Si vous avez besoin d'arroser des récoltes, de faire un petit voyage ou d'entendre un solo de batterie, allez faire un tour à l'aéroport de Mount Pleasant et demandez Daryl Meeks.

– Je n'y manquerai pas», dit Natalie en souriant.

Meeks tapa Gentry sur l'épaule et s'enfonça dans la nuit d'un pas vif, sifflant le thème musical d'*Écrit dans le ciel*.

Ils passèrent le reste de la soirée à écouter de la musique, à se raconter leur enfance, à jouer aux échecs, à parler des écoles du Sud et du Nord, puis ils lavèrent la vaisselle et burent un dernier verre de cognac. Natalie s'aperçut qu'il n'y avait aucune tension entre eux, qu'elle avait l'impression de connaître Rob Gentry depuis toujours.

Elle avait été enchantée en découvrant la superbe chambre d'amis que Gentry tenait prête en permanence. Un lit et des meubles tout simples lui conféraient une allure un peu spartiate, mais elle était égayée par des couvertures colorées et un subtil motif d'ananas au pochoir sur les murs.

Gentry montra à Natalie où étaient rangées les serviettes de toilette, lui souhaita une bonne nuit, vérifia que les verrous étaient fermés et la lumière du jardin allumée, puis alla dans sa chambre. Il se déshabilla et enfila un caleçon long et un tee-shirt propres. Au cours des huit dernières années, Gentry s'était fait enlever des calculs rénaux à quatre reprises. Chaque fois, la crise était survenue pendant la nuit. Il lui était impossible de prévenir ces crises — en dépit du régime pauvre en calcium qu'il s'imposait — et elles étaient si douloureuses qu'il se retrouvait incapable de bouger, sauf pour appeler une ambulance. Gentry n'aimait pas se retrouver réduit à une telle impuissance malgré toutes les précautions qu'il pouvait prendre, et il y avait beau temps qu'il avait renoncé au pyjama en faveur de sa tenue présente, car même s'il n'était hospitalisé qu'une fois tous les deux ans, au moins ne débarquait-il pas à l'hôpital en pyjama.

Il posa le holster contenant son Ruger Blackhawk 357 sur le dossier de sa chaise. Il était toujours rangé là; même dans la nuit la plus noire, il lui suffisait de tendre la main pour le saisir.

Il ne s'endormit pas tout de suite. Il savait qu'une jeune femme séduisante dormait dans sa maison, et il savait aussi qu'il ne la rejoindrait pas dans sa chambre cette nuit. Il percevait l'agréable tension qui s'était instaurée entre eux, parvenait à estimer l'attirance qu'elle exerçait sur lui et — par simple soustraction par rapport à la tension sexuelle générale qui régnait entre eux — pensait pouvoir évaluer l'attraction qu'il exerçait sur elle en retour. Gentry regarda la lueur des phares jouer sur son plafond et fronça les sourcils. Pas cette nuit. Quelle que soit la tournure que pouvait prendre leur relation, le moment était mal choisi. Son intuition lui commandait d'éloigner Natalie Preston de Charleston, de l'éloigner de la tragédie qui se déroulait autour d'eux. Gentry n'avait jamais eu à se plaindre de son intuition; elle lui avait sauvé la vie plus d'une fois. Il lui accordait une confiance totale.

Il courait un gros risque en hébergeant la jeune femme, mais il ne voyait aucun autre moyen de veiller sur elle en attendant son départ. On le suivait... non, pas on, ils le suivaient. Il n'en avait acquis la certitude que tout récemment — la veille, pour être exact. Le matin du 24, il s'était baladé pendant plus d'une heure et demie, confirmant ses soupçons, identifiant les véhicules qui le filaient. Leurs conducteurs n'étaient pas aussi maladroits que le pauvre diable qui avait conduit la Plymouth; en fait, ils étaient si rusés et si professionnels que seule sa paranoïa lui avait permis de les repérer.

Il y avait au moins cinq voitures en jeu; un taxi et quatre véhicules de tourisme d'une banalité à pleurer. Mais le jour précédent, il avait déjà joué au chat et à la souris avec trois d'entre eux. Une voiture se mettait à le suivre — toujours de loin, jamais de près — jusqu'à ce qu'il change brusquement de direction, et une autre prenait alors le relais. Gentry avait mis deux jours avant de s'apercevoir que la seconde voiture roulait en fait *devant* lui. Pour établir une filature aussi complexe, il fallait au moins une demi-douzaine de véhicules, une bonne douzaine d'hommes et une liaison radio. Gentry pensa que la police des polices était dans le coup, mais il écarta rapidement cette hypothèse; premièrement, rien dans sa carrière, dans son style de vie ou dans son compte en banque ne justifiait une telle initiative de la part de ce service. Deuxièmement, le budget de la police de Charleston était trop limité pour monter une telle opération. Troisièmement, ses collègues n'auraient jamais pu filer un suspect avec un tel brio même si leur vie en avait dépendu.

Que restait-il? Le F.B.I.? Gentry n'aimait pas Richard Haines, n'avait aucune confiance en lui, mais il ne voyait pas pourquoi le F.B.I. soupçonnerait le shérif de Charleston d'être mêlé à l'attentat de l'avion ou aux meurtres de Mansard House. La C.I.A.? Gentry secoua la tête et fixa le plafond.

Il venait tout juste de s'assoupir — il rêvait qu'il était de retour à la fac de Chicago et qu'il cherchait désespérément un amphi — lorsque Natalie hurla.

Gentry saisit son Ruger et se retrouva dans le couloir avant d'être réveillé. Il y eut un second cri, plus étouffé cette fois-ci, puis un bruit de sanglot. Gentry se mit à genoux devant la porte, tourna la poignée — la porte n'était pas fermée à clé — et poussa le battant devant lui tout en reculant dans le couloir. Quatre secondes plus tard, il s'avançait à quatre pattes, l'arme au poing.

Natalie était seule, assise sur son lit, en pleurs, le visage enfoui dans ses mains. Gentry fouilla la chambre du regard, vérifia que la fenêtre était bien fermée, posa doucement le Ruger sur la table de nuit et s'assit au bord du lit près de Natalie.

« Ex… ex… excusez-moi », bredouilla-t-elle, toujours en larmes. Il n'y avait aucune affectation dans sa voix, rien que de la terreur et de l'embarras. « Cha… chaque… chaque fois que je com… commence à m'endormir, les br… bras de cet homme surgissent de la banquette arrière et… » Elle s'obligea à cesser de pleurer, eut un hoquet et chercha à tâtons la boîte de Kleenex posée sur la table de nuit.

Gentry lui passa un bras autour des épaules. Elle se raidit l'espace d'une seconde, puis s'effondra doucement contre lui, lui caressant la joue de ses cheveux. Son corps continua de trembler pendant plusieurs minutes sous l'effet de la terreur qui l'avait réveillée. « Ce n'est rien, murmura Gentry en lui caressant le dos. Tout va bien. » Il était aussi apaisant de la calmer que de caresser un chaton.

Ce fut un peu plus tard, alors que Gentry était sur le point de s'assoupir, persuadé qu'elle dormait, que Natalie leva lentement la tête, lui passa les bras autour du cou et l'embrassa. Leur baiser fut très long, très doux, et leur donna le vertige à tous les deux. Les seins de Natalie étaient doux et gonflés contre la poitrine de Gentry.

Encore un peu plus tard, Gentry la regarda tandis qu'elle le chevauchait, son visage ovale rejeté en arrière, leurs doigts solidement noués, et il sentit un nouveau tremblement la parcourir, se communiquer à lui, mais ce n'était plus un tremblement de peur…

L'avion de Natalie partait deux heures avant celui de Gentry. Elle lui donna un baiser d'adieu. Chacun d'eux, né, élevé et conditionné dans le Sud, savait que le spectacle d'un Blanc embrassant une Noire dans un lieu public attirerait haussements de sourcils et reproches muets. Chacun d'eux s'en fichait complètement.

« Quelques petits cadeaux d'adieu », dit Gentry en lui tendant un exemplaire de *Newsweek*, le journal du matin et le gadget relié à son répondeur téléphonique. « J'appellerai chez moi dès ce soir. »

Natalie hocha la tête, décida de ne rien dire et se dirigea d'un pas vif vers la rampe d'accès.

Une heure plus tard, quelque part au-dessus du Kentucky, elle reposa *Newsweek*, ouvrit le quotidien et y trouva un article qui devait changer sa vie à jamais. Il était en page trois.

PHILADELPHIE (A.P.)

La police de Philadelphie n'a toujours aucun indice ni aucun suspect dans l'affaire des quatre jeunes gens assassinés à Germantown le soir de Noël, un crime que le lieutenant Leo Hartwell décrit comme « une des choses les plus horribles que j'aie vues en dix ans de carrière ».

Quatre membres du gang de jeunes connu sous le nom de « Soul Brickyard » ont été retrouvés assassinés le matin de Noël dans le quartier de Market Square, à Germantown. Bien que les noms des victimes et les circonstances exactes de leur mort n'aient pas été révélés, on sait que les quatre victimes étaient âgées de 14 à 17 ans et que leurs corps étaient mutilés. Le lieutenant Hartwell, à qui l'enquête a été confiée, n'a fait aucun commentaire sur les déclarations des témoins selon lesquels les quatre adolescents avaient été décapités.

« Nous avons lancé une enquête d'envergure qui ne tardera pas à donner des résultats », déclare le capitaine Thomas Morano, chef de la brigade criminelle de Germantown. « Tous les indices intéressants seront exploités. »

La violence liée aux gangs de jeunes n'est pas un

phénomène nouveau à Germantown, où on a déjà déploré deux morts violentes en 1980 et six meurtres en 1979, tous liés aux conflits entre gangs. «Les meurtres de Noël sont très surprenants», déclare le révérend William Woods, directeur de la Community Settlement House de Germantown. «Les phénomènes de violence liés aux gangs avaient fortement diminué ces dix derniers mois, et je n'ai eu connaissance d'aucune dispute ni d'aucune vendetta.»

Le «Soul Brickyard» n'est qu'une bande de jeunes de Germantown parmi des douzaines d'autres. Il compterait une quarantaine de membres actifs et environ quatre-vingts auxiliaires. Comme la plupart des gangs de Philadelphie, il a eu affaire à plusieurs reprises à la police locale, bien que plusieurs tentatives aient été effectuées ces dernières années pour améliorer l'image des gangs de ce type, grâce à des programmes sociaux tels que Covenant House et Community Access. Les quatre adolescents assassinés étaient tous des membres du «Soul Brickyard».

Natalie sut immédiatement, instinctivement, sans l'ombre d'un doute, que Melanie Fuller était liée à cette affaire. Elle ignorait comment la vieille dame de Charleston pouvait être mêlée à une guerre des gangs à Philadelphie, mais elle sentit de nouveau des mains se poser sur son cou et entendit une voix sifflante lui murmurer à l'oreille : «Vous voulez retrouver la vieille? Allez voir à Germantown.»

A l'aéroport international de Saint Louis — que les gens du coin appelaient encore Lambert Field —, Natalie prit sa décision et résolut d'agir avant d'être gagnée par la peur. Elle savait qu'une fois qu'elle aurait appelé Frederick et qu'elle aurait vu ses amis, elle ne repartirait plus d'ici. Elle ferma les yeux et se rappela l'image de son père, seul, pas encore maquillé, gisant dans une pièce vide, et l'entrepreneur des pompes funèbres qui ne cessait de répéter, agacé : «Nous n'attendions pas la famille avant demain.»

Utilisant sa carte de crédit, elle acheta un billet pour le prochain vol de la T.W.A. à destination de Philadelphie. Elle examina le contenu de son portefeuille ; il lui restait encore deux cents dollars en liquide et six cents dollars en chèques de voyage. Elle vérifia qu'elle avait toujours sa carte de presse acquise durant l'été où elle avait travaillé pour le *Chicago Sun Times*, puis appela Ben Yates, le chef du service photo du quotidien.

« Nat ! » Sa voix n'eut aucune peine à couvrir la friture et le brouhaha de l'aéroport. « Je croyais que tu étais à la fac jusqu'en mai.

– Tu ne te trompais pas, Ben, mais je dois aller à Philadelphie pendant quelques jours et je me demandais si ça t'intéresserait d'avoir des photos de cette affaire de guerre des gangs.

– Euh... oui, dit Yates d'une voix hésitante. Quelle guerre des gangs ? »

Natalie le mit rapidement au courant.

« Bon sang, dit Yates, il n'y a plus de photos à faire sur ce truc. Et même s'il y en a, on les recevra par télex.

– Mais si je dégotte quelque chose, est-ce que ça t'intéresse, Ben ?

– Bon, d'accord. Qu'est-ce qui se passe, Nat ? Est-que ça va, Joe et toi ? »

Natalie crut qu'elle venait de recevoir un coup de poing dans le ventre. Ben n'avait pas encore appris la mort de son père. Elle attendit d'avoir repris son souffle, puis dit : « Je te raconterai ça plus tard, Ben. Pour l'instant, si jamais la police de Philadelphie te contacte, peux-tu leur confirmer que je travaille en free-lance pour le *Sun Times ?* »

Le silence qui suivit ne dura que quelques secondes. « Entendu, Nat. Je leur dirai. Mais fais-moi savoir ce qui se passe, d'accord ?

– Bien sûr, Ben. Dès que possible. Promis. »

Avant de partir, Natalie appela le centre informatique de l'université pour laisser un message à Frederick. Puis elle appela le domicile de Gentry à Charleston, écouta sa voix sur la bande du répondeur, et dit aussitôt après le signal sonore : «Rob, ici Natalie.» Elle l'informa de son changement de plan et des raisons qui le lui avaient dicté. Elle hésita. «Sois prudent, Rob.»

L'avion de Philadelphie était plein à craquer. Son voisin était noir, extrêmement bien habillé, et bien fait en dépit de ses mâchoires un peu lourdes. Il était plongé dans la lecture du *Wall Street Journal* et Natalie regarda le paysage par le hublot avant de s'assoupir. Lorsqu'elle se réveilla trois quarts d'heure plus tard, elle se sentait étourdie, vaguement désorientée, et regrettait un peu de s'être lancée sur ce qui lui semblait à présent une fausse piste. Elle sortit le journal de Charleston de son sac et relut l'article pour la dixième fois. Il lui semblait que plusieurs jours s'étaient écoulés depuis qu'elle avait quitté Charleston… quitté Rob Gentry.

«Je vois que vous vous intéressez aux problèmes qu'il y a dans mon coin.»

Natalie leva la tête. Son voisin bien habillé avait reposé son *Wall Street Journal*. Il lui sourit en levant son verre de scotch. «Vous dormiez quand l'hôtesse de l'air est venue prendre les commandes. Voulez-vous que je la rappelle ?

– Non, merci.» Il y avait dans les manières de cet homme quelque chose qu'elle trouvait vaguement répugnant, alors même que son sourire, sa voix douce et sa décontraction ne suggéraient que l'amabilité. «Qu'entendez-vous par "les problèmes qu'il y a dans votre coin" ?» demanda-t-elle.

Il désigna le journal de la main qui tenait son verre de scotch. «Ces histoires de gangs. J'habite à Germantown. C'est toujours la même chose.

– Pouvez-vous m'en dire un peu plus ? Au sujet de ces gangs… et de ces meurtres ?

– Au sujet des gangs, oui.» En entendant sa voix, Natalie pensa à la basse grondante de l'acteur James Earl Jones. «Au sujet des meurtres, non. J'étais en voyage ces derniers jours.» Il lui adressa un large sourire. « De plus, mademoiselle, je viens d'un quartier plus respectable que ces pauvres diables. Comptez-vous visiter Germantown lors de votre séjour à Philadelphie ?

– Je ne sais pas. Pourquoi ? »

Le sourire de son interlocuteur se fit encore plus large, mais ses yeux restèrent indéchiffrables. « J'espère que vous irez y faire un tour, dit-il d'une voix enjouée. Germantown est un lieu riche en histoire et très intéressant à visiter. On y trouve de la beauté et de la grâce en plus des taudis et des gangs. J'aimerais bien que vous puissiez découvrir tout cela si vous visitez Philadelphie. A moins que vous n'y habitiez. J'ai peut-être parlé trop vite. »

Natalie s'obligea à se détendre. Elle ne pouvait pas se laisser aller à la paranoïa vingt-quatre heures sur vingt-quatre. « Non, je suis en visite. Et j'aimerais en savoir plus sur Germantown... en bien ou en mal.

– Entendu, dit son compagnon de voyage. Je vais commander un autre verre. » Il fit signe à l'hôtesse de l'air. « Vous êtes sûre que vous ne voulez rien ?

– Je crois que je vais prendre un Coca. »

Il passa commande, puis se tourna vers elle en souriant. « Bien. Si je dois vous guider dans Philadelphie, je pense que nous devrions au moins nous présenter...

– Natalie Preston.

– Enchanté de faire votre connaissance, Miss Preston, dit son compagnon de voyage en inclinant courtoisement la tête. Je m'appelle Jensen Luhar. A votre service. »

Le Boeing 727 continua sa route vers l'est, glissant sans effort vers la nuit hivernale toute proche.

17.
Alexandria, Virginie,
jeudi 25 décembre 1980

Ils vinrent trouver Aaron Eshkol et sa famille pendant la nuit de Noël, à deux heures du matin.

Aaron avait eu un sommeil agité. Il s'était levé un peu après minuit et était descendu goûter les gâteaux offerts par leurs voisins, les Wentworth. Le réveillon avait été très agréable ; c'était la troisième année consécutive qu'ils passaient le soir de Noël avec les Wentworth et avec Don et Tina Seagram. Deborah, l'épouse d'Aaron, était juive comme lui, mais ni l'un ni l'autre n'étaient pratiquants ; Deborah était parfois gênée par le sionisme ouvertement affiché de son mari. Elle se sent à son aise en Amérique, pensait-il parfois. Elle voit toujours tous les tenants et aboutissants de n'importe quel problème. Y compris ceux qui n'existent pas. Aaron était souvent gêné quand elle défendait le point de vue de l'O.L.P. lors des réceptions organisées à l'ambassade. Non, pas de l'O.L.P., se reprit Aaron en achevant son troisième et dernier gâteau : des Palestiniens. *Pour le plaisir de polémiquer,* disait-elle, mais elle polémiquait à merveille... bien mieux qu'Aaron, qui pensait parfois qu'il ne savait rien faire, à part décrypter les messages codés. Oncle Saul adorait discuter avec Deborah.

Oncle Saul. Cela faisait quatre jours qu'il se demandait s'il devait signaler la disparition de son oncle à Jack Cohen, son supérieur, le chef du groupe du Mossad en poste à l'ambassade de Washington. Jack était un petit homme tranquille qui donnait une impression d'amabilité légèrement pataude. Quatre ans plus tôt, il avait pris part au raid sur Entebbe en qualité de capitaine d'un peloton de paras, et le bruit courait que c'était grâce à lui que l'armée israélienne avait pu s'emparer de tout un site de missiles SAM égyptiens durant la guerre du Kippour. Jack saurait lui dire si la disparition de Saul était grave ou non. Mais Levi lui avait conseillé la prudence. Levi Cole, qui travaillait au chiffre avec Aaron, avait photographié les participants de la réunion et l'avait aidé à les identifier. Levi bouillait d'impatience — il était sûr que l'oncle d'Aaron avait soulevé un lièvre de taille — mais il ne voulait pas en référer à Jack Cohen ou à Mr. Bergman, l'attaché d'ambassade, avant d'avoir obtenu davantage d'informations. C'était Levi qui avait aidé Aaron à faire le tour des hôtels de la ville le dimanche précédent afin de tenter de localiser Saul.

A une heure dix, Aaron éteignit les lumières dans la cuisine, vérifia le système d'alarme dans l'entrée, puis alla s'étendre sur le lit et se mit à contempler le plafond.

Becky et Reah étaient très déçues; Aaron avait dit aux jumelles qu'oncle Saul viendrait les voir samedi soir. Saul ne descendait de New York que trois ou quatre fois par an, mais les fillettes l'accueillaient chaque fois avec une joie sans mélange. Cela n'étonnait nullement Aaron; il se rappelait avec quelle impatience lui-même attendait son oncle Saul quand il venait à Tel-Aviv. Chaque famille devrait avoir un oncle qui ne se contente pas de gâter les enfants mais qui *fait attention à eux* quand ils disent quelque chose d'important, leur offre des cadeaux idéaux — pas nécessairement somptueux, mais en harmonie avec leur personnalité — et leur raconte des blagues et des histoires de cette voix sèche et tranquille qu'ils préfèrent de loin à la gaieté forcée de la plupart des adultes. Ça ne ressemblait pas à Saul d'avoir laissé passer une telle occasion.

Levi lui avait suggéré que Saul était peut-être impliqué dans l'incident survenu samedi au bureau du sénateur Kellog. Les liens de ce dernier avec Nieman Trask étaient trop évidents pour écarter cette hypothèse, mais Aaron savait que son oncle ne participerait jamais à un attentat : Saul avait eu sa chance à la fin des années 40, à l'époque où tout le monde, de Menahem Begin au père d'Aaron, prenait part aux activités de la Haganah, des activités que ces mêmes vétérans condamnaient aujourd'hui comme relevant du terrorisme. Aaron savait que Saul avait pris part à trois guerres, mais toujours en tant que médecin, jamais en tant que combattant. Il se rappelait le temps où, à l'appartement de Tel-Aviv ou dans la ferme de son père, certains soirs d'été, il s'endormait au son de la voix des deux hommes lancés dans une discussion sur l'éthique des bombardements — Saul soulignant d'un ton ferme que les A-4 Skyhawks partant pour des raids de représailles tuaient autant de bébés que les fedayins armés de kalashnikov.

Au bout de quatre jours d'enquête, Levi et Aaron n'étaient pas plus avancés. Les contacts de Levi au ministère de la Justice et au F.B.I. ne savaient rien sur l'attentat, à moins qu'ils n'aient refusé de parler. Aaron avait appelé New York à plusieurs reprises, sans réussir à retrouver la piste de Saul.

Il est en parfaite santé, pensa Aaron, puis, prenant mentalement l'accent de Saul : *Ne joue pas les James Bond, Moddy.*

Aaron était en train de s'assoupir, entamant un rêve dans lequel les jumelles jouaient au pied de l'arbre de Noël des Wentworth, lorsqu'il entendit un bruit dans le couloir.

Aaron réagit au quart de tour. Il rejeta ses couvertures, récupéra ses lunettes posées sur la table de nuit et saisit le Beretta calibre 22 rangé dans le tiroir.

« Que... ? demanda Deborah d'une voix ensommeillée.

– Silence », souffla-t-il.

Il était théoriquement impossible de pénétrer dans la maison sans déclencher une alarme. Plusieurs années auparavant, l'ambassade avait utilisé la maison d'Alexandria comme refuge. Elle était située dans une impasse tranquille, loin de la route. La cour était éclairée par des projecteurs, la barrière et les murs truffés de détecteurs électroniques reliés à la console de la chambre et à celle de l'entrée. La maison proprement dite était protégée par des portes renforcées et des verrous capables de décourager le plus accompli des cambrioleurs; portes et fenêtres étaient également pourvues de détecteurs reliés à la console principale. Deborah avait été irritée par les nombreuses fausses alertes survenues durant les semaines qui avaient suivi leur arrivée, et elle avait fini par déconnecter la plupart des systèmes d'alarme. Cette initiative avait été à l'origine d'une de leurs rares scènes de ménage. Aujourd'hui, Deborah acceptait le système d'alarme comme un prix à payer pour vivre dans une banlieue riche. Aaron détestait habiter aussi loin de son lieu de travail, aussi loin des autres employés de l'ambassade, mais il s'inclinait devant ses filles, qui adoraient la verdure, et devant Deborah, qui se plaisait dans le quartier. Il était impossible qu'un intrus ait franchi les deux niveaux du système de sécurité sans déclencher une alarme.

Nouveau bruit dans le couloir, en provenance de l'escalier de derrière et de la chambre des jumelles. Aaron crut percevoir un murmure étouffé.

Il fit signe à Deborah de se lever. Elle s'exécuta et disparut dans l'ombre, saisissant le téléphone au passage. Aaron fit trois pas en direction de la porte ouverte. Il respira à fond, ajusta ses lunettes sur son nez, leva le Beretta, l'arma et s'engagea dans le couloir.

Ils étaient trois, peut-être davantage, à cinq mètres de lui dans le couloir obscur. Ils portaient de larges blousons kaki, des gants et des passe-montagnes. Deux d'entre eux braquaient un revolver à canon long sur Rebecca et sur Reah; les jumelles ouvraient des yeux énormes au-dessus des mains gantées plaquées sur leurs bouches, leurs jambes pâles ballottaient devant le tissu sombre des vestes.

Sans même réfléchir, Aaron adopta la posture de tir qu'on lui avait enseignée lors de son entraînement : jambes écartées, les deux mains sur la crosse. Il entendait encore la voix d'Eilahu et n'avait aucune peine à se rappeler les instructions énoncées avec sécheresse : «S'ils ne sont pas prêts, *tirez*. S'ils sont prêts, *tirez*. S'ils ont des otages, *tirez*. S'il y a plus d'une cible, *tirez*. Deux balles pour chaque cible, *deux*. Ne réfléchissez pas — *tirez*.»

Mais ce n'étaient pas des otages; c'étaient ses *filles* — Rebecca et Reah. Aaron distinguait parfaitement la tête de Mickey sur leurs pyjamas. Il braqua son arme sur un passe-montagne. Au stand de tir, même avec une lumière si mauvaise, il aurait parié n'importe quoi qu'il était capable de loger deux balles dans une cible ayant la taille de la tête de cet homme, de pivoter et d'abattre aussi son complice, tout cela en un temps record. A une distance de cinq mètres, Aaron était de force à vider le chargeur de son Beretta dans une cible pas plus grosse que son poing.

Mais c'étaient ses *filles*.

«Lâchez votre arme.» La voix neutre de l'homme était étouffée par son masque. Son pistolet — un luger à canon long muni d'un silencieux — ne visait pas exactement la tête de Becky. Aaron était sûr de pouvoir abattre les deux hommes avant qu'ils aient eu le temps de tirer. Il sentit le contact du plancher sous ses pieds nus. Deux secondes s'étaient écoulées depuis qu'il avait pénétré dans le couloir. *Ne leur donnez jamais votre arme,* avait martelé Eilahu durant cet été brûlant à Tel-Aviv. *Jamais. Tirez toujours pour tuer. Mieux vaut causer la mort de l'otage, votre propre mort ou celle de l'ennemi que de lui donner votre arme.*

«Lâchez votre arme.»

Toujours en position de tir, Aaron posa le Beretta sur le sol et écarta les bras. «Je vous en prie. Je vous en prie, ne faites pas de mal à mes filles.»

Ils étaient huit en tout. Ils attachèrent les poignets d'Aaron dans son dos avec une bande adhésive, extirpèrent Deborah de sa cachette derrière le lit, et les firent descendre tous les quatre dans la salle de séjour. Deux des hommes masqués allèrent à la cuisine.

« Il n'y avait pas de tonalité, Moddy », hoqueta Deborah avant que l'homme qui la traînait ne lui couvre la bouche d'un morceau de bande adhésive.

Aaron hocha la tête. Il ne se sentait pas le courage de parler.

Le chef du groupe le fit asseoir sur le tabouret du piano. Deborah et les enfants étaient assises par terre, adossées au mur blanc. Les fillettes n'étaient ni ligotées ni bâillonnées; et elles sanglotaient, blotties contre leur mère. Deux hommes en blouson kaki, passe-montagne et blue-jean étaient accroupis à côté d'elles, les encadrant. Le chef hocha la tête et ils ôtèrent tous leurs masques.

Oh, mon Dieu, ils vont nous tuer, pensa Aaron. A cette seconde, il aurait tout donné pour pouvoir remonter le temps de trois minutes. Il aurait tiré deux coups de feu, puis il aurait pivoté, tiré deux autres fois, pivoté…

Les six hommes présents dans la pièce étaient blancs, bronzés, très soignés de leur personne. Ils ne ressemblaient ni à des agents palestiniens ni à des membres du groupe Baader-Meinhof. Ils ressemblaient aux gens qu'Aaron croisait tous les jours dans les rues de Washington. Le plus proche se pencha sur lui. Ses yeux étaient bleus, sa denture parfaite. Il avait un léger accent du Middle West. « Nous souhaitons vous parler, Aaron. »

Aaron acquiesça. Ses poignets étaient si étroitement liés que le sang ne circulait plus dans ses mains. S'il réussissait à tomber de son siège, il pourrait décocher un coup de pied au beau gosse penché sur lui. Les cinq autres étaient armés et trop loin de lui pour qu'il puisse seulement les atteindre. Aaron goûta la bile dans sa gorge et ordonna à son cœur de continuer à battre très fort.

« Où sont les photographies ? demanda l'homme penché sur lui.

– Quelles photographies ?» Aaron n'arrivait pas à croire que sa voix puisse encore être si ferme, si neutre.

«Allons, Moddy, ne jouez pas à ce petit jeu avec nous.» L'homme adressa un hochement de tête au grand échalas posté près du mur. Sans changer d'expression, il décocha une forte gifle à la petite Becky.

La fillette se mit à hurler. Deborah lutta pour se dégager de ses liens, cria sous son bâillon. Aaron se redressa. «Espèce de salaud !» cria-t-il en hébreu. Beau Gosse lui donna un coup de pied dans les jambes. Aaron atterrit sur son épaule droite, heurta violemment le plancher du nez et de la pommette. A présent, les deux enfants hurlaient. Aaron entendit un bruit de ruban adhésif qu'on déchire et leurs cris cessèrent brusquement. Grand Échalas s'approcha de lui et le releva sans ménagement, le reposant sur le tabouret du piano.

«Est-ce qu'elles sont ici ? demanda doucement Beau Gosse.

– Non», répondit Aaron. Du sang coulait de son nez sur sa lèvre supérieure. Il inclina la tête en arrière et sentit la douleur qui naissait dans sa joue. Son bras droit était engourdi. «Elles sont dans le coffre-fort de l'ambassade», lâcha-t-il en léchant le filet de sang.

L'autre hocha la tête et eut un léger sourire. «Qui les a vues, à part votre oncle Saul ?

– Levi Cole.

– Le chef des communications, encouragea l'homme à voix basse.

– Par intérim», corrigea Aaron. Peut-être avait-il une chance de s'en tirer. Son cœur battit de nouveau plus fort. «Uri David est en congé.

– Qui d'autre les a vues ?

– Personne», articula Aaron.

L'autre secoua la tête, apparemment déçu. Il fit un signe à un troisième homme. Deborah hurla lorsque la lourde botte lui cogna le flanc.

«*Personne !* cria Aaron. Je le *jure !* Levi ne voulait pas en parler à Jack Cohen tant que nous n'aurions pas davantage d'informations. Je le jure. Je peux vous donner ces photographies. Levi a caché les négatifs dans le coffre-fort. Vous aurez tous les…

– Chut», fit Beau Gosse. Il se tourna vers ses deux complices qui revenaient de la cuisine. Ils hochèrent la tête. Celui qui se trouvait près d'Aaron dit : «En haut.» Quatre hommes sortirent.

Aaron sentit soudain une odeur de gaz. *Ils ont ouvert la gazinière,* pensa-t-il. *Ils ont ouvert les valves.* Oh, mon Dieu, pourquoi ?

Les trois hommes restants ligotèrent les enfants avec de la bande adhésive. Aaron chercha désespérément quelque chose à marchander. «Je vais vous y conduire tout de suite, dit-il. L'ambassade est presque déserte. Quelqu'un n'a qu'à m'accompagner. Je vous donnerai les photographies… et tous les documents que vous voudrez. Dites-moi ce que vous voulez, et j'irai avec vous, et je jure que…

– Chut, refit l'homme. Est-ce que Hany Adam les a vues ?

– Non», hoqueta Aaron. Ils allongeaient Deb et les jumelles sur le sol, avec beaucoup de soin, veillant à ce que leur tête ne heurte pas le plancher. Deborah était blême, ses yeux roulaient dans leurs orbites. Aaron se demanda si elle s'était évanouie.

«Barbara Green ?

– Non.

– Moshe Herzog ?

– Non.

– Paul Ben-Brindsi ?

– Non.

– Chaim Tsolkov ?

– Non.

– Zvi Hofi ?

– Non.»

La litanie se poursuivit, englobant tout le personnel de l'ambassade jusqu'aux plus proches collaborateurs de l'ambassadeur. Aaron avait tout de suite compris que c'était un jeu… une façon de tuer le temps en attendant que la fouille de l'étage soit achevée. Aaron était prêt à jouer à n'importe quel jeu, à révéler n'importe quel secret, pour épargner quelques minutes de souffrance à Deborah et aux jumelles. Une des fillettes gémit et essaya de rouler sur elle-même. Grand Échalas lui tapota l'épaule.

Les quatre hommes revinrent. Le plus grand secoua la tête.

Beau Gosse sourit et dit : « D'accord, au boulot. »

Un de ceux qui étaient montés à l'étage en avait ramené un drap blanc provenant du lit d'une des jumelles. Il l'accrocha au mur avec de la bande adhésive. Ils installèrent Deborah et les enfants devant le drap.

« Réveillez-la. »

Grand Échalas sortit un flacon de sels de sa poche et l'ouvrit sous le nez de Deborah. Elle reprit conscience dans un sursaut. Deux hommes saisirent Aaron par les cheveux, le traînèrent vers le mur et le forcèrent à s'agenouiller.

Grand Échalas recula de quelques pas, sortit un petit appareil Polaroid de sa poche et prit trois photos. Il attendit qu'elles sortent et les montra à Beau Gosse. Un de ses complices prit un petit magnétophone Sony et en colla le micro aux lèvres d'Aaron.

« Lisez ceci, s'il vous plaît », dit Beau Gosse en dépliant une feuille de papier sur laquelle on avait tapé un texte. Il la plaça à vingt centimètres des yeux d'Aaron.

« Non. » Aaron se prépara à recevoir un coup de poing. S'il parvenait à bouleverser leurs plans... à gagner du temps...

Beau Gosse hocha la tête d'un air pensif et se retourna. « Tuez l'une des filles. N'importe laquelle.

– Non, attendez, arrêtez, je vous en prie ! J'obéirai ! » Aaron hurlait littéralement. Grand Échalas avait collé son silencieux contre la tempe de Rebecca et avait relevé le percuteur de son arme. Il ne bougea pas, ne parut pas entendre les cris d'Aaron.

« Un instant, s'il vous plaît, Donald », dit Beau Gosse. Il plaça de nouveau la feuille de papier devant Aaron et actionna le magnétophone.

«Oncle Saul, Deb, les filles et moi sommes sains et saufs, mais je t'en prie, fais ce qu'ils te disent…» récita Aaron. Il lut le message jusqu'au bout. Cela lui prit moins d'une minute.

«C'est très bien, Aaron», dit Beau Gosse. Deux hommes saisirent Aaron par les cheveux et lui tirèrent la tête en arrière. Aaron hoqueta pour respirer tant il avait la gorge serrée et s'efforça d'observer la scène du coin de l'œil.

Le drap fut retiré et emporté hors de vue. Un homme sortit une toile de plastique noir de sa poche et la déroula sur le sol près de Deborah. Elle mesurait à peine un mètre sur un mètre vingt et dégageait une odeur de rideau de douche bon marché.

«Amenez-le par ici», dit Beau Gosse, et Aaron fut traîné jusqu'au tabouret. Il entra en action dès qu'on lâcha ses cheveux — ses jambes jaillissent comme un ressort, son crâne emboutit le menton du playboy, il se retourne, shoote dans le ventre d'un autre, se dégage des six mains qui cherchent à le saisir, vise un bas-ventre, le rate, puis il tombe, il y a un homme sous lui, deux autres dessus, on le cogne sur la joue droite, encore et encore, de plus en plus fort, mais il s'en fiche…

«Reprenons depuis le début», articula posément Beau Gosse. Il palpait le bleu sur son menton et bâillait pour faire jouer ses maxillaires. Le plus gros de l'hématome se situerait probablement sous son menton.

«Qui êtes-vous?» hoqueta Aaron tandis qu'on le relevait pour le faire asseoir sur le tabouret. Quelqu'un lui attacha les chevilles.

Personne ne lui répondit. Grand Échalas tira Deborah jusqu'à ce qu'elle soit allongée sur la toile noire. Deux hommes brandirent des tiges de fer rigides, longues de quinze centimètres, à la pointe aiguisée, au manche en bois. La pièce empestait le gaz. Aaron avait envie de vomir.

«Qu'allez-vous faire?» Aaron avait la gorge si sèche que sa question fut à peine audible. Alors même que

Beau Gosse lui répondait, il sentit son esprit patiner comme une automobile sur le verglas, sentit son point de vue se déplacer pour lui faire observer la scène à distance, *sachant* ce qui allait se produire sans pour autant l'accepter, éprouvant — absolument incapable de modifier une seule seconde de son passé ou de son futur — cette sensation incroyable, impitoyable, *d'impuissance* qu'une centaine de générations de Juifs avaient éprouvée avant lui, devant les fours crématoires, à l'entrée des douches, au spectacle du feu dévorant les cités millénaires, au milieu des hurlements féroces des goyim tout proches. Oncle Saul a connu cela, pensa Aaron en fermant les yeux et en ordonnant à son esprit de ne pas comprendre les mots.

« Il va y avoir une explosion de gaz », dit Beau Gosse. Il avait une voix patiente — une voix de professeur. « Un incendie. Les corps seront retrouvés dans leurs lits. Très grièvement brûlés. Un excellent coroner ou un excellent médecin légiste serait capable de prouver que les victimes étaient mortes avant que les flammes ne consument leurs corps, mais cela ne se produira pas. Cette tige pénètre juste au coin de l'œil… et atteint directement le cerveau. Elle ne laisse qu'un minuscule orifice… même sur un corps qui n'a pas été calciné. » Il s'adressa aux autres : « Je pense que l'on retrouvera Mr. Eshkol dans le couloir de l'étage… un enfant dans chaque bras… il aura presque réussi à échapper aux flammes. Occupez-vous d'abord de la femme. Ensuite, des jumelles. »

Aaron se débattit, hurla, donna des coups de pied dans le vide. On le maîtrisa sans peine. « Qui êtes-vous ? » cria-t-il.

A sa grande surprise, Beau Gosse lui répondit. « Qui sommes-nous ? Mais… personne. Personne. » Il s'écarta afin qu'Aaron puisse mieux voir ce que faisaient les autres.

Aaron ne leur résista pas lorsqu'ils finirent par tourner leurs tiges vers lui.

18.
Melanie

Dans l'autocar qui me conduisait vers le nord, à travers les interminables files de taudis de Baltimore et le cloaque industriel de Wilmington, j'ai repensé à ces lignes de saint Augustin : «Le diable a édifié ses cités dans le Nord.»

J'ai toujours détesté les grandes villes du Nord : l'odeur de folie impersonnelle qui s'en dégage, leur grisaille de suie et de fumée, l'impression de désespoir qui suinte de leurs rues et de leurs habitants également crasseux. A mes yeux, c'était en abandonnant le Sud en faveur des cañons glacés de New York que Nina avait manifesté sa trahison. Je n'avais aucune intention d'aller jusqu'à New York.

Une bourrasque de neige me dissimula soudain ce paysage déprimant et je me tournai vers l'intérieur de l'autocar. La femme qui était assise de l'autre côté de l'allée leva les yeux de son livre et m'adressa un sourire timide, le troisième depuis que nous avions quitté les faubourgs de Washington. Je hochai la tête et continuai de tricoter. Je pensais que cette femme effacée — une créature qui n'avait probablement pas plus de cinquante ans mais que son aspect de vieille fille décrépite vieillissait d'une vingtaine d'années — pourrait m'aider à résoudre mon problème.

Un de mes problèmes.

J'étais contente d'avoir quitté Washington. Durant ma jeunesse, j'avais bien aimé cette ville endormie et presque sudiste; elle avait conservé son atmosphère de désordre nonchalant jusqu'à la Seconde Guerre mondiale. Mais aujourd'hui ce n'était qu'une ruche de marbre qui me faisait penser à un mausolée prétentieux peuplé d'insectes agités et assoiffés de pouvoir.

Je contemplai les flocons au-dehors et, l'espace d'un instant, me retrouvai incapable de dire quel jour et quel mois nous étions. Je me rappelai d'abord le jour : jeudi. Nous avions passé les nuits de mardi et de mercredi dans un sinistre motel situé à quelques kilomètres du centre de Washington. Mercredi, j'avais ordonné à Vincent de conduire la Buick près du Capitole, de l'abandonner et de revenir à pied au motel. Il avait dû marcher pendant trois heures, mais Vincent ne se plaignait jamais. Il ne se plaindrait plus jamais. Mardi soir, je lui avais ordonné de s'occuper de certains détails relatifs à sa personne, utilisant pour ce faire du fil à coudre et une aiguille que j'avais stérilisée à la flamme d'une bougie.

Les vêtements que j'avais achetés dans un centre commercial le mercredi matin — quelques robes, un peignoir, des sous-vêtements — étaient bien modestes comparés aux beaux effets que j'avais perdus à Atlanta. Il me restait presque neuf mille dollars dans mon ridicule fourre-tout. Bien entendu, des sommes plus importantes m'attendaient dans des coffres à Charleston, Minneapolis, New Delhi et Toulon, mais je n'avais pas l'intention de les retirer pour le moment. Si Nina avait connu l'existence de mon compte à Atlanta, elle connaissait certainement celle des autres.

Nina est morte, pensai-je.

Mais, de nous tous, c'était elle qui avait le Talent le plus développé. Elle avait Utilisé un des pions de Willi pour détruire son avion alors qu'elle bavardait avec moi. Elle avait un Talent incroyable, terrifiant. Ce Talent était capable de m'atteindre depuis son tombeau, de croître alors même que son corps pourrissait dans son cercueil. Mon cœur se mit à battre la chamade et je me retournai pour examiner les visages à peine visibles des autres passagers…

Nina est morte.

On était jeudi, exactement une semaine avant Noël. Donc le 18 décembre. La Réunion avait eu lieu le 12 décembre. Une éternité séparait ces deux dates. Ma vie n'avait subi que de rares changements au cours des vingt dernières années, exception faite des caprices auxquels j'avais cédé par nécessité. A présent, tout avait changé.

«Excusez-moi, dit la femme assise de l'autre côté de l'allée, mais je ne peux pas m'empêcher d'admirer votre ouvrage. C'est un tricot pour un de vos petits-enfants?»

Je me tournai vers elle et lui adressai mon sourire le plus radieux. Quand j'étais très jeune, avant de découvrir qu'il existait nombre de choses interdites aux jeunes dames, j'allais souvent à la pêche avec mon père. C'étaient les premiers mouvements de la ligne, les premiers tressautements hésitants du bouchon, qui m'excitaient le plus. C'était à cet instant-là, avant que l'hameçon ne se plante dans la gueule du poisson, que le pêcheur devait faire la preuve de son habileté.

«Ma foi oui, en effet.» L'idée d'avoir un petit-enfant vagissant me donnait la nausée, mais cela faisait longtemps que j'avais découvert les vertus thérapeutiques du tricot et le camouflage psychologique qui allait de pair avec cette activité.

«Un petit garçon?

– Une petite fille.» Et je me glissai dans l'esprit de la femme. Autant enfoncer une porte ouverte. Je ne rencontrai aucune résistance. Avec un luxe de précaution, je m'insinuai le long de ses corridors mentaux, sans découvrir une seule porte close, jusqu'à ce que j'aie trouvé le centre du plaisir de son cerveau. Imaginant que je câlinais un chat persan, bien que je déteste les chats, je la caressai, sentant un flot de plaisir monter en elle avant de jaillir comme une giclée soudaine d'urine chaude.

«Oh.» Elle rougit, puis rougit derechef, sans savoir pourquoi elle rougissait. «Une petite fille, c'est merveilleux.»

Je modérai mes caresses, les modulai, les coordonnai avec chacun des timides regards qu'elle m'adressait, les intensifiai chaque fois qu'elle entendait ma voix. Certaines personnes nous font naturellement ce genre d'impression quand nous les rencontrons. Les jeunes appellent cela tomber amoureux. Les politiciens appellent cela le charisme. Quand on a affaire à un maître orateur doué d'une parcelle de Talent, le résultat est bien souvent qualifié d'hystérie collective. Bien que l'on n'ait guère prêté attention à leurs propos, les contemporains et les associés d'Adolf Hitler ont prétendu que les gens se sentaient bien en sa présence. Au bout de quelques semaines d'un conditionnement approprié, cette femme se retrouverait dans un état de dépendance encore plus radical que celui causé par l'héroïne. Si nous adorons l'amour, c'est parce que c'est le sentiment le plus proche de cette dépendance psychique qui soit à la portée d'un être humain normal.

Au bout de quelques instants de conversation banale, cette femme solitaire, qui paraissait plus vieille que son âge autant que je paraissais plus jeune que le mien, tapota le siège voisin du sien et dit en rougissant à nouveau : «Il y a de la place ici. Voulez-vous vous asseoir à côté de moi afin que nous puissions poursuivre notre conversation sans avoir à élever la voix?

– J'en serais ravie.» Et je rangeai laine et aiguilles dans mon fourre-tout. Le tricot avait atteint son but.

Elle s'appelait Anne Bishop et elle retournait chez elle, à Philadelphie, après un long et irritant séjour chez sa sœur cadette, à Washington. Au bout de dix minutes, je savais tout ce que j'avais besoin de savoir. Mes caresses mentales étaient superflues; cette femme mourait d'envie de parler à quelqu'un.

Anne appartenait à une famille respectable et respectée de Philadelphie. Sa principale source de revenus était une pension que lui avait léguée son défunt père. Elle ne s'était jamais mariée. Cette femme falote avait passé trente-deux ans de son existence à soigner son frère Paul, un paraplégique qu'une maladie nerveuse avait lentement transformé en quadriplégique. Paul était mort en mai dernier et Anne Bishop n'était pas encore arrivée à se faire à cette existence où elle n'avait plus besoin de s'occuper de lui. Son séjour chez sa sœur Elaine — elles ne s'étaient pas vues depuis huit ans — s'était fort mal déroulé; Anne avait été irritée par la grossièreté de son beau-frère et par les mauvaises manières de ses neveux, la famille d'Elaine avait été exaspérée par ses habitudes de vieille fille.

Je connaissais bien ce type de femme vaincue par la vie — je m'étais moi-même fait passer pour une copie d'Anne Bishop durant ma longue période d'hibernation. C'était un satellite en quête d'un monde autour duquel orbiter. N'importe quel monde ferait l'affaire, à condition qu'il lui épargne la longue ellipse glacée de l'indépendance. Un frère paraplégique était un don de Dieu pour une telle femme; elle aurait pu se consacrer de toute son âme à un mari et à des enfants, mais un frère impotent lui offrait beaucoup plus d'excuses pour éviter les tracas et les obligations inhérents à une vie normale. Toujours prévenantes, toujours effacées, ces femmes sont en fait des monstres d'égoïsme. Pendant qu'elle se répandait en éloges sur son cher disparu de frère, je percevais le fétichisme pervers que lui inspiraient bassinet et chaise roulante, l'admiration qu'elle se vouait à elle-même, qui avait sacrifié pendant plus de trente ans sa vocation d'épouse et de mère pour soigner avec amour un cadavre à peine mobile et constamment puant. Je connaissais bien Anne Bishop : sa vie était un long suicide masturbatoire. En y pensant, j'eus honte d'être du même sexe qu'elle. Souvent, lorsque je rencontre des loques dans son genre, j'ai envie de les forcer à s'enfoncer les deux mains dans la bouche jusqu'à ce qu'elles s'étouffent dans leurs vomissures, et que c'en soit fini.

«Oui, oui, je comprends, dis-je en lui tapotant le bras tandis qu'elle se lamentait sur sa misérable existence. Je comprends ce que vous devez ressentir.

– Oui, vous *comprenez*. C'est si rare de rencontrer quelqu'un qui comprenne votre peine. J'ai l'impression que nous avons beaucoup de choses en commun. »

Je hochai la tête et considérai Anne Bishop. Elle avait cinquante-deux ans et on lui en aurait facilement donné soixante-dix. Elle était bien habillée, mais elle avait une silhouette voûtée de potiche sur laquelle même une robe de soirée aurait ressemblé à un tablier mal repassé. Ses cheveux étaient d'un brun fadasse, la raie qui les séparait n'avait pas changé de place depuis quarante-cinq ans, et leurs boucles pendaient lamentablement. Ses yeux étaient cernés de gris, des yeux faits pour pleurer. Sa bouche était mince et sèche, pas assez volontaire pour être qualifiée de réprobatrice, mais de toute évidence peu accoutumée au rire. Ses rides étaient toutes orientées vers le bas ; le verdict de la pesanteur était gravé sur sa peau. Son esprit avait la vacuité nerveuse et affamée d'un écureuil effarouché.

Elle était parfaite.

Je lui racontai mon histoire, me présentant sous le nom de Beatrice Straughn puisque c'était celui qui figurait sur mes papiers d'identité. Mon mari était un banquier prospère de Savannah. A sa mort, il y avait huit ans de cela, il avait confié la gestion de sa fortune au fils de ma sœur… Todd… qui avait apparemment réussi à dilapider tout mon capital en plus du sien avant de périr cet automne avec son épouse, une femme vulgaire, dans un accident de la route, me laissant en guise d'héritage les frais de leur enterrement, leurs dettes, et leur fils Vincent. Mon propre fils et sa femme, qui attendait un heureux événement, étaient missionnaires à Okinawa. A présent, j'avais vendu ma maison de Savannah, j'avais fini de payer les dettes de Todd, et je partais dans le nord pour y refaire ma vie avec mon petit-neveu.

Cette histoire était grotesque, mais j'aidai Anne Bishop à la croire grâce à de subtiles caresses mentales conçues pour ponctuer chaque révélation par une bouffée de plaisir.

« Votre neveu est très joli garçon », observa-t-elle.

Je souris et me tournai vers le siège où était assis Vincent. Il portait une chemise blanche bon marché, une cravate noire, un anorak bleu, un pantalon de toile et des souliers noirs, un ensemble que nous avions acheté dans un K-Mart de Washington. Je lui avais coupé les cheveux, mais je les avais laissés mi-longs, par pur caprice ; à présent, ils étaient tout propres et réunis en queue de cheval. Il contemplait le paysage enneigé d'un air totalement inexpressif. Il était impossible de modifier son visage de fouine et de faire disparaître son acné.

« Merci, fis-je. Il ressemble beaucoup à sa mère... que Dieu ait son âme.

– Il est très calme », remarqua Anne.

J'acquiesçai et me permis quelques larmes. « L'accident... » Je marquai une pause avant de poursuivre. « Le pauvre enfant a eu la langue en partie sectionnée durant l'accident de voiture. On m'a dit qu'il ne pourrait sans doute plus jamais parler.

– Ma pauvre chérie, caqueta Anne. Il ne nous appartient pas de comprendre la volonté de Dieu, mais nous devons en supporter les conséquences. »

Nous nous consolâmes mutuellement pendant que l'autocar glissait le long d'une voie express surélevée qui dominait les taudis sans fin de Philadelphie.

Anne Bishop fut enchantée lorsque nous acceptâmes de passer quelques jours chez elle comme elle nous y invitait.

Les rues de Philadelphie étaient bruyantes, crasseuses et noires de monde. Vincent prit nos bagages et nous nous dirigeâmes vers une gare locale où Anne acheta des billets pour Chelten Avenue par le train de Chestnut Hill. Elle m'avait décrit sa belle maison de Germantown pendant le voyage en autocar. Elle m'avait certes précisé que la ville s'était détériorée ces derniers temps suite à l'afflux d'« éléments indésirables », mais j'avais imaginé Germantown comme une entité distincte de la métropole de brique et d'acier qu'était Philadelphie. Je me trompais. Derrière la vitre du train, la lumière de l'après-midi finissant me montrait des rangées de maisons identiques, des usines désaffectées, des vérandas affaissées, des rues étroites peuplées de carcasses d'automobiles, des terrains vagues et des nègres. Hormis quelques passagers du train et quelques automobilistes roulant sur la voie express parallèle au chemin de fer, cette ville semblait uniquement peuplée de nègres. Épuisée, démoralisée, je voyais derrière la vitre sale des petits nègres en train de jouer dans un terrain vague, des petits visages noirs émergeant de parkas crasseuses, des nègres errant dans les rues glacées d'une démarche à la fois lasse et vaguement menaçante, de grosses négresses poussant des chariots volés, des aperçus de faces noires derrière des fenêtres sombres…

Je collai ma tête au verre froid et résistai à mon envie de pleurer. Mon père avait raison lorsqu'il prédisait, lors de ces derniers jours dorés qui avaient précédé la Grande Guerre, que le pays irait à vau-l'eau dès que les hommes de couleur auraient le droit de vote. Ils avaient transformé une nation jadis puissante en un champ de ruines à l'image de leur propre désespoir paresseux.

Nina ne me retrouverait jamais ici. Ces derniers jours, seul le hasard avait présidé à mon itinéraire. En passant une ou plusieurs semaines chez Anne — même si je devais pour cela descendre dans cette fosse grouillante de chômeurs de couleur —, j'ajouterais un nouvel élément de hasard à un comportement déjà erratique.

Nous descendîmes du train dans une gare nommée Chelten Avenue. La voie ferrée courait entre deux murailles de béton, la ville nous dominait de sa masse. Soudain terrifiée, trop épuisée pour gravir l'escalier qui montait jusqu'à la rue, je nous fis asseoir durant plusieurs minutes sur un banc inconfortable couleur de bile. Un train passa dans un grondement, fonçant vers le centre-ville. Une bande d'adolescents de couleur montèrent les marches quatre à quatre, hurlant des obscénités, bousculant quiconque ne leur cédait pas le passage. J'entendais des bruits de circulation au loin. Le vent était terriblement froid. De gros flocons surgirent de nulle part et maculèrent le ciment autour de nous. Vincent ne broncha pas, ne ferma pas son anorak.

« Nous allons prendre un taxi », dit Anne.

Je hochai la tête, mais me levai seulement lorsque j'aperçus deux rats aussi gros que des chats sortir d'une fissure du béton de l'autre côté de la voie et se mettre à fouiner dans les détritus éparpillés près des rails.

Le chauffeur de taxi était un homme de couleur renfrogné. Il exigea une somme démesurée pour nous faire parcourir huit pâtés de maisons. Germantown était un amalgame de pierres, de briques et de néons. Chelten Avenue et Germantown Avenue grouillaient de voitures, de magasins miteux, de bars crapuleux et de débris humains caractéristiques des villes du Nord. Mais on voyait d'authentiques tramways le long de Germantown Avenue, et au milieu des banques, des bars et des boutiques à cent sous se trouvaient de vieilles et belles demeures avec, de temps en temps, un beau bâtiment en brique du siècle dernier et même un parc aux grilles en fer forgé et aux statues vert-de-grisées. Il y a deux cents ans, cette ville avait sans doute été un hameau de riches maisons peuplé de fermiers et de négociants ayant choisi de vivre à quelque distance de Philadelphie. Il y a cent ans, c'était sans doute un village situé à quelques minutes de Philadelphie par le train — un endroit encore plein de charme, avec de belles maisons, des allées ombragées, quelques auberges le long de la route. Aujourd'hui, Philadelphie avait englouti Germantown tout comme une immense carpe aurait avalé un minuscule poisson bien plus beau qu'elle, laissant les arêtes blanchies de son passé se mêler à l'ordure sous l'action des terribles sucs digestifs du progrès.

Anne était si fière de sa petite maison qu'elle ne cessa de rougir en nous la faisant visiter. C'était un anachronisme : une jolie maisonnette blanche — peut-être une ancienne ferme — située à une douzaine de mètres de Germantown Avenue, dans une rue étroite baptisée Queen Lane. Elle était entourée d'une haute clôture de bois, couverte de graffiti en dépit du soin évident avec lequel l'entretenait sa propriétaire, donnait sur un jardin grand comme un timbre-poste, ou en tout cas plus petit que mon jardin de Charleston, était nantie d'une minuscule véranda, de deux lucarnes signalant l'existence d'un premier étage, et ornée d'un pêcher étique qui ne refleurirait sans doute jamais. La maison proprement dite était coincée entre une teinturerie dont la vitrine laissait croire qu'elle faisait commerce de mouches crevées et un immeuble collectif de deux étages qui aurait pu sembler abandonné depuis vingt ans si on n'avait aperçu des visages noirs épiant la rue à ses fenêtres. De l'autre côté de la rue, on trouvait un assortiment de petits entrepôts, de bâtiments en brique vétustes aménagés en duplex, et le début d'une de ces éternelles enfilades de maisons identiques qui se prolongeait vers le sud.

«Ce n'est pas grand-chose, mais c'est chez moi», dit Anne, attendant que je contredise la première partie de sa déclaration. Je m'exécutai.

Au premier étage se trouvaient la grande chambre d'Anne et une chambre d'amis plus petite. Son frère avait occupé une troisième chambre attenante à la cuisine, qui sentait encore la pharmacie et le cigare. De toute évidence, Anne avait l'intention d'offrir cette chambre à Vincent et de me proposer la chambre d'amis de l'étage. Je l'aidai à nous donner les deux chambres du haut et à se contenter de celle du rez-de-chaussée. Je visitai le reste de la maison pendant qu'elle déménageait ses vêtements et ses objets personnels.

Le rez-de-chaussée comprenait une salle à manger, trop guindée pour sa taille, une minuscule salle de séjour encombrée de meubles et de gravures, une cuisine aussi propre et aussi peu engageante qu'Anne elle-même, la chambre du frère, une salle de bains et une petite véranda donnant sur l'arrière-cour, à peine assez large pour qu'on puisse y promener un chien.

J'ouvris la porte de derrière pour aérer un peu la maison qui sentait le renfermé, et un gros chat gris se faufila entre mes jambes. «Oh, c'est Peluche», dit Anne, qui allait entrer dans la chambre, les bras chargés de vêtements. «C'est mon petit bébé. Mrs. Pagnelli s'est occupée de lui, mais il savait que sa maman allait bientôt rentrer. Je me trompe?» Elle s'adressait au chat.

Je souris et reculai d'un pas. Les femmes de mon âge sont censées adorer les chats, en emplir leur domicile à la moindre occasion et bêtifier sur ces créatures perfides et arrogantes. Quand j'étais enfant — j'avais à peine six ou sept ans —, ma tante amenait son siamois obèse lors de chacune de ses visites estivales. Je redoutais toujours que cette bête vienne se coucher sur mon visage pendant la nuit et me fasse périr étouffée. Je me rappelle avoir fourré ce chat dans un sac de jute par un bel après-midi, alors que les adultes dégustaient une citronnade dans la cour. Je l'ai noyé dans le réservoir, derrière la remise du voisin, et j'ai abandonné son cadavre ruisselant derrière un appentis où une meute de chiens jaunes se rassemblait fréquemment. Une fois que le conditionnement d'Anne serait achevé, je ne serais guère surprise si son «petit bébé» venait à connaître un sort semblable.

Quand on dispose du Talent, il est relativement facile d'Utiliser un sujet, beaucoup plus difficile de le conditionner avec succès. Lorsque Nina, Willi et moi avons entamé notre Jeu à Vienne, il y a presque un demi-siècle de cela, nous nous amusions à Utiliser les gens, en général des inconnus, sans trop tenir compte de la nécessité qu'il y avait d'éliminer par la suite ces instruments humains. Plus tard, lorsque nous avons usé de notre Talent avec plus de maturité, chacun de nous a ressenti le besoin d'avoir auprès de lui un compagnon — mi-serviteur, mi-garde du corps — si au fait de nos besoins qu'il ou elle pouvait être Utilisé presque sans le moindre effort. Avant de découvrir Mr. Thorne en Suisse, il y a vingt-cinq ans de cela, je voyageais en compagnie de Mme Tremont et, avant elle, d'un jeune homme que, dans un élan de sentimentalisme juvénile, j'avais baptisé Charles en souvenir de mon défunt soupirant. Nina et Willi avaient leur propre théorie de pions, dont les derniers en date étaient les deux brutes que Willi m'avait présentées quelques jours plus tôt et la répugnante Miss Barrett Kramer qui accompagnait Nina. Un tel conditionnement peut prendre un certain temps, mais ce sont les premiers jours qui sont les plus critiques. Il importe de laisser subsister un vague noyau de personnalité sans que celle-ci ait la possibilité d'agir de façon indépendante. Mais si les actions ne doivent jamais être indépendantes, elles doivent cependant rester *autonomes*, en ce sens que le sujet doit pouvoir accomplir des gestes simples et des actes routiniers sans avoir besoin pour cela d'être directement Utilisé. Si l'on souhaite apparaître en public avec ces assistants conditionnés, il doit subsister en eux au moins un simulacre de leur personnalité d'origine.

Les avantages d'un tel conditionnement sont évidents. Alors qu'il est difficile — quasiment impossible, bien que Nina en ait peut-être été capable — d'*Utiliser* deux personnes en même temps, il est relativement facile de diriger les actions de deux pions conditionnés. Willi ne voyageait jamais sans être accompagné d'au moins deux de ses «petits amis» et, avant de découvrir le féminisme, Nina se déplaçait le plus souvent en compagnie de cinq ou six célibataires au corps superbe.

Anne Bishop se révéla facile à conditionner tant elle désirait être soumise. Les trois jours que je passai chez elle me suffirent à la dresser complètement. Avec Vincent, ce fut une tout autre affaire. Bien que ma première «leçon» ait annihilé toute sa volonté consciente, son subconscient demeurait un grouillement chaotique et presque impossible à maîtriser de haines, de peurs, de préjugés, de désirs et de sombres pulsions. Je ne souhaitais pas éradiquer ces sentiments, car c'étaient des sources d'énergie que je comptais bien exploiter ultérieurement. Durant ces trois longues journées du dernier week-end avant Noël 1980, je demeurai dans la maison d'Anne, où régnait une vague odeur aigre, et explorai la jungle émotionnelle du ténébreux subconscient de Vincent, y traçant des pistes et y laissant des repères en vue d'une future utilisation.

Le dimanche 21 décembre, je pris un petit déjeuner tardif préparé par Anne et l'interrogeai sur ses amis, ses revenus et sa vie. Il s'avéra qu'elle n'avait aucun ami et presque aucune vie sociale. Mrs. Pagnelli, une de ses voisines, lui rendait visite de temps en temps et prenait parfois soin de Peluche. Lorsque Anne entendit le nom du félin disparu, ses yeux s'emplirent de larmes et je sentis ses pensées glisser comme une automobile sur une plaque de verglas. J'accentuai mon étreinte mentale et l'orientai vers sa toute nouvelle passion : me plaire.

Anne avait plus de soixante-treize mille dollars d'économies. Comme nombre de femmes égoïstes approchant du terme d'une vie sans intérêt, elle avait vécu pendant des dizaines d'années dans un état de quasi-pauvreté tout en accumulant liquidités, actions et obligations, tel un écureuil maniaque amassant des noisettes qu'il ne mangerait jamais. Je lui suggérai de convertir ses biens en liquide durant la semaine suivante. Anne trouva cette idée excellente.

Nous discutions de ses sources de revenu lorsqu'elle mentionna Grumblethorpe. «La Société me verse une petite somme pour surveiller cette maison, pour guider les visiteurs et pour l'entretenir quand elle reste fermée durant une longue période, comme c'est le cas en ce moment.

– Quelle société ?

– La Société pour la préservation des monuments de Philadelphie.

– Et quel genre de monument est ce Grumblethorpe ?

– Je serais enchantée de vous le montrer, dit Anne avec enthousiasme. C'est tout près d'ici. »

Je commençais à m'ennuyer après avoir passé trois jours à me reposer et à conditionner deux personnes dans le cadre étriqué de la maison d'Anne. J'acquiesçai donc. « Après le petit déjeuner. Si je me sens en forme pour marcher. »

Il m'est difficile, même aujourd'hui, de donner une idée du charme et de l'incongruité de Grumblethorpe, situé sur Germantown Avenue, cette artère de brique en voie de détérioration. Les rares beaux immeubles encore existants sont flanqués de bars et de boutiques à cent sous, de restaurants minables et d'épiceries sordides. Les rues étroites qui partent de cette partie de l'avenue donnent rapidement sur une zone de taudis et de terrains vagues. Mais ici, au 5267 Germantown Avenue, derrière l'enfilade de parcmètres et les deux chênes noircis par la suie et lacérés de graffiti, à moins de trois mètres du défilé incessant des tramways et des piétons invariablement noirs, se dresse la perfection des murs de pierre, des volets et des bardeaux de Grumblethorpe.

Il y avait deux portes d'entrée. Anne sortit un anneau encombré de clés et nous fit entrer par la porte est. L'intérieur du bâtiment était plongé dans l'ombre en raison de ses fenêtres occultées par des volets et de lourds rideaux. La maison sentait l'antique, le bois et la cire séculaires. Pour moi, cette odeur était celle d'un foyer.

« Cette maison a été édifiée en 1744 par John Wister », m'expliqua Anne, dont la voix prit un ton assuré de guide expérimenté. « C'était un marchand de Philadelphie qui utilisait cette demeure comme résidence d'été. Plus tard, sa famille a pris l'habitude d'y séjourner toute l'année. »

Nous quittâmes la minuscule entrée pour pénétrer dans le salon. Le parquet était soigneusement ciré, les moulures du plafond d'une élégante simplicité, et la petite cheminée flanquée d'un fauteuil à oreillettes. Une chandelle était posée sur un guéridon d'époque. On ne voyait ni ampoule ni prise électrique.

«Le général anglais James Agnew est mort dans cette pièce durant la bataille de Germantown, récita Anne. Les taches de sang sont encore visibles.» Elle désigna le sol.

Je jetai un coup d'œil au bois légèrement décoloré. «Il n'y a aucune pancarte dehors, dis-je.

– Un panneau était apposé à la fenêtre. La maison était ouverte au public les mardis et jeudis après-midi, de deux heures à cinq heures. La Société organisait aussi des visites privées pour les personnes s'intéressant à l'histoire de la région. A présent, la maison est fermée — et elle le restera pendant au moins un mois, le temps de rassembler les fonds nécessaires à la poursuite des travaux de restauration entamés dans la cuisine.

– Qui vit ici à présent ?»

Anne eut un petit rire — un couinement de souris. «Personne ne *vit* ici. Il n'y a pas d'électricité, pas de chauffage à part les cheminées, et aucune plomberie. Je viens régulièrement faire un tour et Mrs. Waverly, de la Société, inspecte les lieux toutes les six ou huit semaines.»

J'acquiesçai. «Il y a une porte galante ici.

– En effet, dit Anne. Vous connaissez bien les vieilles coutumes. On s'en servait également lors des enterrements.

– Montrez-moi le reste de la maison», ordonnai-je.

La salle à manger contenait une table et des chaises rustiques à la beauté toute simple datant des débuts de l'époque coloniale. Je découvris un incroyable banc sur lequel s'étaient exprimés tous les talents d'un maître ébéniste. Anne attira mon attention sur une chaise conçue par Soloman Fussel, l'auteur des chaises de l'Independence Hall.

La cuisine donnait sur l'arrière-cour et, en dépit du sol boueux et moucheté de neige, je discernai les contours du superbe jardin qui devait y fleurir pendant l'été. Le sol de la cuisine était en pierre et la cheminée si vaste qu'on pouvait y entrer sans courber la tête. Un étrange assortiment d'outils et d'ustensiles antiques était accroché au mur — un sécateur, une immense faux, une houe, un râteau rouillé, des pinces en fer, et j'en passe — au voisinage d'une meule à pédales. Anne désigna un petit tas de pierres devant le mur et une feuille de plastique noir dissimulant une excavation. « Quelques pierres se sont descellées dans ce coin. En novembre, les ouvriers qui travaillaient à la réfection ont découvert une porte en bois pourri sous le sol et un tunnel partiellement obstrué.

– Une issue de secours ?

– Probablement. Les Indiens étaient encore actifs à l'époque où la maison a été bâtie.

– Où débouche ce tunnel ?

– On a retrouvé ce qui est sans doute la sortie derrière le garage d'une maison voisine, dit Anne en indiquant vaguement un bâtiment de l'autre côté des vitres givrées. Mais la Société n'avait pas assez de fonds pour poursuivre l'excavation et elle a préféré attendre la bourse de la Commission historique de Philadelphie qui doit lui être versée en février.

– Vincent aimerait jeter un coup d'œil dans le tunnel.

– Oh », fit Anne. Elle sembla vaciller, se passa une main sur le front. « Je ne pense pas qu'il soit permis de...

– Vincent va jeter un coup d'œil, insistai-je.

– Bien sûr », acquiesça Anne.

Il y avait une bougie dans le salon, mais je dus envoyer le garçon chez Anne pour y chercher des allumettes. Lorsqu'il ôta le rideau de plastique et descendit la petite échelle conduisant au tunnel, je fermai les yeux afin de mieux voir ce qu'il allait découvrir.

Terre, roc, odeur d'humidité et de tombe. Le tunnel n'avait été dégagé que sur une longueur de trois ou quatre mètres sous la cour. Son plafond était soutenu par des poutres toutes neuves. Je fis remonter Vincent et rouvris les yeux.

« Aimeriez-vous voir l'étage ? » demanda Anne.

J'acquiesçai sans parler ni faire un geste.

La nursery m'adressa ses chuchotis dès que j'y entrai.

«Selon la légende, cette pièce est hantée, dit Anne. Le chien de Mrs. Waverly refuse d'y pénétrer.»

Je supposai tout d'abord qu'Anne entendait également les murmures, mais lorsque je touchai son esprit, je n'y trouvai aucun signe de leur présence, rien qu'un désir croissant de me plaire.

Je m'avançai dans la pièce. Les volets de la fenêtre donnant sur la rue ne laissaient passer presque aucune lumière. Je distinguai au sein de la pénombre un berceau en métal aussi laid qu'anachronique — la cage ternie d'un enfant maléfique. Il y avait aussi deux petits lits et une chaise d'enfant, mais je n'eus bientôt d'yeux que pour les jouets, les poupées et le mannequin grandeur nature. Une immense maison de poupée était posée dans un coin. Elle aussi n'était pas de la bonne époque — elle devait avoir un siècle de moins que la maison de taille réelle —, mais ce qui frappait chez elle, c'était qu'elle était en partie pourrie et affaissée comme un authentique foyer abandonné. Je m'attendais à moitié à voir des rats minuscules trottiner dans ses couloirs. Près de la maison miniature, une demi-douzaine de poupées gisaient sur un lit. Une seule semblait assez antique pour dater du dix-huitième siècle, mais plusieurs paraissaient assez réelles pour être confondues avec de vrais cadavres d'enfants en voie de décomposition.

Mais c'était le mannequin qui dominait la pièce. Il avait la taille d'un garçonnet de sept ou huit ans. Ses habits reconstituaient la tenue d'un enfant de l'époque de la guerre d'Indépendance, mais leur tissu s'était fané au fil des décennies, leurs coutures défaites, et une odeur de laine pourrie emplissait la pièce. Ses mains, son cou et son visage étaient écaillés en plusieurs endroits, révélant la porcelaine noire que dissimulait la peinture rose. Il s'était jadis enorgueilli d'une luxuriante perruque d'authentiques cheveux, mais il n'en subsistait que des touffes raides et son cuir chevelu était tout craquelé. Ses yeux semblaient absolument réels et je me rendis compte qu'il s'agissait de prothèses. Seul les yeux de verre avaient conservé leur éclat et leur lustre cependant que le mannequin se détériorait : les yeux vifs d'un petit garçon dans le corps rigide d'un mort.

Pour une raison indéterminée, je supposai que les murmures provenaient du mannequin, mais lorsque je m'en approchai, les vagues chuchotis se firent un peu plus lointains. C'étaient les murs qui parlaient. Sous le regard passif d'Anne et de Vincent, je m'appuyai contre les murs de plâtre et tendis l'oreille. Les murmures étaient bien audibles, mais pas tout à fait assez pour que je puisse en distinguer la teneur exacte. On aurait dit qu'il y avait plusieurs voix, mais j'eus l'impression d'entendre des messages qui m'étaient adressés plutôt que celle de surprendre une conversation.

« Vous entendez quelque chose ? » demandai-je à Anne.

Elle plissa le front, cherchant la réponse qui était la plus susceptible de me plaire. « Seulement la circulation, dit-elle finalement. Et des enfants qui crient dans la rue. »

Je secouai la tête et collai de nouveau mon oreille contre le mur. J'entendis de nouveau les murmures, qui n'étaient ni pressants ni menaçants. Je crus discerner les syllabes de mon nom parmi ce doux flot sonore.

Je ne crois pas aux fantômes. Je ne crois pas au surnaturel. Mais à mesure que je vieillis, j'en viens à croire que, tout comme les ondes radio continuent à se propager une fois que le transmetteur est éteint, l'émission de la volonté d'un individu continue à être diffusée après sa mort. Nina m'a dit un jour qu'un archéologue avait découvert la voix d'un potier mort depuis des milliers d'années enregistrée dans les sillons de son pot, le fer contenu dans son argile et les vibrations de ses doigts ayant agi comme un disque et un stylet. Je ne sais pas si cette anecdote était authentique, mais elle exprime le même concept que celui auquel j'ai fini par accorder foi. Peut-être sommes-nous capables — surtout si nous sommes doués du Talent — d'imprimer la force de notre volonté sur les objets aussi bien que sur les… sujets.

Je repensai à Nina et m'écartai vivement du mur. Les murmures cessèrent. « Non, dis-je à voix haute. Ceci n'a rien à voir avec Nina. Ces voix sont amicales. »

Mes deux compagnons me regardèrent, Anne ne sachant pas quoi dire et Vincent incapable de dire quoi que ce soit. Je leur souris et Anne me rendit mon sourire.

« Venez, dis-je. Nous allons déjeuner, et ensuite, nous reviendrons ici. Je suis très contente de Grumblethorpe, Anne. Vous avez bien fait de m'amener ici. »

Le sourire d'Anne Bishop était radieux.

Le lundi midi, Anne et Vincent avaient apporté un lit à roulettes et un matelas neuf à Grumblethorpe, acheté d'autres bougies et trois radiateurs à essence, empli les étagères de la cuisine de boîtes de conserve et de produits non périssables, installé le petit réchaud à butane sur la table de la cuisine et nettoyé à fond toutes les pièces de la maison. Je leur fis installer le lit dans la nursery. Anne apporta des draps propres, des couvertures et son couvre-lit préféré. Vincent rangea ses pelles et ses seaux tout neufs contre le mur de la cuisine. Je ne pouvais pas remédier pour l'instant à l'absence de plomberie — de plus, j'avais l'intention de passer le plus clair de mon temps chez Anne. Je me contentai d'aménager Grumblethorpe afin d'y trouver le confort lors de mes inévitables visites.

Le lundi après-midi, Anne solda son compte en banque et son livret de Caisse d'Épargne — pour un montant total de presque quarante-deux mille dollars — et entreprit de convertir ses actions et ses obligations en liquide. Elle fut parfois obligée d'acquitter une pénalité, mais cela nous était égal à toutes les deux. Je rangeai l'argent dans mes bagages.

A quatre heures de l'après-midi — la lumière hivernale achevait de mourir au-dehors —, des douzaines de chandelles éclairaient brillamment Grumblethorpe, le salon, la cuisine et la nursery étaient réchauffés par les radiateurs incandescents, et cela faisait trois heures que Vincent creusait le tunnel et déversait de la terre dans un coin du jardin, sous un immense gingko. C'était un travail salissant, difficile et probablement dangereux, mais qui lui faisait du bien. Ce labeur lui permettait de se libérer d'une partie de la rage qu'il réprimait. Je savais déjà que Vincent était très fort — bien plus fort que ne le laissaient supposer sa mince carrure et sa posture avachie —, mais je découvrais à présent la véritable étendue de sa robustesse et de son énergie quasi démoniaque. Il doubla presque la longueur du tunnel durant ce premier après-midi de travail.

Je ne dormis pas à Grumblethorpe, pas la première nuit, mais alors que nous éteignions chandelles et radiateurs avant de partir, je me rendis seule dans la nursery et m'immobilisai au centre de la pièce, tenant une bougie dont la flamme se reflétait dans les yeux de nacre des poupées et dans les yeux de verre du garçonnet.

Les murmures étaient plus forts à présent. Je sentis de la gratitude dans leur ton, sinon dans leur teneur. Ils me souhaitaient bonne chance — et m'invitaient à revenir.

Vincent déplaça une demi-tonne de terre le mardi, la veille de Noël. Après avoir dégagé quatre mètres supplémentaires, nous constatâmes que le reste du tunnel était pratiquement intact, à l'exception de quelques petits effondrements de terre et de cailloux survenus lors des deux derniers siècles. Le mercredi matin, il dégagea la sortie, qui se trouvait près de l'allée bordant la cour et l'arrière des maisons situées derrière la nôtre. Il dissimula la sortie sous des planches et retourna à Grumblethorpe. Vincent n'était pas beau à voir; sale, vêtu de vieux habits à présent déchirés et maculés de boue, les cheveux pendant en mèches graisseuses sur son visage strié de terre et ses yeux hagards. Ce jour-là, je n'avais apporté à Grumblethorpe qu'une grande bouteille thermos contenant de l'eau fraîche; j'ordonnai à Vincent de se dévêtir et de s'asseoir près du radiateur de la cuisine pendant que je retournais chez Anne pour y laver ses vêtements et les faire sécher dans son sèche-linge.

Anne avait passé tout l'après-midi à préparer le dîner de Noël. Les rues étaient sombres et presque désertes. Un tramway solitaire passa au loin en grondant, émettant une chaude lueur jaune. Il commençait à neiger.

C'est ainsi que je me suis retrouvée à marcher dans la rue, seule et sans défense. En temps normal, jamais je n'aurais franchi la longueur d'un pâté de maisons sans être suivie d'un compagnon bien conditionné, mais le travail accompli à Grumblethorpe durant la journée, ainsi que l'étrange avertissement qui semblait sourdre des murmures de la nursery, m'avaient inquiétée au point de me faire négliger mes précautions habituelles. En outre, je pensais à Noël.

Noël avait toujours été une fête importante à mes yeux. Je me souviens encore des immenses sapins et des copieux réveillons de mon enfance. Mon père découpait toujours la dinde lui-même; ma tâche consistait à offrir de modestes présents aux domestiques. Je me souviens d'avoir composé plusieurs semaines à l'avance les brefs compliments que j'adressais à nos gens, des hommes et des femmes de couleur beaucoup plus vieux que moi. Je louais la plupart d'entre eux, réprimandais gentiment ceux qui avaient commis quelque négligence en omettant soigneusement certaines phrases clés. Je réservais invariablement mes plus beaux présents et mes paroles les plus affectueuses à tante Harriet, la vieille femme plantureuse qui m'avait nourrie au sein et élevée. Harriet était née esclave.

Bien des années plus tard, à Vienne, Nina, Willi et moi avons constaté avec intérêt que les domestiques nous avaient inspiré la même tendresse durant notre enfance. Même à Vienne, Noël était un moment important pour nous. Je me souviens encore de l'hiver 1928, des promenades en traîneau le long du Danube et du banquet organisé par Willi dans la villa qu'il avait louée au sud de la ville. C'était seulement ces dernières années que je n'avais pas célébré Noël de façon aussi complète que je l'aurais souhaité. A peine quinze jours plus tôt, lors de notre dernière Réunion, Nina et moi avions discuté de la triste sécularisation de l'esprit de Noël. Aujourd'hui, les gens ne savent plus ce qu'être chrétien veut dire.

Ils étaient huit, huit garçons de couleur. Je ne sais pas quel était leur âge. Ils étaient tous plus grands que moi; trois ou quatre d'entre eux avaient une ligne de duvet noir au-dessus des lèvres. J'eus l'impression qu'un tourbillon de bruits, de coudes, de genoux et d'obscénités déferlait sur moi au coin de Bringhurst Street et de Germantown Avenue. L'un d'eux portait une énorme radio qui émettait un vacarme monocorde.

Je levai les yeux, surprise, encore distraite par le souvenir des Noëls anciens et des amis disparus. Toujours sans réfléchir, je fis halte, attendant qu'ils descendent du trottoir, qu'ils s'écartent de mon chemin. Peut-être fut-ce à cause de mon visage, de ma posture fière, si différente de l'humilité affichée par les Blancs égarés dans les quartiers nègres des villes du Nord, que l'un d'entre eux me remarqua.

«Qu'est-ce que tu regardes comme ça, madame?» demanda un garçon de haute taille coiffé d'une casquette rouge. Son visage exprimait toute la stupidité et tout le mépris que des siècles d'ignorance tribale ont insufflés à sa race.

«J'attends que vous vous écartiez pour laisser passer une dame, ainsi que le font les enfants bien élevés», dis-je. J'avais parlé doucement, poliment. En temps normal, je n'aurais rien dit, mais je pensais à autre chose.

«Des enfants! dit le nègre à la casquette rouge. Qui

c'est que tu traites d'enfants, bordel?» Toute la bande se rassembla en demi-cercle autour de moi. Je fixai un point situé au-dessus de leurs têtes.

«Hé, pour qui tu te prends, la vieille?» demanda un nègre obèse vêtu d'une parka gris sale.

Je restai muette.

«Allez», dit un garçon plus petit mais d'aspect moins fruste. Il avait les yeux bleus. «On se tire, les mecs.»

Ils commencèrent à s'écarter, mais le nègre à la casquette rouge avait encore son mot à dire. «Fais gaffe à qui tu dis de te laisser passer, vieux débris», cracha-t-il, et il fit mine de me planter un doigt sur l'épaule ou la poitrine.

Je reculai vivement pour éviter d'être touchée. Mon talon se coinça dans une lézarde du trottoir, je perdis l'équilibre, battis des bras, et tombai assise dans le caniveau, au milieu d'un magma de neige et d'excréments de chiens. La plupart des nègres éclatèrent de rire.

Le garçon aux yeux bleus les fit taire d'un geste et s'avança vers moi. «Ça va, madame?» Il tendit une main, comme pour m'aider à me relever.

Je regardai fixement devant moi, ignorant sa main. Au bout d'une seconde, il haussa les épaules et rejoignit sa bande. Les échos de leur horrible musique résonnaient sur les murs nus et les vitrines silencieuses.

Je restai assise jusqu'à ce que les huit voyous aient disparu au coin de la rue, puis j'essayai de me lever, y renonçai et rampai sur les mains et les genoux jusqu'à un parcmètre le long duquel je me hissai. Je restai là quelque temps, accrochée au parcmètre, tremblante. Les rares voitures qui passaient — leurs conducteurs pressés de rentrer chez eux pour réveillonner — projetaient sur moi des paquets de boue et de neige mêlée. Deux grosses négresses encore jeunes me frôlèrent, jacassant de leurs voix d'ouvrières agricoles. Personne ne daigna m'aider.

Je tremblais encore lorsque j'arrivai enfin chez Anne. Plus tard, je me rendis compte que je n'aurais eu aucune peine à la faire venir pour me secourir, mais je n'étais pas en état de penser clairement sur le moment. Le vent glacé m'avait arraché des larmes qui avaient gelé sur mes joues.

Anne me fit aussitôt couler un bain chaud, m'aida à ôter ma robe trempée et me prépara des vêtements propres pendant que je me baignais.

Il était neuf heures du soir lorsque je dînai — seule, Anne restant assise dans la pièce voisine — et quand j'eus fini mon dessert, une tarte aux cerises, je savais exactement ce qu'il fallait faire.

Je pris ma chemise de nuit et quelques objets de première nécessité. J'ordonnai à Anne de prendre un matelas pour elle, des vêtements propres pour Vincent, un peu de nourriture et de boisson, et le revolver que j'avais emprunté au chauffeur de taxi d'Atlanta.

Le trajet de retour fut bref et se déroula sans incident. Il neigeait très fort à présent. Je détournai les yeux en passant près de l'endroit où j'étais tombée.

Vincent était assis là où je l'avais laissé. Il s'habilla et mangea de bon appétit. Il m'indifférait que Vincent saute quelques repas, mais il avait dépensé des milliers de calories lors des deux derniers jours et je voulais qu'il retrouve toute son énergie. Il mangeait comme un animal. Ses mains, ses bras, son visage et ses cheveux étaient encore sales, maculés de boue rouge, et le spectacle qu'il offrait en dévorant son repas était authentiquement bestial.

Après avoir mangé, Vincent se mit au travail sur la meule, aiguisant la faux et une des pelles qu'Anne avait achetées deux jours plus tôt dans une quincaillerie de Chelten Avenue.

Il était presque minuit lorsque je montai me coucher dans la nursery. Je fermai la porte et me déshabillai pour enfiler ma chemise de nuit. Les yeux de verre de l'enfant-mannequin, éclatants et poussiéreux, me contemplaient à la lumière vacillante de la chandelle. Anne s'assit en bas dans le salon, surveillant la porte d'entrée, comblée, un léger sourire aux lèvres, le calibre 38 chargé reposant confortablement sur son giron.

Vincent sortit par le tunnel. La boue humide macula un peu plus son visage et ses cheveux tandis qu'il traînait la faux et la pelle le long du passage obscur. Je fermai les yeux et vis la neige tomber à la faible lueur d'un réverbère lorsqu'il émergea près du garage, tira les outils hors du trou et détala dans la ruelle.

L'air avait un parfum propre et froid. Je sentais le cœur de Vincent battre sur un rythme robuste et assuré, je sentais la jungle qu'était son esprit ondoyer comme sous l'effet d'une tempête tandis que l'adrénaline coulait à flots dans son organisme. Les muscles de mes joues se tordirent lorsque je me rendis compte que Vincent avait aux lèvres un large sourire, un rictus de prédateur.

Nous avançâmes vivement le long de la ruelle, nous arrêtâmes à l'entrée d'une rue sombre peuplée de taudis, et courûmes le long des maisons du côté sud, là où les ombres étaient les plus profondes. Nous observâmes une pause et j'ordonnai à Vincent de regarder dans la direction où les huit voyous avaient disparu. Je sentais les narines de Vincent palpiter tandis qu'il reniflait l'air nocturne en quête d'une odeur de nègre.

Il neigeait de plus en plus fort. Le silence de la nuit n'était rompu que par le lointain carillonnement des cloches annonçant la naissance de notre Sauveur. Vincent leva la tête, posa pelle et faux sur son épaule et s'engouffra dans les ténèbres d'une ruelle.

Au premier étage, à l'intérieur de Grumblethorpe, je souris, me tournai vers le mur de la nursery et pris vaguement conscience du flot de murmures sifflants qui montait autour de moi tel le bruit de la marée.

19.
Washington, D.C., samedi 20 décembre 1980

« Vous ignorez tout de la véritable nature de la violence », dit à Saul Laski la chose qui avait été Francis Harrington.

Ils marchaient le long du Mail en direction du Capitole. Les rayons glacés du soleil couchant illuminaient le granit blanc des bâtiments et les nuages de gaz qui s'échappaient des bus et des voitures. Quelques pigeons sautillaient précautionneusement près des bancs inoccupés.

Saul sentit les muscles de son ventre et de ses cuisses qui tressaillaient, et il sut que cette réaction n'était pas seulement due au froid. Un émoi extraordinaire l'avait saisi dès qu'ils avaient quitté la National Art Gallery. *Après toutes ces années.*

« Vous vous considérez comme un expert en matière de violence », dit Harrington en allemand, une langue que Saul ne l'avait jamais entendu parler, « mais vous n'y connaissez rien.

– Que voulez-vous dire ? » demanda Saul en anglais. Il enfonça ses mains dans les poches de son manteau. Il ne cessait de tourner la tête de droite à gauche, dévisageant un homme qui sortait du Bâtiment Est de la National Art Gallery, plissant les yeux pour mieux voir une silhouette solitaire assise sur un banc éloigné, essayant de voir à travers le pare-brise polarisé d'une limousine avançant au pas. *Où êtes-vous, Oberst ?* L'idée que le colonel nazi puisse être tout proche noua les muscles de son diaphragme.

« Vous considérez la violence comme une aberration, poursuivit Harrington dans un allemand impeccable, alors qu'il s'agit en fait de la norme. C'est l'essence même de la condition humaine. »

Saul se força à prêter attention à la conversation. Il devait faire sortir l'Oberst de sa tanière... trouver un moyen de libérer Francis du contrôle exercé par le vieil homme... trouver l'Oberst lui-même. « Ridicule, dit-il. La violence est un défaut très répandu, mais ce n'est pas l'essence de la condition humaine, pas plus que la maladie. Nous sommes en voie d'éradiquer des maladies comme la polio et la variole. Nous sommes capables d'éradiquer la violence dans les relations humaines. » Saul avait pris un ton professoral. *Où êtes-vous, Oberst ?*

Harrington éclata de rire. C'était un rire de vieillard, saccadé, graillonnant. Saul regarda le jeune homme qui marchait à ses côtés et frissonna. Il eut soudain une pensée horrible : le visage de Francis — ses courts cheveux roux, les taches qui constellaient ses pommettes hautes — ressemblait à un masque de chair dissimulant le crâne d'un autre. Le corps de Harrington paraissait étrangement massif sous son long imperméable, comme si le jeune homme avait brusquement grossi ou comme s'il était vêtu de plusieurs couches de pull-overs.

« Il est impossible d'éradiquer la violence, pas plus que l'amour, la haine ou le rire, dit la voix de Willi von Borchert par la bouche de Francis Harrington. L'amour de la violence est un aspect de notre humanité. Même les faibles rêvent d'être forts afin de pouvoir manier le fouet.

– Ridicule, dit Saul.

– Ridicule ? » répéta Harrington. Ils avaient traversé Madison Drive et se trouvaient devant le bassin réfléchissant du Capitole. Harrington s'assit sur un banc face à la Troisième Rue. Saul fit de même, regardant tout autour de lui pour examiner tous les visages visibles. Il n'y en avait pas beaucoup. Aucun ne ressemblait à celui de l'Oberst.

« Mon cher Juif, dit Harrington, regardez donc Israël.

– Hein ? » Saul se tourna vers Francis. Ce n'était plus l'homme qu'il avait connu. « Que voulez-vous dire ?

– Votre cher pays adoptif est célèbre pour ses actes de violence à l'encontre de ses ennemis, dit Harrington. "Œil pour œil" est sa philosophie, la juste vengeance sa politique, l'efficacité de son armée et de son aviation sa fierté.

– Israël ne fait que se défendre. » L'aspect surréel de cette conversation donnait le vertige à Saul. Au-dessus d'eux, le dôme du Capitole accrocha les derniers rayons de lumière.

Harrington éclata de rire une nouvelle fois. « Ah, oui, mon fidèle pion. La violence est toujours plus acceptable si elle est exercée pour se défendre. D'où la Wehrmacht. » Il insista sur *Wehr* — défense. « Israël a des ennemis, *nicht wahr ?* Mais le Troisième Reich en avait aussi. Et son pire ennemi était sans doute cette vermine même qui jouait les victimes impuissantes tout en complotant la destruction du Reich et joue aujourd'hui les héros tout en opprimant les Palestiniens. »

Saul ne répondit pas à cette provocation. L'antisémitisme de l'Oberst lui paraissait infantile. « Que voulez-vous ? » demanda-t-il à voix basse.

Harrington haussa les sourcils. « Quel mal y a-t-il à retrouver une vieille connaissance pour avoir une discussion intéressante avec elle ? dit-il en anglais.

– Comment m'avez-vous retrouvé ? »

Harrington haussa les épaules. « Je dirais plutôt que c'est vous qui m'avez retrouvé, murmura-t-il d'une voix rauque totalement étrangère à celle de Francis Harrington. Imaginez quelle a été ma surprise lorsque mon cher pion a débarqué à Charleston. Mon jeune Juif errant est très loin de Chelmno. »

Saul faillit lui demander : *Comment m'avez-vous reconnu ?* mais il se retint. Les quelques heures durant lesquelles ils avaient partagé le corps de Saul, presque quarante ans auparavant, avaient créé entre eux une répugnante intimité plus durable que les mots ne pouvaient l'exprimer. Saul savait qu'il reconnaîtrait tout de suite l'Oberst — qu'il l'avait tout de suite reconnu en dépit de l'érosion de sa mémoire au fil du temps. « Vous me suivez depuis Charleston ? » demanda-t-il.

Harrington sourit. « J'aurais eu beaucoup de plaisir à assister à une de vos conférences à Columbia. Peut-être aurions-nous pu débattre de l'éthique du Troisième Reich.

– Peut-être. Et peut-être pourrions-nous débattre de la santé mentale d'un chien enragé. Mais il n'existe qu'une seule solution à une telle maladie. Abattre le chien.

– C'est ça, siffla Harrington. Une nouvelle version de la solution finale. Les Juifs n'ont jamais été une race subtile. »

Saul frissonna. Derrière cette voix calme, derrière cette marionnette humaine, se dissimulait un homme qui avait assassiné des centaines — peut-être des milliers — d'êtres humains. Saul ne voyait qu'une seule raison pour laquelle l'Oberst s'était efforcé de le retrouver et l'avait suivi depuis Charleston : il voulait le tuer. L'Oberst Wilhelm von Borchert, alias William Borden, s'était dépensé sans compter pour convaincre le monde de sa mort. Il n'avait aucune raison de révéler ainsi sa présence à celui qui était peut-être le seul à connaître sa véritable identité, sauf pour mener à bien la phase finale de quelque jeu du chat et de la souris. Saul enfonça sa main dans sa poche et agrippa le rouleau de pièces de monnaie qui y était caché. C'était la seule arme qu'il avait jamais portée depuis la forêt des Hiboux, en Pologne, vingt-six ans auparavant.

S'il réussissait à assommer Francis — une tâche bien plus difficile que ne le suggéraient le cinéma et la télévision, il le savait -, que ferait-il ensuite ? Fuir. Mais qu'est-ce qui empêcherait l'Oberst de pénétrer son esprit ? Saul frémit à l'idée de subir un nouveau viol mental. Il ne finirait même pas comme victime d'une agression, mais comme une simple donnée statistique :

un professeur distrait qui avait traversé une rue animée de Washington après le crépuscule…

Il n'abandonnerait pas Francis Harrington. Saul referma le poing autour du rouleau de pièces et sortit lentement sa main de sa poche. Il ne savait pas si le jeune homme pouvait être ramené à la vie — un regard jeté au masque qui lui faisait face le persuada du contraire — mais il savait qu'il devait essayer. Comment transporter un corps inconscient le long du Mail, sur une longueur d'un pâté de maisons et demi, jusqu'à sa voiture de location ? Connaissant Washington, Saul était persuadé que ce type de scène s'y était déjà déroulé. Il se décida : il laisserait le jeune homme sur le banc, se précipiterait vers sa voiture, regagnerait la Troisième Rue le pied au plancher, freinerait au bord du trottoir et jetterait le corps inanimé sur la banquette arrière.

Saul ne voyait aucun moyen d'empêcher l'Oberst de s'emparer mentalement de lui. Peu importait. D'un geste machinal, il sortit de sa poche son poing serré autour des pièces, le dissimulant à la vue en le plaquant contre sa cuisse.

« Je veux que vous rencontriez quelqu'un, dit Harrington.

– Hein ? » Le cœur de Saul battait si fort qu'il pouvait à peine parler.

« Je souhaite que vous rencontriez quelqu'un, répéta l'Oberst en forçant le corps de Harrington à se lever. Je pense que cela vous intéressera. »

Saul resta assis. Son poing était si serré que des vibrations parcouraient toute la longueur de son bras.

« Tu viens, Juif ? » Ces mots allemands et la voix qui les prononçait étaient presque identiques à ceux que l'Oberst avait utilisés dans le baraquement de Chelmno, presque trente-huit ans auparavant.

« Oui. » Saul se leva, mit les mains dans les poches de son manteau et suivit Francis Harrington dans la soudaine obscurité hivernale.

C'était le jour le plus court de l'année. Quelques touristes hardis attendaient l'autobus ou couraient vers leur voiture. Ils descendirent Constitution Avenue, passèrent devant le Capitole et firent halte devant la sortie du parking du bureau des sénateurs. Au bout de quelques minutes, les portes automatiques s'ouvrirent et une limousine sortit de l'immeuble. Harrington descendit la rampe d'accès en courant et Saul le suivit, baissant la tête alors que la grille métallique se remettait en place. Deux gardes les avaient vus. Le premier, un homme obèse au visage rougeaud, se dirigea vers eux. « Il est interdit d'entrer ici, bon sang, cria-t-il. Faites demi-tour et foutez le camp avant que je vous fasse jeter en taule.

– Hé, pardon ! s'exclama Francis Harrington, dont la voix semblait avoir retrouvé sa tonalité. Écoutez, on a des passes pour aller voir le sénateur Kellog, mais la porte qu'il nous a dit d'emprunter est fermée à clé et personne n'est venu quand on a frappé…

– Porte principale », dit le garde sans cesser d'agiter les bras. Son collègue était resté dans une cabine fermée. Sa main droite était posée sur la crosse de son revolver et il observait Saul et Harrington avec beaucoup d'attention. « Mais il n'y a plus de visites après cinq heures. Alors foutez le camp d'ici avant que je vous fasse arrêter. *Caltez*.

– Entendu », dit Harrington d'une voix aimable, et il sortit un pistolet automatique de la poche de son manteau. La balle qu'il tira alla se loger dans l'œil droit du garde. Le second garde resta cloué sur place. Saul avait tiqué en entendant la détonation, et il se rendait compte à présent que l'immobilité du garde n'était pas due à la peur. L'homme s'efforçait désespérément de bouger son bras droit, mais sa main se contentait de trembler comme celle d'un épileptique. La sueur se mit à couler sur son front et sur sa lèvre supérieure, et ses yeux s'exorbitèrent.

« Trop tard », dit Harrington, et il lui tira quatre balles dans le cou et dans le torse.

Saul entendit un *pft-pft-pft-pft* et se rendit compte qu'un silencieux était fixé au canon. Il fit mine de bouger, se figea lorsque Harrington braqua son arme sur lui. «Amenez-le à l'intérieur.» Saul obtempéra, exhalant des nuages de vapeur dans l'air glacé quand il traîna le corps massif du garde à travers la rampe et dans la cabine.

Harrington éjecta le chargeur de la crosse et en glissa un autre d'un geste sec. Il s'accroupit pour ramasser les cinq douilles. «Montons, dit-il.

– Il y a des caméras vidéo, hoqueta Saul.

– Oui, dans le bâtiment proprement dit, répondit Harrington, s'exprimant de nouveau en allemand. Le sous-sol n'est équipé que d'un téléphone.

– On va remarquer l'absence des gardes, dit Saul d'une voix plus ferme.

– Sans le moindre doute. Je vous suggère de presser le pas.»

Ils arrivèrent au rez-de-chaussée et s'engagèrent dans un long couloir. Un vigile leva les yeux de son journal pour les regarder avec surprise. «Je suis désolé, monsieur, mais cet immeuble est fermé après...» Harrington lui tira deux balles dans la poitrine et traîna son corps jusqu'à la cage d'escalier. Saul s'appuya contre une porte en bois. Il avait les jambes en coton et se demandait s'il n'allait pas se trouver mal. Il envisagea de fuir, envisagea de hurler, et se contenta de s'accrocher au montant de chêne pour ne pas tomber.

«L'ascenseur», dit Harrington.

Le couloir du deuxième étage était vide, mais Saul entendit un lointain bruit de rire et de conversation. Harrington ouvrit la quatrième porte à droite.

Une jeune femme était en train de poser une housse protectrice sur une machine à écrire électrique I.B.M. «Je suis désolée, dit-elle, mais il est...»

Le pistolet de Harrington décrivit un arc qui s'acheva sur sa tempe gauche. Elle s'effondra sur le sol presque sans un bruit. Harrington attrapa la housse qu'elle avait laissée tomber et la glissa sur la machine à écrire. Puis il agrippa Saul par son manteau et le traîna dans une antichambre vide, puis dans un vaste bureau obscur. Saul aperçut le dôme illuminé du Capitole entre deux rideaux sombres.

Harrington ouvrit une nouvelle porte et la franchit. «Salut, Trask», dit-il en anglais.

L'homme maigre assis derrière le bureau leva les yeux d'un air surpris et, au même instant, un homme robuste vêtu d'un costume marron bondit sur eux depuis le divan. Harrington tira à deux reprises sur le garde du corps, alla jeter un coup d'œil au petit automatique que l'homme avait laissé tomber sur le sol, puis lui tira une troisième balle derrière l'oreille gauche. Le corps massif tressauta, décocha un coup de pied sur l'épaisse moquette, puis cessa de bouger.

Nieman Trask n'avait pas bronché. Il tenait toujours un calepin dans sa main gauche et un stylo en or de chez Cross dans sa main droite.

«Asseyez-vous, dit Harrington à Saul en lui indiquant le divan de cuir.

– Qui êtes-vous?» s'enquit Trask. Le ton de sa voix exprimait une vague curiosité.

«Ce n'est pas le moment de poser des questions, dit Harrington. Premièrement, notez bien que mon ami...» Il indiqua Saul. «... doit être laissé en paix. S'il quitte ce divan, j'ouvre ma main gauche.

– Votre main gauche?» dit Trask.

La main gauche de Harrington était vide lorsqu'il était entré dans la pièce; à présent, on pouvait y voir un petit disque en plastique avec un bouton en son centre. Le fil électrique isolé qui y était connecté disparaissait dans la manche de son imperméable. Son pouce était posé sur le bouton.

«Oh, je vois», dit Trask d'une voix lasse, et il reposa son calepin. Il prit son stylo dans ses deux mains. «Explosifs?

– C-4.» Harrington écarta les pans de son imperméable avec le canon de son pistolet. Il portait une épaisse veste de pêcheur dont chacune des poches était remplie à ras bord. Saul aperçut des bouts de fil électrique. « Six kilos de plastic », précisa Harrington.

Trask hocha la tête. Il paraissait maître de lui, mais les phalanges qui enserraient son stylo étaient blanches. « C'est plus que suffisant, dit-il. Que voulez-vous ?

– Je souhaite vous parler, dit Harrington en s'asseyant sur une chaise placée à un mètre du bureau de Trask.

– Je vous en prie », dit celui-ci en s'adossant à son siège. Son regard allait sans cesse de Saul à Harrington. « Je vous écoute.

– Appelez Mr. Colben et Mr. Barent sur votre ligne de conférence, dit Harrington.

– Je suis navré. » Trask posa son stylo et écarta les bras. « A cette heure-ci, Colben est en route pour Chevy Chase et je crois que Mr. Barent a déjà quitté le pays. »

Harrington hocha la tête. « Je vais compter jusqu'à six. Si vous ne les avez pas appelés, je lève le pouce. Un… deux… »

A quatre, Trask avait décroché son téléphone, mais plusieurs minutes s'écoulèrent avant qu'il n'établisse les deux communications. Il trouva Colben dans sa limousine, sur la voie express de Rock Creek, et Barent quelque part au-dessus du Maine.

« Branchez le haut-parleur, dit Harrington.

– Qu'y a-t-il, Nieman ? demanda une voix mélodieuse où perçait une pointe d'accent de Cambridge. Charles, vous êtes là, vous aussi ?

– Ouais, grommela Colben. Je ne sais pas ce qui se passe. Qu'est-ce que vous foutez, Trask ? Ça fait deux minutes que vous me faites poireauter au bout du fil.

– J'ai un petit problème, dit Trask.

– Nieman, cette ligne n'est pas protégée, dit la voix onctueuse de Barent. Êtes-vous seul ? »

Trask hésita et se tourna vers Harrington. Comme celui-ci se contentait de sourire, il répondit : « Euh, non, monsieur. Il y a deux gentlemen avec moi dans le bureau du sénateur Kellog. »

La voix de Colben grésilla dans le haut-parleur. « Bordel, Trask, qu'est-ce qui se passe ? Qu'est-ce que ça veut dire ?

– Du calme, Charles, dit la voix de Barent. Continuez, Nieman. »

Trask leva la main vers Harrington, paume vers le ciel, comme pour lui dire : « Après vous. »

« Mr. Barent, nous aimerions déposer notre candidature pour devenir membre de l'un de vos clubs, dit Harrington.

– Je m'excuse, monsieur, mais nous n'avons pas été présentés, dit Barent.

– Je m'appelle Francis Harrington. Mon employeur, qui se trouve à mes côtés, est le Dr Saul Laski, de l'université de Columbia.

– Trask ! s'exclama la voix de Colben. Que se passe-t-il ?

– Chut, fit Barent. Mr. Harrington, docteur Laski, enchanté de faire votre connaissance. En quoi puis-je vous être utile ? »

Sur le divan, Saul poussa un soupir de lassitude. Jusqu'à ce que l'Oberst prononce son nom, il avait vaguement espéré sortir vivant de ce cauchemar. A présent, même s'il n'avait aucune idée du jeu auquel jouait l'Oberst, ni des liens entre ces trois personnages et le trio formé par Willi, Nina et Melanie Fuller, il pensait que l'Oberst ne l'aurait pas désigné par son nom s'il n'avait pas été résolu à le sacrifier.

« Vous avez parlé d'un club, souffla la voix de Barent. Pouvez-vous être plus précis ? »

Le sourire de Harrington était horrible à voir. Son bras gauche était toujours levé, son pouce pressé sur le détonateur. « J'aimerais adhérer à *votre* club », dit-il.

La voix de Barent semblait amusée. « J'appartiens à de nombreux clubs, Mr. Harrington. Pouvez-vous être encore plus précis ?

– Je ne m'intéresse qu'au plus sélect d'entre eux, dit Harrington. Et j'ai toujours eu un faible pour les îles. »

Le haut-parleur eut un gloussement. « Moi aussi, Mr. Harrington, mais bien que Mr. Trask soit un excellent parrain, je crains que la plupart des clubs auxquels j'appartiens n'exigent des références supplémentaires. Vous avez évoqué la présence de votre employeur, le Dr Laski. Souhaitez-vous également solliciter votre adhésion, docteur ? »

Saul ne trouva aucune réponse susceptible d'améliorer sa situation. Il resta silencieux.

« Peut-être... euh... représentez-vous également un tiers », dit Barent.

Harrington gloussa.

« Il a sur lui six kilos de plastic reliés à un détonateur que sa mort suffirait à déclencher, dit Trask d'une voix dénuée de toute émotion. Je considère cette référence comme suffisante. Pourquoi ne pas convenir de nous retrouver ailleurs pour en discuter ?

– Mes hommes sont en route, dit la voix sèche de Colben. Tenez bon, Trask. »

Nieman Trask soupira, se passa une main sur le front et se pencha sur le micro. « Colben, espèce de connard, si vous envoyez quelqu'un à moins de dix blocs de cet immeuble, je vous arracherai le cœur de mes mains nues. Ne vous *mêlez* pas de ça, bordel. Barent, vous m'entendez ? »

Barent parla comme s'il n'avait rien entendu du dialogue précédent. « Je suis terriblement navré, Mr. Harrington, mais j'ai pour principe de ne jamais faire partie du comité de sélection d'un club dont je suis membre. Mais il m'arrive parfois de parrainer un postulant. A ce propos, peut-être auriez-vous l'amabilité de me communiquer l'adresse de certains membres potentiels que je souhaite contacter.

– Je vous écoute », dit Harrington.

Ce fut à ce moment-là que Saul Laski sentit Trask s'insinuer dans son esprit. Cela lui procura une douleur exquise — comme si on lui avait enfilé une longue tige aiguisée dans l'oreille gauche. Il frissonna, mais on ne lui permit pas de crier. Son regard se posa sur l'automatique qui gisait toujours sur la moquette, à trente centimètres de la main tendue du garde du corps. Il perçut les froides supputations provenant de l'esprit de Trask : deux secondes pour bondir, une seconde pour se redresser et tirer une balle dans le crâne de Harrington tout en lui saisissant le poignet et en maintenant son pouce pressé sur le détonateur comme sur une grenade. Saul sentit ses doigts s'ouvrir et se refermer comme de leur propre volonté, vit ses jambes frémir doucement, s'étirer comme celles d'un sprinter avant une course. Enfoui de plus en plus profondément dans les oubliettes de son propre esprit, Saul aurait voulu hurler mais il était sans voix. Était-ce cela que Francis Harrington avait vécu durant plusieurs semaines?

«William Borden», dit Barent.

Saul avait presque oublié le sujet de la discussion en cours. Trask fit légèrement bouger sa jambe droite, déplaça son centre de gravité, raidit son bras droit.

«Je ne connais pas ce gentleman, dit Harrington. Ensuite?»

Saul senti tous les muscles de son corps se tendre tandis que Trask le préparait à l'action. Il perçut un léger changement de plan. Trask allait le forcer à foncer sur Harrington, à le pousser en arrière tout en empêchant son pouce de lâcher le détonateur, puis il pousserait Francis dans le bureau privé du sénateur, et ferait obstacle à la force de l'explosion avec son corps pendant que Trask s'abriterait sous son bureau en chêne massif. Saul voulait hurler un avertissement à l'Oberst.

«Miss Melanie Fuller, dit Barent.

– Oh, oui, fit Harrington. Je pense que vous la retrouverez à Germantown.

– De quel Germantown s'agit-il?» demanda Trask tout en préparant Saul à l'assaut. Ignore le pistolet. Saisis sa main. Force-le à reculer. Veille à ce que ton corps reste toujours entre lui et moi.

«La banlieue de Philadelphie, dit Harrington d'une voix enjouée. Je ne me rappelle pas son adresse exacte, mais si vous inspectez les maisons de Queen Lane, vous devriez pouvoir la localiser.

– Très bien, dit Barent. Autre chose. Si vous pouviez…

– Excusez-moi un instant», le coupa Harrington. Il partit d'un nouveau rire, un rire de vieillard. «Bon Dieu, Trask. Vous pensez que je ne sens rien? Vous n'arriveriez pas à maîtriser cette carcasse au bout d'un mois d'efforts… *Mein Gott*, mon vieux, vous tâtonnez comme un adolescent essayant de peloter sa nana… c'est bien l'expression consacrée?… dans un cinéma de quartier. Et relâchez donc mon pauvre ami juif, tant que vous y êtes. Dès qu'il fait un geste, je lâche le détonateur. Ce bureau se transformera en un millier de missiles de bois. Là, c'est mieux…»

Saul s'effondra sur le divan. Libérés de leur étau, ses muscles furent agités de spasmes.

«Bien, où en étions-nous, Mr. Barent?» dit Harrington.

On entendit un grésillement pendant plusieurs secondes, puis la voix de Barent sortit à nouveau du haut-parleur. «Je suis navré, Mr. Harrington, mais je vous parle depuis mon avion privé et j'ai bien peur d'être obligé de vous quitter. Je vous remercie de votre appel et j'espère vous parler à nouveau très bientôt.

– Barent! hurla Trask. Bon Dieu, restez en…

– Adieu», dit Barent. Il y eut un déclic. Puis un grésillement sur la ligne.

«Colben! cria Trask. Dites quelque chose.»

On entendit une voix de basse. «Bien sûr. Allez vous faire foutre, Nieman, mon vieux.» Nouveau déclic, suivi du bourdonnement de la tonalité.

Trask leva les yeux tel un animal aux abois.

«Ce n'est pas grave, dit Harrington d'une voix apaisante. Je peux vous laisser un message. Nous pouvons encore faire affaire, Mr. Trask. Mais je préférerais que ce soit en privé. Docteur Laski, si vous le voulez bien… ? »

Saul ajusta ses lunettes et cilla. Il se leva. Trask lui lança un regard furibond. Harrington sourit. Saul se retourna, traversa le bureau du sénateur d'un pas vif et se mit à courir dès qu'il entra dans l'antichambre. Il courait le long du couloir lorsqu'il se rappela la secrétaire. Il hésita, puis se remit à courir.

Devant lui, quatre hommes apparurent au coin du couloir. Saul fit volte-face, vit cinq hommes vêtus de costumes sombres surgir à l'autre bout du couloir, deux d'entre eux fonçant vers le bureau de Trask.

Il se retourna à temps pour voir trois hommes lever leur arme dans un mouvement coulé, les deux mains sur la crosse, les bras tendus, et les gueules noires des canons lui parurent immenses, même à une telle distance. Soudain, Saul fut ailleurs.

Francis Harrington hurlait dans le silence de son propre esprit. Il percevait vaguement la présence de Saul à ses côtés dans le noir. Ensemble, ils regardèrent par les yeux de Harrington et virent Nieman Trask hurler quelque chose, se dresser sur son siège, lever les mains en signe de prière.

« Auf Wiedersehen », dit l'Oberst avec la voix de Francis Harrington, et il relâcha le détonateur.

Le mur sud du couloir explosa, donnant naissance à une gigantesque boule de flamme orangée. Soudain, Saul vola dans les airs en direction des trois hommes en costume sombre. Leurs bras se levèrent, un pistolet tira — le coup de feu fut inaudible au milieu du vacarme qui régnait dans le couloir —, puis ils se mirent à voler eux aussi, poussés en arrière, et ils heurtèrent le mur du fond une fraction de seconde avant Saul.

Après l'impact, alors même qu'un flot de ténèbres se déversait sur lui, Saul entendit un écho — pas celui de l'explosion, mais celui de la voix du vieil homme disant *Auf Wiedersehen*.

20.
New York,
vendredi 26 décembre 1980

Le shérif Gentry aimait bien prendre l'avion, mais sa destination présente ne l'enchantait guère. S'il aimait les voyages aériens, c'était parce que le fait d'être coincé dans un fauteuil à l'intérieur d'un tube pressurisé flottant à des milliers de pieds au-dessus des nuages était fort propice à la méditation. Sa destination, New York, était au contraire un lieu où l'on était tenté de renoncer à toute activité mentale : une ruche bourdonnante en proie à la violence urbaine, à la paranoïa, à la surinformation et à la démence pure. Gentry avait compris depuis longtemps qu'il n'était pas fait pour les grandes cités.

Il savait se débrouiller dans Manhattan. Une douzaine d'années plus tôt, alors qu'il poursuivait ses études à la fac de Chicago et que la guerre du Viêt-nam battait son plein, il y avait passé plusieurs week-ends avec ses copains. Sa petite amie du moment travaillait dans une agence Hertz et il était parti un jour en virée à New York au volant d'une voiture de location dont le kilométrage avait été diminué de 3 500 km. Après quatre jours sans sommeil, ses cinq camarades et lui avaient été obligés de balader la voiture pendant deux heures dans la banlieue de Chicago afin de ramener le compteur à un chiffre légèrement supérieur à celui figurant sur le registre.

Gentry prit une navette qui le conduisit à Port Authority. Là, il héla un taxi qui l'emmena à l'Adison Hotel, non loin de Times Square. C'était un vieil établissement sur le déclin, surtout fréquenté par des putes et des touristes provinciaux, mais qui conservait encore une certaine fierté. Le cuisinier qui régnait sur la cafétéria était un Portoricain bruyant, grossier et talentueux, et le prix de la chambre était inférieur d'un bon tiers à la somme exigée par les autres hôtels de Manhattan. La dernière fois que Gentry était venu à New York, escortant un prisonnier extradé âgé de dix-huit ans qui avait assassiné quatre commerçants de Charleston, c'était le Comté qui avait réservé sa chambre et payé sa note.

Gentry prit une douche pour se remettre de la fatigue du voyage, puis changea de tenue, enfilant un pantalon de velours bleu confortable, un vieux pull à col roulé, son blouson de sport marron, une casquette, et un manteau qui lui tenait chaud à Charleston mais n'avait guère de chance de le protéger de l'hiver new-yorkais. Il hésita, puis sortit le Ruger 357 de sa valise et le glissa dans la poche de son manteau. Non, il prenait trop de place et était trop visible. Il le passa à son ceinturon. Non et non. Il n'avait pas apporté son étui, resté rangé avec son uniforme; quand il n'était pas en service, il prenait toujours le Police Special calibre 38. Pourquoi diable s'était-il encombré de ce Ruger au lieu de prendre une arme plus petite? Finalement, il glissa le revolver dans la poche de son blouson. Il ne pourrait pas boutonner son manteau et serait obligé de le garder même à l'intérieur afin de dissimuler la présence de son arme. *Et puis merde,* pensa-t-il. *Tout le monde ne peut pas être Steve McQueen.*

Avant de sortir de l'hôtel, il appela son domicile à Charleston et actionna son répondeur à distance. Il ne s'attendait pas à y trouver un message de Natalie, mais il espérait quand même entendre sa voix. Le premier message émanait d'elle. «Rob, ici Natalie. Il est environ deux heures de l'après-midi, heure de Saint Louis. Je viens juste d'arriver, mais je repars tout de suite à bord du prochain avion pour Philadelphie. Je pense avoir trouvé un indice sur la cachette de Melanie Fuller. Regarde en page 3 du journal de Charleston daté d'aujourd'hui… et peut-être en parle-t-on aussi dans les journaux de New York. Une guerre des gangs à Germantown. Non, je ne sais pas *pourquoi* la vieille serait mêlée à une guerre des gangs, mais ça se passe à *Germantown*. D'après Saul, le meilleur moyen de retrouver la trace de ces types, c'est de s'intéresser aux actes de violence insensée. Je te promets que je resterai discrète… je me contenterai de jeter un coup d'œil et de voir si cette piste vaut la peine d'être suivie. Je te laisserai un autre message ce soir, quand j'aurai trouvé une chambre d'hôtel là-bas. Il faut que j'y aille. Sois *prudent*, Rob. »

« Merde », murmura Gentry en raccrochant. Il composa de nouveau son numéro, soupira en entendant sa propre voix le prier de laisser un message, et dit après le signal sonore : « Natalie, bon sang, ne reste *pas* à Philadelphie, ou à Germantown, ne reste *pas* où tu es. Quelqu'un t'a vue le soir de Noël. Bon Dieu, si tu ne veux pas rester à Saint Louis, rejoins-moi ici, à New York. C'est *idiot* de rester séparés et de courir dans tous les coins en jouant aux petits détectives. Rappelle-moi ici dès que tu auras reçu ce message. » Il lui donna le numéro de téléphone de l'hôtel et le numéro de sa chambre, marqua une pause, puis raccrocha. « Bon sang », dit-il. Son poing s'abattit avec tant de force que le vieux bureau faillit s'écrouler.

Gentry prit le métro pour se rendre à Greenwich Village et descendit près de Saint Vincent. Durant le trajet, il feuilleta son carnet de notes, passant en revue ce qu'il y avait consigné : l'adresse de Saul, le nom de sa gouvernante, Tema, que lui avait communiqué Natalie, son numéro de téléphone à Columbia, le numéro du doyen, que Gentry avait appelé quinze jours plus tôt, le numéro de feue Nina Drayton. C'est maigre, pensa-t-il. Il appela Columbia et on lui confirma que tous les professeurs du département de psychologie étaient en congé jusqu'au lundi suivant.

Le quartier de Saul ne correspondait pas à l'image que s'était faite Gentry du style de vie d'un psychiatre new-yorkais. Mais il se rappela que Saul était professeur plutôt que psychiatre, et le quartier lui parut alors plus approprié. On y voyait surtout des immeubles de rapport de trois ou quatre étages, il y avait des restaurants et des épiceries fines à tous les coins de rue, et la compacité du tout évoquait une petite ville tranquille. Quelques couples se promenaient dans les rues — dont deux hommes se tenant par la main —, mais Gentry savait que la plupart des habitants du coin se trouvaient dans le centre-ville, enfermés dans les bureaux d'un éditeur, d'un agent de change ou d'un agent immobilier, bref dans une cage de verre et d'acier, quelque part entre secrétaire et vice-président sur l'échelle des salaires, occupés à gagner les quelques milliers de dollars nécessaires au paiement du loyer de leur trois-pièces, et attendant l'augmentation, la promotion, l'inévitable montée à l'échelon supérieur qui leur permettrait de travailler dans un bureau plus grand, avec baie vitrée donnant sur la ville, et de prendre le taxi tous les soirs pour rentrer dans leur superbe demeure de Central Park West. Le vent se leva. Gentry s'emmitoufla dans son manteau et pressa le pas.

Le Dr Saul Laski n'était pas chez lui. Gentry n'en fut pas surpris. Il frappa de nouveau à sa porte et attendit sur l'étroit palier, écoutant le bruit étouffé de la télévision et des cris d'enfants, reniflant un résidu d'odeur de corned-beef et de choux. Puis il sortit une carte de crédit de son portefeuille et fit jouer la serrure. Gentry secoua la tête ; Saul Laski était un expert universellement reconnu en matière de violence, un survivant des camps de la mort, mais son domicile laissait beaucoup à désirer sur le plan de la sécurité.

C'était un appartement plutôt grand pour Greenwich Village : une salle de séjour confortable, une petite cuisine, une chambre encore plus petite, et un vaste bureau. Il y avait des livres dans toutes les pièces — même dans la salle de bains. Le bureau était plein de carnets de notes, de chemises soigneusement étiquetées, et de livres qui se comptaient par centaines — nombre d'entre eux étaient en polonais ou en allemand. Gentry fouilla toutes les pièces, feuilleta le manuscrit soigneusement empilé à côté d'une machine à écrire I.B.M., puis se prépara à partir. Il se faisait l'impression d'être un intrus. L'appartement semblait inhabité depuis une semaine ou deux, la cuisine était immaculée, le réfrigérateur presque vide, mais il n'y avait pas de poussière, pas de courrier accumulé dans un coin, aucun signe visible d'absence prolongée. Gentry vérifia qu'il n'y avait aucun message près du téléphone, fit un tour rapide des pièces pour s'assurer de n'avoir négligé aucun détail susceptible de lui apprendre où se trouvait Saul, puis sortit le plus discrètement possible.

Il avait descendu un étage lorsqu'il croisa une vieille dame aux cheveux gris retenus en chignon. Gentry s'arrêta près d'elle, toucha sa casquette et dit : «Excusez-moi, madame. Ne seriez-vous pas Tema ?»

La vieille dame fit halte et le regarda d'un air soupçonneux. Elle avait un fort accent slave. «Je ne vous connais pas.

– Non, madame.» Gentry ôta sa casquette. «Et je m'excuse de vous appeler par votre prénom, mais Saul n'a pas mentionné votre nom de famille quand il m'a parlé de vous.

– Mrs. Walisjezlski, dit la vieille dame. Qui êtes-vous ?

– Je suis le shérif Bobby Joe Gentry. Je suis un ami de Saul et j'essaie de le retrouver.

– Le Dr Laski ne m'a jamais parlé d'un shérif Gentry.» Elle prononça Gantry.

«Non, madame, c'est peu probable. Nous avons fait connaissance il y a à peine quinze jours, quand il est descendu à Charleston. C'est en Caroline du Sud. Peut-être vous a-t-il dit qu'il allait se rendre là-bas ?

– Le Dr Laski m'a seulement dit qu'il partait en voyage d'affaires», dit-elle sèchement. Elle renifla.

« Comme si je n'avais pas vu ses billets d'avion ! Deux jours, il m'a dit. Peut-être trois. Mrs. W., il m'a dit, si vous voulez avoir la gentillesse d'arroser mes plantes... Au bout de dix jours, ses plantes seraient crevées si je n'étais pas là pour m'en occuper.

– Mrs. Walisjezlski, avez-vous vu le Dr Laski cette semaine ? »

La vieille dame tirailla sur sa veste et ne dit rien.

« Nous avions rendez-vous. Saul m'a dit qu'il me rappellerait dès son retour... sans doute samedi dernier. Mais je n'ai pas eu de ses nouvelles.

– Il n'a aucune notion du temps. Son neveu m'a appelée de Washington la semaine dernière. "Est-ce qu'oncle Saul va bien ? Il devait venir dîner chez moi samedi", il m'a dit. Tel que je connais le Dr Laski, il a dû oublier, il est allé quelque part participer à un séminaire. Est-ce que je pouvais le dire à son neveu ? Sa seule famille ici, en Amérique ?

– C'est ce neveu qui travaille à Washington ?

– Il n'y en a pas d'autre. »

Gentry hocha la tête, puis remarqua que son interlocutrice était mal à l'aise et faisait mine de partir. « Saul m'a dit que je pouvais le contacter chez son neveu, mais j'ai égaré son numéro de téléphone. Il habite bien à Washington, n'est-ce pas ?

– Non, non. C'est l'ambassade qui est à Washington. Le Dr Laski m'a dit que son neveu habitait à la campagne maintenant.

– Saul pourrait-il se trouver à l'ambassade de Pologne ? »

Elle le regarda en plissant les yeux. « Qu'est-ce que le Dr Laski irait faire à l'ambassade de Pologne ? Aaron travaille à l'ambassade d'Israël, mais ce n'est pas là qu'il *vit*. Vous dites que vous êtes un *shérif ?* Qu'est-ce que le Dr Laski peut bien avoir à faire avec un shérif ?

– J'ai été passionné par son livre. » Gentry prit un stylo à bille et griffonna au dos d'une de ses cartes de visite mal imprimées. « Voilà le numéro de l'hôtel où je loge ce soir. L'autre numéro est celui de mon domicile à Charleston. Dès que Saul sera revenu, dites-lui de m'appeler. C'est très important.» Il descendit quelques marches. «Au fait, dit-il en se retournant, quand j'appellerai l'ambassade, est-ce qu'il y a un seul *e* ou deux *e* dans le nom du neveu de Saul?

– Comment pourrait-il y avoir deux e dans Eshkol? gloussa Mrs. Walisjezlski.

– En effet», et Gentry se remit à supplicier l'escalier sous son pas lourd.

Natalie ne l'appela pas. Gentry attendit jusqu'à dix heures, téléphona à Charleston, et n'eut droit qu'au premier message de la jeune femme et à sa propre tirade. Il rappela à onze heures dix. Toujours rien. A une heure et quart, il renonça et essaya de s'endormir. Le bruit qui traversait le mur semblait provenir d'un groupe d'Iraniens en train de se quereller. A trois heures du matin, il appela Charleston une nouvelle fois. Toujours rien. Il laissa un autre message, s'excusant de sa grossièreté et insistant sur le fait que Natalie ne devait pas rester seule à Philadelphie.

Il se leva de bon matin, appela de nouveau son répondeur, laissa un message pour indiquer à Natalie le nom de l'hôtel de Washington où il avait réservé une chambre, et prit le vol de 8 h 15. Le trajet était trop bref pour lui donner le temps de réfléchir en profondeur, mais il sortit de son attaché-case son carnet de notes et un dossier, et les étudia.

Natalie avait entendu parler de l'attentat du 20 décembre au Bureau des sénateurs et avait craint que Saul n'y soit mêlé. Gentry lui avait fait remarquer que le vieil Oberst de Saul ne pouvait pas être responsable de *tous* les assassinats, accidents et attentats terroristes survenant en Amérique. Il lui avait rappelé que d'après le journal télévisé, l'explosion, qui avait fait six morts, avait été revendiquée par des nationalistes portoricains. Il lui avait signalé que l'attentat avait été commis à peine quelques heures après l'arrivée de Saul en ville, que son nom ne figurait pas sur la liste des victimes — bien que l'auteur de l'attentat n'ait pas été identifié — et qu'elle devenait paranoïaque. Natalie avait été rassurée. Gentry avait encore des doutes.

Il était onze heures passées lorsque Gentry arriva devant le siège du F.B.I. Il ne savait pas si quelqu'un y travaillait le samedi matin. Une réceptionniste lui confirma que l'agent spécial Richard Haines était dans son bureau et elle le fit attendre plusieurs minutes avant d'appeler cet homme si occupé. Elle lui annonça que l'agent spécial Haines allait le recevoir. Gentry dissimula sa joie. Un jeune homme au costume coûteux et à la moustache pitoyable, un G-man qui avait encore une allure de boy-scout, le conduisit dans un local de sécurité, où il fut pris en photo, dut remplir une fiche, passa devant un détecteur de métal et se vit octroyer une carte d'accès temporaire. Gentry se félicita d'avoir laissé le Ruger dans sa valise, à l'hôtel. Sans dire un mot, le jeune homme conduisit Gentry au bout d'un couloir, dans un ascenseur, à travers un bureau compartimenté, au bout d'un autre couloir, et frappa à la porte du bureau de l'agent spécial Richard Haines. Lorsqu'une voix les eut invités à entrer, le jeune homme hocha la tête et tourna les talons. Gentry eut envie de le rappeler pour lui donner un pourboire, mais il se retint.

Le bureau de Richard Haines était aussi vaste et aussi bien décoré que celui de Gentry était étroit et désordonné. Plusieurs photographies étaient accrochées aux murs. Gentry aperçut un homme joufflu aux yeux porcins, peut-être le regretté J. Edgar Hoover, en train de serrer la main à un Richard Haines un peu moins grisonnant, puis on lui fit signe de prendre un siège. Richard Haines ne daigna ni se lever ni lui tendre la main.

« Qu'est-ce qui vous amène à Washington, shérif Gentry ? » demanda Haines de sa voix moelleuse de baryton.

Gentry changea de position sur son siège trop petit,

estima que celui-ci avait été conçu dans le but de mettre les gens mal à l'aise, et s'éclaircit la gorge. «Je suis en vacances, Dick, et j'avais envie de vous dire un petit bonjour.»

Haines haussa un sourcil sans cesser de trier ses papiers. «C'est fort aimable à vous, shérif, mais nous sommes très occupés ce week-end. Si vous venez me voir au sujet des meurtres de Mansard House, je n'ai rien à vous communiquer qui n'ait déjà été transmis à votre bureau par l'intermédiaire de notre agence d'Atlanta.»

Gentry croisa les jambes et haussa les épaules. «Je passais dans le coin et j'ai eu envie de vous voir, c'est tout. Vous êtes vraiment bien installés ici, Dick.»

Haines grogna une réponse.

«Hé, fit Gentry, qu'est-ce qui est arrivé à votre menton? On dirait qu'on vous a filé un fameux gnon. Une arrestation qui a mal tourné?»

Haines toucha son menton, où un hématome se devinait sous un pansement. Le fond de teint couleur chair ne parvenait pas à dissimuler entièrement la blessure. Il eut un sourire penaud. «Ça ne me vaudra pas une médaille, shérif. Hier, j'ai glissé en sortant de ma baignoire et je me suis cogné le menton à un porte-serviettes. J'aurais pu me tuer.

– Ouais, on dit que les accidents les plus graves se produisent toujours à la maison», dit Gentry d'une voix traînante.

Haines opina et jeta un coup d'œil à sa montre.

«Hé, fit Gentry, est-ce que vous avez reçu la photo qu'on vous a envoyée?

– La photo? Ah oui, celle de la femme qui a disparu. Mrs. Fuller. Oui, merci, shérif. Elle a été transmise à tous nos agents de terrain.

– Bien, bien. Vous ne savez toujours pas où elle a pu passer, n'est-ce pas?

– Cette Fuller? Non. Je continue de penser qu'elle est morte. A mon avis, nous ne retrouverons jamais son corps.

– Vous avez sans doute raison. Dites donc, Dick, je suis passé près du Capitole en venant ici, et au coin de la rue, il y avait un bâtiment entouré par des barricades, avec des ouvriers qui remplaçaient une fenêtre au premier étage. Est-ce que ce ne serait pas le... comment déjà... ?

– Le Bureau des sénateurs.

– Ouais, c'est bien là que des terroristes ont fait sauter un sénateur il y a environ huit jours ?

– Un terroriste. Il a agi seul. Et le sénateur du Maine n'était même pas en ville lorsque c'est arrivé. C'est son conseiller politique — un membre influent du Parti républicain nommé Trask — qui a été tué. Aucune autre victime notable.

– Je parie que vous vous occupez de cette affaire, pas vrai ? »

Haines soupira et reposa ses papiers. « Ce bureau est grand, shérif. Il y a beaucoup d'agents ici.

– Ouais. Pour sûr. On dit que ce terroriste était un Portoricain. C'est vrai ?

– Désolé, shérif. Je suis soumis à l'obligation de réserve.

– Bien sûr. Hé, vous vous rappelez ce psychiatre de New York, le Dr Laski ?

– Saul Laski. Il enseigne à Columbia. Oui, nous avons vérifié son emploi du temps durant le week-end du 13. Il participait à un débat, tout comme vos sources vous en avaient informé. Il est probablement descendu à Charleston pour faire de la pub pour son prochain livre.

– Peut-être. Mais le problème, c'est qu'il devait m'envoyer des informations sur ces meurtres en série, et maintenant je n'arrive plus à le retrouver. Vous ne l'avez pas mis sous surveillance, n'est-ce pas ?

– Non, fit Haines en jetant un nouveau coup d'œil à sa montre. Pourquoi aurions-nous fait ça ?

– Ce n'était pas nécessaire. Mais je pense que Laski est venu ici, à Washington. Samedi dernier, je crois bien. Le jour même où il y a eu cet attentat terroriste au Bureau des sénateurs.

– Et alors ? »

Gentry haussa les épaules. « J'ai eu l'impression que ce type essayait de mener sa propre enquête. Je pensais qu'il aurait pu venir faire un tour par ici.

– Je ne l'ai pas vu. Shérif, j'aimerais bien pouvoir bavarder encore avec vous, mais j'ai un autre rendez-vous dans quelques minutes.

– Bien sûr, bien sûr, dit Gentry en se levant et en remettant sa casquette. Vous devriez demander à quelqu'un de s'occuper de ça.

– De quoi ?

– De votre menton. C'est vraiment un sale gnon. »

Gentry descendit la Neuvième Rue en direction du Mail, traversa Pennsylvania Avenue et passa devant le ministère de la Justice. Il se dirigea ensuite vers Constitution Avenue, passa devant l'immeuble des Impôts, reprit Pennsylvania Avenue et monta quatre à quatre les marches de la Vieille Poste. Personne ne semblait le suivre. Il alla jusqu'à Pershing Park et aperçut le toit de la Maison Blanche. Il se demanda si Jimmy Carter s'y trouvait en ce moment, pensant aux otages et maudissant les Iraniens qui avaient peut-être causé sa défaite.

Gentry s'assit sur un banc et sortit son carnet de notes de sa poche. Il feuilleta ses observations rédigées d'une écriture serrée, puis referma le carnet et poussa un soupir.

Impasse.

Et si Saul était un escroc ? Ou un paranoïaque ?

Non.

Pourquoi ?

Parce que.

D'accord, où diable est-il passé, alors ? Va faire un tour à la Bibliothèque du Congrès et consulte les journaux de la semaine dernière : rubrique nécrologique et accidents de la route. Appelle les hôpitaux.

Et s'il était à la morgue, considéré comme un Portoricain non identifié ?

Ça n'a aucun sens. Quel rapport pourrait-il y avoir entre l'Oberst et le conseiller d'un sénateur?

Et entre l'Oberst, John Kennedy et Jack Ruby?

Gentry se frotta les yeux. Toute cette histoire se tenait à peu près lorsqu'il avait écouté Saul la raconter, à Charleston, dans la cuisine de Natalie. Les pièces du puzzle s'étaient assemblées; une série de meurtres sans mobile apparent était devenue une série d'attaques et de feintes orchestrée par deux ou trois adversaires doués d'incroyables pouvoirs. Mais aujourd'hui, ça n'avait plus aucun sens. A moins que…

A moins qu'il n'y en ait davantage.

Gentry se redressa sur son siège. Saul devait rencontrer quelqu'un ici, à Washington. En dépit de toutes les confidences qu'il leur avait faites, à Natalie et à lui, il avait refusé de leur dire qui. Un membre de sa famille. Pour quelle raison? Gentry se rappelait le chagrin avec lequel Saul avait évoqué la disparition du détective privé qu'il avait engagé, Francis Harrington. Peut-être avait-il décidé de demander de l'aide. A un neveu travaillant à l'ambassade d'Israël? Mais peut-être quelqu'un d'autre était-il impliqué. *Qui donc?* Le gouvernement? Gentry ne voyait pas pourquoi le gouvernement fédéral s'occuperait de la protection d'un ancien nazi vieillissant. Mais s'il y en avait d'autres comme l'Oberst, Fuller et Drayton?

Le shérif frissonna et resserra son manteau autour de lui. La journée était belle et le ciel dégagé. La température avoisinait le zéro. La faible lumière hivernale teintait d'or l'herbe brunâtre et cassante du parc.

Il trouva une cabine téléphonique non loin du Washington Hotel et utilisa sa carte de crédit pour appeler Charleston. Toujours aucun message de Natalie. Gentry appela l'ambassade d'Israël, composant le numéro qu'il avait trouvé dans l'annuaire de sa chambre. Il se demanda si le personnel de l'ambassade travaillait le jour du sabbat.

Une femme lui répondit.

« Bonjour, dit Gentry, réprimant l'envie soudaine qu'il avait de dire "Shalom". Pourrais-je parler à Aaron Eshkol ? »

Sa correspondante hésita un bref instant avant de lui demander : « De la part de qui, s'il vous plaît ?

– Du shérif Robert Gentry.

– Une seconde, s'il vous plaît. »

La seconde s'étira jusqu'à devenir deux bonnes minutes. Gentry garda le combiné collé à son oreille et contempla l'immeuble du Trésor de l'autre côté de la rue.

S'il existait d'autres créatures comme l'Oberst… d'autres vampires psychiques… cela expliquerait bien des choses. Pourquoi l'Oberst avait estimé nécessaire de simuler sa propre mort, par exemple. Et pourquoi le shérif du comté de Charleston avait été pris en filature pendant une semaine et demie. Et pourquoi les propos de certain agent du F.B.I. lui donnaient envie de casser la figure audit agent. Et ce qui était arrivé à certain recueil de coupures de presse macabres aperçu pour la dernière fois sur les lieux d'un meurtre…

« Allô ?

– Oh, bonjour, Mr. Eshkol, ici le shérif Bobby Gentry…

– Ici Jack Cohen.

– Oh. Eh bien, Mr. Cohen, je souhaitais parler à Aaron Eshkol.

– Je suis le chef du service où travaille Mr. Eshkol. Vous pouvez vous adresser à moi, shérif.

– En fait, Mr. Cohen, j'appelle pour des raisons personnelles.

– Êtes-vous un ami d'Aaron, shérif ? »

Gentry savait que quelque chose clochait, mais il ne voyait pas quoi. « Non, monsieur. Je suis un ami de Saul Laski, l'oncle d'Aaron. J'ai besoin de parler à Aaron. »

Il y eut un bref silence. « Il vaudrait mieux que vous veniez ici en personne, shérif. »

Gentry consulta sa montre. « Je ne suis pas sûr d'en

avoir le temps, Mr. Cohen. Si vous voulez bien me passer Aaron, je verrai avec lui si c'est nécessaire.

– Très bien. D'où nous appelez-vous, shérif? De Washington?

– Ouais. D'une cabine.

– Êtes-vous dans le centre-ville? Quelqu'un peut-il vous indiquer la direction de l'ambassade?»

Gentry s'efforça de maîtriser son irritation grandissante. «Je suis juste à côté du Washington Hotel. Passez-moi Aaron Eshkol ou donnez-moi le numéro de son domicile. Si j'ai besoin d'aller le voir à l'ambassade, je prendrai un taxi.

– Très bien, shérif. Rappelez dans dix minutes, s'il vous plaît.» Cohen raccrocha avant que Gentry ait eu le temps de protester.

Il fit les cent pas devant l'hôtel, furibond, tenté par l'idée d'aller récupérer ses bagages et de prendre le premier avion pour Philadelphie. C'était ridicule. Il savait à quel point il était difficile de retrouver une personne portée disparue à Charleston, où il disposait de six adjoints et d'une soixantaine de contacts. C'était absurde.

Il rappela l'ambassade deux minutes avant l'expiration du délai qui lui avait été accordé. Ce fut la même femme qui lui répondit. «Oui, shérif. Une seconde, s'il vous plaît.»

Gentry soupira et s'appuya contre les montants métalliques de la cabine. Un objet pointu s'enfonça dans son flanc. Gentry se retourna, vit les deux hommes tout près de lui, trop près de lui, vit le plus grand des deux lui adresser un large sourire. Puis Gentry baissa les yeux et vit le canon d'un automatique de petit calibre pressé contre son flanc.

«Nous allons marcher jusqu'à cette voiture et y monter», dit l'homme avec un sourire radieux. Il tapa Gentry sur l'épaule, comme s'ils étaient deux vieux amis se retrouvant après une longue séparation. Le canon s'enfonça un peu plus.

Ce type était trop près de lui, pensa Gentry. Il avait une chance de détourner son arme avant qu'il ait le temps de tirer. Mais son équipier avait reculé d'un mètre cinquante, sa main droite était enfoncée dans la poche de son imperméable, et quoi que fasse Gentry, il resterait dans sa ligne de mire.

« Allons-y », dit l'homme.

Gentry obtempéra.

Ce fut une belle visite. Ils firent le tour de l'Ellipse, prirent la direction du Mémorial Lincoln, contournèrent le Bassin maritime, puis empruntèrent Jefferson Drive pour se diriger vers le Capitole, passant devant Union Station et repartant en sens inverse. Personne ne fit de commentaires. La limousine était confortable, vaste et silencieuse. Les vitres étaient opaques vues de l'extérieur, le verrouillage des portes se faisait par commande automatique depuis le siège du chauffeur, qu'une vitre en plexiglas séparait des autres passagers, et les deux hommes de la cabine étaient assis de part et d'autre de Gentry. Devant lui, assis sur un strapontin, se trouvait un homme aux cheveux blancs mal coiffés, aux yeux tristes et au visage bosselé et grêlé qui réussissait quand même à paraître beau.

« Je vais vous donner un tuyau, les mecs, dit Gentry. Le kidnapping est interdit par la loi dans ce pays.

– Pourrais-je voir une pièce d'identité, Mr. Gentry ? » demanda doucement l'homme aux cheveux blancs.

Gentry passa mentalement en revue plusieurs protestations indignées. Puis il haussa les épaules et sortit son portefeuille. Personne ne sursauta quand il le saisit ; les deux hommes l'avaient fouillé dès qu'il était monté dans la voiture. « Votre voix ressemble à celle de Jack Cohen, dit Gentry.

– Je suis Jack Cohen, dit l'autre en examinant le contenu de son portefeuille, et vous avez sur vous les papiers, les cartes de crédit et les objets personnels d'un shérif sudiste nommé Robert Joseph Gentry.

– Bobby Joe pour mes amis et mes administrés.

– L'Amérique est un des pays où les papiers d'identité ont le moins de valeur», dit Jack Cohen.

Gentry haussa les épaules. Son instinct lui conseillait de leur expliquer à quel point il s'en fichait et de leur suggérer de se livrer à certaines pratiques que la morale réprouve. «Pourrais-je voir vos papiers? dit-il.

– Je suis Jack Cohen.

– Hum. Vous êtes vraiment le patron d'Aaron Eshkol?

– Je suis le chef de la section Communication et Interprétariat de l'ambassade.

– C'est le service où travaille Aaron?

– Oui. Vous ne le saviez pas?

– Pour ce que j'en sais, Aaron Eshkol est l'un de vous trois. Je ne l'ai jamais rencontré. Et quelque chose me dit que je ne le rencontrerai jamais.

– Pourquoi dites-vous ça, Mr. Gentry?» La voix de Cohen était aussi égale et glacée qu'une lame de couteau.

«Disons que c'est une intuition. Je téléphone à l'ambassade pour parler à Aaron Eshkol et on me fait poireauter le temps que vous bondissiez dans la limousine la plus proche pour me faire faire une visite guidée de la ville. Maintenant, si vous *êtes* celui que vous prétendez être... et qui diable le saurait avec certitude... votre conduite n'est guère conforme à celle d'un ressortissant de notre vaillant allié du Proche-Orient. Mon intuition me dit qu'Aaron Eshkol est mort ou a disparu et que ça vous embête... au point de menacer d'une arme un officier de police élu par le peuple américain.

– Continuez.

– Allez vous faire foutre. J'en ai assez dit. A votre tour : dites-moi ce qui se passe et je vous dirai pourquoi j'ai appelé Aaron Eshkol.

– Nous pourrions vous encourager à parler en utilisant... euh... d'autres moyens.» L'absence de toute menace dans la voix de Cohen était elle-même une menace.

« J'en doute. Sauf si vous n'êtes pas celui que vous prétendez être. Quoi qu'il en soit, je ne dirai rien tant que *vous* ne m'aurez rien dit d'intéressant. »

Cohen jeta un coup d'œil au paysage de marbre, puis se retourna vers Gentry. « Aaron Eshkol est mort. Assassiné. Lui, sa femme et ses deux filles.

– Quand ça ?

– Il y a deux jours.

– Le jour de Noël, marmonna Gentry. Vous parlez d'une période de fête. Comment ont-ils été tués ?

– On leur a enfoncé une tige d'acier dans le cerveau. » La voix de Cohen était aussi neutre que celle d'un mécanicien expliquant le déroulement d'une réparation.

« Bon Dieu, souffla Gentry. Pourquoi les journaux n'en ont-ils pas parlé ?

– Il y a eu une explosion et un incendie. Le coroner de l'État de Virginie a conclu à une mort accidentelle... due à une fuite de gaz. Les agences de presse n'ont pas été informées des liens d'Aaron avec l'ambassade.

– Ce sont vos propres docteurs qui ont découvert la véritable cause de leur mort ?

– Oui. Hier.

– Mais pourquoi vous être affolés comme ça quand j'ai appelé ? Aaron devait avoir... non, attendez. J'ai mentionné le nom de Saul Laski. Vous pensez que Saul est peut-être indirectement à l'origine de la mort d'Aaron.

– Effectivement.

– D'accord, souffla Gentry. Qui a tué Aaron Eshkol ? »

Cohen secoua la tête. « A votre tour, shérif. »

Gentry resta silencieux et ordonna ses pensées.

« Vous devez comprendre, poursuivit Cohen, qu'il serait en effet désastreux pour Israël d'offenser les contribuables américains durant cette période critique de l'histoire de nos deux pays. Nous sommes prêts à courir le risque de vous relâcher si vous parvenez à nous convaincre. Dans le cas contraire, il vaudrait mieux pour tout le monde que vous disparaissiez.

– Taisez-vous. Je réfléchis.» Ils passèrent pour la troisième fois devant le Monument Jefferson et traversèrent un pont. Le Monument Washington se dressait devant eux. «Il y a dix jours, Saul Laski est venu à Charleston pour enquêter sur les meurtres de Mansard House… C.B.S. a appelé ça le Massacre de Charleston… vous avez entendu parler de nos petits ennuis?

– Oui. Des personnes âgées assassinées pour leur argent et des témoins innocents éliminés, c'est ça?

– En gros. Une de ces personnes âgées était un ex-nazi vivant sous le nom de William D. Borden.

– Un producteur de cinéma», dit l'Israélien aux cheveux frisés assis à gauche de Gentry.

Celui-ci sursauta. Il avait presque oublié que les gardes du corps étaient doués de la parole. «Ouais. Et ça faisait quarante ans que Saul Laski pourchassait ce nazi — depuis Chelmno et Sobibor.

– C'est quoi, ça?» demanda le jeune homme assis à droite du shérif.

Gentry fixa sur lui des yeux ronds. Cohen lui parla sèchement en hébreu et le jeune agent rougit. «L'Allemand… Borden… il est mort, n'est-ce pas? demanda Cohen.

– Dans un accident d'avion. En théorie. Mais Saul ne le pensait pas.

– Le Dr Laski supposait donc que son vieux tortionnaire était encore en vie, dit Cohen d'une voix songeuse. Mais quel rapport y a-t-il entre Borden et les meurtres de Charleston?»

Gentry ôta sa casquette et en caressa la visière. «De vieux comptes à régler. Saul n'en était pas exactement sûr. Mais il avait l'impression que l'Oberst… c'est ainsi qu'il appelait Borden… était dans le coup d'une manière ou d'une autre.

– Pourquoi Laski est-il venu voir Aaron?»

Gentry secoua la tête. «Je ne savais pas qu'ils s'étaient vus. Ce n'est qu'hier que j'ai appris l'existence d'Aaron Eshkol. Saul a quitté Charleston pour Washington, où il devait retrouver quelqu'un le 20… il n'a pas voulu me dire qui. Il devait rester en contact avec moi, mais je n'ai pas eu de ses nouvelles depuis que je l'ai quitté. Hier, je suis allé visiter son appartement de New York et j'ai parlé à sa gouvernante…

– Tema, dit le premier garde du corps avant de se taire sous le regard noir que lui lança Cohen.

– Ouais. Elle m'a parlé d'Aaron. Et me voilà.

– Pour quelle raison le Dr Laski voulait-il parler à Aaron ? » demanda Cohen.

Gentry posa sa casquette sur ses genoux et écarta les bras. « Je n'en ai pas la moindre idée. J'ai eu l'impression que Saul cherchait des informations sur les activités de Borden en Californie. Aaron aurait-il pu l'aider à en obtenir ? »

Cohen se mordilla les lèvres quelques secondes avant de lui répondre. « Aaron a pris quatre jours de congé avant de rencontrer son oncle. Il en a passé une partie en Californie.

– Qu'a-t-il appris là-bas ?

– Nous l'ignorons.

– Comment savez-vous qu'il a rencontré Saul ? Est-ce que Saul est allé à votre ambassade ? »

Le premier garde du corps prononça en hébreu quelques phrases qui ressemblaient à un avertissement. Cohen choisit de l'ignorer. « Non, dit-il. Le Dr Laski a rencontré Aaron il y a huit jours à la National Gallery. Aaron et Levi Cole, un de ses collègues de travail, considéraient cette rencontre comme très importante. Durant cette semaine-là, selon certains de leurs amis, Aaron et Levi ont rangé dans le coffre de la section cryptographie des documents importants à leurs yeux.

– Que contenaient ces documents ? demanda Gentry, sans grand espoir d'obtenir une réponse.

– Nous l'ignorons. Quelques heures après le meurtre d'Aaron et de sa famille, Levi Cole est venu à l'ambassade et a soustrait ces documents. On ne l'a plus revu depuis. » Il se frotta l'arête du nez. « Et tout cela n'a aucun sens. Levi est célibataire. Il n'a aucune famille en Amérique, il n'a plus aucune famille en Israël. C'est un sioniste convaincu, un ancien commando. Je ne vois pas comment ils peuvent le tenir. Selon toute logique, c'est lui qu'ils auraient dû éliminer et Aaron Eshkol qu'ils auraient dû faire chanter. La question étant, bien sûr : qui sont-*ils* ? »

Gentry resta muet.

« D'accord, shérif, reprit Cohen. Veuillez à présent nous dire tout ce qui pourrait nous être utile.

– C'est à peu près tout. A moins que vous ne vouliez entendre l'histoire de Saul. » *Comment pourrais-je la leur raconter sans mentionner les pouvoirs de l'Oberst et des vieilles dames ?* pensa-t-il. *Ils ne me croiront jamais, et s'ils ne me croient pas, je suis un homme mort.*

« Nous voulons tout entendre, dit Cohen. Et depuis le début. »

La limousine passa devant le Mémorial Lincoln et se dirigea vers le Bassin maritime.

21.
Germantown,
samedi 27 décembre 1980

Armée de son Nikon à objectif 135 mm, Natalie Preston photographia le paysage riche en contrastes de la cité mourante : les demeures de pierre, les maisons de brique anonymes, une banque conçue pour se fondre dans un ensemble architectural datant du dix-huitième siècle, des magasins d'antiquités, des antennes de l'Armée du Salut, des terrains vagues, des rues étroites et des passages, tous emplis de détritus. Natalie avait chargé son appareil avec une pellicule noir et blanc Plus-X, s'accordant de longs temps de pause pour chaque prise de vue afin de faire ressortir la moindre lézarde de chaque mur. Il n'y avait aucune trace de Melanie Fuller.

Après avoir chargé son Nikon, elle avait rassemblé son courage et chargé l'automatique Llama calibre 32. Il se trouvait à présent au fond de son sac à main, dans un double fond en carton, sous un fouillis de caches et de films.

La ville était beaucoup moins effrayante de jour. La veille au soir, complètement désorientée après son atterrissage nocturne, elle avait accepté de se faire conduire à Germantown par son compagnon de voyage, Jensen Luhar. C'était soi-disant sur son chemin. Sa Mercedes grise était garée dans le parking longue durée de l'aéroport. Elle s'était d'abord félicitée d'avoir accepté son invitation; la ville était fort loin — ils avaient emprunté une voie express, puis un pont à deux niveaux qui les avait conduits au centre de Philadelphie, puis une autre autoroute encombrée, retraversant la rivière — à moins qu'il ne s'agisse d'un autre cours d'eau — pour déboucher dans Germantown Avenue, une large artère sinueuse bordée de taudis et de boutiques vides. Lorsqu'ils étaient arrivés au cœur de Germantown, à l'hôtel qu'il lui avait recommandé, elle était pratiquement sûre qu'elle allait l'entendre dire : «Et si je montais cinq minutes?» ou «J'aimerais vous montrer ma maison — c'est tout près d'ici». La première proposition était la plus probable; il ne portait pas d'alliance, mais cela ne voulait pas dire grand-chose. En tout cas, Natalie était sûre qu'il allait formuler une invitation quelconque qu'elle devrait décliner avec maladresse.

Elle se trompait. Il se gara devant le vieil hôtel, l'aida à sortir ses bagages du coffre, lui souhaita bonne chance et s'en fut. Elle se demanda s'il n'était pas gay.

Natalie avait appelé Charleston avant onze heures et laissé le numéro de téléphone de son hôtel et le numéro de sa chambre sur le répondeur de Rob. Elle s'était attendue à un appel après onze heures, probablement pour lui suggérer de retourner à Saint Louis, mais son espoir avait été déçu. Un peu vexée et luttant contre le sommeil, elle avait rappelé Charleston à 23 h 30 et interrogé le répondeur grâce au gadget fourni par Rob. Il n'avait laissé aucun message et elle n'entendit que sa propre voix. Elle s'était endormie intriguée et un peu effrayée.

Elle se sentit mieux une fois le soleil levé. Il n'y avait toujours aucun message de Gentry, mais elle appela le *Philadelphia Inquirer* et réussit à arracher quelques informations au rédacteur en chef en se recommandant de son ami Ben Yates. Les circonstances exactes du massacre étaient encore tenues secrètes, mais on était sûr que certaines des quatre victimes, sinon toutes, avaient été décapitées. Le quartier général du Soul Brickyard se trouvait dans un foyer situé sur Bringhurst Street, à un peu plus d'un kilomètre de l'hôtel de Chelten Avenue où logeait Natalie. Elle consulta l'annuaire, appela le foyer et se présenta comme une journaliste du *Sun Times*. Un prêtre nommé Bill Woods lui accorda un entretien d'un quart d'heure à trois heures de l'après-midi.

Natalie passa la journée à explorer Germantown, s'enfonçant de plus en plus profondément dans des ruelles sordides et photographiant tout ce qui se présentait à elle. L'endroit avait un charme étrange. Au nord et à l'ouest de Chelten Avenue se cramponnaient de vieilles demeures imposantes aménagées en duplex dans lesquelles des familles noires et blanches menaient un semblant d'existence bourgeoise, tandis qu'à l'est, vers Bringhurst Street, on ne voyait que maisons éventrées, voitures abandonnées et regards désespérés.

Mais il faisait soleil, et un groupe d'enfants la suivit quelque temps, la suppliant d'être pris en photo. Natalie céda de bonne grâce. Un train ferrailla au-dessus de sa tête, une voix féminine hurla depuis un pas de porte, à un demi-pâté de maisons de là, et les enfants s'égaillèrent comme des feuilles mortes emportées par le vent.

Aucun message de Rob à dix heures, ni à midi, ni à deux heures. Elle allait devoir attendre jusqu'à onze heures du soir. *Merde.*

A trois heures, elle frappa à la porte d'un grand bâtiment datant des années 20 qui se dressait au milieu d'un pâté d'immeubles en ruine et d'entrepôts d'usines. Une partie de la grille en fer forgé de la galerie qui faisait le tour du bâtiment manquait à l'appel. Les fenêtres du deuxième étage étaient condamnées par des planches, qu'on avait récemment peintes en jaune vif. Le bâtiment semblait atteint de la jaunisse.

Le révérend Bill Woods était un homme de race blanche au visage bosselé. Il s'assit avec elle dans un bureau du rez-de-chaussée encombré de paperasses et se plaignit du manque de subventions, du cauchemar bureaucratique que représentait l'administration d'une œuvre sociale comme Community House et du manque de coopération des groupes de jeunes et de la communauté en général. Il refusait d'utiliser le mot «bande». Natalie aperçut des jeunes Noirs qui allaient et venaient dans les couloirs et entendit des cris et des rires en provenance du sous-sol et du premier étage.

«Pourrais-je parler à un membre du... groupe Soul Brickyard? demanda-t-elle.

– Oh, non! se récria Woods. Les garçons ne veulent parler à personne, sauf aux gens de la télévision. Ils aiment bien passer devant les caméras.

– Est-ce qu'ils *vivent* ici?

– Grand Dieu, non. Ils viennent souvent ici pour se réunir et s'amuser, c'est tout.

– J'ai besoin de leur parler, dit Natalie en se levant.

– J'ai bien peur que ce soit... hé, attendez un instant!»

Natalie traversa le couloir, ouvrit une porte et gravit un étroit escalier. Au premier étage, des jeunes Noirs étaient rassemblés autour d'une table de billard ou affalés sur des matelas posés à même le sol. Il y avait des volets en acier métallique et Natalie compta quatre fusils à pompe posés près des fenêtres.

Tout le monde se figea lorsqu'elle entra. Un homme d'une maigreur effroyable se pencha sur sa queue de billard et lui demanda sèchement : «Qu'est-ce que tu veux, radasse?

– Je veux vous parler.

– Bor-del! dit un jeune homme barbu étendu sur un matelas. Écoutez-moi ça : "Je veux vous parler", la singea-t-il. D'où tu débarques, beauté? D'un trou perdu du Sud?

– Je veux vous interviewer», dit Natalie, s'émerveillant du fait que ni sa voix ni ses jambes ne l'aient trahie. «Au sujet des meurtres.»

Un lourd silence s'installa, jusqu'à devenir menaçant. Le jeune homme qui s'était le premier adressé à elle s'avança lentement. Il s'arrêta à un mètre de distance, pointa sa queue de billard et en fit courir l'extrémité entre les pans ouverts de l'anorak de Natalie, le long de son chemisier, s'arrêtant sur la boucle de sa ceinture. «Je vais t'accorder une interview, moi, radasse. Une interview en profondeur, si tu vois ce que je veux dire.»

Natalie se força à ne pas broncher. Elle écarta son Nikon, plongea la main dans la poche de son anorak et en sortit un tirage en couleurs de la diapo prise par Mr. Hodges. «Est-ce que l'un d'entre vous a déjà vu cette femme?»

Le joueur de billard regarda la photo et fit signe d'approcher à un gamin qui ne devait pas avoir plus de quatorze ans. Le gamin examina la photo à son tour, hocha la tête et retourna à son poste près de la fenêtre.

«Va chercher Marvin, ordonna sèchement le joueur de billard. Magne-toi le cul.»

Marvin Gayle était un jeune homme de dix-neuf ans, beau comme un dieu : yeux bleus, longs cils, peau de la même nuance que celle de Natalie — le meneur d'hommes né. Natalie prit conscience de ce dernier point dès qu'il entra dans la pièce. Le centre d'intérêt de celle-ci se *déplaça*, la posture de toutes les personnes présentes s'altéra de façon subtile, et Marvin *devint* le centre. Durant dix minutes, il exigea de savoir qui était la femme blanche. Durant dix minutes, Natalie lui proposa de le lui apprendre *après* qu'il lui aurait parlé des meurtres.

Finalement, Marvin Gayle sourit de toutes ses dents. «Tu es sûre de ce que tu veux, bébé?

– Oui», dit Natalie. Bébé : c'était ainsi que l'appelait Frederick. Elle était un peu déconcertée d'entendre ce mot en ce lieu.

Marvin claqua des mains. «Leroy, Calvin, Monk, Louis, George, dit-il. Les autres, vous restez ici.»

Il y eut un chœur de protestations.

«Fermez vos *gueules*, trancha Marvin. On est encore en guerre, vous avez oublié? Il y a quelqu'un qui veut nous faire la *peau*. Quand on saura qui est cette vieille carne et ce qu'elle a à voir dans tout ça, on saura à *qui* s'en prendre. Pigé ? Pigé. Maintenant, fermez vos gueules. »

Ils retournèrent sur les matelas et autour de la table de billard.

Il était quatre heures et le ciel s'assombrissait. Natalie releva la fermeture à glissière de son anorak et attribua ses frissons au vent qui se levait. Ils prirent la direction du nord le long de Bringhurst Street, marchant sous la voie ferrée aérienne, puis tournèrent à gauche dans une rue que Natalie avait prise pour une impasse. Aucun réverbère ne l'éclairait. Il y avait des relents de neige dans l'air. Ainsi qu'une odeur de suie et d'égout.

Ils s'arrêtèrent à l'entrée d'une ruelle. Marvin se tourna vers le gamin de quatorze ans. « Raconte ce qui s'est passé, Monk. »

Le gamin enfonça ses mains dans ses poches et cracha en direction d'une parcelle envahie de briques et de mauvaises herbes. « Mohammed, lui et les trois autres, ils sont arrivés ici, tu vois ? Je les suivais, mais j'étais pas encore là, tu vois ? C'était Noël, quoi, et Mohammed et Toby ils voulaient sniffer un peu de coke, tu vois ? Ils sont partis sans moi pour aller en chercher chez le frère de Zig, tu vois ? Dans Pulaski Town, d'accord ? Mais moi, j'étais si défoncé que je les ai pas vus partir, et je les ai suivis en courant, tu vois ?

– Parle-lui du mec blanc, dit Marvin.

– Ce salaud de Blanc, il est sorti de la ruelle, ici, et il a fait un bras d'honneur à Mohammed. Il était à peu près là. Moi, j'étais un peu plus loin dans la rue, et j'ai entendu Mohammed qui disait : "Merde, t'as vu ça ? Un connard de Blanc qui pointe son nez et qui emmerde Mohammed et ses trois frères."

– A quoi ressemblait-il ? demanda Natalie.

– La ferme, fit sèchement Marvin. C'est moi qui pose les questions. Dis-lui à quoi il ressemblait.

– A un tas de *merde* », dit Monk en crachant de nouveau. Gardant les mains dans les poches, il s'essuya le menton d'un mouvement d'épaule. « Ce salaud de Blanc, on aurait dit qu'il s'était trempé dans la merde, tu vois ? Comme s'il avait mangé que des ordures pendant un an, mec. Tu vois ? Les cheveux dégueulasses. Comme s'il avait des lianes qui lui pendaient sur la gueule, tu vois ? Balafré de partout, comme s'il avait saigné. Merde. » Monk frissonna.

« Vous êtes sûr que c'était un Blanc ? » demanda Natalie.

Marvin lui lança un regard furibond, mais Monk éclata de rire et dit : « Oh oui, c'était un Blanc. C'était un foutu monstre blanc, cet enfoiré. Sans blague.

– Parle-lui de la serpe », dit Marvin.

Monk hocha vivement la tête. « Ouais, alors, ce mec blanc, il a couru le long de la ruelle. Mohammed, Toby et les autres, ils l'ont regardé comme s'ils pigeaient pas, tu vois ? Et puis, Mohammed, il a dit : “Attrapez-le”, et ils ont tous foncé sur lui, tu vois ? Ils avaient pas de flingues. Rien que leurs couteaux, tu vois ? Pas grave. Ils allaient le découper en morceaux, ce salaud de Blanc.

– Parle-lui de la serpe.

– Ouais. » Les yeux de Monk se firent légèrement vitreux. « J'ai entendu du bruit et je suis venu jusqu'ici. J'ai pas couru, tu vois ? Je me suis dit : Merde, déjà que je suis repéré depuis le braquage du King Liquor, j'ai pas besoin qu'on m'accuse de meurtre, tu vois ? Alors je voulais juste regarder comment ça se passait. Mais c'était pas le mec blanc qui pissait du sang, tu piges ? Il avait cette grande serpe… tu sais, comme dans les dessins animés ?

– Quels dessins animés ? demanda Natalie.

– Merde, tu sais bien, le squelette avec un grand bâton et une serpe au bout. Et aussi un sablier, tu vois ? Il vient chercher les morts dans les dessins animés. Merde.

– Une faux ? dit Natalie. Comme pour faucher les blés ?

– Ouais, merde, dit Monk en pointant un doigt sur

elle. Mais cet enfoiré de Blanc, c'était Mohammed et les autres frères qu'il fauchait. Et il était *rapide*. Bordel, qu'il était rapide. J'en avais assez vu et je me suis caché derrière ce truc...» Il indiqua une poubelle ventrue. «J'ai attendu qu'il ait fini, tu vois? Et quand il est parti, j'ai encore attendu un moment. J'avais pas *besoin* de cette merde, mec. Ensuite, quand il a fait jour, je suis allé tout raconter à Marvin, tu vois?»

Marvin se croisa les bras et regarda Natalie. «T'en sais assez, bébé?»

Il faisait très sombre à présent. Au bout de la ruelle, Natalie vit des lumières qui étaient sans doute celles de Germantown Avenue. «Presque, dit-elle. Est-ce qu'il... est-ce que le mec blanc les a tous tués?»

Monk se prit à bras-le-corps et éclata de rire. «Tu le sais bien, bordel. Et il a pris tout son temps. Il *aimait* ça.

– Est-ce qu'ils ont été décapités?

– Hein?

– Elle veut dire : est-ce qu'il leur a coupé la tête, expliqua Marvin. Raconte-lui, Monk.

– Foutre oui qu'ils ont été capités. Il leur a scié la tête avec sa serpe et avec sa pelle. Il a planté leurs têtes sur les parcmètres de l'avenue, tu vois?

– Mon Dieu», dit Natalie. Des flocons de neige lui criblaient le visage, gelant sur ses joues et sur ses cils.

«Et c'est pas tout», continua Monk. Son rire était si haché qu'on aurait dit un sanglot. «Ce salaud leur a arraché le cœur, mec. Je crois bien qu'il les a tous mangés.»

Natalie s'éloigna de la ruelle à reculons. Elle se retourna pour s'enfuir, ne vit autour d'elle que briques et ténèbres, et se figea.

Marvin la prit par le bras. «Allez, bébé. Tu rentres avec nous. Maintenant, il faut tout nous dire. Tout nous raconter.»

22.
Beverly Hills,
samedi 27 décembre 1980

Tony Harod était planté dans une starlette vieillissante lorsqu'on l'appela de Washington.

Tari Easten avait quarante-deux ans, soit vingt ans de trop pour le rôle qu'elle souhaitait obtenir dans *Traite des Blanches,* mais l'âge et la forme de sa poitrine auraient été parfaits pour ce rôle. Harod contemplait ses seins tandis qu'elle le chevauchait vigoureusement, et il crut distinguer des traces rose pâle là où on y avait injecté du gel de silicone. Leur fermeté était si artificielle qu'ils bougeaient à peine alors que Tari allait et venait au-dessus de lui, rejetant la tête en arrière dans un excellent simulacre de passion, la bouche grande ouverte, les épaules rejetées en arrière. Harod ne l'Utilisait pas, il se contentait de se servir d'elle.

« Vas-y, chéri, mets-la-moi toute. Vas-y. Mets-la-moi toute », haleta l'ingénue vieillissante en qui *Variety* avait vue « la nouvelle Elizabeth Taylor ». C'était en 1963 et elle était finalement devenue la nouvelle Stella Stevens.

« Mets-la-moi toute, souffla-t-elle. Crache-moi ta purée, chéri. Vas-y, vas-y. »

Tony Harod faisait de son mieux. Durant le dernier quart d'heure, leur emportement s'était transformé en un acte mécanique laborieux. Tari était une experte ; elle était aussi bonne dans sa partie que toutes les starlettes porno que Harod avait pu faire tourner. C'était un pur fantasme, qui anticipait le moindre de ses désirs, dont la moindre des caresses lui procurait du plaisir, qui avait appris depuis longtemps que le mâle ne se souciait que de son pénis et qui agissait en conséquence. Elle était parfaite. Harod aurait tout aussi bien pu baiser un trou de serrure tant il se sentait excité.

«Vas-y, chéri. Mets-la-moi toute», haleta-t-elle, bien dans la peau de son personnage, se trémoussant comme une cow-girl chevauchant un taureau mécanique chez Gilleys.

«La ferme», dit Harod, et il se concentra pour atteindre l'orgasme. Il ferma les yeux et se rappela l'hôtesse de l'air à bord de l'avion de Washington, quinze jours plus tôt. Est-ce que c'était bien la dernière? Les deux Allemandes qui s'étaient caressées dans le sauna... non, il ne voulait plus penser à l'Allemagne.

Plus ils se besognaient, moins Harod était dur. Des gouttes de sueur se détachaient des seins de Tari pour tomber sur son torse. Harod se rappela Maria Chen lorsqu'il l'avait libérée de la drogue, trois ans plus tôt, la sueur sur son front, son corps nu, ses mamelons durcis par l'eau glacée dont Harod humectait sa peau, les gouttelettes luisantes sur le triangle noir de sa toison pubienne.

«Vas-y, chéri», murmura Tari, percevant l'approche du triomphe, redressant la tête comme un cheval fourbu sentant enfin l'écurie. «Donne-moi tout ce que tu as, chéri.»

Harod s'exécuta. Tari gémit, se convulsa, se roidit dans un simulacre d'extase qui lui aurait valu un Oscar pour l'ensemble de sa carrière s'il avait existé une catégorie du meilleur orgasme.

«Oh, chéri, chéri, tu es si fort», dit-elle d'une voix languide, ses mains dans les cheveux de Harod, le visage au creux de son épaule, ses seins lui frôlant le torse.

Harod ouvrit les yeux et vit que le voyant du téléphone clignotait. «Dégage», dit-il.

Elle se blottit contre lui pendant qu'il demandait à Maria Chen de lui transmettre l'appel.

«Harod, ici Charles Colben, gronda une voix de brute qui lui était familière.

– Ouais ?

– Vous partez cette nuit pour Philadelphie. Nous vous retrouverons à l'aéroport. »

Harod écarta la main de Tari de son bas-ventre. Il contempla le plafond.

« Harod, vous êtes toujours là ?

– Ouais. Pourquoi Philadelphie ?

– Ne posez pas de questions et rappliquez.

– Et si je ne veux pas ? »

Ce fut au tour de Colben de rester silencieux.

« Je vous l'ai déjà dit la semaine dernière, je laisse tomber », dit Harod. Il jeta un regard à Tari Easten. Elle fumait une cigarette mentholée. Ses yeux étaient aussi bleus et aussi vides que l'eau de la piscine de Harod.

« Pas question, dit Colben. Vous savez ce qui est arrivé à Trask.

– Ouais.

– Ça veut dire qu'il y a une place à pourvoir au comité de direction de l'Island Club.

– Je ne suis pas sûr que ça m'intéresse encore. »

Colben éclata de rire. « Harod, pauvre connard, vous feriez mieux d'espérer que *nous* allons continuer à nous intéresser à *vous*. Sinon, tout vos petits copains de Hollywood vont être obligés d'aller assister à une nouvelle cérémonie à Forest Lawn. Vous prenez le vol de la United qui décolle à deux heures du matin. »

Harod reposa soigneusement le combiné, se leva et enfila un peignoir orange brodé à ses initiales.

Tari écrasa sa cigarette et le regarda à travers le rideau de ses cils. Sa posture nonchalante rappela à Tony Harod un film érotique à petit budget que Jayne Mansfield avait tourné en Italie peu de temps avant de perdre la tête dans un accident de voiture. « Chéri, souffla-t-elle, apparemment comblée par leurs ébats, tu veux en parler ?

– De quoi ?

– Du *projet*, évidemment, gros bêta, gloussa-t-elle.

– Bien sûr, dit Harod en allant au bar se servir un

grand verre de jus d'orange. Le film s'intitule *Traite des Blanches* et il est basé sur le bouquin qui s'est vendu comme des petits pains l'automne dernier. C'est Schu Williams qui le réalise. On a prévu un budget de douze millions de dollars, mais Alan s'attend à un dépassement, ça fait donc un million tout de suite plus un pourcentage.»

Harod savait que Tari était au bord d'un orgasme non simulé cette fois-ci.

«Ronny dit que je suis parfaite pour le rôle, murmura-t-elle.

– C'est pour ça que tu le paies.» Harod avala une grande gorgée de jus d'orange. Ronny Bruce était l'agent et l'animal de compagnie préféré de Tari.

«Ronny m'a dit que *tu* lui avais dit que j'étais parfaite pour le rôle.» Il y avait une nuance de bouderie dans sa voix.

«En effet. C'est exact.» Il eut un sourire de crocodile. «Pas pour le rôle principal, bien sûr. Tu as vingt-cinq ans de trop, tu as de la cellulite plein le cul et on dirait que tes roberts ont avalé une balle de base-ball.»

Tari hoqueta comme si on lui avait donné un coup de poing dans l'estomac. Ses lèvres remuaient, mais aucun son n'en sortait.

Harod finit son verre. Ses paupières étaient très lourdes. «Mais on n'a encore trouvé personne pour interpréter le rôle de la vieille tante de l'héroïne qui part à sa recherche. Son texte n'est pas terrible, mais elle a une très bonne scène de viol collectif dans le souk de Marrakech.»

Les mots se décidèrent à sortir de la bouche de Tari. «Espèce de petit enculé de…»

Harod eut un large sourire. «J'en déduis que tu es peut-être intéressée. Réfléchis encore un peu, ma chérie. Dis à Ronny de m'appeler et on déjeunera ensemble.» Il reposa son verre et se dirigea vers le jacuzzi.

«Pourquoi nous avoir fait prendre l'avion en pleine nuit?» demanda Maria Chen alors qu'ils se trouvaient quelque part au-dessus du Kansas.

Harod contempla les ténèbres au-dehors. «A mon avis, c'était juste pour m'embêter.» Il se cala dans son siège et regarda Maria Chen. Leur relation s'était altérée depuis l'Allemagne. Il ferma les yeux, revit son propre visage gravé sur une pièce d'échecs en ivoire, les rouvrit.

«Qu'y a-t-il à Philadelphie?» demanda Maria Chen.

Harod pensa à citer W.C. Fields, puis décréta qu'il était trop fatigué pour faire de l'humour. «Je n'en sais rien, dit-il. Willi ou cette Fuller.

– Que faisons-nous si c'est Willi?

– On fout le camp en vitesse. Je compte sur vous pour m'aider.» Harod regarda autour de lui. «Vous avez pris le browning comme je vous l'avais dit?

– Oui.» Elle rangea la calculette sur laquelle elle essayait d'établir un budget vestimentaire. «Et si c'est la Fuller?»

Personne n'était assis à moins de trois rangées d'eux. Les rares passagers de première classe étaient tous endormis. «S'il n'y a qu'elle, je la tue.

– Tout seul ou avec mon aide?

– *Tout seul*, répliqua sèchement Harod.

– Vous êtes sûr de pouvoir y arriver?»

Harod lui lança un regard noir et vit en esprit son poing défoncer sa denture parfaite. Ça vaudrait presque la peine de se faire arrêter, clouer au pilori, rien que pour briser cette putain d'impassibilité orientale. Rien qu'une fois. La cogner et la baiser, ici, dans la cabine de première classe du vol United reliant L.A. à Philly via O'Hare. «Oui, j'en suis sûr, dit-il. Ce n'est qu'une vieille dame, bordel.

– Willi était… est un vieil homme.

– Vous avez vu de quoi Willi est capable. Il a dû aller directement de Munich à Washington rien que pour régler son compte à Trask. Il est dingue, bordel.

– Vous ne savez rien sur cette Fuller. »

Harod secoua la tête. « C'est une femme. Aucune femme au monde ne peut être aussi vicelarde que Willi Borden. »

Leur avion atterrit à Philadelphie une demi-heure avant l'aube. Harod n'était pas parvenu à dormir, la cabine de première de l'avion qu'ils avaient pris à Chicago semblait avoir été reconvertie en frigo, et il avait l'impression que l'intérieur de ses paupières avait été enduit de gravier et de colle. Sa mauvaise humeur s'accentua encore lorsqu'il constata que Maria Chen paraissait fraîche et reposée.

Ils furent accueillis par trois agents du F.B.I. si propres sur eux que c'en était écœurant. Leur chef était un beau gosse au menton orné d'un bleu à moitié recouvert par un pansement. « Mr. Harod ? dit-il. Nous allons vous conduire à Mr. Colben. »

Harod lui tendit son sac de voyage. « Ouais, pressons. J'ai envie d'aller me coucher. »

L'agent tendit le sac à l'un de ses collègues et le petit groupe descendit une série d'escalators, franchit une série de portes étiquetées ENTRÉE INTERDITE, et aboutit sur la piste, entre le terminal principal et un hangar privé. A l'est, les nuages étaient striés de traînées rouges et jaunes annonciatrices du lever du soleil, mais les balises étaient encore allumées.

« Oh merde », dit Harod avec un désespoir non feint. Devant lui se trouvait un hélicoptère à six places, à la coque profilée peinte de rayures blanches et orange ; les rotors tournaient doucement et les feux de position clignotaient. Un des agents ouvrit la portière pendant que l'autre rangeait les bagages de Harod et de Maria Chen dans la soute. Charles Colben apparut derrière la portière ouverte. « Merde », répéta Harod en se tournant vers Maria Chen. Elle hocha la tête. Harod détestait voler en règle générale, mais il haïssait les hélicoptères plus que tout. A une époque où le plus minable des metteurs en scène hollywoodiens dépensait le tiers de son budget à louer ces engins stupides et dangereux qui ne cessaient de bourdonner et de tournoyer au-dessus du plateau comme des vautours déments se prenant pour Dieu le père, Tony Harod refusait purement et simplement de s'y laisser embarquer.

«Nom de Dieu de bordel de merde, il n'y a pas de transport terrestre dans ce trou? glapit-il pour couvrir le bruit régulier des rotors.

– Montez!» ordonna Colben.

Harod émit quelques ultimes commentaires et suivit Maria Chen dans l'engin. Il savait que les rotors étaient au moins à deux mètres quarante du sol, mais jamais un homme sain d'esprit n'aurait pu passer sous ces lames invisibles sans courber les épaules et marcher en crabe.

Ils étaient encore en train d'attacher leurs ceintures sur la banquette arrière lorsque Colben fit pivoter son siège et donna l'ordre de décoller au pilote. Harod trouva à celui-ci une allure de figurant stéréotypé : blouson de cuir fatigué, visage étroit et buriné sous une casquette rouge, yeux qui semblaient avoir vu le feu et qu'ennuyait tout le reste. Le pilote prononça quelques mots dans son micro, poussa un levier de la main gauche, en tira un autre de la main droite, et l'hélico rugit, s'éleva dans les airs, piqua du nez et s'avança doucement à moins de deux mètres au-dessus du sol. «Oh, merde», marmonna Harod. Il avait l'impression de faire du surf sur un océan de billes.

L'appareil s'éloigna du hangar et du terminal, le pilote eut un bref et incompréhensible dialogue avec la tour de contrôle, puis il prit de l'altitude. Avant de fermer les yeux, Harod aperçut des raffineries, un fleuve et la masse gigantesque d'un pétrolier.

«La vieille est ici, en ville, dit Colben.

– Melanie Fuller?

– Bien sûr que oui, bordel, dit Colben. Qui d'autre? Greta Garbo?

– Où est-elle?

– Vous le verrez tout à l'heure.
– Comment l'avez-vous retrouvée ?
– Ça nous regarde.
– Et qu'est-ce qui se passe ensuite ?
– On vous le dira en temps utile. »

Harod rouvrit les yeux. « J'aime bien discuter avec vous, Chuck. C'est aussi intéressant qu'une conversation avec vos fesses. »

Le chauve jeta un regard en biais à Harod, puis sourit. « Tony, mon vieux, je vous considère comme un tas de merde, mais Dieu sait pourquoi — Mr. Barent pense que vous êtes digne d'appartenir au Club. C'est la chance de votre vie, minable. Ne la gâchez pas. »

Harod éclata de rire et ferma les yeux.

Maria Chen contempla le fleuve gris et sinueux qu'ils survolaient. Les gratte-ciel du centre de Philadelphie disparurent à leur droite. Ils furent remplacés par un réseau serré de maisons en brique, entrecoupé de voies express, tandis que sur la rive gauche apparaissait un immense parc aux éminences couronnées d'arbres décharnés et de paquets de neige. Le soleil se leva, telle une torche pointant sa lumière dorée entre l'horizon et les nuages bas, et des centaines de fenêtres renvoyèrent son éclat. Colben posa une main sur le genou de Maria Chen. « Mon pilote est un ancien du Viêt-nam, dit-il. Il est comme vous.

– Je ne suis jamais allée au Viêt-nam, répondit posément Maria Chen.

– Non », dit Colben en faisant glisser sa main vers la cuisse de la jeune femme. Harod semblait endormi. « Je veux dire que c'est un Neutre. Personne ne l'embête. »

Maria Chen serra les jambes, bloqua d'une main l'avance de celle de l'homme du F.B.I. Les trois autres agents présents dans la cabine observaient la scène, tandis qu'un léger sourire se dessinait sur les lèvres de l'homme au pansement.

« Chuck, dit Harod sans ouvrir les yeux, vous êtes gaucher ou droitier ? »

Colben se renfrogna. « Pourquoi ?

– Je voulais seulement savoir si vous seriez encore capable de vous branler une fois que je vous aurai brisé la main droite. » Harod ouvrit les yeux. Les deux hommes se regardèrent sans rien dire. Les trois agents déboutonnèrent leur manteau dans un mouvement d'ensemble qui paraissait presque chorégraphié.

« On arrive », dit le pilote.

Colben ôta sa main et pivota vers l'avant. « Posez-nous près du centre de communication. » Cet ordre était superflu. Au milieu d'un quartier misérable, peuplé de maisons identiques et d'usines désaffectées, se trouvait un terrain vague que l'on avait enclos de hautes barrières. En son centre étaient garés quatre mobile-homes reliés les uns aux autres, du côté sud étaient parquées des automobiles et des fourgonnettes. Des antennes paraboliques étaient disposées sur le toit de l'une des fourgonnettes et de deux des mobile-homes. Des panneaux de plastique orange désignaient clairement le point d'atterrissage.

Tous les passagers courbèrent la tête pour passer sous les pales du rotor, excepté Maria Chen. L'assistante de Harod se tenait bien droite, enjambait soigneusement les flaques d'eau et les zones boueuses, et ne semblait nullement tendue. Le pilote resta à bord de l'appareil, dont le moteur tournait toujours.

« Simple halte en chemin, dit Colben en conduisant la procession vers une caravane. Ensuite, vous avez du boulot.

– Le seul boulot qui m'attend, c'est de me trouver un lit », dit Harod.

Les deux caravanes du centre étaient orientées vers le nord et vers le sud, et reliées à leur extrémité par une porte commune. La paroi ouest n'était qu'une masse d'écrans de télévision et de consoles de communication. Huit hommes vêtus de chemises blanches et de cravates noires observaient les moniteurs et parlaient de temps en temps dans un microphone.

« Nom de Dieu, on dirait le centre spatial de Houston », dit Harod.

Colben acquiesça. « Ceci est notre centre de contrôle et de communication », dit-il avec un brin de fierté dans la voix. L'homme assis devant la première console leva la tête et Colben enchaîna : « Larry, voici Mr. Harod et Ms. Chen. Le Directeur leur a demandé de venir jeter un coup d'œil à notrc opération. » Larry salua les deux V.I.P. d'un hochement de tête et Harod comprit que ces hommes étaient des agents du F.B.I. inconscients de la véritable nature de leur mission.

« Qu'est-ce qu'on voit en ce moment ? » demanda Harod.

Colben désigna le premier moniteur. « Voici la maison de Queen Lane où séjournent la suspecte et un jeune homme de race blanche dont l'identité n'a pas été établie. Elle appartient à une certaine Anne Marie Bishop, cinquante-trois ans, célibataire, qui y vit seule depuis la mort de son frère survenue en mai dernier. L'équipe Alpha a établi sa base de surveillance au premier étage d'un entrepôt de l'autre côté de la rue. Sur l'écran numéro deux, on peut voir l'arrière de cette même maison, filmé depuis le deuxième étage d'une maison située de l'autre côté de la ruelle. Sur l'écran numéro trois, ladite ruelle, filmée depuis une fourgonnette mobile. Un faux véhicule de Bell Telephone.

– Elle est là en ce moment ? » demanda Harod en désignant l'image en noir et blanc de la maisonnette blanche.

Colben secoua la tête et les conduisit devant un moniteur montrant un vieux bâtiment de pierre. De toute évidence, la caméra était placée au niveau du sol dans une rue animée ; voitures et piétons entraient souvent dans le champ. « En ce moment elle se trouve à Grumblethorpe, dit Colben.

– Où ça ?

– Grumblethorpe. » Colben désigna deux photocopies de documents architecturaux collées sur le mur au-dessus du moniteur. «C'est un monument historique. Fermé au public la plupart du temps. Elle y passe beaucoup de temps.

– Corrigez-moi si je me trompe, dit Harod. La vieille dame dont nous parlons se cache dans un monument national?

– Ce n'est pas un monument national, répondit sèchement Colben, rien qu'une maison d'intérêt historique au plan local. Mais oui, elle y passe le plus clair de son temps. Le matin... du moins depuis que nous la surveillons... elle retourne dans la maison de Queen Lane avec l'autre vieille dame et le gamin, sans doute pour se doucher et manger chaud.

– Bon Dieu.» Harod parcourut du regard les agents et leur équipement. «Combien d'hommes avez-vous mobilisés pour cette mission, Chuck?

– Soixante-quatre. Les autorités locales ont été informées de notre présence, mais elles ont reçu l'ordre de ne pas intervenir. Nous aurons sans doute besoin de faire un peu de nettoyage après la fin des opérations.»

Harod eut un large sourire et se tourna vers Maria Chen. «Soixante-quatre G-Men, cette saleté d'hélicoptère, un million de dollars de machines sorties tout droit de *La Guerre des étoiles*, tout ça pour capturer une vieille folle de quatre-vingts ans.» Larry et deux de ses collègues le regardèrent d'un air un peu surpris. «Continuez à bien bosser, mes amis, dit Harod de sa plus belle voix de V.I.P., la nation est fière de vous.

– Allons dans mon bureau», dit Colben d'une voix glaciale.

Les bureaux occupaient la totalité d'une caravane située au sud des deux précédentes. Celui de Colben était un peu plus grand qu'un placard à balais, un peu plus petit qu'une pièce normale.

«Qu'est-ce qu'il y a de l'autre côté de cette installation?» demanda Harod tandis que le directeur adjoint du F.B.I. les faisait asseoir autour d'un bureau minuscule.

Colben hésita. « Une salle de détention et une salle d'interrogatoire, dit-il finalement.

– Vous avez l'intention d'interroger la vieille ?

– Non. Elle est trop dangereuse. Nous avons l'intention de la tuer.

– Est-ce que vous détenez ou interrogez quelqu'un en ce moment ?

– Peut-être. Vous n'avez pas besoin de le savoir. »

Harod soupira. « Okay, Chuck, qu'est-ce que j'ai besoin de savoir ? »

Colben jeta un regard vers Maria Chen. « C'est confidentiel. Pouvez-vous fonctionner sans la présence de Connie Chung, Tony ?

– Non. Et si vous posez encore la main ou la bouche sur elle, mon vieux Chucky, Barent aura un autre siège à pourvoir à l'Island Club. »

Colben eut un sourire pincé. « Il faudra vraiment que nous réglions ça un jour ou l'autre. Plus tard. En attendant, nous avons une mission à accomplir et vous avez du travail — pour une fois. » Il fit glisser une photographie sur le bureau.

Harod l'étudia : un cliché Polaroid en couleurs, pris en lumière naturelle et montrant une jeune Noire séduisante — vingt-deux ou vingt-trois ans — debout au coin d'une rue et attendant que le feu passe au rouge. Elle avait les cheveux crépus mais pas assez longs pour qu'on puisse qualifier sa coiffure d'afro, des yeux expressifs, un visage à l'ovale délicat et une bouche aux lèvres pleines. Harod baissa les yeux vers ses seins, mais le manteau en poil de chameau qu'elle portait était trop épais pour lui permettre de les apprécier. « Pas mal, dit-il. Elle n'a pas l'étoffe d'une star, mais je pourrais sans doute lui obtenir un bout d'essai ou un petit rôle. Qui est-ce ?

– Natalie Preston. »

Les yeux fixes de Harod trahissaient son ignorance.

« Son papa s'est retrouvé mêlé au règlement de comptes entre Nina Drayton et Melanie Fuller, il y a quinze jours à Charleston.

– Et alors ?

– Alors, il est mort, et voilà que la jeune Miss Preston débarque à Philly.

– Elle est ici en ce moment ?

– Oui.

– Vous pensez qu'elle est à la recherche de la vieille ?

– Non, Tony, nous pensons que la fille éplorée a laissé tomber le cadavre de son père, ainsi que ses études universitaires à Saint Louis, et qu'elle est venue à Germantown, Pennsylvanie, par pur intérêt pour l'histoire ancienne de l'Amérique. *Bien sûr* qu'elle est sur la piste de la vieille dame, espèce de crétin.

– Comment l'a-t-elle retrouvée ? » Harod fixait la photographie.

« Grâce aux membres de la bande. » Comme Harod le regardait sans comprendre, Colben s'exclama : « Bon Dieu, il n'y a donc ni journaux ni télé à Hollywood ?

– J'ai été très occupé à mettre sur pied un projet de film de douze millions de dollars. Quelle bande ? »

Colben lui parla des meurtres commis la nuit de Noël. « Et il y en a eu deux autres depuis, conclut-il. Des trucs atroces.

– Comment cette jolie poupée en chocolat a-t-elle pu faire le rapprochement entre Melanie Fuller et des nègres qui s'étripent à Philadelphie ? Et comment avez-vous appris sa présence ici et celle de la vieille dame ?

– Nous avons nos sources. Quant à cette salope de Noire, nous avons mis son téléphone sur table d'écoute, ainsi que celui du petit malin de shérif qui la baise. Ils se laissent des petits messages adorables sur son répondeur. Un de nos hommes va régulièrement en effacer certains et laisse ceux qui nous arrangent. »

Harod secoua la tête. « Je ne pige pas. Qu'est-ce que j'ai à voir dans tout ça ? »

Colben se mit à manipuler un coupe-papier. « Mr. Barent a décidé que ce travail était dans vos cordes, Tony.

– Quel travail ? » Harod tendit la photographie à Maria Chen.

« Vous occuper de Miss Preston.

– Hum. On avait dit que je m'occuperais de la Fuller. Et d'elle seulement. »

Colben haussa un sourcil. « Qu'est-ce qu'il y a, Tony ? Cette fille vous fait aussi peur que l'avion ? Vous avez peur d'autre chose, minable ? »

Harod se frotta les yeux et bâilla.

« Réglez ce petit détail, reprit Colben, et il est possible que vous n'ayez pas à vous soucier de Melanie Fuller.

– Qui a dit ça ?

– Mr. Barent. Bon Dieu, Harod, on vous propose une entrée gratuite dans le club le plus sélect de l'histoire. Je sais que vous n'êtes pas malin, mais ne vous faites pas plus stupide que vous ne l'êtes. »

Harod bâilla à nouveau. « Est-ce que l'un de vos empêchés du bulbe a seulement pensé que vous n'avez pas besoin de moi pour faire votre sale besogne ? Vous avez la vieille dame dans l'objectif de vos caméras plusieurs fois par jour, vous l'avez dit vous-même. Remplacez vos caméras par un fusil à lunette, et votre problème sera résolu. Et qu'est-ce que vous voulez à Natalie Machin ? Elle a le Talent ou quoi ?

– Non. Natalie Preston a une maîtrise de l'université d'Oberlin et les deux tiers de son diplôme d'enseignante. C'est une jeune dame non violente.

– Pourquoi moi, alors ?

– Votre écot. Nous devons tous payer notre écot. »

Harod reprit la photographie que lui tendait Maria Chen. « Quel sort lui réservez-vous ? Détention et interrogation ?

– Inutile. Nous pouvons obtenir toutes les informations qu'elle serait susceptible de nous fournir auprès de... euh... d'une autre source. Nous voulons seulement qu'elle se retire du jeu.

– De façon permanente ? »

Colben gloussa. « Vous aviez une autre idée, Mr. Harod ?

– Je pensais qu'elle aimerait peut-être prendre des vacances involontaires à Beverly Hills.» Les paupières de Harod étaient très lourdes. Il s'humecta les lèvres d'un bref coup de langue.

Nouveau gloussement de Colben. «Comme vous voulez. Mais en fin de compte, il vous faudra trouver une solution permanente en ce qui concerne cette… comment avez-vous dit? Cette jolie poupée en chocolat. Ce que vous ferez d'elle avant de conclure ne regarde que vous, mon vieux Tony. Mais pas de gaffe.

– Comptez sur moi.» Harod jeta un regard à Maria Chen, puis examina de nouveau la photographie. «Vous savez où elle est en ce moment?

– Oui.» Colben prit un porte-bloc et consulta le listing qui y était fixé. «Elle se trouve encore au Chelten Arms. Un petit hôtel à une douzaine de pâtés de maisons d'ici. Haines peut vous y conduire en voiture.

– Rien à faire. D'abord, je veux une chambre d'hôtel pour chacun de nous… une *belle* chambre, une suite si possible. Et ensuite, sept ou huit heures de sommeil.

– Mais Mr. Barent…

– Que C. Arnold Barent aille se faire foutre, dit Harod en souriant. Ou qu'il vienne lui-même s'occuper de cette nénette s'il n'est pas content. Maintenant, dites à Haines ou à un autre de nous conduire dans un bon hôtel.

– Et Natalie Preston?»

Harod s'arrêta sur le seuil. «Je suppose que cette jeune dame est elle aussi placée sous surveillance?

– Bien entendu.

– Eh bien, dites à vos gars d'essayer de ne pas la perdre de vue pendant encore huit ou neuf heures, Chuck.» Il se retourna vers la porte, mais marqua encore une pause, ramenant son regard sur Colben. «Vous n'avez pas répondu à ma question. Ça fait au moins deux ou trois jours que vous avez Melanie Fuller dans le collimateur. Pourquoi faites-vous traîner les choses? Pourquoi ne pas l'éliminer et foutre le camp d'ici?»

Colben ramassa le coupe-papier. « Eh bien, nous attendons au cas où il y aurait un rapport entre cette chère Miz Fuller et votre ancien boss, Mr. Borden. Nous attendons que Willi commette une erreur, nous attendons qu'il se montre.

– Et si ça arrive ? »

Colben sourit et fit courir la lame émoussée du coupe-papier sur sa gorge. « Si ça arrive… quand ça arrivera, votre ami Willi va regretter de ne pas s'être trouvé dans la même pièce que Trask quand la bombe a explosé. »

Harod et Maria se virent offrir des chambres au Chestnut Hill Inn, un hôtel huppé situé à une dizaine de kilomètres de Germantown Avenue, loin de la ville et de ses taudis, dans un quartier de parcs privés et d'allées bordées d'arbres. Colben y était également descendu. L'agent au menton blessé ordonna à un subalterne blond d'y rester en poste avec sa voiture. Harod dormit six heures et se réveilla désorienté et plus fatigué qu'à son arrivée. Maria Chen lui prépara une vodka-orange et s'assit au bord de son lit pendant qu'il la buvait.

« Qu'allez-vous faire de la fille ? » demanda-t-elle.

Harod reposa son verre et se frictionna les joues. « Ça a une importance quelconque pour vous ?

– Non.

– Dans ce cas, vous n'avez pas besoin de le savoir.

– Voulez-vous que je vous accompagne ? »

Harod réfléchit à cette proposition. Il ne se sentait jamais à l'aise quand personne n'était là pour protéger ses arrières, mais il ne pensait pas qu'une telle précaution soit nécessaire dans le cas présent. Plus il y réfléchissait, moins elle lui paraissait s'imposer. « Non. Restez ici et occupez-vous de la correspondance avec Paramount. Je n'en aurai pas pour longtemps. »

Maria Chen quitta la chambre sans ajouter un mot.

Harod se doucha et enfila un pull à col roulé en soie, un pantalon de laine coûteux et un blouson d'aviateur noir doublé en peau de mouton. Il appela le numéro que Colben lui avait donné.

« Natalie Machin est toujours dans le coin ? demanda Harod.

– Elle est allée se promener dans les taudis, mais elle est revenue dîner à son hôtel, dit Colben. Elle passe pas mal de temps avec cette bande de nègres.

– Celle qui a perdu quelques membres ? »

Colben se mit à rire de bon cœur.

« Qu'est-ce qu'il y a de si drôle, bordel ? demanda Harod.

– La façon dont vous le dites, répondit Colben en riant. Perdu quelques membres. C'est exactement ce qui leur est arrivé. Les deux derniers se sont fait découper en morceaux et on leur a tranché la bite.

– Nom de Dieu ! Et vous pensez que c'est Melanie Fuller qui a fait le coup ?

– Nous n'en savons rien. Nous n'avons pas vu le gamin qui l'accompagne quitter Grumblethorpe au moment des meurtres, mais peut-être qu'elle Utilise quelqu'un d'autre.

– Quel genre de surveillance effectuez-vous sur Grumblethorpe ?

– Ça pourrait être mieux. On ne peut pas installer un fourgon du téléphone dans chaque ruelle, même une vieille dame finirait par avoir des soupçons. Mais nous avons une bonne couverture sur le devant, une caméra à l'arrière, et des agents dans tout le pâté de maisons. Si cette vieille salope met le nez dehors, nous la tenons.

– Tant mieux pour vous. Écoutez, si j'arrive à régler l'autre détail ce soir, je veux être parti d'ici dès demain matin.

– Il faudra qu'on en parle à Barent.

– Pas question. Je ne vais pas poireauter ici jusqu'à ce que Willi se montre. Ça risquerait de prendre du temps. Willi est mort.

– Vous n'aurez pas longtemps à attendre. Nous avons reçu le feu vert au sujet de la vieille dame.

– C'est pour aujourd'hui ?

– Non, mais ça ne tardera pas.

– Quand ?

– Nous vous le dirons si vous avez besoin de le savoir.

– Ça m'a fait plaisir de vous parler, Lafesse», dit Harod, et il raccrocha.

Le jeune agent blond conduisit Harod en ville. Il lui montra le Chelten Arms et trouva une place de parking à un demi-pâté de maisons de là. Harod lui donna un pourboire de vingt-cinq cents.

C'était un vieil hôtel qui s'efforçait de conserver sa dignité en ces temps difficiles. Le foyer était plutôt miteux, mais le bar-restaurant, agréablement sombre, avait été récemment rénové. Harod songea que la clientèle du déjeuner devait être en majeure partie composée des rares hommes d'affaires blancs travaillant encore dans le quartier. La jeune Noire fut facile à repérer : elle était assise seule dans un coin, en train de manger une salade tout en lisant un livre de poche. Elle était aussi séduisante que l'avait promis le cliché Polaroid — plus séduisante même, pensa Harod en voyant les seins plantureux qui emplissaient son chemisier ocre. Il passa une minute au bar, tentant de repérer les fileurs du F.B.I. Le jeune type accoudé au bar — costume trois-pièces trop cher et sonotone — était sûrement l'un d'eux. Harod mit un peu plus longtemps à repérer le Noir obèse qui mangeait des moules et regardait Natalie toutes les cinq minutes. *Est-ce qu'on recrute des nègres au F.B.I. aujourd'hui ?* se demanda Harod. *Ils ont sans doute un quota à respecter.* Il supposa qu'un troisième agent devait être en poste dans le hall, sans doute en train de lire un journal. Il prit son verre de vodka and tonic et se dirigea vers la table de Natalie Preston. «Salut, ça vous dérange que je vous tienne compagnie quelques minutes ?»

La jeune femme leva les yeux de son livre. Harod en lut le titre : *Enseigner pour rester jeune.* «Oui, dit-elle, ça me dérange.

– Parfait, dit Harod en posant son blouson sur le dossier d'une chaise. Moi, ça ne me dérange pas.» Il s'assit.

Natalie Preston ouvrit la bouche et Harod tendit son esprit, *pressa*... doucement, tout doucement. Aucun mot ne franchit les lèvres de la jeune femme. Elle essaya de se lever et se figea après avoir esquissé un geste. Ses yeux étaient immenses.

Harod lui sourit et se laissa aller contre le dossier de son siège. Personne n'était à portée de voix de leur table. Il se croisa les mains sur le ventre. «Tu t'appelles Natalie. Moi, c'est Tony. Ça te dirait qu'on s'amuse un peu, tous les deux ?» Il relâcha son étreinte pour lui permettre de murmurer, mais pas de crier. Elle baissa la tête et hoqueta.

Harod secoua la tête. «Tu ne joues pas le jeu, Natalie, mon bébé. J'ai dit : ça te dirait qu'on s'amuse un peu, tous les deux ?»

Natalie leva la tête, pantelante, comme si elle courait depuis une heure. Ses yeux étaient luisants. Elle s'éclaircit la gorge, s'aperçut qu'elle pouvait parler et murmura : «Allez au diable... espèce de salaud...»

Harod se redressa. «Tut-tut, fit-il, réponse *incorrecte.*»

Il regarda Natalie se raidir sous l'effet de la douleur qui lui taraudait soudain le crâne. Harod avait souffert de terribles migraines étant enfant. Il savait les partager. Un garçon qui passait s'arrêta pour lui demander : « Vous vous sentez bien, mademoiselle ? »

Natalie se redressa lentement, comme une poupée mécanique qu'on déplie. Sa voix était rauque. «Oui, dit-elle, ça va. J'ai simplement des règles douloureuses.»

Le garçon s'éloigna lentement, gêné. Harod ne put s'empêcher de sourire. *Bon Dieu*, pensa-t-il, *quel ventriloque j'aurais fait.* Il se pencha pour caresser la main de la jeune femme. Elle essaya de la retirer. Harod dut se concentrer plus que de coutume pour l'en empêcher. Les yeux de Natalie ressemblaient à ceux d'un animal pris au piège, une expression qu'il adorait.

«Reprenons depuis le début, dit Harod. Qu'est-ce que tu aimerais faire ce soir, Natalie ?

– J'ai... me... rais... te... su... cer... la... bi... te.»

Harod dut lui arracher chaque syllabe de la gorge, mais cela ne le dérangeait pas. Les grands yeux bruns de Natalie s'emplirent de larmes.

«Et puis?» demanda Harod d'une voix langoureuse. Il plissa le front sous l'effet de la concentration. Cette poupée en chocolat était plus difficile à contrôler que la plupart de ses sujets habituels. «Et puis?

– Je... veux que... tu... me... baises.

– Bien sûr, chérie, je n'ai rien de mieux à faire durant les deux prochaines heures. Montons dans ta chambre.»

Ils se levèrent en même temps. «Vaudrait mieux laisser un peu de fric», dit Harod. Natalie laissa choir un billet de dix dollars sur la table.

Harod lança un clin d'œil aux deux agents en sortant du bar. Un troisième homme, vêtu d'un costume sombre, abaissa son journal et les regarda tandis qu'ils attendaient l'ascenseur. Harod lui sourit, forma un cercle avec l'index et le pouce de sa main gauche, et y fit coulisser à six reprises le médius de sa main droite. L'agent rougit et releva son journal. Personne ne les suivit dans l'ascenseur, ni dans le couloir du deuxième étage.

Harod prit les clés de Natalie et ouvrit la porte. Il la laissa debout sur le seuil, les yeux vides, pendant qu'il inspectait la chambre. Petite mais propre, avec un lit, une table, un poste de télé noir et blanc sur un support pivotant, une valise ouverte sur une étagère basse. Harod s'empara d'un slip, s'en caressa le visage, jeta un coup d'œil dans la salle de bains, un autre par la fenêtre, découvrant un escalier de secours, une ruelle et des toits.

«Bien!» dit-il d'une voix enjouée, jetant le slip au loin et tirant à lui un fauteuil bas dans les tons verts placé contre le mur. Il s'assit. «Que le spectacle commence, ma biche.» Elle s'immobilisa entre lui et le lit. Ses bras pendaient le long de ses flancs, son visage était flasque et inexpressif, mais Harod vit aux petits frissons qui la parcouraient qu'elle tentait désespérément de se libérer. Il sourit et raffermit son étreinte. «Un petit strip-tease avant d'aller se coucher, ça fait toujours plaisir, tu ne crois pas ? »

Natalie Preston continua de regarder droit devant elle lorsque ses mains se levèrent et commencèrent à déboutonner lentement son chemisier. Elle tira sur ses pans et le laissa tomber sur le sol. En voyant ses seins plantureux retenus par un soutien-gorge blanc d'un style démodé, Harod se rappela quelqu'un… mais qui ? Il se souvint soudain de l'hôtesse de l'air, quinze jours plus tôt. Sa peau était aussi pâle que celle de cette poule était sombre. Pourquoi donc portaient-elles toutes le même type de soutien-gorge banal et peu excitant ?

Harod hocha la tête et Natalie mit les mains derrière le dos pour dégrafer son soutien-gorge. Celui-ci glissa en avant, le long de ses bras, et tomba par terre. Harod contempla les larges aréoles brunes et s'humecta les lèvres. Elle allait s'amuser un peu toute seule avant de s'occuper de lui. « Bien, dit-il doucement, je pense que le moment est venu de… »

Il y eut un énorme fracas et Harod fit volte-face juste à temps pour voir la porte s'ouvrir à la volée et un corps massif occulter la lumière du couloir, juste à temps pour se rendre compte qu'il avait laissé le browning dans les bagages de Maria Chen.

Harod avait commencé à se redresser, commencé à lever les bras, lorsqu'un objet aussi gros et lourd qu'une enclume atterrit au sommet de son crâne et le fit retomber sur le fauteuil, à travers les coussins, à travers la substance molle d'un sol qui venait subitement d'adopter la texture du tapioca, puis dans les chaudes ténèbres qui l'attendaient sous le sol.

23.
Melanie

Vincent avait toutes les peines du monde à rester propre. C'était un de ces enfants qui semblent exsuder la saleté par tous les pores de la peau. Ses ongles étaient noirs une heure après que je lui avais ordonné de les nettoyer. Je devais constamment veiller à ce qu'il change de vêtements.

Le jour de Noël, nous nous sommes reposés. Anne a préparé le repas, mis des disques de saison sur le vieux Victrola et fait plusieurs lessives pendant que je lisais des passages des Saintes Écritures et méditais sur leur sens. La journée fut fort calme. De temps en temps, Anne faisait mine d'allumer la télévision — elle la regardait de six à huit heures par jour avant notre rencontre — mais son conditionnement reprenait le dessus et elle se trouvait autre chose à faire. Je m'étais permis quelques heures de télévision durant la première semaine de notre séjour chez elle, mais un soir, durant le journal de onze heures, on avait diffusé un reportage de trente-deux secondes sur ce que les médias appelaient les Meurtres de Charleston. « La brigade criminelle est toujours à la recherche de la vieille dame disparue », avait dit la jeune présentatrice. C'est à ce moment-là que j'ai décidé qu'on ne regarderait plus la télévision chez Anne Bishop.

Le samedi, deux jours après Noël, Anne et moi sommes allées faire des achats. Elle avait une DeSoto 1953 dans son garage ; c'était une voiture verte et laide dont la calandre me fit penser à un poisson terrifié. Anne conduisait avec tant de prudence et d'hésitation que je lui ordonnai de passer le volant à Vincent avant que nous soyons sortis de Germantown. Il nous fit sortir de Philadelphie pour nous conduire vers un centre commercial huppé dans un quartier nommé King of Prussia — sans doute le nom le plus stupide jamais donné à une banlieue. Nous y avons passé quatre heures et j'y ai acheté plein de belles choses, qui n'égalaient malheureusement pas celles que j'avais abandonnées à l'aéroport d'Atlanta. Je me laissai tenter par un manteau à trois cents dollars — bleu marine, avec des boutons en ivoire — qui m'aiderait sans nul doute à résister aux rigueurs de l'hiver yankee. Anne était ravie de m'offrir ces quelques vêtements et je ne voulais pas lui gâcher son plaisir.

Cette nuit-là, je suis retournée à Grumblethorpe. Il était si agréable d'aller de pièce en pièce à la lueur des chandelles, avec pour seule compagnie les ombres et les murmures. Durant l'après-midi, Anne avait acheté deux fusils à pompe dans un magasin de sport du centre commercial. Le jeune vendeur aux cheveux blonds graisseux et aux baskets sales s'était amusé de la naïveté de cette vieille dame qui achetait une arme pour son grand fils. Il lui avait recommandé deux modèles également coûteux : un calibre 12 et un calibre 16, selon le type de gibier qui intéressait son fils. Anne les avait achetés tous les deux, ainsi que six boîtes de cartouches pour chacun. Pendant que je me promenais dans les pièces de Grumblethorpe, Vincent huilait et caressait les fusils dans l'obscurité pierreuse de la cuisine.

Jamais je n'avais Utilisé quelqu'un comme Vincent. J'avais déjà comparé son esprit à une jungle, et cette métaphore me paraissait de plus en plus correcte. Les images qui apparaissaient fugitivement dans ce qui restait de son esprit étaient presque invariablement des images de violence, de mort et de destruction. J'aperçus des scènes sanglantes où figuraient les membres de sa famille — sa mère dans la cuisine, son père dans la chambre, sa sœur aînée sur le carreau de la buanderie —

mais je ne savais pas si elles tenaient de la réalité ou du fantasme. Et il en allait sans doute de même pour Vincent. Je ne lui ai jamais posé la question, et de toute façon, il n'aurait pas pu me répondre.

En Utilisant Vincent, j'avais l'impression de monter un cheval fougueux; il me suffisait de lui laisser la bride sur le cou pour qu'il fasse tout ce que je souhaitais. Il était d'une force incroyable pour sa taille et sa carrure, d'une force presque inexplicable. On aurait dit que de violentes giclées d'adrénaline parcouraient son organisme même en période de repos, et quand il était excité sa force devenait quasiment surhumaine. C'était enivrant de partager ses sensations, même d'une façon passive. Je me sentais plus jeune chaque jour. Je savais que lorsque je retrouverais ma maison du midi de la France, peut-être dès le mois de janvier, j'aurais tellement rajeuni que même Nina ne pourrait me reconnaître.

Seuls mes cauchemars vinrent gâcher les jours qui suivirent Noël. Mes rêves étaient presque toujours identiques : Nina ouvre les yeux, Nina dont le visage n'est qu'un masque blafard au front percé d'un trou de la taille d'une pièce de monnaie, Nina s'assoit dans son cercueil, ses dents sont jaunes et pointues, ses yeux bleus montent lentement dans ses orbites vides, soulevés par une marée de vers.

Je n'aimais pas ces rêves.

Le samedi soir, j'ai laissé Anne monter la garde au rez-de-chaussée de Grumblethorpe pendant que je m'étendais sur le lit de la chambre d'enfant et laissais les murmures m'emporter dans un demi-sommeil.

Vincent sortit par le tunnel. Cela me suggérait des images de naissance : le long tunnel étroit, les murs rugueux qui se pressent contre lui, l'odeur douce-amère de la terre qui rappelle la senteur cuivrée du sang, l'étroite ouverture au bout, l'air nocturne si calme qui ressemble à une explosion de lumière et de bruit.

Vincent glissa le long de la ruelle obscure, enjamba une barrière, traversa un terrain vague et pénétra dans les ombres de la ruelle voisine. Les fusils à pompe étaient restés dans la cuisine de Grumblethorpe ; il n'était armé que de la faux — dont le manche avait été raccourci de trente centimètres — et de son couteau.

J'étais sûre que ces rues devaient grouiller de nègres en été : femmes obèses assises sur le pas de leurs portes et bavardant comme des babouins ou contemplant d'un œil morne leurs enfants en haillons en train de courir dans tous les coins, hommes mollassons sans travail, sans aspirations, sans moyen d'existence visible, en quête d'un bar ou d'un coin de rue animé. Mais ce soir-là, en plein cœur d'un hiver rigoureux, les rues étaient calmes et obscures, les rideaux tirés aux étroites fenêtres des maisons étroites, les portes fermées le long des rangées de maisons identiques. Vincent ne se déplaçait pas comme une ombre silencieuse, il en devenait une : allant de la ruelle à la rue, de la rue au terrain vague, du terrain vague à la cour, sans plus troubler le calme qu'un souffle de vent nocturne.

Deux jours plus tôt, il avait suivi les membres de la bande jusqu'à leur repaire, une immense vieille maison entourée de terrains vagues, à un jet de pierre de la voie ferrée aérienne dont le talus traversait cette partie du ghetto comme une gigantesque muraille de Chine, tentative futile des civilisés pour emmurer les barbares. Vincent se nicha dans l'herbe givrée près d'une carcasse de voiture et attendit.

Des formes noires bougeaient derrière les fenêtres éclairées, telles des caricatures de nègres dans un spectacle de lanterne magique. Finalement, cinq d'entre elles sortirent du bâtiment. L'obscurité était telle que je ne les reconnus pas, mais cela n'avait aucune importance. Vincent attendit qu'ils aient presque disparu dans l'étroite ruelle qui longeait le talus, puis il se lança doucement à leur poursuite. C'était enivrant de partager cette traque silencieuse, cette course à travers les ténèbres effectuée presque sans effort. Les yeux de Vincent fonctionnaient presque aussi bien dans les ténèbres que ceux du commun des mortels en plein jour. J'avais l'impression de partager l'esprit et les sens d'un tigre souple et puissant. Un tigre affamé.

Il y avait deux filles de couleur dans le groupe. Vincent fit halte lorsque les autres firent halte. Il renifla l'air, percevant bel et bien la forte odeur animale des hommes en rut. Je sais bien qu'une telle expression serait aujourd'hui considérée comme vulgaire dans le Sud, mais elle est néanmoins appropriée. C'est un fait que le nègre mâle est prompt à s'exciter et se soucie aussi peu de ce qui l'entoure qu'un étalon ou un chien près d'une femelle en chaleur. Ces deux filles devaient être en chaleur; Vincent les regarda forniquer sur le talus plongé dans l'ombre, le troisième garçon observant la scène en attendant son tour, les jambes nues des filles s'ouvrant et se refermant autour des hanches tressautantes de leurs mâles. Tous les muscles de Vincent étaient tendus, tant il bouillait du désir d'agir *tout de suite*, mais je le forçai à détourner les yeux, à attendre que les mâles aient assouvi leur soif de luxure, que les filles soient reparties chez elles en riant — aussi dépourvues de honte et de regret que des chattes comblées. Puis je lâchai Vincent.

Il attendait les trois garçons lorsqu'ils tournèrent en bas de Bringhurst Street, près d'une fabrique de chaussures désaffectée. La faux s'enfonça dans l'estomac du premier, lui traversa le corps et se planta dans sa colonne vertébrale. Vincent l'y laissa et fonça sur le deuxième armé de son seul couteau. Le troisième s'enfuit en courant.

A l'époque où j'allais encore au cinématographe, avant la Seconde Guerre mondiale, avant que les films ne deviennent ces stupidités obscènes dont parlent les journaux, j'adorais les scènes qui montraient des domestiques de couleur terrifiés. Je me rappelle avoir vu *Naissance d'une nation* étant enfant et avoir beaucoup ri au moment où les enfants de couleur sont saisis par la terreur en voyant une forme enveloppée dans un drap. Je me rappelle être entrée avec Nina et Willi dans une salle de Vienne, à cinq pfennig la place, où l'on projetait un vieux film de Harold Lloyd dont les sous-titres étaient superflus, et avoir ri aux éclats de la stupidité terrifiée de Stepin Fetchit. Je me rappelle un vieux film de Bob Hope à la télévision — longtemps avant que la vulgarité des années 60 me pousse à renoncer définitivement à la télévision; j'avais éclaté de rire devant le visage blanc de peur de l'assistant de couleur de Bob Hope dans une maison hantée de comédie. La deuxième victime de Vincent ressemblait à l'un de ces acteurs : les yeux immenses, blancs et fixes, la main devant sa bouche grande ouverte, les genoux serrés, les pieds en dehors. Dans la chambre de Grumblethorpe, mon rire vint briser le silence lorsque Vincent accomplit son œuvre avec son couteau.

Le troisième garçon réussit à s'échapper. Vincent voulait le rattraper, aussi impatient qu'un chien tirant sur sa laisse, mais je le retins. Le nègre connaissait mieux le dédale des rues, et l'efficacité de Vincent résidait dans la discrétion et la soudaineté de ses attaques. Je savais à quel point ce jeu était risqué et je n'avais pas l'intention de gaspiller les efforts de Vincent après tout le travail qu'il m'avait coûté. Avant de le ramener à moi, cependant, je le laissai s'amuser avec ses deux victimes. Ses petits jeux ne duraient pas très longtemps et satisfaisaient les pulsions qui sommeillaient encore au fond de la jungle de son esprit.

Ce fut lorsqu'il ôta la veste du second garçon que la photographie en tomba. Vincent était trop occupé pour s'en apercevoir, mais je lui ordonnai de poser sa faux et de ramasser la photographie. C'était un portrait de Mr. Thorne et de moi-même.

Je me redressai brusquement sur mon lit.

Vincent revint aussitôt à la maison. J'allai à sa rencontre dans la cuisine et arrachai la photographie de ses mains souillées. Impossible de s'y tromper : l'image était floue, provenait de toute évidence d'une photographie plus grande, mais j'étais bien visible et on reconnaissait sans peine Mr. Thorne. Je sus aussitôt que ceci était l'œuvre de Mr. Hodges. J'avais regardé durant des années ce misérable petit homme prendre des photos de sa misérable petite famille avec son misérable petit appareil. Je croyais avoir pris toutes les précautions nécessaires pour éviter de figurer sur l'un de ses clichés, mais j'avais la preuve que tel n'était pas le cas.

Je m'assis à la lueur des chandelles dans la froidure de la cuisine de Grumblethorpe et secouai la tête. Comment cette photographie avait-elle abouti dans les mains de ce jeune nègre ? De toute évidence, quelqu'un était à ma recherche, mais qui ? La police ? Comment pouvait-elle savoir que je me trouvais à Philadelphie ? Nina ?

Aucune de mes hypothèses ne me paraissait sensée.

J'ordonnai à Vincent de se baigner dans une grande bassine en fer galvanisé fournie par Anne. Elle apporta un radiateur dans la pièce, mais la nuit était glaciale et la vapeur monta de la chair blanche de Vincent durant tout son bain. Au bout d'un certain temps, je me levai et l'aidai à laver ses cheveux. Quel tableau nous devions faire ! Deux tantes pleines de dignité baignant leur jeune neveu revenant de guerre, dont la chair fumait dans l'air glacial pendant que nos ombres hautes de trois mètres dansaient sur le mur rugueux suivant les caprices des chandelles.

« Vincent, mon cher, murmurai-je tout en frictionnant ses longs cheveux, il faut que nous sachions d'où vient cette photographie. Non, pas ce soir, mon cher, les rues seront trop agitées une fois que ton œuvre sera découverte. Mais bientôt. Et quand tu auras trouvé la personne qui a donné cette photo au garçon de couleur, tu la conduiras ici… jusqu'à moi. »

24.
Washington, D.C., samedi 27 décembre 1980

Saul Laski gisait dans sa tombe d'acier et pensait à la vie. Frissonnant sous l'effet de la climatisation, il se mit en chien de fusil et essaya de se rappeler les détails d'un matin de printemps dans la ferme de son oncle. Il pensa à la lumière dorée qui caressait les lourdes branches des saules pleureurs et au champ de pâquerettes blanches derrière la forteresse de pierre qu'était la grange de son oncle.

Saul avait mal; son bras et son épaule gauches ne cessaient de le faire souffrir, une douleur lancinante lui taraudait le crâne, des picotements lui agaçaient les doigts, et la saignée de son bras droit portait encore les stigmates de toutes les injections qu'on lui avait faites. Saul accueillait la douleur avec joie et l'encourageait à persister. La douleur était son seul point de repère, un phare perçant l'épais brouillard où l'avait plongé la drogue.

Saul avait perdu toute notion du temps. Il en avait vaguement conscience mais ne pouvait rien faire pour y remédier. Toutes les séquences étaient bien là — du moins jusqu'à l'instant de l'explosion dans le Bureau des sénateurs —, mais il n'arrivait pas à en reconstituer l'ordre. A un moment donné, il se retrouvait étendu dans le froid glacial de sa cellule — étroite couchette encastrée dans le mur, grille d'arrivée d'air, banc et toilettes en acier, porte métallique coulissant dans le mur —, et l'instant d'après, il essayait de se blottir dans la paille froide, sentait l'air glacé de la nuit polonaise s'insinuer à travers les vitres brisées, et savait que l'Oberst et les gardes allemands viendraient bientôt le chercher.

La douleur était un phare. C'était à la douleur qu'il devait ses rares instants de lucidité lors des premiers jours qui avaient suivi l'explosion. L'intense douleur lorsqu'on avait réduit sa fracture de la clavicule ; des masques de chirurgiens dans un lieu aseptisé qui pouvait être n'importe quelle salle d'opération, n'importe quelle chambre d'hôpital, puis le choc glacé des corridors blancs et de la cellule d'acier, les hommes en costume de ville, un badge bariolé accroché à leur revers, la douleur de l'injection, suivie de rêves et d'instants éclatés.

Le premier interrogatoire avait été douloureux. Deux hommes : le premier chauve, le second blond et coiffé en brosse. Le chauve avait tapé sur l'épaule de Saul avec une matraque en métal. Saul avait hurlé, pleuré de douleur, mais il avait accueilli cette douleur avec joie — brouillard et vapeur s'étaient dissipés.

« Savez-vous qui je suis ? demanda le chauve.

– Non.

– Que vous a dit votre neveu ?

– Rien.

– A qui d'autre avez-vous parlé de William Borden et des autres ?

– A personne. »

Plus tard — ou plus tôt, Saul n'en était pas sûr —, toute douleur disparue, au sein de la brume lénifiante qui suivait l'injection :

« Savez-vous qui je suis ?

– Charles C. Colben, assistant spécial du directeur délégué du F.B.I.

– Qui vous a dit cela ?

– Aaron.

– Que vous a dit Aaron à part cela ? »

Saul répéta leur conversation de façon aussi exhaustive que possible.

« Qui d'autre est au courant en ce qui concerne Willi Borden ?

– Le shérif. La fille.» Saul expliqua qui étaient Gentry et Natalie.

«Dites-moi tout ce que vous savez.»

Saul s'exécuta.

Brouillard et rêves, rêves et brouillard. Saul redécouvrait fréquemment la cellule d'acier en ouvrant les yeux. La couchette encastrée dans le mur. Les toilettes trop petites et dont on ne pouvait pas tirer la chasse : celle-ci se déclenchait automatiquement à intervalles irréguliers. Des plateaux-repas en acier apparaissaient pendant que Saul était endormi. Il mangeait assis sur le banc en acier, y laissait le plateau. Celui-ci avait disparu à son réveil. De temps en temps, des hommes en blouse blanche ouvraient la porte métallique et lui faisaient une piqûre, ou le conduisaient le long des corridors blancs vers une pièce minuscule où il s'asseyait en face d'un miroir. Colben, ou un autre homme vêtu de gris, lui posait des questions. S'il refusait d'y répondre, on lui faisait une nouvelle injection, et il rêvait qu'il souhaitait désespérément se lier d'amitié avec ses tortionnaires et leur dire tout ce qu'ils voulaient entendre. Il sentit à plusieurs reprises que quelqu'un — Colben? — s'insinuait dans son esprit, et se rappelait un viol similaire survenu quarante ans plus tôt. Ces moments étaient rares. Les injections étaient fréquentes.

Saul allait et venait dans le temps; il appelait sa sœur Stefa dans la ferme d'oncle Moshe, il courait pour rattraper son père dans le ghetto de Lodz, il pelletait de la chaux sur les corps gisant dans la Fosse, il buvait de la citronnade et parlait avec Gentry et Natalie, il jouait avec Aaron et Isaac, ses neveux de dix ans, dans la ferme de David et de Rebecca, près de Tel-Aviv.

Le puzzle temporel induit par la drogue s'assembla. Le temps reprit son cours normal. Saul se recroquevillait sur le matelas nu — il n'avait pas de couverture et l'air provenant de la grille était glacé — et pensait à sa vie et à ses mensonges. Il s'était menti pendant des années. Sa quête de l'Oberst était un mensonge : une excuse pour ne pas agir. Sa carrière de psychiatre était un mensonge : une façon de mettre son obsession à distance en la théorisant. Sa participation en tant que médecin à trois guerres israélo-arabes était un mensonge : une façon d'éviter l'action directe.

Saul gisait dans le no man's land gris séparant le nirvana induit par la drogue de la douloureuse réalité et percevait la vérité de sa vie de mensonges. Il s'était menti à lui-même en se trouvant des raisons pour parler de Nina et de Willi au shérif de Charleston et à la jeune Preston. Il espérait secrètement qu'ils allaient agir — qu'ils libéreraient ses épaules du fardeau de la responsabilité et de la vengeance. Si Saul avait demandé à Aaron de rechercher Francis Harrington, ce n'était pas parce qu'il était trop occupé pour le faire, mais parce qu'il désirait secrètement qu'Aaron et le Mossad fassent ce qui devait être fait. Il savait à présent que s'il avait parlé de l'Oberst à Rebecca vingt ans plus tôt, c'était dans l'espoir secret qu'elle en parlerait à David et que David, cet Israélo-Américain puissant et efficace, prendrait l'affaire en mains…

Saul frissonna, ramena ses genoux contre sa poitrine, et contempla sa vie de mensonges.

A l'exception de quelques rares instants, tel celui où il avait résolu de tuer plutôt que de se laisser emporter dans la nuit de Chelmno, toute sa vie avait été un hymne à la gloire du compromis et de l'inaction. Les puissants semblaient l'avoir perçu. Il comprenait à présent que ce n'était ni par hasard ni grâce à la chance qu'on l'avait affecté à la Fosse de Chelmno et à la gare de Sobibor; les ordures qui le tenaient entre leurs mains avaient senti que Saul Laski était un kapo né, un collaborateur, quelqu'un que l'on pouvait utiliser en toute sécurité. Cet homme-là était incapable de devenir violent, de se révolter, de sacrifier sa vie pour les autres — incapable même de sauver sa propre dignité. Même lorsqu'il s'était évadé de Sobibor, et du terrain de chasse de l'Oberst auparavant, cela avait été par accident, il s'était laissé porter par les événements.

Saul quitta sa couche et tituba jusqu'au centre de la petite cellule d'acier. Il portait une combinaison grise. On lui avait pris ses lunettes et les surfaces de métal autour de lui étaient floues et dénuées de substance. Son bras gauche avait été libéré de son écharpe. Il le remua légèrement et la douleur lui transperça l'épaule et le cou : une douleur violente qui lui éclaircit l'esprit. Il remua encore le bras. Le remua encore.

Saul alla jusqu'au banc en acier et s'effondra dessus.

Gentry, Natalie, Aaron et sa famille… ils étaient tous en danger. Mais qui leur en voulait ?

Saul baissa la tête, saisi par le vertige. Pourquoi avait-il été stupide au point de croire que Willi et les deux vieilles dames étaient les seules personnes douées de ce terrible pouvoir ? Combien d'autres créatures avaient le même talent et les mêmes pulsions que l'Oberst ? Saul eut un rire rauque. Il avait enrôlé Gentry, Natalie et Aaron sans même avoir élaboré une esquisse de plan pour régler le cas du seul Oberst. Il avait vaguement imaginé un piège quelconque : l'Oberst pris par surprise, les alliés de Saul protégés par leur anonymat. Et ensuite ? Le bruit des petits Beretta calibre 22 du Mossad ?

Saul s'adossa au mur de métal glacé, colla sa joue contre l'acier. Combien de personnes avait-il sacrifiées par sa lâcheté et son inaction ? Stefa. Josef. Ses parents. Presque certainement le shérif et Natalie. Francis Harrington. Saul poussa un gémissement en se remémorant le *Auf Wiedershen* prononcé d'une voix gutturale dans le bureau de Trask et l'explosion qui avait suivi. Une seconde avant, l'Oberst lui avait fait entrevoir la scène par les yeux de Francis et Saul avait perçu la présence terrifiée de l'esprit du jeune homme, prisonnier dans son propre corps, attendant l'inévitable sacrifice. C'était Saul qui l'avait envoyé en Californie. Et il y avait ses deux amis, Selby White et Dennis Leland. Deux nouvelles victimes sur l'autel de la couardise de Saul Laski.

Saul ignorait pourquoi, cette fois-ci, on laissait l'effet de la drogue se dissiper dans son organisme. Peut-être en avait-on fini avec lui ; la prochaine fois qu'on viendrait le voir, ce serait pour l'exécuter. Il s'en fichait. La rage parcourait son corps meurtri comme un courant électrique. Il *agirait* avant que l'inévitable balle ne percute son crâne. Il blesserait *quelqu'un* en représailles. En cet instant, Saul aurait sacrifié sa vie avec joie pour pouvoir prévenir Aaron et les deux autres, mais il aurait donné *toutes* leurs vies pour pouvoir se venger de l'Oberst, de tous ces fumiers pleins d'arrogance qui régnaient sur le monde et se gaussaient de la douleur des êtres humains qu'ils utilisaient comme des pions.

La porte s'ouvrit avec fracas. Trois hommes massifs vêtus de blouses blanches entrèrent. Saul se leva, s'avança vers eux en titubant, lança un poing qui pesait des tonnes vers le visage du plus proche.

« Hé, dit le colosse en riant, saisissant le bras de Saul et le tordant dans son dos, le vieux Juif veut s'amuser avec nous. »

Saul se débattit, mais le colosse le tenait dans sa poigne comme s'il n'avait été qu'un enfant. Saul essaya de ne pas pleurer lorsqu'un deuxième homme lui releva la manche de sa veste.

« Tu vas nous quitter », dit le troisième homme en enfonçant la pointe de la seringue dans le bras émacié et meurtri de Saul. « Bon voyage, le vieux. »

Ils attendirent trente secondes, le relâchèrent et s'écartèrent. Saul les suivit en vacillant, les poings serrés. Il sombra dans l'inconscience avant que la porte ne se soit refermée.

Il rêva qu'il marchait, qu'on l'emmenait quelque part. Il y eut un bruit de réacteurs et une odeur de fumée de cigare. Il marcha à nouveau, soutenu par des mains robustes. La lumière était éblouissante. Lorsqu'il ferma les yeux, il entendit le clic-clic-clic des roues du train qui le conduisait à Chelmno.

Saul revint à lui dans un siège confortable à l'intérieur d'un véhicule indéfini. Il entendait un battement régulier, mais il lui fallut plusieurs minutes pour reconnaître le bruit des pales d'un hélicoptère. Il avait les yeux fermés. Un oreiller était placé sous sa tête, mais son visage était collé à une surface de verre ou de plexiglas. Il sentit qu'il était habillé et qu'il portait à nouveau des lunettes. Des hommes parlaient à voix basse et on entendait de temps en temps le grésillement d'une radio. Saul garda les yeux fermés, rassembla ses esprits et espéra que ses geôliers ne remarqueraient pas que la drogue avait presque cessé d'agir.

« Nous savons que vous êtes réveillé », dit un homme tout proche de lui. Sa voix était étrangement familière.

Saul ouvrit les yeux, releva péniblement la tête et ajusta ses lunettes. Il faisait nuit. Il se trouvait en compagnie de trois hommes dans la cabine passagers d'un hélicoptère d'un modèle sophistiqué. Le tableau de bord éclairait le pilote et le copilote d'une lueur écarlate. Assis à sa gauche, son attaché-case sur les genoux, l'agent spécial Richard Haines lisait des papiers à la lueur de la veilleuse. Saul s'éclaircit la gorge et s'humecta les lèvres, mais avant qu'il ait pu prononcer un mot, Haines dit : « Nous allons atterrir dans une minute. Tenez-vous prêt. » L'agent du F.B.I. avait un bleu au menton.

Saul réfléchit à quelques questions pertinentes, les chassa de son esprit. Il baissa les yeux et s'aperçut que son poignet gauche était relié à la main droite de Haines par une paire de menottes. « Quelle heure est-il ? demanda-t-il d'une voix qui se réduisait plus ou moins à un croassement.

– Environ dix heures. »

Saul jeta un regard vers les ténèbres et supposa qu'il faisait nuit. « Quel jour sommes-nous ?

– Samedi, grommela Haines avec un petit sourire.

– Quelle date ? »

L'agent du F.B.I. hésita, eut un léger haussement d'épaules. « Le 27 décembre. »

Saul ferma les yeux, soudain pris de vertige. Il avait perdu une semaine de sa vie. Cela lui avait paru plus long. Son bras et son épaule gauches lui faisaient atrocement mal. Il baissa les yeux et s'aperçut qu'il était vêtu d'un costume sombre, d'une chemise blanche et d'une cravate noire. Ces vêtements ne lui appartenaient pas. Il ôta ses lunettes. Les verres étaient corrects, mais la monture était neuve. Il examina les cinq hommes avec attention. Il ne reconnut que Haines. «Vous travaillez pour Colben», dit Saul. Comme l'agent ne répondait pas, il poursuivit : «Vous êtes descendu à Charleston pour vous assurer que la police locale resterait dans l'ignorance de ce qui s'était vraiment passé. C'est vous qui avez subtilisé l'album de Nina Drayton à la morgue.

– Attachez bien votre ceinture, dit Haines. Nous atterrissons.»

C'était un des plus beaux spectacles que Saul ait jamais vu. Il crut tout d'abord qu'il voyait un paquebot brillant de tous ses feux, silhouette blanche au milieu des ténèbres laissant derrière elle un sillage phosphorescent sur l'eau vert sombre, mais lorsque l'hélicoptère descendit vers la croix orange peinte sur le pont arrière, Saul se rendit compte qu'il s'agissait en fait d'un navire privé, d'un yacht blanc au profil superbe, aussi long qu'un terrain de football. Des hommes d'équipage guidèrent leur descente en agitant des bâtons lumineux et l'hélicoptère se posa en douceur à la lueur des projecteurs. Les quatre passagers s'éloignaient déjà de l'appareil alors que ses rotors n'avaient pas encore commencé à ralentir.

Plusieurs marins vêtus de blanc les rejoignirent. Lorsqu'ils purent relever la tête, Haines enleva les menottes qui l'attachaient à Saul et les empocha. Saul se frotta le poignet juste au-dessous de l'endroit où des chiffres bleus y étaient tatoués.

«Par ici.» La procession se dirigea vers le pont supérieur, puis vers la proue, empruntant de larges coursives. En dépit de l'absence de roulis, Saul avait du mal à marcher. Haines l'empêcha de tomber à deux reprises. Saul inspira un air tropical, lourd et moite — chargé d'une lointaine odeur de végétation — et remarqua l'opulence des cabines, des salons et des bars qui se trouvaient sur leur chemin. Tout était lambrissé et moquetté, décoré avec goût et rehaussé de cuivre et d'or. Ce vaisseau était un cinq étoiles flottant. Ils passèrent près de la passerelle de commandement et Saul aperçut des hommes en uniforme, l'éclat vert des consoles électroniques. Un ascenseur les conduisit dans un salon privé muni d'une loggia — mais peut-être le terme de passerelle volante était-il plus approprié. Un homme vêtu d'un costume blanc d'aspect coûteux y était assis, un grand verre à la main. Saul aperçut une île derrière lui à environ un mile nautique de distance. La végétation foisonnante était décorée de centaines de lanternes japonaises, les sentiers éclairés par des lueurs brillantes, la longue plage illuminée par une vingtaine de torches, et, dressé au-dessus de la scène, étincelant à la lueur des projecteurs — Saul pensa aux meetings de Nuremberg durant les années 30 —, un château aux murailles de bois et aux toits de tuiles semblait flotter en haut d'une falaise blanche.

« Savez-vous qui je suis ? » demanda l'homme assis sur la chaise longue.

Saul le regarda en plissant les yeux. « On tourne une publicité pour une carte de crédit ? »

Haines lui donna un coup de pied dans les jambes, le faisant tomber sur le sol.

« Vous pouvez nous laisser, Richard. »

Haines et les autres s'en furent. Saul se releva péniblement.

« Savez-vous qui je suis ?

– Vous êtes C. Arnold Barent », dit Saul. Il s'était mordu la joue. Dans son esprit, le goût de son propre sang se mêlait aux senteurs de la végétation tropicale. « Personne ne semble savoir ce que veut dire le C.

– Christian, dit Barent. Mon père était un homme très dévot. Et aussi une manière d'ironiste. » Il désigna une chaise toute proche. « Asseyez-vous, je vous en prie, docteur Laski.

– Non. » Saul se dirigea vers la balustrade de la loggia, de la passerelle, peu importait. L'eau formait un arc d'écume blanche dix mètres plus bas. Saul s'agrippa à la balustrade et se retourna vers Barent. « Ne prenez-vous pas un risque en restant seul avec moi ?

– Non, docteur Laski, dit Barent. Je ne prends jamais de risque. »

Saul indiqua du menton le château qui brillait dans le lointain. « C'est à vous ?

– A la fondation. » Barent avala une longue gorgée de sa boisson fraîche. « Savez-vous pourquoi vous vous trouvez ici, docteur Laski ? »

Saul ajusta ses lunettes. « Mr. Barent, je ne sais même pas où se trouve "ici". Ni même pourquoi je suis encore en vie. »

Barent hocha la tête. « Votre seconde remarque est la plus pertinente. Je présume que votre organisme est suffisamment purgé de… euh… de substances médicinales pour que vous puissiez tirer vos propres conclusions à ce sujet. »

Saul se mordilla la lèvre inférieure. Il se rendit compte à quel point il était faible… à moitié mort de faim, en partie déshydraté. Il faudrait probablement plusieurs semaines à son organisme pour se purger de la drogue qu'on lui avait administrée. « Vous pensez que je suis votre chemin vers l'Oberst, j'imagine », dit-il.

Barent éclata de rire. « L'Oberst. Comme c'est pittoresque. C'est ainsi que vous pensez à lui, j'imagine, étant donné votre… euh… relation particulière. Dites-moi, docteur Laski, les camps étaient-ils aussi horribles que le prétendent les médias ? Je les ai toujours soupçonnés de vouloir exagérer un peu la réalité peut-être de façon subliminale. Pour expier une sorte de culpabilité inconsciente, peut-être ? »

Saul l'examina avec attention. Il détailla son hâle impeccable, sa veste de sport en soie, ses sandales de chez Gucci, l'améthyste à son auriculaire. Il ne répondit pas.

«Peu importe, reprit Barent. Vous avez raison, bien sûr. Si vous êtes encore en vie, c'est parce que vous êtes le messager de Mr. Borden et parce que nous souhaitons ardemment parler à ce monsieur.

– Je ne suis pas son messager», dit Saul d'une voix atone.

Barent agita sa main manucurée. «Son message, alors. La différence est minime.»

On entendit une série de carillons et le yacht prit de la vitesse, obliqua à bâbord comme pour entamer un tour de l'île. Saul aperçut un vaste quai éclairé par des lampes à vapeur de mercure.

«Nous aimerions que vous transmettiez un message à Mr. Borden, poursuivit Barent.

– Je ne risque pas d'y parvenir si vous continuez à me droguer et à me garder enfermé dans une cellule en acier.» Pour la première fois depuis l'explosion, Saul sentait l'espoir renaître en lui.

«C'est exact. Nous allons nous arranger pour que vous ayez l'occasion de le retrouver… euh… en un lieu qu'il aura lui-même choisi.

– Vous savez où se trouve l'Oberst ?

– Nous savons où… euh… où il a choisi d'opérer.

– Si je le vois, dit Saul, je le tue.»

Barent eut un rire aimable. Sa denture était parfaite. «C'est fort improbable, docteur Laski. Néanmoins, nous vous serions reconnaissants de lui transmettre notre message.»

Saul inspira profondément l'air marin. Il ne voyait pas pour quelle raison Barent et son groupe souhaiteraient lui confier des messages à transmettre, pour quelle raison on lui permettrait de conserver son libre arbitre, et ne parvenait pas à imaginer pourquoi on le laisserait en vie une fois qu'il aurait rempli sa mission. Il se sentait étourdi et légèrement grisé. «Quel est votre message ?

– Dites à Willi Borden que le club serait honoré s'il acceptait d'occuper le siège laissé vacant au comité de direction.

– C'est tout ?

– Oui. Voulez-vous boire ou manger quelque chose avant de partir ? »

Saul ferma les yeux durant une minute. Il sentait les mouvements du navire le long de ses jambes, au creux de son bassin. Il s'accrocha à la balustrade et ouvrit les yeux. « Vous n'êtes pas différent d'eux, dit-il à Barent.

– De qui ?

– Des bureaucrates, des commandants, des fonctionnaires reconvertis en commandos des *Einsatzgruppen*, des conducteurs de train, des industriels de la I.G. Farben, et des gros sergents puant la bière qui s'asseyaient au bord de la Fosse. »

Barent resta songeur un moment. « Non, dit-il finalement. Je suppose que nous sommes tous pareils en fin de compte. Richard ! Veuillez reconduire le Dr Laski, s'il vous plaît. »

Ils prirent l'hélicoptère pour se rendre à l'aérodrome de l'île, où ils embarquèrent dans un jet privé qui prit la direction du nord-ouest alors que le ciel pâlissait derrière eux. Saul s'assoupit pendant une heure avant l'atterrissage. C'était son premier somme naturel depuis une semaine. Haines le secoua pour le réveiller. « Regardez », dit-il.

Saul contempla la photographie. Aaron, Deborah et les enfants étaient ligotés, mais de toute évidence vivants. Le fond blanc ne donnait aucun indice sur l'endroit où ils se trouvaient. Le flash avait parfaitement saisi les yeux écarquillés et l'expression paniquée des fillettes. Haines lui tendit un petit magnétophone à cassettes. « Oncle Saul, dit la voix d'Aaron, je t'en prie, fais ce qu'ils te demandent. Ils ne nous feront aucun mal si tu leur obéis. Respecte leurs instructions et nous serons libérés. Je t'en prie, oncle Saul... » L'enregistrement cessa net.

« Si vous essayez de les retrouver ou de contacter l'ambassade, nous les tuerons », murmura Haines. Deux des agents étaient endormis. « Faites ce qu'on vous dit et il ne leur sera fait aucun mal. Vous avez compris ?

– J'ai compris », dit Saul. Il colla son visage au plastique glacé de la vitre. Ils descendaient vers le centre d'une grande ville américaine. Saul aperçut à la lueur des réverbères des immeubles en brique et des flèches blanches entre des tours de bureaux. Il sut à cette seconde qu'il n'y avait plus aucun espoir pour lui et les siens.

25.
Washington, D.C.,
dimanche 28 décembre 1980

Le shérif Bobby Joe Gentry était en colère. Sa Ford Pinto de location avait une boîte semi-automatique, mais Gentry passa en troisième avec autant de brutalité que s'il avait conduit une voiture de sport. Dès qu'il fut sorti de la rocade pour s'engager sur l'I-95, il adopta une vitesse de 100 km/h en dépit des protestations de son véhicule, mettant la Chrysler qui l'avait pris en filature au défi de suivre son allure et la police de l'autoroute au défi de l'intercepter. Gentry attrapa sa valise d'une main, la posa sur le siège avant droit, la fouilla pendant une minute, en sortit le Ruger chargé pour le placer dans la boîte à gants, et jeta sa valise sur la banquette arrière. Il était furieux.

Les Israéliens l'avaient gardé prisonnier jusqu'à l'aube, poursuivant son interrogatoire dans leur foutue limousine, puis dans une planque quelque part près de Rockville, puis de nouveau dans leur foutue bagnole. Il n'avait pas dévié d'un pouce dans son récit : Saul Laski voulait régler de vieux comptes avec un criminel de guerre nazi, Gentry voulait savoir si tout ça avait un lien avec les meurtres de Charleston. Les Israéliens n'avaient recouru ni à la violence ni — excepté les premières remarques de Cohen — aux menaces, mais s'étaient relayés, répétant les mêmes questions *ad nauseam* afin de le faire craquer. Si *c'étaient* des Israéliens. Gentry le *pensait*... croyait que Jack Cohen était exactement qui il prétendait être... acceptait le fait qu'Aaron

Eshkol et toute sa famille avaient été assassinés, mais il n'était plus sûr de rien. Il savait seulement que se déroulait un jeu dangereux dont les participants le considéraient au mieux comme une nuisance mineure. Il fit grimper la Pinto à 110 km/h, jeta un coup d'œil au Ruger et redescendit à quatre-vingt-dix. La Chrysler verte resta deux voitures derrière lui.

Après cette longue nuit, Gentry ne souhaitait qu'une chose : s'écrouler sur son lit et dormir jusqu'au Nouvel An. Au lieu de cela, il avait appelé Charleston depuis la cabine publique de son hôtel. Rien sur son répondeur. Il avait appelé son bureau. Lester lui répondit qu'il n'y avait aucun message pour lui et lui demanda comment se passaient ses vacances. Formidable, lui dit Gentry, j'ai vu tous les monuments. Il appela le numéro de Natalie à Saint Louis. Ce fut un homme qui décrocha. Gentry demanda à parler à Natalie.

« Qui êtes-vous ? grinça une voix peu amène.

– Le shérif Gentry. Qui est à l'appareil ?

– Nom de Dieu, Nat m'a parlé de vous la semaine dernière. Vous me faites l'effet d'un connard de flic du Sud. Qu'est-ce que vous voulez à Natalie, bordel ?

– Je veux lui parler. Elle est là ?

– Non, bon Dieu, elle n'est pas là. Et je n'ai pas de temps à perdre avec vous, flic de mes deux.

– Frederick Noble, dit Gentry.

– Hein ?

– Vous êtes Frederick Noble. Natalie m'a parlé de vous.

– Arrêtez vos conneries.

– Vous n'avez pas porté de cravate pendant deux ans après votre retour du Viêt-nam. Vous pensez que les mathématiques sont ce qu'il y a de plus proche de la vérité absolue. Vous travaillez au centre informatique de huit heures du soir à trois heures du matin, sauf le samedi soir. »

Silence à l'autre bout du fil.

« Où est Natalie ? insista Gentry. Je suis sur une

enquête. Cela concerne le meurtre de son père. Sa propre sécurité est peut-être menacée.

– Qu'est-ce que vous voulez dire par…

– *Où* est-elle ? aboya Gentry.

– A Germantown, répondit la voix furieuse. En Pennsylvanie.

– Est-ce qu'elle vous a appelé depuis qu'elle est arrivée là-bas ?

– Ouais. Vendredi soir. Je n'étais pas là, mais Stan a pris son message. Elle a dit qu'elle était descendue dans un hôtel qui s'appelle le Chelten Arms. Je l'ai appelée six fois, mais elle n'est jamais là. Et elle ne m'a pas encore rappelé.

– Donnez-moi le numéro de cet hôtel. » Gentry l'inscrivit dans le carnet de notes qui ne le quittait jamais.

« Dans quels ennuis Nat s'est-elle fourrée ?

– Écoutez, Mr. Noble, Miss Preston est partie à la recherche de la personne ou des personnes qui ont assassiné son père. Je ne veux pas qu'elle retrouve ces personnes ni que ces personnes la retrouvent. Quand elle reviendra à Saint Louis, vous devrez vous assurer, petit a, qu'elle ne reparte pas, et petit b, qu'elle ne reste jamais seule pendant les quinze prochains jours. C'est clair ?

– Ouais. » Gentry percevait assez de colère dans cette voix pour souhaiter ne jamais en devenir directement la cible.

Il avait eu alors envie de se coucher, afin d'être en forme pour la soirée. Mais il avait appelé le Chelten Arms, laissé un message à l'intention de Miss Preston, toujours absente, avait loué une voiture — pas facile un dimanche matin de bonne heure —, réglé sa note, fait ses valises et pris la direction du nord.

La Chrysler verte resta deux voitures derrière lui pendant une soixantaine de kilomètres. Passé Baltimore, il sortit de l'autoroute pour prendre la Snowden River Parkway, rejoignit la Highway 1 et s'arrêta à la première gargote qu'il rencontra.

La Chrysler se gara à l'extrémité de l'immense parking. Gentry commanda un café et un beignet, et héla un jeune garçon qui portait dans ses bras une pile d'assiettes sales. « Hé, fiston, ça te dirait de gagner vingt dollars ? » Le garçon le regarda d'un air soupçonneux. « Dans le parking, il y a une voiture sur laquelle j'aimerais en savoir plus, dit Gentry en désignant la Chrysler. Si tu as l'occasion de faire un tour par là-bas, j'aimerais savoir quel est le numéro de sa plaque, et tout ce que tu pourras me dire sur ses occupants sera le bienvenu. »

Le garçon revint avant que Gentry ait fini son café. Il fit son rapport d'une voix essoufflée, puis conclut : « Ils ne m'ont même pas remarqué. J'ai tout simplement jeté des ordures à la poubelle comme Nick me demande de le faire vers midi. Qui sont ces types, au fait ? » Gentry paya le garçon, alla aux toilettes et appela le service de police responsable du Harbor Tunnel de Baltimore. Le bureau était fermé le dimanche matin, mais le message enregistré mentionnait un numéro à appeler en cas d'urgence. Ce fut une femme à la voix harassée qui décrocha.

« Merde, j'devrais pas vous appeler, y me tueraient s'ils le savaient, dit Gentry, mais Nick, Louis et Delbert ont décidé de commencer la révolution en faisant exploser le Harbor Tunnel. »

La voix de la femme ne semblait plus harassée lorsqu'elle lui demanda son nom. Gentry entendit un bip signalant la mise en marche d'un magnétophone.

« Pas l'temps, pas l'temps ! dit-il d'une voix excitée. Delbert, il a trouvé les flingues, Louis a piqué trente-six bâtons de dynamite sur le chantier, et ils ont planqué tout ça dans le double-fond du coffre. Nick, il a dit que la révolution commence aujourd'hui. C'est lui qui a dégoté les faux papiers et tout le reste. »

La femme bafouilla une question, mais Gentry la coupa. « Faut que je me taille en vitesse. Ils me tueront s'ils apprennent que je les ai balancés. Ils ont pris la tire à Delbert... une LeBaron verte 76. Immatriculée dans le Maryland, DB7269. C'est Delbert qui conduit. C'est lui qu'a la moustache et le costume bleu. Oh, bon Dieu, ils ont tous un flingue et la tire est prête à sauter.» Gentry coupa la communication, commanda un café à emporter, paya sa note et regagna la Pinto d'un pas nonchalant.

Il n'était qu'à quelques kilomètres du tunnel et nullement pressé d'y arriver, aussi alla-t-il jusqu'au campus de l'université du Maryland, fit un tour dans le cimetière de Louden Park et roula quelque temps sur les quais. Comme la circulation était fluide, la Chrysler gardait ses distances, mais son chauffeur était très fort : il ne perdait jamais de vue la voiture de Gentry tout en se faisant remarquer le moins possible.

Gentry suivit les panneaux indicateurs jusqu'au Harbor Tunnel, paya son écot à la cabine de péage, et regarda dans son rétroviseur dès qu'il fut dans le tunnel illuminé. La Chrysler n'atteignit jamais la cabine de péage. Trois voitures de patrouille, une fourgonnette noire banalisée et un break bleu l'encerclèrent soudain à cinquante mètres de l'entrée du tunnel. Quatre autres voitures de police bloquèrent aussitôt la circulation. Gentry aperçut des hommes lever fusils et pistolets au-dessus des capots, vit les trois occupants de la Chrysler agiter les bras par les fenêtres, puis il accéléra pour s'éloigner du tunnel le plus vite possible. Si c'étaient des agents du F.B.I. qui le suivaient, ils se tireraient d'affaire en quelques minutes. Si c'étaient des Israéliens, et armés de surcroît, que Dieu leur vienne en aide.

Gentry prit la première bretelle à la sortie du tunnel, se perdit quelques minutes dans le centre-ville, s'orienta dès qu'il aperçut l'université Johns Hopkins, et prit la Highway 1 pour sortir de la ville. La circulation était fluide. Quelques kilomètres plus loin, il aperçut une sortie en direction de Germantown, Maryland, et ne put s'empêcher de sourire. Combien de Germantown y avait-il dans les États-Unis? Il espérait que Natalie n'avait pas choisi le bon.

Gentry arriva dans la banlieue sud de Philadelphie à 10 h 30 et à Germantown à 11 heures. Il n'avait plus revu la Chrysler et si une autre voiture l'avait pris en filature, son conducteur était trop fort pour se faire repérer. Le Chelten Arms semblait avoir connu des jours meilleurs mais ne vivrait pas assez longtemps pour saluer leur retour. Gentry gara la Pinto à un demi-pâté de maisons de l'hôtel, glissa le Ruger dans la poche de son manteau et se mit en route. Il compta cinq clochards — trois noirs, deux blancs — blottis sur les pas de porte.

Miz Preston ne répondit pas à l'appel du réceptionniste. Celui-ci était un homme de race blanche de petite taille, tout en nez, dont les trois mèches survivantes étaient plaquées sur le crâne de l'oreille gauche à l'oreille droite. Il glousse et secoua la tête lorsque Gentry lui demanda un passe-partout. Gentry lui montra son insigne. Nouveau gloussement de l'employé. «*Charleston?* Mon ami, vous auriez été mieux inspiré d'acheter un autre insigne au magasin de jouets. Un policier de Georgie n'a aucune autorité ici.»

Gentry opina, soupira, jeta un regard circulaire sur le hall désert, et pivota sur lui-même pour saisir la cravate graisseuse de l'employé dix centimètres au-dessous de son nœud. Il n'exerça qu'une seule traction, mais elle suffit à amener le nez et le menton de l'homme à une vingtaine de centimètres du comptoir. «Écoute, *mon ami*, dit doucement Gentry, je travaille en liaison avec le capitaine Thomas Morano, le chef de la section Homicide du commissariat de Franklin Street. Cette femme a peut-être des informations susceptibles de nous permettre de procéder à l'arrestation d'un homme qui a assassiné six personnes de sang-froid. Bien, est-ce que j'appelle le capitaine Morano *après* t'avoir fracassé la tête sur le comptoir rien que pour me faire plaisir, ou est-ce qu'on opte pour la solution la plus simple ?»

Le réceptionniste tendit une main derrière lui et fit apparaître un passe-partout. Gentry le relâcha et il rebondit comme un diable sortant de sa boîte, se frictionnant la pomme d'Adam et tâchant de déglutir.

Gentry fit trois pas vers l'ascenseur, pivota, regagna le comptoir en deux enjambées et agrippa de nouveau la cravate de l'employé au visage cramoisi avant que celui-ci ait eu le temps de réagir. Gentry l'attira contre lui, lui sourit et dit : « Autre chose, fiston : le comté de Charleston se trouve en Caroline du Sud, pas en Georgie. Ne l'oublie pas. Il y aura une interro écrite plus tard. »

Il n'y avait aucun cadavre dans la chambre de Natalie. Aucune tache de sang, excepté celles laissées par les insectes écrasés près du plafond. Aucune demande de rançon. Sa valise était posée sur le porte-bagages pliant, ouverte, ses vêtements soigneusement pliés, et une paire de chaussures était posée par terre. La robe qu'elle portait à l'aéroport de Charleston deux jours plus tôt était pendue à un cintre dans un placard. Pas de trousse de toilette dans la salle de bains ; la douche était sèche, mais contenait une savonnette récemment utilisée. Son appareil photo était absent. Ou on avait déjà fait le lit, ou personne n'y avait dormi la nuit précédente. A en juger par l'efficacité du personnel de l'hôtel, Gentry opta plutôt pour la seconde hypothèse.

Il s'assit au bord du lit et se frictionna le visage. Il n'avait aucune idée de ce qu'il convenait de faire à présent. Le plus judicieux était de se balader dans Germantown en espérant la retrouver par hasard, de revenir à l'hôtel toutes les heures, et d'espérer que le réceptionniste ou le directeur n'appellerait pas la police de Philly. Oui, de toute façon, quelques heures de marche dans le froid ne pouvaient pas lui faire de mal.

Gentry ôta son manteau et son blouson de sport, s'allongea sur le lit, posa le Ruger près de sa main droite, et s'endormit en moins de deux minutes.

Il se réveilla dans une pièce obscure, complètement désorienté, persuadé que quelque chose ne tournait pas rond. Sa montre Rolex, un cadeau de son père, indiquait 4 : 35. Il y avait une vague lumière grise au-dehors, mais la chambre était plongée dans le noir. Gentry alla se laver le visage dans la salle de bains, puis appela la réception. Miss Preston n'était pas rentrée et n'avait laissé aucun message.

Gentry alla à pied jusqu'à sa voiture, rangea sa valise dans le coffre, et partit se promener. Il descendit Germantown Avenue sur deux ou trois pâtés de maisons et passa devant un petit parc fermé. Il aurait voulu s'arrêter quelque part pour boire une bière, mais les bars étaient fermés. Gentry n'avait pas l'impression qu'on était dimanche, mais il n'aurait su dire *quel* jour de la semaine on était. Il commençait à neiger lorsqu'il récupéra sa valise et regagna l'hôtel. Un autre réceptionniste, plus jeune et plus poli, était de service. Gentry s'inscrivit, paya trente-deux dollars d'avance, et il était prêt à suivre le groom jusqu'à sa chambre lorsqu'il pensa à s'enquérir de Natalie. Il avait toujours le passe-partout dans sa poche ; peut-être que Gros Nez était rentré chez lui sans parler de l'incident à quiconque.

« Oui, monsieur, dit le jeune réceptionniste. Miss Preston a pris ses messages il y a environ un quart d'heure. »

Gentry tiqua. « Est-ce qu'elle est encore là ?

– Elle est montée quelques minutes dans sa chambre, monsieur, mais je crois l'avoir vue entrer dans la salle à manger. »

Gentry remercia le réceptionniste, donna trois dollars au groom pour qu'il monte ses bagages dans sa chambre, et se dirigea vers l'entrée du petit bar-restaurant.

Il sentit son cœur battre plus fort lorsqu'il vit Natalie assise à une table située à l'autre bout de la salle. Il se dirigea vers elle, puis se figea. Un petit homme aux cheveux noirs, vêtu d'un superbe blouson de cuir, était debout près de sa table en train de lui parler. Natalie le regardait d'un air étrange.

Gentry n'hésita qu'une seconde avant d'aller faire la queue à la table des hors-d'œuvre. Il attendit d'être assis pour regarder en direction de Natalie. Une serveuse passa près de lui et il lui commanda un café. Il commença à manger posément, sans jamais regarder directement vers la table de Natalie.

Quelque chose ne tournait pas rond. Gentry connaissait Natalie Preston depuis moins de quinze jours, mais il savait qu'elle était toujours pleine d'entrain. Il commençait tout juste à s'habituer aux nuances d'expression qui faisaient partie intégrante de sa personnalité. A présent, il ne voyait sur son visage ni entrain ni nuances. Natalie fixait l'homme assis devant elle comme si on l'avait droguée ou lobotomisée. Elle parlait de temps en temps et, en voyant les mouvements saccadés de ses lèvres, Gentry pensa à sa mère durant l'année qui avait suivi son attaque.

Il aurait bien voulu distinguer le visage de l'inconnu, apercevoir autre chose que ses cheveux noirs, son blouson et ses mains pâles posées sur la nappe. Lorsqu'il finit par se retourner, Gentry aperçut des yeux indolents, un teint pâle et une bouche pincée. Qui cherchait-il du regard ? Gentry ramassa un journal sur une table voisine et passa plusieurs minutes à se mettre dans la peau d'un représentant bedonnant et esseulé en train de manger sa salade. Lorsqu'il regarda de nouveau en direction de Natalie, il acquit la conviction que l'homme assis à sa table était surveillé de près par au moins deux autres clients. Des flics ? Des agents du F.B.I. ? Des Israéliens ? Gentry acheva sa salade, embrocha une tomate cerise qui lui avait échappé, et se demanda pour la millième fois de la journée dans quel pétrin Natalie et lui s'étaient fourrés.

Que faire ? Hypothèse du pire : l'homme aux yeux de lézard était l'un *d'eux*, un des monstres mentaux de Saul, et ses intentions à l'égard de Natalie n'avaient rien d'amical. Les types qui gardaient l'œil sur lui avaient pour rôle de protéger ses arrières. Il y en avait probablement d'autres dans le hall. S'ils s'en allaient et si Gentry les suivait, il se ferait aussitôt repérer. Il devait donc les précéder pour leur filer le train — mais dans quelle direction ?

Il paya son addition et alla récupérer son manteau au moment où Natalie et l'inconnu quittaient leur table. Elle regarda Gentry droit dans les yeux à six ou sept mètres de distance, mais il ne distingua pas la moindre lueur d'intelligence dans son regard; il n'y avait rien dans son regard. Gentry regagna le hall en hâte et s'attarda près de la porte d'entrée pour enfiler son manteau.

L'inconnu conduisit Natalie devant l'ascenseur, faisant halte pour adresser un geste obscène à un homme assis sur un canapé miteux. Gentry tenta sa chance. Natalie occupait la chambre 212. Gentry avait demandé la chambre 210. L'hôtel n'avait que deux étages. Si l'homme aux lourdes paupières emmenait Natalie ailleurs que dans sa chambre, Gentry les perdrait de vue.

Il se dirigea d'un pas vif vers l'escalier, monta les marches quatre à quatre, reprit son souffle pendant dix secondes sur le palier du deuxième étage, et ouvrit la porte juste à temps pour voir l'inconnu suivre Natalie dans la chambre 212. Il attendit une minute, au cas où un des autres les aurait suivis. Ne voyant personne, il avança à pas de loup dans le couloir jusqu'à la chambre de Natalie. Ses doigts se refermèrent sur la crosse du Ruger, puis il se ravisa. Si cet homme avait les mêmes pouvoirs que l'Oberst de Saul, il était capable de l'obliger à retourner son arme contre lui-même. Dans le cas contraire, Gentry ne pensait pas avoir besoin de son revolver.

Bon Dieu, pensa-t-il, et si je débarque comme un chien dans un jeu de quilles alors que c'est un vieux copain qu'elle a invité à monter dans sa chambre ? Il se rappela l'expression de son visage et glissa silencieusement le passe-partout dans la serrure.

Gentry fonça, emplissant de sa masse le mini-vestibule, vit l'homme assis dans un fauteuil qui se tournait vers lui, ouvrait la bouche. Une demi-seconde lui suffit pour constater que Natalie était à moitié déshabillée et que son visage était empreint de terreur, puis il leva le bras et l'abattit, cognant le crâne de l'inconnu avec autant de force que s'il avait voulu enfoncer un clou de son poing nu. L'homme avait commencé à se lever ; il retomba au fond du fauteuil fatigué, rebondit à deux reprises, et s'effondra en travers de l'accoudoir gauche.

Gentry s'assura que l'inconnu était hors d'état de nuire, puis il se tourna vers Natalie. Son chemisier était déboutonné, son soutien-gorge par terre, mais elle ne fit aucun geste pour se recouvrir. Son corps se mit à trembler comme sous l'effet d'une crise d'épilepsie. Gentry ôta son manteau et le lui passa autour des épaules alors qu'elle s'effondrait dans ses bras, secouant la tête de droite à gauche en signe de dénégation. Lorsqu'elle tenta de parler, ses dents claquaient si fort que Gentry put à peine la comprendre. « Oh… R-Rob… ah… ah… il voulait q… que… je… n-n-n'ai r-r-rien pu… f-f-faire. »

Gentry l'étreignit, la soutint, lui caressa les cheveux. Il se demandait frénétiquement ce qu'ils allaient faire ensuite.

« Oh, m-mon D-Dieu, je… v-vais… me… t-trouver… mal. » Natalie se précipita vers la salle de bains.

Gentry l'entendit vomir derrière la porte pendant qu'il se penchait sur l'inconnu toujours inconscient, l'étendait par terre, le fouillait en hâte et récupérait son portefeuille. Anthony Harod, Beverly Hills. Mr. Harod avait une trentaine de cartes de crédit, une carte du Club Playboy, une carte de membre de la Writer's Guild of America, et d'autres documents en papier et en plastique l'identifiant comme un membre de l'industrie hollywoodienne. Il y avait dans sa poche la clé d'une chambre au Chestnut Hills Hotel. Harod commençait à revenir à lui lorsque Natalie émergea de la salle de bains, ses vêtements rajustés, son visage encore humide. Anthony Harod gémit et roula sur lui-même.

« Espèce de *salaud* », éclata Natalie, et elle lui donna un violent coup de pied dans le bas-ventre. Elle portait de robustes chaussures de marche et frappa avec une énergie qui aurait fait merveille dans une tentative de but des quarante mètres. C'étaient les testicules de Harod qu'elle visait, mais l'homme était en train de rouler sur lui-même et son pied le heurta à la hauteur de la hanche, ce qui accentua sa rotation et l'envoya donner du crâne contre le pied du lit.

«Du calme, du calme», dit Gentry, et il se mit à genoux pour vérifier que l'homme respirait encore. Anthony Harod, de Beverly Hills, Californie, était encore en vie, mais il était inconscient. Gentry se dirigea vers la porte. Elle n'était munie d'aucune chaîne de sécurité; il tira le verrou, revint auprès de Natalie et lui passa un bras autour des épaules.

«Rob, hoqueta-t-elle, il est entré *dans* mon es-esprit. Il m'a f-fait faire des choses, dire des choses…

– Tout va bien. Nous allons partir d'ici tout de suite.» Il ramassa ses souliers de rechange, ferma sa valise, l'aida à enfiler son manteau et prit son appareil photo en bandoulière. «Il y a un escalier de secours qui descend jusqu'à la ruelle. Tu te sens assez en forme pour le descendre?

– Oui, mais pourquoi sommes-nous obligés de…

– On en reparlera quand on sera loin d'ici. Ma voiture est garée au coin de la rue. Viens.»

Il faisait nuit dehors. L'escalier de secours était glissant et fragile, et Gentry s'attendait à voir accourir tout le personnel de l'hôtel lorsqu'il descendit les deux derniers mètres de marches rouillées et grinçantes. Personne ne sortit par la porte de service.

Il aida Natalie à descendre les derniers degrés et ils s'enfoncèrent en hâte dans la ruelle obscure. Gentry sentit une odeur de neige et d'ordure. Ils débouchèrent sur Germantown Avenue, parcoururent une trentaine de mètres et franchirent un coin de rue à dix mètres de la Pinto de Gentry. Il n'y avait personne en vue; personne ne surgit d'un pas de porte obscur lorsque Gentry fit démarrer le moteur, passa en prise et s'engagea dans Chelten Avenue.

« Où allons-nous ? demanda Natalie.

– Je n'en sais rien. On fout le camp d'ici, et ensuite on avisera.

– D'accord. »

Gentry pénétra dans Germantown Avenue et dut ralentir pour laisser passer un tramway qui allait dans la même direction qu'eux. « Merde, dit-il.

– Qu'y a-t-il ?

– Oh, rien. J'ai oublié ma valise dans ma chambre d'hôtel, juste à côté de la tienne.

– Il y avait quelque chose d'important dedans ? »

Gentry pensa à ses slips et à ses pantalons de rechange et gloussa. « Non. Et je n'ai aucune envie de faire demi-tour.

– Rob, que se *passe*-t-il ? »

Gentry secoua la tête. « Je pensais que tu pourrais me l'expliquer. »

Natalie frissonna. « Je n'ai jamais... jamais rien ressenti de semblable. Je ne pouvais rien faire. On aurait dit que mon corps ne m'appartenait plus.

– Nous savons donc qu'ils sont bien réels », dit Gentry.

Natalie eut un rire un peu forcé. « Rob, la vieille dame... Melanie Fuller... elle est ici. Quelque part dans Germantown. Marvin et les autres l'ont vue. Et elle a tué deux autres membres de la bande la nuit dernière. J'étais avec...

– Un instant », dit Gentry en dépassant le tramway et un bus de ville portant l'inscription SEPTA. Devant eux, la rue bordée d'immeubles en brique était déserte. « Qui est Marvin ?

– Marvin est le chef de la bande. Soul Brickyard. Il... »

Quelque chose heurta violemment l'arrière de la Pinto. Natalie fit un bond, leva les bras pour ne pas se cogner la tête dans le pare-brise. Gentry jura et regarda derrière lui. L'immense calandre de l'autobus emplissait la lunette arrière de la Pinto, et le monstre accélérait pour revenir à la charge. « Accroche-toi ! » cria Gentry, et il appuya sur le champignon. Le bus fonça sur eux, heurtant le pare-chocs de la Pinto une nouvelle fois avant que celle-ci ne s'éloigne.

Gentry fit monter le compteur à quatre-vingts et la Pinto fonça en trépidant sur la chaussée irrégulière et striée de rails. Les vitres étaient fermées, mais il entendit quand même le rugissement du diesel lorsque l'énorme bus accéléra pour les rattraper. «Oh, merde», dit Gentry. Un pâté de maisons plus loin, un semi-remorque reculait pour entrer dans un hangar, obstruant le passage. Gentry envisagea de monter sur le trottoir de droite, y vit un vieil homme en train de fouiller une poubelle, et donna un violent coup de volant à gauche, pénétrant dans une rue étroite après un dérapage contrôlé au cours duquel l'arrière de la Pinto rebondit sur le bord du trottoir. A en juger par le bruit, son pare-chocs arrière s'était partiellement détaché lors du premier choc et traînait derrière. Des rangées de maisons identiques défilaient à droite et à gauche. Des voitures neuves et des épaves étaient garées le long du trottoir de droite.

«Il est toujours derrière nous!» cria Natalie.

Gentry jeta un coup d'œil dans le rétroviseur et vit l'autobus rebondir sur le trottoir en négociant son tournant, démolissant au passage deux panneaux de stationnement interdit et une boîte aux lettres, puis accélérant le long de la rue en pente dans un nuage de gaz d'échappement. Gentry distingua la petite bosse que la première collision avait laissée sur son pare-chocs avant. «C'est pas possible», dit-il.

En bas de la colline, la rue formait un croisement en T avec une avenue qui longeait un talus ferroviaire enneigé, le côté d'où ils venaient se réduisant quant à lui à une succession d'entrepôts et de terrains vagues. Gentry tourna à gauche, entendit le pare-chocs arrière les lâcher, écouta les toussotements asthmatiques du petit moteur quatre cylindres.

«Est-ce qu'ils peuvent nous rattraper?» demanda

Natalie alors que l'autobus négociait le tournant en montant sur le talus avant de retomber sur la chaussée. Gentry aperçut le chauffeur vêtu de kaki agrippé au large volant et de vagues silhouettes qui s'agitaient derrière lui.

«Non, sauf si on fait une connerie.» La rue étroite obliquait brusquement sur la droite devant une usine abandonnée, se prolongeait en pente douce sur une cinquantaine de mètres entre des pâtés de maisons en ruine, et s'achevait par une impasse sur le talus de la voie ferrée. Ils n'avaient vu aucun panneau indicateur.

«Comme maintenant? dit Natalie.

– Ouais.» Gentry freina et la Pinto s'immobilisa sur une étroite bande de terre au bord de la chaussée.

Il savait que sa voiture ne parviendrait jamais à grimper les trente mètres qui les séparaient du sommet du talus. Sur leur gauche se trouvaient un bâtiment en brique désaffecté muni d'une grille et un parking boueux séparé de la rue par une chaîne. La Pinto serait peut-être capable de défoncer la grille, pensa Gentry, mais leurs chances de s'en tirer ne seraient pas meilleures une fois qu'ils se retrouveraient dans le parking. Sur leur droite s'élevait une rangée de bâtisses vides aux fenêtres condamnées et aux portes couvertes de graffiti. Une étroite ruelle partait de la rue en direction de l'est.

Derrière eux, le bus tourna et commença à descendre la pente. Il gronda comme une bête blessée lorsque le chauffeur rétrograda.

«On descend!» cria Gentry. Il eut le temps d'attraper la valise de Natalie; celle-ci récupéra son appareil photo. Ils se précipitèrent vers la ruelle.

L'autobus roulait encore à vive allure lorsqu'il emboutit la Pinto sur l'aile arrière gauche. La voiture fit un tour complet sur elle-même, des morceaux de métal volèrent, la lunette arrière explosa, et le bus rebondit sur sa gauche, manquant se renverser lorsque les roues du côté droit mordirent le talus, fracassant la chaîne et s'immobilisant sur le parking boueux. Sa boîte de vitesses gronda, ses stops laissèrent la place à ses feux de recul, et il passa sur la chaîne à reculons, emboutit la portière avant droite de la Pinto et la poussa jusqu'au bord du trottoir, à cinq ou six mètres de l'entrée de la ruelle d'où Gentry et Natalie observaient la scène. La Pinto heurta une bouche d'incendie et se retourna dans un bruit de métal torturé. Nul geyser ne jaillit de la bouche brisée, mais la puanteur de l'essence emplit l'air nocturne.

« C'est un cauchemar », dit Natalie.

Gentry se rendit compte qu'il avait dégainé le Ruger et qu'il le serrait dans sa main droite. Il secoua la tête et le remit dans la poche de son manteau.

L'autobus changea de vitesse et se plaça au centre de la chaussée, traînant derrière lui des lambeaux de chrome qui disparurent dans un nuage de gaz d'échappement. Gentry attira Natalie dans la ruelle large d'à peine un mètre vingt.

« Qui est derrière ça ? murmura Natalie.

– Je ne sais pas. » Pour la première fois, Gentry acceptait comme un fait, et non plus seulement comme une théorie, que des êtres humains puissent accomplir les actes décrits par Saul et par Natalie. Quelques années plus tôt, en lisant *L'Exorciste*, il avait parfaitement compris la joie ressentie par le prêtre agnostique à la vision d'une puissance qui ne pouvait être qualifiée que de démoniaque. L'existence du démon suggérait, à défaut de la prouver, celle de Dieu, dont le prêtre avait fini par douter. Mais que prouvait donc cette incroyable série d'événements ? L'existence de la perversité humaine ? La perfection d'un pouvoir parapsychologique qui avait toujours été partie intégrante de la condition humaine ?

« Il s'est arrêté », dit Natalie. L'autobus avait reculé jusqu'au talus, puis viré sèchement à gauche de façon à se replacer face à la rue.

« Peut-être que c'est fini », dit Gentry. Il passa un bras

autour des épaules frissonnantes de la jeune femme. « Quoi qu'il arrive, cette saleté de bus ne passera jamais par ici. »

Les portières du véhicule étaient situées du côté qui leur était caché, mais ils entendirent le sifflement d'air comprimé signalant leur ouverture. Gentry aperçut les silhouettes des passagers, découpées par le faible éclairage intérieur, en train de se diriger vers l'avant ou vers l'arrière. Que pensaient-ils donc de cette poursuite insensée ? Que faisait le chauffeur à présent ? Gentry ne distinguait qu'une ombre penchée sur le volant. Il vit les sept passagers s'avancer d'un pas hésitant, trois à l'avant et quatre à l'arrière. Ils marchaient comme des victimes de la polio, comme des marionnettes manipulées par un débutant. De temps en temps, l'un d'eux faisait quelques pas pendant que les autres restaient immobiles, puis c'était au tour d'un deuxième, puis d'un troisième. Le vieil homme qui ouvrait la marche se mit à quatre pattes et trottina vers la ruelle, comme un chien reniflant une piste.

« Oh, mon Dieu », souffla Natalie.

Ils se mirent à courir le long de l'étroite ruelle, enjambant des tas de détritus, se cognant les bras et les épaules contre la brique. Gentry s'aperçut qu'il tenait toujours la valise de Natalie d'une main tout en serrant de l'autre celle de la jeune femme. Le bout de la ruelle était obstrué par un grillage rouillé. Gentry entendit un souffle quasi animal derrière eux lorsque le premier de leurs poursuivants entra dans la ruelle. Il lâcha la main de Natalie, fonça dans le grillage en se protégeant avec la valise, et le déchira.

Ils émergèrent dans une rue qui s'achevait en impasse sur leur droite, mais à leur gauche elle descendait sous une voie de chemin de fer et continuait vers le nord en direction d'un pâté de maisons éclairé. Gentry tourna à gauche et se mit à courir, mais Natalie le dépassa avant qu'il ait posé le pied sur le trottoir défoncé. Quelqu'un se fraya un chemin à travers le grillage. Gentry jeta un regard par-dessus son épaule et vit un homme aux cheveux blancs et en costume de ville trotter sur les dalles de béton inclinées comme un doberman enragé. Gentry dégaina son Ruger sans cesser de courir.

Il y avait du verglas sous la voie de chemin de fer. Natalie s'enfonça dans l'ombre. Gentry vit ses jambes se dérober sous elle et l'entendit heurter la chaussée. Il eut le temps de ralentir, mais il glissa lui aussi et se retrouva sur les genoux.

« Natalie !

– Ça va ! »

Il se dirigea vers elle à tâtons et l'aida à se relever. « Je vais laisser ta valise ici », dit-il.

Natalie eut un rire rauque. « Allons-y. » Ils émergèrent des ténèbres dans une rue étroite bordée de voitures, des épaves pour la plupart. Les bâtiments en ruine alternaient avec les maisons éclairées. Il n'y avait aucun réverbère. Gentry entendit des bruits de pas résonner sous le tunnel de la voie ferrée. Aucun cri ni aucun juron ne s'éleva lorsque le premier poursuivant se cassa la figure, rien que des bruits de tâtonnements sur la glace et la brique.

« Par ici », dit Gentry, et il poussa Natalie vers la première maison éclairée, à cent mètres de là.

Il suffoquait et vacillait sur ses jambes lorsqu'ils arrivèrent devant le perron. Il se retourna et monta la garde tandis que Natalie tambourinait à la porte et appelait au secours. Une silhouette sombre tira un rideau l'espace d'une seconde, mais personne n'apparut sur le seuil. « Je vous en prie ! hurla Natalie.

– Natalie ! » lança Gentry. L'homme au costume déchiré et souillé franchissait les dix derniers mètres qui les séparaient. Grâce à la lumière issue de la fenêtre, Gentry vit ses yeux exorbités et sa bouche béante, la salive qui coulait sur son menton et le col de sa chemise. Il leva son Ruger et pressa sur la détente assez fort pour relever le percuteur. Puis il le laissa doucement retomber et abaissa son arme. « Et puis merde », dit-il, et il se tassa pour amortir le choc.

L'homme percuta l'épaule de Gentry à pleine vitesse et s'envola dans les airs, atterrissant sur le trottoir et sur la plus basse marche du perron. On entendit un bruit écœurant lorsque sa tête rebondit sur la pierre. Comme Gentry se penchait sur lui, le vieil homme se releva, les cheveux en bataille et ensanglantés, le dentier claquetant, et se jeta à sa gorge. Gentry l'agrippa par les revers de son veston, le fit tourner au-dessus de la chaussée et le lâcha brusquement. L'homme percuta le sol, roula sur lui-même, poussa un grondement inhumain qui ressemblait à un rire, et se releva aussitôt, repartant à l'attaque. Gentry l'assomma avec le canon de son Ruger. Il tomba face contre terre, agité de spasmes.

Gentry s'assit sur la plus basse marche, la tête entre les genoux. Natalie attaqua la porte à coups de pied et à coups de poing. « Je vous en prie, laissez-nous entrer !

– Je suis officier de police ! hurla Gentry avec ce qui lui restait de souffle. Laissez-nous entrer ! » La porte resta fermée.

De nouveaux bruits de pas se firent entendre dans le tunnel. « Bon Dieu, hoqueta Gentry, je croyais... Saul nous avait dit... que l'Oberst ne pouvait... contrôler... qu'une personne... à la fois. »

La silhouette d'une femme de haute taille émergea des ombres sous le pont. Elle avait ôté ses chaussures pour mieux courir et tenait un objet pointu dans sa main droite.

« Viens », dit Gentry. Ils avaient parcouru une dizaine de mètres lorsqu'ils entendirent le grondement du bus dans la courbe que dessinait la rue. La lueur de ses phares éclaira les maisons de brique sur leur gauche.

Gentry chercha du regard une ruelle, un terrain vague, n'importe quoi, mais ne vit qu'une série de façades en brique sur les trente et quelques mètres qui les séparaient du tunnel. « Par ici ! cria-t-il. En haut du talus. » Il fit demi-tour au moment précis où la femme blonde, ayant achevé sa course en silence, entrait en collision avec lui. Tous deux tombèrent et roulèrent sur la chaussée humide, Gentry lâchant le Ruger pour tenter d'écarter les dents de la femme de sa gorge et essayer de lui agripper le cou. La femme était très forte. Elle dégagea sa tête et le mordit cruellement à la main gauche. Il serra le poing, visa sa mâchoire, mais elle baissa la tête à temps pour qu'il n'atteigne que son crâne. Il la repoussa, se demandant comment il pourrait l'assommer sans lui infliger des dommages irréparables, au moment même où la main droite de la femme se faufilait sous son bras. Il sentit un choc glacé et ne put rien faire lorsque les ciseaux s'abattirent une seconde fois. Elle se recula pour le frapper une troisième fois et il lui décocha un crochet qui l'aurait décapitée s'il avait atteint son but.

La femme blonde fit deux pas en arrière et leva les ciseaux à hauteur de ses yeux juste au moment où Natalie lui assenait un coup d'appareil photo sur l'occiput. La femme s'effondra mollement sur la chaussée alors que Gentry réussissait péniblement à se redresser. Son flanc et sa main gauches étaient en feu. Un rugissement s'éleva et les phares de l'autobus les clouèrent dans leur éclat. Gentry chercha le Ruger à tâtons, sachant qu'il était quelque part sur le sol. Le bus était à une quinzaine de mètres d'eux et descendait la pente en accélérant.

C'était Natalie qui avait le revolver. Elle laissa tomber son appareil photo, écarta les jambes et, tenant la crosse à deux mains, tira à quatre reprises comme Gentry le lui avait appris.

« Non ! » hurla Gentry alors que la première balle fracassait un phare. La deuxième découpa une étoile dans le pare-brise, à gauche du siège du chauffeur. Les deux autres se perdirent en l'air à cause du recul.

Gentry saisit l'appareil photo et tira Natalie vers le perron de la maison la plus proche alors que le bus fonçait droit sur eux. Il emboutit le perron dans une nuée d'étincelles, ses roues de droite écrasant la femme blonde sans même faire frémir son châssis. Natalie et Gentry se redressèrent tandis que le bus dérapait sur le verglas, pivotait de quatre-vingt-dix degrés et glissait en direction du tunnel. On entendit un hurlement de métal et de bois.

« Vite ! » hoqueta Gentry, et ils coururent vers le talus. Gentry était à moitié plié en deux, serrant son bras gauche contre son flanc.

Un grondement de moteur diesel, un grincement de boîte de vitesse, et la lueur borgne d'un phare balaya les murs du tunnel alors que les roues arrière du bus patinaient, trouvaient une prise, patinaient de nouveau. Une poutre céda dans un grincement tonitruant et le bus émergea du passage au moment où Gentry et Natalie atteignaient le talus et commençaient à gravir son flanc gelé. Un morceau de barbelé s'entortilla autour de la cheville de Gentry et lui fit perdre l'équilibre. L'espace d'une seconde, il se retrouva épinglé par la lueur du phare et découvrit son manteau en lambeaux, le sang qui coulait le long de son bras jusqu'à sa main mâchée. Il regarda par-dessus son épaule au moment où Natalie le saisissait par le bras droit pour l'aider à se relever. « Passe-moi le Ruger », dit-il.

Le bus reculait le long de la rue, prenant son élan.

« Le *revolver.* »

Natalie lui tendit l'arme alors que le chauffeur passait en première. Les deux corps gisant sur la chaussée semblaient totalement aplatis. « Fonce ! » ordonna Gentry. Natalie se retourna et commença à grimper en s'aidant de ses mains. Gentry la suivit. Ils étaient à mi-hauteur du talus lorsqu'ils tombèrent sur la clôture.

Le bus prit de la vitesse, l'écho de ses grondements résonna sur les murs de brique, son phare pointa vers le haut et vint éclairer Gentry et Natalie.

La clôture, invisible depuis la chaussée, était tellement affaissée qu'elle ressemblait à un tapis de grillage en accordéon. Natalie s'était accrochée à un bout de fil de fer. Gentry dégagea la jambe de son pantalon, entendit le tissu se déchirer, et la poussa vers le sommet. Elle fit quatre pas et s'accrocha de nouveau. Gentry se retourna, se campa solidement sur le flanc du talus et leva le Ruger. La longueur du bus était presque égale à la hauteur du talus. Le manteau de Gentry le gênait. Il l'ôta, fit pivoter son torse de quatre-vingt-dix degrés, leva le Ruger avec l'impression qu'il pesait une tonne.

Le bus écrasa à nouveau les corps, changea de vitesse, rebondit assez haut sur le trottoir invisible pour éviter de s'enfoncer dans la base du talus, et commença à grimper.

Gentry baissa légèrement son arme pour compenser la tendance que l'on avait à tirer trop haut dans une telle circonstance. La lumière reflétée par la neige éclaira le chauffeur. C'était une femme vêtue d'un uniforme kaki, aux yeux immenses.

Ils… il… ne la laissera pas vivre, de toute façon, pensa Gentry, et il tira ses deux dernières balles. Deux étoiles apparurent devant le chauffeur, le pare-brise parut se givrer et se pulvériser; Gentry fit volte-face et se mit à courir. Il était à trois mètres de Natalie lorsque le bus le rattrapa, le projetant en l'air comme une poupée jetée par un enfant capricieux. Il se reçut sur le flanc gauche, sentit Natalie tout près de lui, prit appui sur un rail glacé et ouvrit les yeux.

Le bus arriva à moins de deux mètres du sommet du talus, perdit son adhérence, et chassa de l'avant, son phare balayant la nuit comme un projecteur pris de démence. Son pare-chocs arrière heurta la chaussée avec un bruit sourd, définitif, et le long véhicule essaya de se tenir debout sur ses roues arrière, l'avant complètement décollé de la pente, avant de basculer sur la droite. Allait-il se retrouver sur le toit? Non, il retomba sur le côté, ses roues continuant de tourner.

«Ne bouge pas», murmura Natalie, mais Gentry s'efforçait déjà de se relever. Il baissa les yeux et faillit éclater de rire en voyant le Ruger toujours vissé à sa main glacée. Il voulut le mettre dans la poche de son manteau, s'aperçut qu'il ne portait plus ni manteau ni blouson, et le fourra dans son ceinturon.

Natalie l'empêcha de s'effondrer. «Qu'est-ce qu'on fait maintenant?» demanda-t-elle à voix basse.

Gentry essaya de s'éclaircir les idées. « On attend les flics, les pompiers. Une ambulance. » Il savait que ce n'était pas la bonne réponse, mais il était trop épuisé pour trouver mieux.

Des lumières s'étaient allumées un peu partout dans la rue, mais personne n'était sorti des maisons. Gentry resta un long moment appuyé contre Natalie. Il se mit à neiger. Aucune ambulance n'arrivait.

Un bruit sourd s'éleva en contrebas, et une vitre du bus se détacha de son châssis et tomba à terre. Trois ou quatre formes sombres émergèrent du véhicule, rampant sur sa carcasse métallique comme d'énormes araignées noires.

Sans dire un mot, Gentry et Natalie firent demi-tour et clopinèrent le long du ballast. A un moment donné, il tomba sur la voie ferrée et perçut une vibration régulière. Natalie le releva et le força à courir. Des bruits de pas lointains se firent entendre sur le mâchefer derrière eux.

« Là ! hoqueta soudain Natalie. Là. Je sais où on est. »

Gentry ouvrit les yeux et découvrit un bâtiment de deux étages flanqué de terrains vagues. La lumière brillait à une douzaine de fenêtres.

Il trébucha et dégringola en bas du talus. Un objet pointu lui lacéra la jambe droite. Il se releva à grand-peine et aida Natalie à se redresser au moment où un train de banlieue passait au-dessus d'eux dans un grondement.

Il y avait des gens sous la galerie. Des voix aux accents typiques du parler noir leur lancèrent des sommations. Gentry vit deux adolescents armés de fusils de chasse. Il chercha à saisir son Ruger, mais ses doigts refusèrent de se refermer sur la crosse.

Il entendit la voix de Natalie, lointaine, pressante, insistante. Gentry décida de fermer les yeux pendant une seconde ou deux, le temps de retrouver ses forces.

Des bras robustes se refermèrent sur lui lorsqu'il s'effondra.

26.
Germantown,
lundi 29 décembre 1980

Natalie resta toute la journée au chevet de Rob. Il était fiévreux, ne savait pas très bien où il se trouvait et parlait de temps en temps dans son sommeil. Elle était restée étendue à ses côtés pendant la nuit, veillant à ne toucher ni ses côtes bandées ni sa main pansée. A un moment donné, il avait levé sa main valide et lui avait doucement caressé les cheveux.

Marvin Gayle ne s'était guère montré enthousiaste lorsque Gentry et elle étaient apparus sur le seuil de la Community House le dimanche soir.

« Qui c'est, ce gros lard, bébé ? » avait demandé Marvin depuis la plus haute marche du perron. Il était flanqué de Leroy et de Calvin, tous deux armés d'un fusil à canon scié.

« C'est le shérif Rob Gentry », dit Natalie, regrettant aussitôt d'avoir identifié son compagnon comme un représentant de la loi. « Il est blessé.

– Je le vois bien, bébé. Pourquoi tu l'emmènes pas dans un hôpital de Blancs ?

– Il y a quelqu'un qui nous poursuit, Marvin. Laissez-nous entrer. » Natalie savait que si elle arrivait à se faire entendre du jeune chef charismatique, celui-ci lui viendrait en aide. Elle avait passé la majeure partie du week-end au foyer. Elle était là le samedi soir, lorsqu'on avait appris la mort de Lionel et de Monk. A la demande de Marvin, elle avait accompagné la bande pour photographier les corps démembrés. Puis elle s'était isolée dans un coin pour vomir en paix dans le noir. Marvin ne lui avait appris que plus tard que Monk avait sur lui une photographie de Melanie Fuller qu'il était chargé de montrer aux membres auxiliaires de la bande afin de retrouver la trace de la vieille dame. Cette photographie avait disparu. Natalie avait senti sa peau se glacer à cette nouvelle.

Si incroyable que cela parût, ni la police ni les médias ne réagirent aux meurtres. Le seul témoin était George, un gamin de quinze ans qui avait réussi à s'enfuir, et George n'avait parlé à personne excepté aux membres de Soul Brickyard. La bande décida de ne pas ébruiter la chose. Les deux cadavres furent enveloppés dans des rideaux de douche et confiés à un congélateur dans la cave de Louis Taylor. Monk avait vécu en solitaire dans un immeuble condamné de Pastorius Street. Lionel vivait avec sa mère dans Bringhurst Street, mais la vieille femme ne dessoûlait pratiquement jamais et ne remarquerait pas son absence avant plusieurs jours.

«D'abord, on règle son compte au salaud de Blanc qui a fait ça, et ensuite on en parlera aux flics et à la télé, dit Marvin ce samedi soir. Si on leur en parle maintenant, on n'aura plus assez de place pour se *remuer* dans le coin.» La bande avait suivi ses instructions. Natalie était restée auprès d'eux tout l'après-midi du dimanche, répétant à plusieurs reprises sa description édulcorée des pouvoirs de la vieille dame, puis les écoutant élaborer leurs plans de bataille. Ceux-ci étaient simples : retrouver la Fuller et le «monstre blanc» qui l'accompagnait, et les tuer tous les deux.

Le dimanche soir, elle s'était retrouvée devant le foyer, sous la neige qui tombait dru, essayant de soulever la masse d'un Rob à demi conscient et suppliant : «Il y a des gens qui nous poursuivent.»

Marvin avait fait un geste de la main. Louis, Leroy et un troisième membre de la bande que Natalie ne connaissait pas avaient sauté du perron et s'étaient enfoncés dans la nuit. «Qui c'est qui te poursuit, bébé ?

– Je ne sais pas. Des gens.
– Ils sont envoûtés comme le monstre blanc?
– Oui.
– C'est encore un coup de la vieille peau?
– Peut-être. Je ne sais *pas*. Mais Rob est blessé. On nous poursuit. Laissez-nous *entrer*. Je vous en supplie.»

Marvin l'avait regardée de ses magnifiques yeux bleus, puis s'était écarté et leur avait fait signe d'entrer. Ils durent installer Gentry dans la cave, sur un matelas posé à même le sol. Natalie avait insisté pour qu'on appelle un médecin ou une ambulance, mais Marvin avait secoué la tête. «Pas question, bébé. On a planqué deux morts dans le coin et on ne dit rien à personne tant qu'on n'a pas retrouvé la Sorcière Vaudou. Pas question d'alerter les flics à cause de ton copain blessé. On va appeler Jackson.»

Jackson était le demi-frère de George, un homme calme et compétent âgé d'une trentaine d'années, au crâne dégarni, qui avait été médecin militaire au Viêt-nam et avait abandonné ses études de médecine au bout de deux ans et demi. Il arriva avec une sacoche bleue emplie de bandages, de seringues et de drogues diverses. «Deux côtes cassées, dit-il à voix basse après avoir examiné Gentry. Cette plaie est profonde, mais ce n'est pas ça qui lui a brisé les os. Un centimètre plus bas, trois centimètres plus profond, et il serait mort. On lui a mordu la main, à ce que je vois. Peut-être souffre-t-il d'une commotion cérébrale. Impossible d'en mesurer la gravité sans radio. Écartez-vous, s'il vous plaît, et laissez-moi travailler.» Il commença par stopper l'hémorragie, nettoya et pansa les plaies les plus profondes, banda les côtes cassées, et fit une piqûre antitétanique à Gentry pour prévenir toute complication du côté de la morsure qui lui avait presque broyé la main gauche. Puis il brisa une capsule sous le nez du blessé, éveillant celui-ci presque instantanément. «Combien de doigts?
– Trois, dit Gentry. Où suis-je, bon sang?»

Ils parlèrent pendant plusieurs minutes, assez longtemps pour que Jackson écarte l'hypothèse d'un traumatisme crânien, puis Gentry se vit administrer une injection qui le replongea dans le sommeil. «Il s'en tirera, dit Jackson. Je reviendrai le voir demain.

– Pourquoi n'avez-vous pas achevé vos études?» demanda Natalie, rougissant de sa curiosité.

Jackson haussa les épaules. «Trop de conneries. J'ai préféré revenir ici. Réveillez-le toutes les deux heures.»

Dans le coin de cave que Marvin leur avait octroyé, Natalie avait réveillé Gentry toutes les quatre-vingt-dix minutes. Sa montre indiquait 4 : 35 au moment où elle l'avait secoué pour la dernière fois et où il lui avait caressé les cheveux avec tendresse.

«Y a des drôles de types dans le coin», dit Leroy.

Une douzaine de membres de la bande étaient réunis dans la cuisine, assis sur l'évier et autour de la table, ou adossés aux murs et aux placards. Gentry avait dormi jusqu'à deux heures de l'après-midi et s'était réveillé affamé. A quatre heures, lorsque le conseil de guerre s'était réuni, il était toujours en train de grappiller dans les plats chinois qu'un gamin était allé lui chercher. Natalie était la seule femme présente dans la pièce, en dehors de Kara, la petite amie taciturne de Marvin.

«Quel genre de drôles de types?» demanda Gentry, la bouche pleine de porc Moo Shu.

Leroy se tourna vers Marvin, qui hocha la tête, et dit : «Des drôles de types blancs de la *police*. Des flics. Comme toi, mec.

– En uniforme?» Gentry était debout près de l'évier, son torse bandé le faisant paraître plus massif encore.

«Oh que non, dit Leroy. Ils sont en *civil*. Super discrets, les enculés. Pantalons noirs, anoraks, jolis souliers pointus. Ces enfoirés cherchent à *se fondre* dans la foule. Tu parles.

– Où sont-ils?

– Ils sont partout, mec, répondit Marvin. Ils ont planqué une fourgonnette à chaque bout de Bringhurst. Ça fait deux jours qu'il y a un faux camion du téléphone au coin de Greene et de Queen. Douze types dans quatre voitures banalisées entre Church et ici. Tout un paquet au premier étage d'un immeuble qui fait le coin de Queen et de Germantown.

– Combien en tout ? demanda Gentry.

– Environ quarante. Peut-être cinquante.

– Ils font les trois huit ?

– Ouais. Ils se croient invisibles, à rester comme ça devant le lavomatic d'Ashmead. Les seuls culs-blancs de tous le quartier. Aussi réguliers que s'ils pointaient pour l'aciérie de Bethlehem, mec. Y en a un qui ne fait rien à part leur apporter du café.

– C'est la police de Philadelphie ? »

L'adolescent grand et mince nommé Calvin éclata de rire. « Tu rigoles ou quoi ? Les flics du coin, ils sont toujours en tenue quand ils se pointent pour piéger quelqu'un : blousons de cuir, chaussettes blanches, chaussures *orthopédiques*... toute la panoplie.

– Et puis ils sont trop nombreux, dit Marvin. Si tu prends tous les flics de la ville — la mondaine, la crime, les stups et la police des mômes —, ça t'en fait cinquante dans la rue, à tout casser. Ça doit être les stups fédéraux ou quelque chose comme ça.

– Ou le F.B.I. », dit Gentry. Il se frictionna doucement la tempe gauche. Natalie remarqua sa grimace de douleur.

« Ouais. » Le regard de Marvin se fit vague pendant qu'il réfléchissait. « Peut-être. Mais je comprends pas, mec. Pourquoi autant de flics ? J'ai cru qu'ils étaient sur la piste du mec qui a tué Zig, Mohammed et les autres, mais non, ils se foutent bien d'un mec qui s'amuse à tuer des nègres. A moins qu'ils ne recherchent déjà la Sorcière Vaudou et son monstre blanc. C'est ça, bébé ?

– Peut-être, dit Natalie. Mais c'est plus compliqué...

– Comment ça ? »

Gentry se dirigea vers la table, le torse raide. Il posa sa main bandée sur la nappe. « Il y a d'autres... sorciers vaudou. Il y a un homme qui est probablement planqué quelque part en ville. D'autres personnes haut placées ont les mêmes pouvoirs. Ils sont en train de se faire la guerre.

– Oh, le mec, j'adore la façon dont tu parles», dit Leroy, et il répéta la dernière phrase prononcée par Gentry en imitant son accent sudiste.

«Je trouve ton patois tout aussi agréable», grommela Gentry.

Leroy se dressa sur son siège, un rictus féroce aux lèvres. «Qu'est-ce que t'as dit, mec?

– Il t'a dit de fermer ta gueule, Leroy, dit doucement Marvin. Alors tu fermes ta gueule.» Il se tourna vers Gentry. «Okay, shérif, dis-moi une chose... ce type qui se planque dans le coin, c'est un Blanc?

– Ouaip.

– Les autres types qui lui courent après, c'est des Blancs?

– Ouaip.

– Les autres types qui sont sur le coup, c'est des Blancs?

– Hm-hm.

– Ils sont aussi salauds que la Sorcière Vaudou et son monstre blanc?

– Oui.»

Marvin soupira. «Je m'en doutais.» Il plongea une main dans la poche de son blouson kaki, en sortit le Ruger de Gentry et le posa sur la table —*plonk*. «C'est un sacré engin que tu trimbales sur toi, shérif. T'as jamais pensé à y mettre des balles?»

Gentry ne chercha pas à s'emparer du revolver. «J'ai des cartouches de rechange dans ma valise.

– Où est ta valise, mec? Si elle était dans la Pinto, tu peux lui dire *adieu*.

– Marvin est allé chercher ma valise dans la ruelle, dit Natalie. Elle avait disparu. Ainsi que ce qui restait de ta voiture. Et le bus aussi.

– Le bus?» Gentry haussa les sourcils avec tant de

force qu'il grimaça et se prit la tête dans les mains. «Le *bus* a disparu? Combien de temps s'est-il écoulé entre le moment de notre arrivée et celui où vous êtes allés là-bas?

– Six heures, dit Leroy.

– On n'a que la parole de bébé pour nous prouver que vous avez été chassés par le grand méchant bus, dit Marvin. Elle dit que vous avez été obligés de l'abattre. Peut-être qu'il est allé crever sous un buisson, shérif.

– Six heures», répéta Gentry. Il s'appuya contre le réfrigérateur pour se soutenir. «On en a parlé aux nouvelles? Les chaînes nationales en ont sûrement fait mention.

– Non, dit Natalie. Rien à la télé. Même pas un entrefilet dans le *Philadelphia Inquirer*.

– Bon Dieu, dit Gentry. Ils doivent avoir des appuis incroyables pour étouffer aussi vite une pareille affaire. Il y a eu au moins… quatre morts.

– Ouais, mec, et la SEPTA est furax, dit Calvin, évoquant la compagnie de bus de la ville. Je te conseille d'éviter les transports en commun tant que tu es dans le coin. La SEPTA n'aime pas du tout qu'on tue ses autobus.» Calvin rit si fort qu'il faillit tomber de son siège.

«Alors, où est ta valise, mec?» demanda Marvin.

Gentry secoua la tête pour s'éclaircir les idées. «Je l'ai laissée au Chelten Arms, chambre 210. Mais je n'ai payé qu'une nuit. On a dû la consigner à présent.»

Marvin pivota sur son siège. «Taylor, tu bosses dans cette taule. Tu peux entrer dans leur réserve, mec?

– Je veux.» Taylor était un adolescent de dix-sept ou dix-huit ans, au visage maigre et ravagé par l'acné.

«C'est peut-être dangereux, dit Gentry. Peut-être qu'elle n'est plus là, ou peut-être qu'on la surveille.

– Qui ça? Un des flics vaudou? demanda Marvin.

– Entre autres.

– Taylor», dit Marvin. C'était un ordre. L'adolescent eut un large sourire, descendit de l'évier et s'en fut.

«On a d'autres trucs à discuter, reprit Marvin. Les Blancs peuvent quitter les lieux.»

Natalie et Gentry, debout sur la petite galerie située derrière le foyer, regardaient la lumière hivernale s'assombrir à l'approche de la nuit. Le paysage n'avait rien de folichon : un vaste terrain vague empli de tas de briques cassées recouverts de neige et l'arrière de deux immeubles condamnés. La lueur des lampes à pétrole filtrant à travers un certain nombre de fenêtres sales trahissait la présence de squatters. Il faisait très froid. A un demi-pâté de maisons de là, les flocons voletaient à la lumière des rares réverbères encore intacts.

« On reste ici, alors ? » demanda Natalie.

Gentry se tourna vers elle. Il avait endossé une vieille couverture en guise de manteau et seule sa tête était visible. « Dans l'immédiat, cet endroit en vaut bien un autre. Nous ne sommes pas exactement entre amis, mais au moins avons-nous un ennemi commun.

– Marvin Gayle est intelligent.

– Foutrement intelligent, renchérit Gentry.

– A ton avis, pourquoi gâche-t-il sa vie avec cette bande ? »

Gentry plissa les yeux et contempla le crépuscule crasseux. « Quand j'étais à la fac de Chicago, j'ai un peu bossé avec des bandes de jeunes. Certains de leurs chefs étaient des connards — l'un d'eux était carrément psychopathe —, mais la plupart d'entre eux n'étaient pas des imbéciles. Si tu places une personnalité alpha dans un espace clos, elle se hissera au sommet du groupe social où la compétition est la plus acharnée. Dans un contexte comme celui-ci, ce groupe n'est autre que le gang du quartier.

– Qu'est-ce qu'une personnalité alpha ? »

Gentry se mit à rire, mais s'arrêta aussitôt et se palpa les côtes. « Quand les spécialistes du comportement animal étudient un groupe donné, ils appellent mâle alpha le bélier, le moineau ou le loup qui domine tous les autres. Comme je ne suis pas sexiste, je préfère raisonner en termes de personnalité. Il m'arrive parfois de penser que la discrimination raciale et autres conneries de la vie sociale engendrent un nombre peu ordinaire de personnalités alpha. Peut-être est-ce une sorte de sélection naturelle par laquelle les groupes ethniques et culturels trouvent leur juste place dans une société injuste.»

Natalie s'approcha de lui et lui caressa le bras à travers l'épaisseur de la couverture. «Tu sais, Rob, pour un shérif un peu plouc, tu as des idées vraiment intéressantes.»

Gentry baissa les yeux. «Ça n'a rien de terriblement original. Saul Laski développe une théorie similaire dans son livre *Pathologie de la violence*. Il expose la façon dont les sociétés opprimées ont tendance à produire des guerriers puissants lorsque la survie de leur nation ou de leur culture est en jeu... des sortes de personnalités alpha spécialisées. Même Hitler répond à cette description, d'une façon un peu perverse, je l'admets.»

Un flocon de neige atterrit sur la paupière de Natalie. Elle le chassa d'un clignement d'œil. «Crois-tu que Saul soit encore en vie?

– La logique suggère le contraire.» Gentry avait raconté les événements des derniers jours à Natalie après s'être réveillé cet après-midi-là. Il resserra la couverture autour de lui et posa sa main bandée sur la balustrade délabrée. «Quoique..., je ne sais pas pourquoi, mais j'ai l'impression qu'il est encore en vie. Quelque part.

– Et quelqu'un l'a capturé?

– Ouais. A moins qu'il n'ait réussi à disparaître de la circulation. Mais il nous aurait prévenus dans ce cas.

– Comment? Quelqu'un a effacé certains des messages que nous avions laissés sur ton répondeur. Comment Saul aurait-il pu nous joindre? Surtout s'il est en fuite?

– Bien raisonné.» Natalie frissonna. Gentry se serra contre elle et l'enveloppa dans sa couverture. «Tu penses à ce qui t'est arrivé hier?»

Elle acquiesça. Chaque fois qu'elle commençait à se sentir en sécurité, une partie d'elle-même se rappelait les sensations qu'elle avait éprouvées lorsque la conscience d'Anthony Harod avait pénétré son esprit, et tout son corps tremblait comme au souvenir d'un viol brutal. Mais ce qu'elle avait subi était-il autre chose ?

« C'est fini, dit Gentry. Ils ne t'auront plus.

– Mais ils sont toujours là, murmura Natalie.

– Oui. Raison de plus pour ne pas tenter de quitter Philadelphie cette nuit.

– Et tu penses toujours que ce n'est pas... Harod... qui a envoyé le bus... qui les a envoyés à nos trousses ?

– Je ne vois pas comment il aurait pu faire. Il était complètement dans le cirage quand on a quitté l'hôtel. Il a pu revenir à lui dix minutes plus tard, mais il n'était sûrement pas en état de faire un numéro de gymnastique mentale. De plus, tu as eu l'impression qu'il n'utilisait son... pouvoir vaudou... que sur les femmes, n'est-ce pas ce que tu m'as dit ?

– Oui, mais ce n'est qu'une *impression* que j'ai eue quand il... quand il était...

– Fie-toi à cette impression. Celui ou celle qui a lâché ces types à nos trousses hier soir utilisait aussi des hommes.

– Si ce n'était pas cet Anthony Harod, alors *qui* était-ce ? » Il faisait noir à présent. Une sirène hurla quelque part en ville. Les réverbères, les fenêtres faiblement éclairées, le reflet des lampes au mercure sur les nuages bas, tout cela paraissait irréel à Natalie, comme si la lumière n'avait pas eu droit de cité dans ces cañons de brique sale, de métal rouillé et de ténèbres.

« Je n'en sais rien. Mais je sais que notre boulot est de nous accrocher et de survivre. Le seul point positif dans ce qui est arrivé hier, j'en suis presque sûr maintenant que j'y réfléchis, c'est que ceux qui en avaient après nous voulaient nous *garder* ici mais ne voulaient pas nous tuer... ou du moins, ne voulaient pas *te* tuer. »

Natalie le regarda bouche bée. « Comment peux-tu

dire une chose pareille ? Pense à tout ce qu'ils ont fait ! Le bus… ces gens… pense à ce qu'ils t'ont fait.

– Ouaip, mais ils auraient pu parvenir au même résultat de façon beaucoup plus simple

– Comment ? » Natalie sut ce que Rob allait lui répondre au moment même où elle posait cette question.

« S'ils nous poursuivaient, ça veut dire qu'ils nous voyaient, et par conséquent qu'ils pouvaient nous contrôler physiquement. Je n'ai pas lâché mon revolver un seul instant. Ils auraient pu me forcer à te tirer dessus et à me tirer ensuite une balle dans la tempe. »

Natalie frissonna sous la couverture. Gentry lui passa un bras autour des épaules. « Donc, à ton avis, dit-elle, ils n'essayaient pas vraiment de nous tuer ?

– C'est une possibilité. »

Natalie sentit qu'il ne souhaitait pas achever sa pensée. « Quelle est l'autre possibilité ? » le relança-t-elle.

Gentry plissa les lèvres, puis eut un sourire penaud. « L'autre possibilité — et elle colle avec les faits, elle aussi —, c'est qu'ils sont tellement sûrs de nous tenir qu'ils se permettent de jouer un peu avec nous. »

Natalie sursauta lorsque la porte s'ouvrit brusquement derrière eux. C'était Leroy. « Hé, Marvin veut vous voir, tous les deux. Taylor est revenu et il a ramené ta valise, mec. Louis est revenu et il a de bonnes nouvelles. Lui, George et les autres, ils ont trouvé la cachette de la Sorcière Vaudou, ils ont attendu qu'elle dorme et il l'ont eue, mec. Et le monstre blanc aussi. »

Le cœur de Natalie se mit à battre la chamade. « Que voulez-vous dire, ils l'ont eue ? »

Leroy les regarda avec un large sourire. « Ils les ont *tués*, je te dis. Louis a tranché la gorge de la vieille Sorcière pendant qu'elle dormait. George et Setch, ils ont attaqué le monstre au couteau. Ils l'ont poignardé douze fois, mec. Ils l'ont découpé en morceaux, mec. Ce salaud n'emmerdera plus la bande de Soul Brickyard. »

Natalie et Gentry échangèrent un regard, puis suivirent Leroy dans la maison emplie de bruits de fête.

Louis Solarz était un adolescent massif, à la peau café crème et aux yeux vifs. Il était assis à la table de la cuisine tandis que Kara, aidée d'une autre jeune femme, nettoyait et pansait sa gorge. Sa chemise jaune était tachée de sang.

«Qu'est-ce qui t'est arrivé, mec?» demanda Marvin, qui venait tout juste de descendre. «Je croyais que c'était *toi* qui lui avais tranché la gorge.»

Louis hocha la tête d'un air excité, tenta de parler, ne réussit qu'à croasser, et reprit la parole, murmurant d'une voix rauque : «Ouais. Je lui ai tranché la gorge. C'est le monstre blanc qui m'a fait ça avant qu'on lui règle son compte.» Kara lui tapa sur la main pour l'empêcher de se toucher la gorge, puis lui appliqua un pansement.

Marvin s'assit sur la table. «Je pige pas, mec. Tu dis que t'as eu la Sorcière Vaudou pendant qu'elle dormait, mais que ce salaud de Blanc a eu le temps de te blesser. Où sont passés George et Setch?

– Ils sont toujours là-bas, mec.

– Ils n'ont rien?

– Non, ils n'ont rien. George voulait couper la tête du monstre blanc, mais Setch lui a dit d'attendre.

– D'attendre quoi? demanda Marvin.

– D'attendre que tu sois là, mec.»

Natalie et Gentry se tenaient en retrait. Elle lança un regard interrogateur à Rob. Il haussa les épaules sous sa couverture.

Marvin croisa les bras et soupira. «Okay, raconte-moi tout, Louis. Depuis le début.»

Louis toucha sa gorge bandée. «Ça fait *mal*.

– Raconte, ordonna sèchement Marvin.

– D'accord, d'accord. George, Setch et moi, on interrogeait les gens dans la rue, comme tu nous l'avais demandé, et on s'est dit qu'on en avait marre, personne n'avait rien vu, tu vois? Et on était dans Germantown Avenue quand elle est sortie du magasin qui est au coin de Wister.

– Chez Sam ? dit Calvin.

– Ouais, c'est ça, fit Louis avec un large sourire. C'était la Sorcière Vaudou en personne.

– Vous l'avez reconnue grâce à ma photo ? » demanda Natalie. Tout le monde se tourna vers elle et Louis lui lança un long regard étrange. Natalie se demanda si les femmes n'étaient pas censées se taire pendant un conseil de guerre. Elle s'éclaircit la gorge et répéta : « Est-ce que ma photo vous a aidés ?

– Ouais, un peu, murmura Louis. Mais le monstre blanc était avec elle.

– Tu es sûr que c'était *lui* ? demanda Leroy.

– Ouais, ouais, dit Louis. Et George l'avait déjà vu, rappelle-toi. Un type maigre. Des cheveux longs et graisseux. Des yeux bizarres. Tu crois qu'il y a beaucoup de types comme ça qui se promènent dans la rue avec une vieille dame ? »

Les vingt-cinq personnes présentes s'esclaffèrent. Natalie interpréta ce rire comme une manifestation de soulagement après une trop longue période d'angoisse.

« Continue, dit Marvin.

– On les a suivis, mec. Ils sont entrés dans une vieille baraque. On les suit. Setch dit : "On y va", mais moi je dis : "Jetons d'abord un coup d'œil." George monte en haut d'un arbre près de la maison et voit la Sorcière Vaudou qui dormait. Alors je dis : "On y va". Setch dit d'accord, il crochette la serrure et on entre.

– Où est la maison ? demanda Marvin.

– Je te montrerai, mec.

– *Dis*-le-moi », ordonna Marvin, et il saisit Louis par le col de sa chemise.

L'autre gémit et se protégea la gorge. « Elle est dans Queen Lane, mec. Pas loin de l'Avenue. Je te montrerai, mec. Setch et George attendent là-bas.

– Finis ton histoire, dit doucement Marvin.

– On est entrés en douce. Il n'était que quatre heures, tu vois ? Mais la Sorcière Vaudou, elle dormait en haut, dans une pièce pleine de poupées…

– De poupées ?

– Ouais, comme dans une chambre de gosse, tu vois ? Mais elle était pas vraiment endormie, on aurait dit qu'elle avait pris trop de came, tu vois ?

– Elle était en transe », dit Natalie.

Louis se tourna vers elle. « Ouais. Quelque chose comme ça.

– Et ensuite ? » dit Gentry.

Louis regarda l'assemblée, un large sourire aux lèvres. « Ensuite, je lui ai coupé la gorge, mec.

– Elle est morte ? » demanda Leroy.

Le sourire de Louis s'élargit encore. « Oh oui. Elle est *morte*.

– Et le monstre blanc ? demanda Marvin.

– Setch, George et moi, on l'a trouvé dans la cuisine. Il était en train d'aiguiser sa grande lame recourbée.

– La faux ? dit Natalie.

– Ouais. Et il avait un couteau, tu vois ? C'est comme ça qu'il m'a eu, quand on le lui a enlevé. Ensuite, Setch et George lui ont fait son affaire en beauté. Ils lui ont tranché la gorge, mec.

– Il est mort ?

– Ouais.

– Tu en es sûr ?

– Foutre oui. Tu crois qu'on sait pas dire quand un mec est mort, mec ? »

Marvin regarda fixement Louis. Il y avait une étrange lueur dans ses superbes yeux bleus. « Cet enfoiré de Blanc a tué cinq de nos frères, Louis. Il a tué Mohammed, qui était costaud et méchant. Comment toi, Setch et le petit George, vous êtes arrivés à avoir la peau de cet enfoiré ? »

Louis haussa les épaules. « Je sais pas, mec. C'était plus un monstre après la mort de la Sorcière. Rien qu'un gamin blanc tout maigre. Il pleurait quand Setch lui a tranché la gorge. »

Marvin secoua la tête. « Je pige pas, mec. Ça a l'air trop facile. Et les flics ? »

Louis le regarda sans comprendre. «Hé, mec, dit-il finalement. Setch m'a dit de te ramener tout de suite. Tu veux aller les voir, oui ou non?

– Ouais, dit Marvin. Ouais.»

«Tu n'y vas pas, dit Gentry.

– Comment ça, je n'y vais pas? protesta Natalie. Marvin veut que je prenne des photos.

– Je me contrefous de ce que veut Marvin. Tu restes ici.»

Ils se trouvaient dans une pièce du premier étage. Toute la bande était au rez-de-chaussée. Gentry avait monté sa valise et était en train d'enfiler un pull-over et un pantalon de velours. Natalie vit que le sang avait coulé sous ses bandages, au-dessus de ses côtes. «Tu es blessé. Tu ne devrais pas y aller, toi non plus.

– Je dois m'assurer que la Fuller est bien morte.

– Je veux voir, moi aussi…

– Non.» Gentry enfila un gilet matelassé par-dessus son pull et se tourna vers elle. «Natalie…» Il leva une de ses grosses pattes et lui caressa doucement la joue. «Je t'en prie. Je… je tiens beaucoup à toi.»

Natalie se pressa doucement contre lui, veillant à ne pas toucher ses blessures. Elle leva son visage vers lui et l'embrassa. Puis, nichant son visage dans la laine de son pull, elle murmura : «Je tiens beaucoup à toi, moi aussi, Rob.

– D'accord. Je reviendrai dès que j'aurai vu ce qui s'est passé.

– Mais les photos…

– Je prends ton Nikon, d'accord?

– Entendu, mais ça ne me plaît pas de…

– Écoute, dit Gentry de sa voix la plus traînante, ce Marvin n'est pas la moitié d'un con. Il ne va prendre aucun risque.

– Ne prends pas de risques, toi.

– Non, m'dame. Il faut que j'y aille.» Il l'attira contre lui pour lui donner un long baiser passionné, et Natalie, oubliant ses côtes, l'étreignit de toutes ses forces.

Natalie observa le départ de l'expédition depuis une fenêtre du premier étage. Elle réunissait Louis, Marvin, Leroy, la grande perche nommée Calvin, Trout, un membre plus âgé au visage renfrogné, des jumeaux dont Natalie ignorait l'identité, et Jackson. L'ex-médecin militaire était arrivé alors que le groupe se préparait au départ. Tous ses membres étaient armés, excepté Louis, Gentry et Jackson. Calvin et Leroy dissimulaient un fusil à canon scié sous leur manteau, Trout portait une 22 long rifle, et chacun des jumeaux disposait d'un petit pistolet bon marché que Rob appelait un *Saturday Night Special*[1]. Gentry avait demandé à Marvin qu'il lui rende son Ruger, mais le chef de bande avait éclaté de rire, achevé de charger le gros calibre, et l'avait glissé dans la poche de son blouson kaki. Au moment du départ, Gentry leva les yeux vers Natalie et agita le Nikon pour lui dire au revoir.

Natalie s'assit sur le matelas et lutta contre une soudaine envie de pleurer. Elle passa en revue toutes les éventualités possibles et imaginables.

Si Melanie Fuller était morte, peut-être pourraient-ils quitter la ville. *Peut-être*. Mais qu'allaient faire les autorités dont Rob avait parlé ? Et l'Oberst ?

Et Anthony Harod ? Natalie sentit un goût de bile dans sa bouche lorsqu'elle repensa à ce salopard aux yeux de lézard. Elle avait perçu la haine et la crainte que lui inspiraient les femmes durant les quelques minutes qu'elle avait passées sous son contrôle, et ce souvenir lui soulevait le cœur. Elle regretta de ne pas lui avoir défoncé la tête quand elle en avait eu l'occasion.

Un bruit dans l'escalier la fit sursauter.

Quelqu'un émergeait de la pénombre qui régnait sur le palier. Le premier étage était désert. Taylor était resté

---

1. Ainsi nommé parce qu'il s'agit de l'arme préférée des petits braqueurs du samedi soir. *(N.d.T.)*

pour monter la garde, les autres membres de la bande étaient allés alerter leurs camarades, et Natalie entendait des rires au rez-de-chaussée. L'intrus s'avança vers la lumière d'un pas hésitant et Natalie aperçut une main blanche, un visage pâle.

Elle jeta un rapide regard autour d'elle. Il ne restait plus aucune arme à l'étage. Elle se précipita vers la table de billard, brillamment éclairée par l'unique ampoule de la pièce, et saisit une queue, la soupesant pour déterminer l'emplacement de son centre de gravité. Elle l'agrippa des deux mains et dit : « Qui va là ?

– Ce n'est que moi. » Bill Woods, le prêtre qui dirigeait théoriquement le foyer, s'avança dans la lumière. « Excusez-moi si je vous ai fait peur. »

Natalie se détendit sans lâcher son arme improvisée. « Je croyais que vous étiez parti. »

Le prêtre se pencha sur la table et joua avec une boule blanche. « Oh, je n'ai cessé d'aller et venir durant tout l'après-midi. Savez-vous où sont partis Marvin et tous les autres ?

– Non. »

Woods secoua la tête et ajusta ses lunettes aux verres épais. « C'est vraiment quelque chose d'affreux, la discrimination et l'exploitation dont ces enfants sont victimes. Saviez-vous que le taux de chômage dépasse quatre-vingt-dix pour cent chez les adolescents noirs de ce quartier ?

– Non. » Natalie avait fait le tour de la table pour s'éloigner de cet homme au regard intense, mais il ne semblait animé que du désir de communiquer.

« C'est pourtant comme ça. Les magasins de Germantown Avenue appartiennent presque exclusivement à des Blancs. En majorité des Juifs. Ils ne vivent plus dans le quartier, mais ils continuent d'en contrôler les activités commerciales. C'est toujours la même histoire.

– Que voulez-vous dire ? » Natalie se demanda si Rob et les autres étaient arrivés à destination. Si la morte n'était pas Melanie Fuller, qu'allait faire Rob ?

«Les Juifs», articula Woods. Il se percha au bord de la table de billard et tira sur les plis de son pantalon. Il caressa sa petite moustache, un vague trait noir pareil à une chenille s'agitant au-dessus de ses lèvres. «L'histoire nous apprend que les Juifs ont souvent exploité les minorités pauvres d'Amérique. Vous êtes noire, Miss Preston. Vous devez savoir de quoi je parle.

– Je ne comprends rien à ce que vous racontez», dit Natalie, au moment précis où une explosion secouait la façade du bâtiment.

«Grand Dieu!» s'écria Woods tandis que Natalie se précipitait à la fenêtre.

Deux automobiles abandonnées au bord du trottoir étaient en train de brûler. Des flammes hautes de dix mètres illuminaient les terrains vagues et les maisons désaffectées jusqu'au talus de la voie ferrée. Une douzaine de jeunes Noirs se précipitaient dehors en criant et en brandissant leurs fusils.

«Je ferais mieux de retourner au presbytère pour appeler les pompiers, dit Woods. Le téléphone du foyer ne marchait pas quand j'ai voulu...»

Natalie se retourna pour voir pourquoi le prêtre s'était interrompu. Woods avait les yeux fixés sur un nouveau venu qui se tenait en haut de l'escalier, à la lisière de la zone éclairée.

Il était jeune et mince, presque cadavérique, vêtu d'un blouson kaki souillé et déchiré. Ses joues creuses émettaient une lueur blanche, et ses longs cheveux emmêlés pendaient sur des yeux si profondément enfoncés dans leurs orbites qu'ils ressemblaient à des braises plantées dans un crâne de chair. Sa bouche était grande ouverte, et Natalie vit un moignon de langue s'y agiter tel un ver mutilé dans son trou. Il tenait dans ses mains une faux plus grande que lui, et lorsqu'il s'avança d'un pas, son ombre haute de trois mètres bondit sur le plâtre taché du mur.

«Vous n'avez rien à faire ici», commença le révérend Bill Woods. La faux siffla en achevant sa course. Des lambeaux de chair et de vertèbres reliaient encore la tête de Woods à son torse lorsque celui-ci s'effondra sur la table de billard. On entendit un battement sourd et un flot de sang jaillit sur le feutre vert, coulant vers la blouse la plus proche. D'un coup sec, la créature aux cheveux longs, toujours muette, dégagea la lame du cadavre et se tourna vers Natalie.

Alors même que Woods prononçait ses dernières et absurdes paroles, Natalie avait fracassé la fenêtre avec sa queue de billard. Toutes les ouvertures vitrées de l'immeuble étaient protégées par des barreaux métalliques. Elle hurla de toutes ses forces, surprise par l'hystérie qui perçait dans sa voix, puis se ressaisit. Le grondement des flammes et les cris des témoins étouffaient ses hurlements. Personne ne leva les yeux vers elle.

Natalie saisit la queue de billard par son extrémité et courut vers la table. La créature à la faux fit un pas vers sa gauche ; Natalie obliqua à droite, passa de l'autre côté de la table et jeta un regard vers l'escalier. Elle ne pourrait jamais y arriver à temps. Ses jambes se mirent à trembler, menaçant de la trahir. Natalie hurla, appela au secours, agita la lourde queue, sentant l'adrénaline envahir peu à peu son organisme. Le cauchemar ambulant fit un pas chassé sur sa droite. Natalie se déplaça, toujours de l'autre côté de la table, s'approchant un peu plus de l'escalier. La créature leva sa faux, fracassant l'abat-jour de la lampe qui se mit à osciller au bout de son fil.

Natalie entendit un bruit d'eau qui coulait. Elle baissa les yeux et se rendit compte que le sang jaillissait toujours du cou du cadavre couché sur la table. L'hémorragie cessa au moment où ses yeux tombaient dessus. La lampe projetait sur le mur des ombres fabuleuses et altérait les couleurs du feutre et du sang, le rouge et le vert virant au gris et au noir à chacune de ses oscillations. Natalie hurla lorsque la créature bondit, volant littéralement au-dessus de la table, et fit décrire un demi-cercle meurtrier à la lame de sa faux.

Elle se baissa vivement, pointant la queue de billard comme une lance, et sentit son extrémité s'enfoncer dans le blouson du monstre alors même qu'il s'effondrait sur elle. Le manche de la queue heurta le sol lorsque Natalie tomba à genoux, et fit office de levier, projetant le monstre au-dessus d'elle.

Il atterrit sur le dos avec un bruit sourd et, sans attendre de se relever, visa les jambes de Natalie, faisant résonner la lame de la faux sur le plancher. Natalie fit un bond pour esquiver le coup et se précipita vers l'escalier au moment où le monstre se remettait sur pied.

Elle lança la queue de billard dans sa direction, atteignit sa cible, mais ne prit pas le temps de voir ce qui en résultait. Natalie descendit les marches quatre à quatre. Un bruit de pas pesant résonna derrière elle.

Elle fit irruption dans l'entrée, rebondit sur Kara près de la porte de la cuisine, continua de courir.

« Où tu vas comme ça ? demanda Kara.

– Ne reste pas là ! »

La lame de la faux surgit sur le seuil de la cuisine et se planta entre les deux yeux de Kara. La belle jeune femme s'effondra sans un bruit, sa tête heurtant le pied du fourneau. Natalie ouvrit la porte de derrière d'un coup de pied, sauta par-dessus la balustrade, atterrit sur le sol gelé un mètre plus bas, roula sur elle-même, et se mit à courir avant d'entendre la porte se rouvrir derrière elle.

Fendant l'air glacé, elle traversa la désolation qui s'étendait derrière le foyer, s'engagea dans une ruelle plongée dans les ténèbres, traversa une rue éclairée, plongea dans une autre ruelle. Derrière elle, le bruit de pas se rapprochait. Elle entendit un souffle court, un halètement bestial.

Natalie baissa la tête et accéléra.

27.
Germantown, dimanche 28 décembre 1980

Tony Harod n'avait qu'à moitié conscience de ce que disaient Colben et Kepler tandis qu'ils le ramenaient au Chestnut Hills Inn en fin de soirée. Harod était affalé sur la banquette arrière de la voiture, une compresse glacée sur la tête. Sa concentration fluctuait au rythme des vagues de douleur qui déferlaient dans son crâne et sa nuque. Il ne savait pas exactement pourquoi Joseph Kepler était ici, ni d'où il sortait.

« Du travail salopé, à mon avis, commenta Kepler.

– Ouais, approuva Colben, mais ne me dites pas que ça ne vous a pas plu. Vous avez vu la tête des passagers du bus quand le chauffeur a foncé ? » Colben eut un rire bizarrement enfantin.

« Et maintenant, vous avez trois morts, cinq blessés et un bus démoli sur les bras.

– Haines va s'en occuper, dit Colben. Pas de problème. On nous a donné carte blanche en haut lieu, rappelez-vous.

– Ça m'étonnerait que Barent soit ravi d'apprendre ce qui s'est passé.

– Que Barent aille se faire foutre. »

Harod gémit et ouvrit les yeux. Il faisait noir, les rues étaient presque désertes. A chaque cahot de la voiture sur un pavé ou un rail de tramway, des élancements douloureux lui taraudaient la nuque. Il commença à parler, mais sa langue lui donna l'impression d'être trop épaisse et trop engourdie pour fonctionner. Il décida de refermer les yeux.

«… plus important était qu'ils ne quittent pas la zone de sécurité, disait Colben.

– Et si nous n'avions pas été là en renfort ?

– Nous *étions* là. Vous pensez que j'irais confier une tâche importante à ce *connard*, là derrière ? »

Harod garda les yeux fermés et se demanda de qui ils parlaient.

Il entendit à nouveau la voix de Kepler. « Vous êtes sûrs que ces deux-là sont manipulés par le vieux ?

– Par Willi Borden ? dit Colben. Non, mais nous en sommes sûrs pour le Juif. Et nous sommes sûrs que ces deux-là étaient en liaison avec le Juif. Barent pense que le Boche ne cherchait pas seulement à démolir Trask.

– Pourquoi Borden s'en est-il pris à Trask, au fait ? »

Colben éclata de rire une nouvelle fois. « Ce vieux Nieman avait envoyé quelques plombiers en Allemagne avec mission d'éliminer Borden. Ils ont fini dans des sacs à viande et vous avez vu ce qui est arrivé à Trask.

– Et pourquoi Borden est-il ici ? Pour régler son compte à la vieille ?

– Qui diable le saurait ? Tous ces vieux schnocks sont fous à lier.

– Vous savez où est Borden en ce moment ?

– Vous croyez qu'on serait en train de courir dans tous les coins comme ça si on le savait ? Selon Barent, la mère Fuller est notre meilleur appât, mais je commence à en avoir marre d'attendre qu'il se passe quelque chose. C'est foutrement difficile de garder la crime et les flics du coin à distance.

– Surtout quand on se sert des bus de la ville comme vous le faites.

– Comme *nous* le faisons », rectifia Colben, et les deux hommes éclatèrent de rire.

Maria Chen leva un regard surpris lorsque Colben et un homme qui lui était inconnu ramenèrent Tony Harod dans le salon de la suite. « Votre patron a eu les yeux plus grands que le ventre », dit Colben en lâchant le bras de Harod, qui s'effondra sur le canapé.

Harod essaya de se redresser sur le bord de son siège, vacilla et replongea dans les coussins.

« Que s'est-il passé ? demanda Maria Chen.

– Ce cher Tony s'est fait surprendre par un petit ami jaloux dans la chambre d'une dame, s'esclaffa Colben.

– Un médecin l'a examiné au centre de contrôle, dit l'inconnu qui ressemblait un peu à Charlton Heston. A son avis, ce n'est rien de très grave, juste une légère commotion.

– Il faut qu'on retourne là-bas, dit Colben. Maintenant que votre Mr. Harod a semé le bordel dans notre opération, ça va être la panique chez les nègres. » Il désigna Maria Chen du doigt. « Veillez à ce qu'il soit au centre de contrôle demain matin à dix heures. Pigé ? »

Maria Chen ne prononça pas un mot, son visage demeura impénétrable. Colben eut un grognement qui exprimait peut-être la satisfaction et les deux hommes repartirent.

Harod ne perçut que des bribes de cette soirée ; il se rappela distinctement avoir vomi à plusieurs reprises dans la petite salle de bains carrelée, se rappela que Maria Chen l'avait déshabillé avec tendresse, et se souvint du contact rafraîchissant des draps sur sa peau. On lui appliqua des compresses froides sur le front durant toute la nuit. Il se réveilla une seule fois pour découvrir Maria Chen allongée à ses côtés, sa peau brune ponctuée d'un slip et d'un soutien-gorge blancs. Il tendit une main vers elle, se sentit pris de vertige et ferma les yeux durant quelques secondes.

Harod se réveilla à sept heures du matin avec une des pires migraines de son existence. Il tendit la main vers Maria Chen, ne trouva personne et s'assit en gémissant. Il était perché au bord du lit et se demandait dans quel motel de Sunset Strip il se trouvait lorsqu'il se rappela ce qui s'était passé. « Oh, bon Dieu », lâcha-t-il.

Il lui fallut trois quarts d'heure pour se doucher et se raser. Il était convaincu que le moindre mouvement brusque de sa part ferait tomber sa tête par terre, et il n'avait aucune envie de ramper à quatre pattes dans les ténèbres pour la retrouver.

Maria Chen entra à grand bruit alors que Harod se dirigeait péniblement vers le canapé, vêtu de son peignoir orange.

«Bonjour, dit-elle.

– Tu parles!

– Il fait un temps superbe.

– Rien à foutre.

– J'ai rapporté de quoi petit déjeuner de la cafétéria. Ça vous dirait de manger quelque chose?

– Et vous, ça vous dirait de fermer votre gueule?»

Maria Chen sourit et posa les deux sachets blancs qu'elle portait sur la tablette installée à l'autre bout de la pièce. Elle fouilla son sac à main et en sortit le browning.

«Écoutez-moi, Tony. Je vais vous suggérer une nouvelle fois de prendre votre petit déjeuner avec moi. Si vous me répondez encore par une grossièreté... ou si vous continuez à vous montrer aussi grognon... je vide le chargeur de ce pistolet sur le réfrigérateur. Je ne pense pas que le vacarme qui en résultera soit de nature à améliorer l'état de santé fort précaire qui est le vôtre en ce moment.»

Harod la fixa du regard. «Vous n'oseriez pas.»

Maria Chen arma le pistolet, le braqua sur le réfrigérateur, et détourna la tête, les yeux à demi fermés.

«Attendez! fit Harod.

– Aimeriez-vous prendre votre petit déjeuner avec moi?»

Harod porta les deux mains à ses tempes et les frictionna. «J'en serais ravi», dit-il finalement.

Maria avait rapporté quatre gobelets en plastique protégés par un couvercle; quand ils eurent fini les œufs, le bacon et les steaks hachés, ils burent une seconde dose de café.

«Je donnerais dix mille dollars pour savoir qui m'a assommé», dit Harod.

Maria Chen lui présenta son chéquier et le stylo Cross avec lequel il signait ses contrats. «Il s'agit du shérif Bobby Joe Gentry. Il vient de Charleston. Barent pense qu'il est ici à la recherche de la fille, que la fille est à la recherche de Melanie Fuller, et qu'ils ont tous quelque chose à voir avec Willi.»

Harod reposa son gobelet et épongea le café renversé avec le pan de son peignoir. «Comment diable savez-vous *ça*?

– C'est Joseph qui me l'a dit.

– Qui est Joseph, *bordel*?

– Ah-ha, dit Maria Chen en désignant le réfrigérateur.

– Qui est Joseph?

– Joseph Kepler.

– Kepler. J'ai cru rêver qu'il était ici. Qu'est-ce que Kepler fiche ici, nom de Dieu?

– Mr. Barent l'a envoyé ici hier. Mr. Colben et lui se trouvaient devant l'hôtel lorsque les hommes de Haines leur ont signalé par radio que le shérif et la fille s'enfuyaient. Mr. Barent ne souhaitait pas qu'ils s'en aillent. C'est Mr. Colben qui a été le premier à Utiliser le bus.

– Le quoi?»

Maria Chen lui expliqua ce qui s'était passé.

«Bordel, c'est fantastique», dit Harod. Il ferma les yeux et se massa lentement le cuir chevelu. «Ce connard de flic m'a laissé une bosse aussi grosse que l'ego de Warren Beatty. Avec quoi il m'a tapé dessus?

– Avec son poing.

– Sans déconner!

– Sans déconner.»

Harod ouvrit les yeux. «Et c'est J.P. Kepler, cette hémorroïde inflammable, qui vous a raconté tout ça? Vous avez couché avec lui ou quoi?

– Joseph et moi avons fait du jogging ensemble ce matin.

– Il loge ici ?
– Chambre 1010. Juste à côté de Haines et de Mr. Colben. »

Harod se leva, retrouva l'équilibre qu'il avait failli perdre, et se dirigea d'un pas hésitant vers la salle de bains.

« Mr. Colben souhaite que vous soyez au centre de contrôle à dix heures », dit Maria Chen.

Harod sourit, vint récupérer l'automatique et répondit : « Dites-lui d'aller se faire mettre. »

Le téléphone se mit à sonner à 10 h 13. A 10 h 15 et 30 secondes, Tony Harod se redressa et attrapa le combiné. « Ouais ?

– Harod, rappliquez ici, nom de Dieu.
– C'est vous, Chuck ?
– Ouais.
– Allez vous faire mettre, Chuck. »

Maria Chen décrocha lorsque le téléphone sonna de nouveau dans la soirée. Harod venait de finir de s'habiller pour aller dîner.

« Je crois que c'est pour vous, Tony. »

Harod saisit le combiné. « Ouais, qu'est-ce qu'il y a ?

– Je pense que vous devriez voir ça, dit Kepler.
– Quoi donc ?
– Le shérif avec qui vous avez fait un tour de danse hier se balade dans les rues.
– Ah ouais, où ça ?
– Venez au centre de contrôle et on vous montrera.
– Vous pouvez m'envoyer une voiture ?
– Un des agents en poste au motel va vous conduire.
– Okay. Écoutez, ne laissez pas filer ce trouduc. J'ai un compte à régler avec lui.
– Alors, vous avez intérêt à vous presser », dit Kepler.

Il faisait sombre et la neige tombait à gros flocons lorsque Harod entra dans la minuscule salle de contrôle. Kepler, penché sur l'un des écrans vidéo, leva les yeux en les apercevant. «Bonsoir, Tony. Bonsoir, Ms. Chen.

– Alors, où il est, ce putain de super-flic ?»

Kepler désigna un moniteur montrant la maison d'Anne Bishop et la rue déserte. «Ils sont entrés dans Queen Lane il y a vingt minutes, en passant devant le poste d'observation du Groupe Bleu.

– Et maintenant, où est-il ?

– On n'en sait rien. Les hommes de Colben ont été incapables de le suivre.

– Incapables de le suivre ? Bon Dieu. Colben doit avoir trente ou quarante agents dans le coin...

– Presque une centaine, coupa Kepler. Washington a envoyé des renforts ce matin.

– Une centaine de G-Men, et ils n'arrivent pas à suivre ce gros lard de flic blanc dans un ghetto plein de bamboulas ?»

Quelques-uns des hommes installés devant les consoles lui lancèrent un regard réprobateur, et Kepler fit signe à Harod et à Maria Chen de le suivre dans le bureau de Colben. Une fois la porte refermée, Kepler reprit : «Les hommes du Groupe Or avaient ordre de suivre le shérif et les jeunes Noirs qui l'accompagnent. Mais le Groupe Or a été incapable de remplir sa mission parce que leur véhicule de surveillance a été temporairement mis hors d'état de fonctionner.

– Qu'est-ce que vous voulez dire par là ?

– Quelqu'un a crevé les pneus de la fausse camionnette AT & T dans laquelle ils se trouvaient.»

Harod éclata de rire. «Pourquoi ne les ont-ils pas suivis à pied ?»

Kepler s'enfonça un peu plus dans le fauteuil de Colben et croisa les doigts sur son ventre plat. «Premièrement, parce que tous les membres du Groupe Or étaient blancs et qu'ils étaient sûrs de se faire remarquer.

Deuxièmement, parce qu'ils avaient ordre de ne pas quitter leur véhicule.

– Pourquoi donc ? »

Kepler eut un sourire quasi imperceptible. « Ce quartier est mal fréquenté. Colben et les autres avaient peur que la camionnette ne soit pillée. »

Harod éclata d'un rire tonitruant. Puis il demanda : « Où diable est passé Chucky, au fait ? »

D'un mouvement du menton, Kepler indiqua un récepteur radio posé sur la console près de la paroi nord du bureau. Il émettait un grésillement entrecoupé de bruits de voix. « Il est à bord de son hélicoptère.

– Tu m'étonnes », dit Harod. Il croisa les bras et eut un rictus. « Je veux voir à quoi ressemble ce foutu shérif. »

Kepler appuya sur le bouton de l'interphone et prononça quelques mots à voix basse. Trente secondes plus tard, un des moniteurs vidéo s'alluma et transmit une bande montrant Gentry et ses compagnons en train de marcher dans la rue. L'image tirait sur le vert, un effet de l'objectif spécial qui l'avait enregistrée, mais Harod distingua sans peine l'homme massif parmi les jeunes Noirs. Le code numérique de la bande et l'heure de son enregistrement figuraient en bas de l'écran.

« On ne va pas tarder à se *revoir*, toi et moi, murmura Harod.

– On a une autre équipe de surveillance sur le terrain, dit Kepler. Et nous sommes presque sûrs que toute la bande regagnera tôt ou tard le foyer où le gang a l'habitude de se réunir. »

Soudain, le récepteur radio se mit à couiner et Kepler augmenta le volume. La voix de Charles Colben était presque tremblante d'excitation. « Leader Rouge à Château. Leader Rouge à Château. Nous avons un foyer d'incendie dans la rue près de CH-1. Je répète : nous avons un... négatif, nous avons *deux* foyers d'incendie... dans la rue près de CH-1.

– Qu'est-ce que CH-1 ? demanda Maria Chen.

– Community House, dit Kepler en réglant le moniteur vidéo. Le grand bâtiment dont je viens de vous parler, là où se trouve le quartier général du gang. Charles l'a baptisé *Coon Hole*[1].»

Sur l'écran, les flammes étaient visibles à un demi-pâté de maisons de distance. La caméra devait se trouver dans un véhicule garé le long du trottoir. Filmées par un objectif à vision nocturne, les deux voitures incendiées ressemblaient à des bûchers ardents qui envahissaient toute l'image. Quelqu'un changea l'objectif. Il y avait assez de lumière pour qu'on puisse distinguer des silhouettes sombres qui se précipitaient hors du bâtiment en brandissant des armes. Kepler ralluma le récepteur radio. «... euh... négatif, Leader Rouge. Ici Groupe Vert, près de CH-1. Aucun signe de l'intrus.

– Eh bien, bon sang, fit la voix de Colben, envoyez Jaune et Gris pour fouiller le coin. Pourpre, vous avez envoyé quelqu'un par le nord?

– Négatif, Leader Rouge.

– Château, vous suivez les opérations?

– Affirmatif, Leader Rouge, dit d'une voix lasse l'agent en poste dans la salle de contrôle.

– Envoyez le camion UM qu'on a utilisé hier pour m'éteindre ce feu avant que les pompiers s'en mêlent.

– Message reçu, Leader Rouge.

– Qu'est-ce que c'est que ce camion UM? demanda Harod.

– Le camion d'Urgence Médicale. Colben l'a fait venir de New York. C'est une des raisons pour lesquelles cette opération nous coûte deux cent mille dollars par jour.»

Harod secoua la tête. «Cent fédés. Un hélicoptère. Des camions d'urgence. Tout ça pour mettre la main sur deux vieux schnocks qui n'ont même plus de dents.

1. Littéralement : «Trou à négros». *(N.d.T.)*

– Peut-être», dit Kepler en posant les pieds sur le bureau de Colben, prenant ses aises, «mais l'un d'entre eux au moins peut encore mordre.»

Harod et Maria Chen firent pivoter leurs fauteuils et se calèrent le dos pour profiter du spectacle.

Le mardi, Colben organisa une conférence à neuf heures du matin et à cinq mille pieds d'altitude. Harod laissa éclater sa répugnance mais monta néanmoins à bord de l'hélicoptère. Kepler et Maria Chen échangèrent un sourire, les joues encore légèrement empourprées par leurs dix kilomètres de jogging dans Chestnut Hill. Richard Haines prit la place du copilote cependant que le pilote Neutre de Colben gardait un air inexpressif derrière ses lunettes noires. Colben fit pivoter son siège et fit face aux trois personnes assises sur la banquette pendant que l'hélicoptère entamait un vol qui devait le conduire vers le sud (le fleuve et Fairmount Park), puis vers l'est (la voie express), et finalement vers le nord et vers l'ouest pour regagner Germantown.

«Nous ne savons toujours pas ce qui a déclenché la petite bagarre d'hier soir au cours de laquelle les négros se sont canardés les uns les autres, dit Colben. Il se peut que Willi ou la vioque n'y soient pas étrangers. Mais le nombre de types restés sur le carreau a sans doute aidé Barent à prendre sa décision. Il nous a donné le feu vert. L'opération est lancée.

– Tant mieux, dit Harod, parce que je fous le camp d'ici avant ce soir.

– Négatif. Nous avons quarante-huit heures pour faire sortir votre ami Willi de son trou. Ensuite, on s'occupe de cette salope de Fuller.

– Vous ne savez même pas si Willi est ici. Je continue de penser qu'il est mort.»

Colben secoua la tête et pointa un doigt vers Harod. «C'est faux. Vous savez aussi bien que nous que ce vieux salaud est dans le coin et qu'il mijote quelque chose. Nous ne savons pas si la Fuller est avec lui ou contre lui, mais à partir de jeudi matin, ça n'aura plus d'importance.

– Pourquoi attendre aussi longtemps? demanda Kepler. Harod est ici. Vos hommes sont en place.»

Colben haussa les épaules. «Barent veut Utiliser le Juif. Si Willi mord à l'hameçon, on réagit aussitôt. Sinon, on élimine le Juif, on en finit avec la vieille, et on regarde ce qui se passe ensuite.

– Quel Juif? demanda Harod.

– Un des vieux pions de votre ami Willi, expliqua Colben. Barent lui a fait son petit numéro de conditionnement et il veut que ce soit lui qui s'occupe du Boche.

– Arrêtez de dire que c'est “mon ami”, lança sèchement Harod.

– D'accord. “Votre patron”, ça ira?

– Laissez tomber, tous les deux, dit posément Kepler. Exposez le plan à Harod.»

Colben se pencha vers le pilote et lui murmura quelques mots. Ils étaient immobilisés à cinq mille pieds au-dessus de la géométrie gris-brun de Germantown. «Jeudi matin, nous isolerons toute la zone. Personne ne rentre, personne ne sort. Nous aurons localisé la Fuller avec précision. La plupart du temps, elle passe la nuit dans cette ruine sur Germantown Avenue, Grumblethorpe. Haines commandera un groupe d'intervention qui y fera irruption. Les agents s'occuperont de cette Bishop et du gamin qu'elle Utilise. Il ne restera plus que Melanie Fuller. Vous voyez, on vous l'apporte sur un plateau, Tony.»

Harod croisa les bras et contempla les rues désertes. «Et ensuite?

– Ensuite, vous l'éliminez.

– Comme ça?

– Comme ça, Harod. Barent vous permet d'Utiliser qui vous voulez. Mais c'est *vous* qui devez faire ce boulot.

– Pourquoi moi?

– Votre écot, Harod. Votre écot.

– Je pensais que vous auriez souhaité l'interroger. »

Kepler prit la parole : « Nous l'avons envisagé, mais Mr. Barent a décidé qu'il était plus important de la neutraliser. Notre but est avant tout de faire sortir le vieux de sa cachette. »

Harod mâchonna l'ongle de son pouce et regarda les toits. « Et si je ne réussis pas à… l'éliminer ? »

Colben sourit. « Dans ce cas, nous nous occuperons d'elle et il restera encore un siège vacant à pourvoir au Club. Personne n'en aura le cœur brisé, Harod.

– Mais nous devons d'abord essayer le Juif, dit Kepler. Nous ne savons pas quels résultats ça donnera.

– Quand est-ce que ça se passe ? » demanda Harod.

Colben consulta sa montre. « C'est déjà commencé. » Il fit signe au pilote de descendre. « Vous voulez voir ? »

28.
Melanie
Le week-end fut fort calme.

Le dimanche, Anne nous prépara un très bon dîner. Ses côtelettes de porc farcies étaient excellentes, mais j'ai trouvé qu'elle avait tendance à trop faire cuire les légumes. Pendant que Vincent débarrassait la table, Anne et moi avons bu du thé dans des tasses provenant de son plus beau service en porcelaine. J'ai repensé à mon service Wedgwood qui devait se couvrir de poussière à Charleston et éprouvé un pincement de chagrin et de nostalgie.

J'étais trop fatiguée pour faire sortir Vincent ce soir-là, en dépit de la curiosité que m'inspirait cette photographie. Cela pouvait attendre. Le plus important pour le moment, c'étaient les voix de la nursery. Elles devenaient un peu plus claires chaque soir, elles étaient presque compréhensibles à présent. La veille au soir, après avoir baigné Vincent et avant de m'endormir, j'étais parvenue à distinguer des voix individuelles parmi les murmures. Il y en avait au moins trois : un garçon et deux filles. Il n'était pas si invraisemblable d'entendre des voix d'enfants dans une nursery vieille de deux siècles.

Le dimanche soir, un peu après neuf heures, Anne et Vincent sont retournés à Grumblethorpe avec moi. Des sirènes hurlaient non loin de là. Après avoir fermé portes et fenêtres, j'ai laissé Anne au salon, Vincent à la cuisine, et suis montée à l'étage. La nuit était glaciale. Je me suis glissée sous les couvertures et j'ai contemplé les résistances du radiateur qui luisaient dans la pièce obscure. Les yeux de l'enfant-mannequin reflétaient la lumière et ses rares touffes de cheveux émettaient une lueur orange.

Les voix étaient très distinctes.

Le lundi, j'ai fait sortir Vincent.

Je n'aimais pas le savoir dehors en plein jour ; le quartier était mal famé. Mais il fallait que je sache d'où venait cette photographie.

Vincent était armé de son couteau et du revolver que j'avais emprunté au chauffeur de taxi d'Atlanta. Il resta assis pendant plusieurs heures sur la banquette arrière défoncée d'une voiture abandonnée, regardant passer les adolescents de couleur. A un moment donné, un poivrot mal rasé colla son visage à la vitre et lui hurla je ne sais quoi, mais Vincent ouvrit la bouche, siffla, et le poivrot eut vite fait de disparaître.

Finalement, Vincent aperçut un visage connu. C'était le troisième garçon, celui qui avait réussi à s'enfuir le samedi soir. Il était accompagné d'un adolescent corpulent et d'un troisième garçon plus âgé. Vincent les laissa prendre un pâté de maisons d'avance, puis les suivit.

Ils passèrent devant la maison d'Anne et continuèrent en direction du sud, vers un cañon artificiel occupé par la ligne de chemin de fer qui desservait la banlieue. Une rue étroite le longeait d'est en ouest. Là, les trois garçons pénétrèrent dans un immeuble de rapport abandonné. Il s'agissait d'une étrange caricature des demeures d'avant la guerre de Sécession : quatre colonnes disproportionnées tombant d'un avant-toit plat, de hautes fenêtres aux linteaux pourrissants, et les vestiges d'une grille en fer forgé délimitant un terrain envahi de mauvaises herbes et de boîtes de conserve rouillées. Les fenêtres du rez-de-chaussée étaient condamnées et la porte principale fermée par une chaîne, mais les garçons se dirigèrent vers un soupirail à la vitre brisée et aux barreaux tordus, et ce fut par là qu'ils se faufilèrent à l'intérieur.

Vincent retourna chez Anne au pas de course. Suivant mes instructions, il prit le large oreiller de plumes sur le lit d'Anne, le fourra dans son sac à dos, et repartit en courant vers l'immeuble, situé à quatre pâtés de maisons de là. Le temps était gris et maussade. Quelques flocons tombaient par intermittence du ciel bas. L'air sentait les gaz d'échappement et le tabac froid. Il n'y avait guère de circulation. Un train passa dans un grondement alors que Vincent glissait le sac à dos par la fenêtre brisée et entrait à son tour dans l'immeuble.

Les garçons se trouvaient au deuxième étage, rassemblés en cercle au milieu des gravats et des flaques d'eau glacée. Les fenêtres étaient brisées et on apercevait des bribes de ciel gris à travers le plafond pourri. Les murs étaient entièrement recouverts de graffiti. Les trois garçons étaient agenouillés, comme en adoration devant la poudre blanche qui bouillonnait dans les cuillères au-dessus d'un petit réchaud. Leur bras gauche était nu; leur biceps comprimé par une bande de caoutchouc. Des seringues étaient posées devant eux sur des chiffons sales. J'observai la scène par les yeux de Vincent et me rendis compte que ceci *était* un sacrement — la plus sacrée des cérémonies de la nouvelle Église du Désespoir des nègres urbains.

Deux des garçons levèrent les yeux et virent Vincent alors qu'il sortait de sa cachette, tenant l'oreiller devant lui à la façon d'un bouclier. Le plus jeune — celui que nous avions laissé échapper le samedi soir — amorça un cri au moment même où Vincent faisait feu dans sa bouche grande ouverte. Des plumes s'échappèrent de l'oreiller et se mirent à voleter comme des flocons tandis que s'élevait une odeur de duvet roussi. Le plus âgé des trois garçons pivota sur ses genoux et tenta de s'enfuir à quatre pattes, dérapant sur les gravats. Vincent tira à deux reprises; la première balle atteignit le garçon à l'estomac, la seconde manqua son but. Le garçon roula sur lui-même, agrippant son ventre des deux mains et frétillant comme une créature marine rejetée sur un rivage inhospitalier. Vincent plaqua l'oreiller sur le visage terrifié du nègre, y enfonça le revolver et tira de nouveau. Après un dernier spasme, le garçon cessa de bouger.

Vincent leva son arme et se tourna vers le troisième. C'était le plus corpulent. Il était resté à genoux devant le réchaud, une seringue au-dessus de son bras gauche, les yeux écarquillés. Son visage noir et bouffi était figé dans une expression de terreur sacrée.

Vincent rempocha son revolver et fit jaillir la longue lame de son couteau. Le garçon se mit à bouger — lentement — exagérant chacun de ses mouvements comme s'il était sous l'eau. Vincent lui décocha un coup de pied dans le front, le faisant tomber en arrière, et s'agenouilla sur sa poitrine. La seringue roula sur le sol crasseux. Vincent inséra l'extrémité de sa lame sous la peau du garçon, juste à droite de sa pomme d'Adam.

Ce fut à ce moment-là que je pris conscience du problème. Je consacrais déjà la quasi-totalité de mon énergie à maîtriser Vincent. J'avais besoin de ce garçon pour avoir des précisions au sujet de la photographie : qui l'avait introduite à Philadelphie, comment cette racaille de couleur était entrée en sa possession, et qu'en attendaient-ils. Mais Vincent ne pouvait lui poser aucune question. J'avais vaguement envisagé d'Utiliser directement ce garçon, mais cela me semblait à présent hors de question. Il est possible d'Utiliser un sujet que l'on n'a jamais vu par soi-même — difficile, mais possible. Je l'avais déjà fait à maintes occasions, par exemple quand j'Utilisais un pion conditionné pour entrer en contact avec un sujet. Dans le cas présent, la difficulté était double : premièrement, il est extrêmement difficile, sinon impossible, d'interroger une personne tout en l'Utilisant. Bien que l'on puisse avoir un aperçu des pensées du sujet, surtout durant la seconde où s'établit le contact, l'annihilation de sa volonté, absolument nécessaire si on veut l'Utiliser, inhibe ou élimine totalement tout processus rationnel de son esprit. Je ne pourrais plus jamais lire les pensées de ce gros nègre, pas plus qu'il ne pourrait déchiffrer les miennes. L'Utiliser équivaudrait à prendre place dans un véhicule répugnant mais nécessaire pour parcourir une courte distance; il me conduirait à destination mais ne pourrait répondre à mes questions. Deuxièmement, si je me concentrais suffisamment pour Utiliser le garçon — pour l'amener chez Anne, par exemple —, je n'étais pas sûre que le conditionnement de Vincent l'empêche d'obéir à ses impulsions et de trancher la gorge du nègre.

Dilemme.

Finalement, j'ordonnai à Vincent de tenir le garçon à l'œil pendant que j'envoyais Anne les rejoindre. Je ne me sentis guère à l'aise une fois seule — même à Grumblethorpe — mais je n'avais guère le choix. Je ne voulais pas conduire le garçon vers l'un de nos deux repaires car Vincent ou lui risquaient d'être vus.

Anne prit sa DeSoto et la gara au bout de la rue, prenant soin de verrouiller les portières. Comme elle aurait eu des difficultés à entrer par le soupirail, j'ordonnai à Vincent d'entraîner le garçon au rez-de-chaussée, où ils firent sauter le verrou d'une porte latérale. Il faisait très sombre dans la pièce où Anne s'installa pour l'interroger.

« D'où vient la photographie ? »

Les yeux du garçon s'écarquillèrent un peu plus et il s'humecta les lèvres. « Quelle photographie ? »

Vincent lui assena un violent coup de poing dans le ventre. Le nègre hoqueta, se débattit. Vincent plaqua son couteau sur sa gorge à vif.

« La photographie de la vieille dame. Un des garçons qui sont morts samedi l'avait sur lui », dit doucement Anne. Comme elle était conditionnée, il m'était facile de l'Utiliser tout en contrôlant Vincent.

« Vous voulez dire la Sorcière Vaudou ? hoqueta le garçon. Mais c'est pas vous ! »

Anne sourit en même temps que moi. « Qui est la Sorcière Vaudou ? »

Le garçon essaya de déglutir. Son expression était comique. « C'est à cause d'elle que le mons... que ce type fait ce qu'il fait. C'est ce qu'a dit la femme.

– Quelle femme ?
– Celle qui parle d'une drôle de façon.
– Comment parle-t-elle ?
– Vous savez... » Le garçon haletait comme s'il venait de courir un cent mètres. «... comme le gros flic blanc. Comme s'ils venaient du Sud.
– Et c'est elle qui vous a donné cette photographie ? Ou bien est-ce le... le policier corpulent ?
– C'est elle. Il y a trois jours. Elle cherche la Sorcière Vaudou. Quand Marvin a vu la photo, il s'est rappelé tout de suite. Maintenant, on la cherche tous.
– La femme sur la photographie. La... Sorcière Vaudou.
– Ouais. » Le garçon fit mine de se dégager. Vincent le frappa à la tempe du plat de la main, le fit pivoter sur lui-même, le plaqua contre le mur à deux reprises et le souleva par le devant loqueteux de sa chemise. La lame du couteau n'était qu'à deux centimètres de l'œil du nègre.
« Nous avons encore à parler, dit doucement Anne. Vous allez me dire tout ce que je souhaite savoir. »
Le garçon s'exécuta.

En fin de compte, je fis sortir Vincent de la pièce avant d'Utiliser le garçon. Je ne rencontrai aucune difficulté. Il m'était impossible de reproduire sa démarche exagérément molle, mais cela n'était pas nécessaire. Je devais par contre respecter sa façon de s'exprimer : le ton de sa voix, son vocabulaire, sa syntaxe. Je l'obligeai à parler à Anne pendant plus d'une heure avant de l'Utiliser directement. Il ne m'opposa aucune résistance. J'eus d'abord quelques difficultés à reproduire sa voix et son phrasé, mais en relâchant mon étreinte mentale, je permis au dialecte qu'il parlait d'émerger de son subconscient et je réussis à m'exprimer par son entremise d'une façon que j'espérais crédible.
Anne ramena Vincent et le garçon, Louis, non loin de Grumblethorpe, et les déposa au coin de la rue. Vincent

disparut pendant quelques minutes et revint avec des cartouches pour son revolver. Je renvoyai Louis à la Community House pendant que Vincent descendait dans le tunnel et qu'Anne reconduisait sa voiture dans le garage derrière sa maison de Queen Lane.

Les membres du gang se laissèrent berner sans problème. Je sentis à deux ou trois reprises que je perdais le contrôle de Louis, mais je lui ordonnai de faire semblant d'avoir mal à la gorge et ma présence passa inaperçue. Je reconnus tout de suite le chef de la bande, Marvin. C'étaient ses yeux bleus qui m'avaient regardée avec tant de morgue le soir de Noël, lorsque je gisais dans les crottes de chien. Il me tardait de régler mes comptes avec ce garçon.

En plein milieu de la discussion, alors que je commençais à me sentir en sécurité, une jeune femme noire en retrait de la foule demanda : « Vous l'avez reconnue grâce à ma photo ? » et je faillis perdre le contrôle de Louis. Sa voix était exempte de cet horrible accent nordiste. Elle me rappela mon pays. A côté d'elle, enveloppé dans une couverture grotesque, se trouvait un homme blanc dont le visage me parut très familier. Il me fallut une minute pour me rendre compte que lui aussi venait sans doute de Charleston. Il me semblait avoir vu sa photographie dans un des journaux du soir de Mrs. Hodges, plusieurs années auparavant... Quelque chose au sujet d'une élection.

« ... Ça a l'air trop facile, disait Marvin. Et les flics ? »

La police. Louis m'avait déjà informée de la présence d'officiers en civil dans le quartier. Pas plus que moi il ne savait ce qu'ils faisaient là, mais je supposai que l'élimination de cinq personnes, même s'il ne s'agissait que de voyous, devait fatalement entraîner une réaction *quelconque* de la part des autorités. Les flics. Je fis le rapprochement dès qu'il prononça ce mot. Cet homme blanc au visage rougeaud était un officier de la police de Charleston — le shérif, si ma mémoire était bonne. J'avais lu un article sur lui quelques années plus tôt. « Hé, mec, fis-je dire à Louis, Setch m'a dit de te ramener tout de suite. Tu veux aller les voir, oui ou non ? »

Maintenant que je savais que deux personnes de Charleston me recherchaient et que les rues grouillaient de policiers en civil, je sentais monter en moi une certaine angoisse, mais ce sentiment était contrebalancé par un frisson proche de la jubilation. C'était *passionnant*. Je me sentais plus jeune à chaque heure qui passait.

Le minutage était très délicat. Vincent plaça les cocktails Molotov dans les voitures abandonnées au moment précis où Louis conduisait le chef de la bande, le shérif dont je ne parvenais pas à me rappeler le nom, et six autres nègres dans une rue proche de l'immeuble de rapport. Je restai avec Vincent pendant qu'il faisait le tour de la Community House, éliminait le voyou qui montait la garde derrière, et gagnait l'étage armé de sa faux si encombrante.

J'avais espéré que la fille accompagnerait Louis et les autres. Cela m'aurait grandement aidée, mais j'avais appris depuis longtemps à accepter la réalité telle qu'elle était et non telle que je souhaitais qu'elle fût. Je voulais cependant cette fille *vivante*.

Il y eut une brève lutte au premier étage de la Community House. Juste au moment où Louis avait besoin de toute mon attention, je me retrouvai obligée de maîtriser Vincent de peur qu'il ne soit trop brutal. Conséquence de cette anicroche temporaire, la fille s'enfuit dans les rues situées derrière le bâtiment. Je laissai Vincent se lancer à sa poursuite et retournai vers Louis, qui chancelait sur le trottoir, non loin de l'immeuble de rapport.

« Qu'est-ce qui t'arrive, mec ? demanda le chef de la bande, Marvin quelque chose.

– Rien, mec, fis-je dire à Louis. Mal à la gorge.

– T'es sûr qu'ils sont là-dedans ? demanda le garçon dénommé Leroy. J'entends rien.

– Ils sont au fond », fis-je dire à Louis. Le shérif se trouvait près du seul réverbère en état de marche du pâté de maisons. Apparemment, il n'était armé que d'un appareil photo semblable à celui que Mr. Hodges utilisait à la moindre occasion. Deux trains passèrent, invisibles dans leur cañon de béton.

« Y a une porte ouverte sur le côté, dit Louis. Venez, je vais vous montrer. » Quelques instants plus tôt, il avait ouvert la fermeture à glissière de son blouson. Sous le pull et la chemise de laine rêche, je sentais vaguement l'acier froid du revolver du chauffeur de taxi. Vincent l'avait rechargé peu de temps auparavant dans la ruelle obscure.

Marvin hésita. « Non, dit-il. Leroy, Jackson et moi, on y va, et lui aussi. » Il désigna le shérif. « Louis, tu restes ici avec Cal, Trout, G.R. et G.B. »

Louis haussa les épaules. Le shérif me regarda un long moment avant de se retourner pour suivre Marvin et les deux autres vers la porte latérale. « Ils sont au deuxième étage, mec ! fis-je crier à Louis. Dans le fond ! »

Ils disparurent dans les ténèbres constellées de flocons. Je n'avais pas beaucoup de temps. Une partie de moi-même avait conscience de la chaude lueur du radiateur et des yeux fixes du mannequin de la nursery, une autre courait avec Vincent le long des ruelles enténébrées, entendait le souffle court de notre proie épuisée, tandis qu'une troisième partie devait consacrer son attention à Louis. L'adolescent nommé Calvin se balança d'un pied sur l'autre et dit : « *Merde,* on se les gèle. T'as quelque chose à fumer, mec ?

– Ouais, fis-je dire à Louis. Et c'est du bon. » Il plongea la main dans sa chemise, en sortit le revolver et logea une balle dans le ventre de Calvin à cinquante centimètres de distance. Le grand échalas ne s'effondra pas. Il recula en trébuchant, posa une main sur le trou dans son manteau et dit : « *Merde,* mec. » Les jumeaux écarquillèrent les yeux, puis partirent en courant vers Queen Lane. Le dénommé Trout, un jeune homme d'une vingtaine d'années, sortit un revolver à canon long de son manteau. Louis pivota sur lui-même, leva son arme et lui tira dans l'œil gauche. Il n'y avait aucun moyen d'étouffer le bruit de la détonation.

Calvin était tombé à genoux sur la chaussée, se tenant le ventre des deux mains et grimaçant d'un air agacé. Il saisit Louis par la jambe lorsque je voulus m'éloigner. «Hé, bordel de Dieu, mec, pourquoi t'as fait ça?»

Trois coups de feu furent tirés d'un groupe de voitures garées dans Queen Lane, là où les jumeaux s'étaient enfuis, et un projectile atteignit le bras gauche de Louis. Je bloquai toute douleur pour notre bénéfice mutuel, mais je sentis néanmoins le membre s'engourdir. Il leva son arme et la vida en direction de l'endroit d'où provenaient les coups de feu. Quelqu'un hurla, une nouvelle balle siffla, mais elle n'atteignit personne.

J'ordonnai à Louis de laisser tomber le revolver et de déchirer le manteau de Calvin pour récupérer son fusil. Puis il se dirigea vers Trout et s'empara du revolver qu'il serrait encore dans sa main. Trois autres coups de feu éclatèrent dans Queen Lane et quelque chose cogna Calvin avec un bruit de maillet frappant un bœuf entre les deux yeux. Chose incroyable, il continua de s'accrocher à la jambe de Louis. Il ne cessait de répéter à voix basse : «Oh, merde, mec, pourquoi?» Louis l'écarta d'un coup de pied, empocha le revolver, saisit le fusil à canon scié et courut vers le mur latéral de l'immeuble de rapport. Aucun autre coup de feu ne retentit du côté de Queen Lane.

Vincent avait coincé la fille dans ce qui restait d'une maison incendiée, non loin de Germantown Avenue. Immobile sur le seuil, il l'écoutait avancer à tâtons parmi les poutres calcinées et les escaliers effondrés à l'arrière du bâtiment. Les fenêtres étaient condamnées. Pour ce qu'il en savait, il n'y avait aucune autre issue que cette entrée. J'utilisai toutes les ressources de ma volonté pour forcer Vincent à faire un pas et à s'accroupir dans les ténèbres, où il tendit l'oreille, reniflant l'air, flairant la petite odeur douceâtre de la peur de la femme, agitant doucement la lame de sa faux.

Louis franchit en hâte la porte latérale de l'immeuble de rapport pour éviter qu'on ne voie sa silhouette se découper à contre-jour. Les autres avaient dû entendre les coups de feu. Ou trouver les cadavres au deuxième étage.

Aucune détonation ne se fit entendre lorsque Louis s'avança d'un pas vif le long du couloir. Il s'arrêta devant la première pièce et jeta un coup d'œil à l'intérieur. Aucune lumière. Quelque chose bougea dans le couloir, près de l'escalier principal, et Louis tira, le recul lui bousculant le bras droit. Il cala la crosse du fusil contre sa cuisse pour loger une nouvelle cartouche dans la chambre, puis s'accroupit, guettant les ombres.

L'espace d'une seconde, deux images se superposèrent dans mon esprit : deux jeunes gens, Vincent et Louis, séparés par plus d'un kilomètre de distance, accroupis dans une position presque identique, tendant l'oreille en quête du moindre bruit. Puis il y eut un éclair, l'écho d'un grondement, une averse de plâtre tomba sur les joues de Louis, et Vincent et moi tiquâmes en même temps alors que j'ordonnai à Louis de courir vers l'éclair, de tirer, de recharger, de se remettre à courir.

Un bruit de pas s'éleva sur les marches couvertes de débris. Quelqu'un poussa un cri au premier étage.

Louis s'accroupit au pied de l'escalier pendant que je réfléchissais. Il ne m'était plus indispensable. Ses réflexes étaient déjà émoussés par le choc qu'il avait subi en recevant une balle dans le bras gauche. J'aurais adoré Utiliser un des autres garçons présents dans l'immeuble, mais c'était trop demander; je dépensais déjà trop d'énergie à maintenir Anne en état d'alerte dans Grumblethorpe, à contrôler Vincent dans la maison brûlée et à conserver Louis en état de fonctionner. Je voulais ce nègre aux yeux bleus. Je le voulais de toutes mes forces. Je voulais aussi revoir le shérif, me rapprocher le plus possible de lui. J'avais des questions à lui poser, et peut-être des choses à lui faire faire une fois qu'il y aurait répondu.

Un canon jaillit sur le palier et un morceau de rampe vola en éclats. Louis se tassa un peu plus sur lui-même. Ils étaient quatre. Marvin, qui avait chargé un lourd revolver et éclaté de rire quand le shérif lui avait demandé de le lui rendre. Leroy, le barbu, qui était armé d'un fusil à canon scié identique à celui que Louis tenait dans ses mains. Le shérif, qui ne disposait apparemment d'aucune arme. Et Jackson, le plus âgé des nègres, qui portait une sacoche bleue. En outre, G.B. et G.R., les jeunes jumeaux, risquaient de revenir d'une minute à l'autre avec leurs petits pistolets bon marché.

Louis monta l'escalier quatre à quatre, trébucha, rata une marche et s'affala sur le palier du premier étage. Un fusil rugit à cinq mètres de distance. Quelque chose déchira le cuir chevelu de Louis et le côté gauche de son visage. Je bloquai la douleur mais lui fis lever une main pour tâter sa joue et son oreille gauches. L'oreille avait disparu. Louis leva son fusil à canon scié et tira en direction de l'éclair.

«Bon Dieu de *merde*», hurla une voix noire que j'attribuai à Leroy.

Un revolver aboya dans la direction opposée et une balle transperça la cheville de Louis avant d'aller se loger dans une lame du parquet. Je le forçai à courir vers l'éclair du coup de feu et à recharger son fusil en le calant contre son torse. Quelqu'un se mit à courir dans le couloir obscur, puis glissa et tomba à grand fracas. Louis fit halte, discerna une ombre moins obscure que la pénombre ambiante, leva son arme. La silhouette roula dans le rectangle noir d'une embrasure de porte au moment où Louis tirait. L'éclair de la détonation nous permit d'apercevoir Marvin qui s'éclipsait en même temps que l'embrasure de porte volait en éclats.

Louis rechargea, glissa le fusil de l'autre côté du mur et appuya sur la détente. Rien. Il rechargea à nouveau, tira à nouveau. Rien. Alors que je lui ordonnais de jeter l'arme inutile, il y eut un éclair et une balle lui fracassa la clavicule gauche, le faisant pivoter sur lui-même. Il heurta un mur et glissa jusqu'au sol, sortant le revolver de sa poche dans sa chute. Il y eut un autre coup de feu, trop haut, qui atteignit le mur un mètre au-dessus de sa tête. Je l'aidai à viser soigneusement, très soigneusement, l'endroit exact où avait jailli l'éclair.

Le revolver refusa de fonctionner. Louis chercha le cran de sûreté à tâtons, le trouva, le libéra. Il tira à deux reprises, puis roula sur lui-même et se releva en s'appuyant sur son bras blessé.

C'est alors qu'il heurta quelqu'un. Il sentit l'air quitter ses poumons, sentit que l'autre avait également le souffle coupé alors même que tous deux s'effondraient dans un coin de la pièce. Je reconnus le shérif à sa corpulence. Je levai le revolver jusqu'à ce qu'il touche sa poitrine.

Une lumière explosa devant nos yeux. Louis recula et je vis apparaître l'image figée du shérif en train de déclencher le flash électronique de son appareil photo. Il y eut un deuxième flash, un troisième; Louis cligna des yeux pour essayer d'en chasser les images rémanentes, et je le forçai à se tourner vers la véritable menace, à lever son arme, mais trop tard; alors même qu'il faisait volte-face en plissant les yeux, le chef de la bande empoignait la crosse de son revolver des deux mains et tirait, tirait.

Je ne sentis aucune douleur mais perçus l'impact de la première balle, qui atteignit Louis au bas-ventre, et de la deuxième, qui l'atteignit à la poitrine, lui fracassant les côtes. J'aurais continué à l'Utiliser si la troisième balle ne l'avait pas atteint en plein visage.

Il y eut un bruit violent et précipité, et je perdis le contact. J'ai maintes fois fait l'expérience de la mort d'un sujet que j'Utilisais, mais cela reste une expérience troublante, un peu comme lorsqu'une conversation téléphonique est brutalement interrompue.

Je me reposai un moment, ne percevant que le sifflement du radiateur, le visage écaillé du mannequin grandeur nature, et les murmures à présent audibles des murs de la nursery. « *Melanie,* disaient-ils. *Melanie, tu es en danger. Écoute-nous.* »

Je les écoutai tout en concentrant mon attention sur Vincent.

Plus aucun bruit, ou presque, ne venait du fond de la maison qui puait le charbon. La fille était prise au piège.

Je sentis une giclée d'adrénaline parcourir le corps puissant de Vincent lorsqu'il se redressa, vérifia le mortel équilibre de sa faux et se dirigea vers elle dans les ténèbres, lentement et sûrement.

29.
Germantown,
lundi 29 décembre 1980

On opéra Saul Laski le lundi après-midi. Il resta inconscient durant vingt minutes et vaseux durant une heure. Lorsqu'il fut assez lucide pour reconnaître l'endroit où il se trouvait — la même cellule où on l'avait enfermé le dimanche matin —, il ôta son pansement et examina l'incision.

On lui avait entaillé le gras de l'avant-bras gauche, sept ou huit centimètres au-dessus des chiffres à moitié effacés de son matricule de prisonnier. L'opération avait été exécutée avec compétence, les points de suture étaient parfaitement posés. Bien que la plaie fût encore enflée et douloureuse, Saul parvint à distinguer une bosse qu'il n'avait jamais vue sur son bras. On avait inséré sous le long supinateur un objet de la taille d'une grosse pièce de vingt-cinq cents. Saul remit le pansement en place et s'allongea pour réfléchir.

Il avait eu tout le loisir de réfléchir. La veille, il avait été surpris de constater qu'on ne l'avait ni relâché ni utilisé dans un but quelconque. Il était sûr qu'on l'avait conduit à Philadelphie pour une bonne raison.

L'hélicoptère avait atterri dans une partie isolée d'un immense aéroport et Saul, les yeux bandés, avait été transféré dans une limousine. La rumeur de la rue, les nombreux arrêts et démarrages de la voiture, lui avaient appris qu'ils traversaient une partie animée de la ville. A un moment donné, il avait perçu le bourdonnement métallique d'un pont sous les roues.

Ils avaient roulé sur un terrain accidenté avant de faire halte. S'il n'y avait pas eu la rumeur de la ville — une sirène dans le lointain, des cris, le grondement d'un train de banlieue prenant de la vitesse —, Saul aurait pu se croire en pleine campagne. Ils devaient donc se trouver dans une zone dégagée, boueuse, bosselée, en plein cœur de la ville. Un terrain vague ? Un chantier ? Un parc ? Il avait gravi trois marches, puis on lui avait fait franchir une porte, prendre un couloir sur la droite, puis fait tourner encore à droite. Il s'était cogné au mur à deux reprises, et la consistance de sa surface, ainsi que les échos dans la minuscule pièce où on l'avait enfermé, l'avaient convaincu qu'il se trouvait dans une caravane ou dans un mobile-home.

La cellule était moins solide et moins impressionnante que celle de Washington. Elle était pourvue d'une couchette, de toilettes chimiques et d'une petite grille de ventilation par laquelle lui parvenaient des voix étouffées et des rires occasionnels. Saul aurait tué pour avoir un livre. Les capacités d'adaptation de l'organisme humain sont certes fabuleuses, mais Saul était incapable de se passer de lecture pendant plusieurs jours d'affilée. Lorsqu'il vivait dans le ghetto de Lodz, son père avait pris l'initiative de dresser une liste des livres disponibles et d'organiser une sorte de bibliothèque de prêt. Les Juifs condamnés à partir dans les camps y emmenaient parfois les livres qu'ils avaient empruntés, et le père de Saul rayait alors les titres sur sa liste en soupirant, mais le plus souvent, les hommes épuisés et les femmes aux yeux tristes les ramenaient religieusement, la page où ils avaient interrompu leur lecture encore marquée par un signet. « Vous le finirez à votre retour », disait le père de Saul, et le lecteur ou la lectrice hochait la tête.

Colben vint l'interroger à deux ou trois reprises, mais Saul vit que le cœur n'y était pas. Tout comme Saul, Colben attendait quelque chose. Tous les occupants du complexe de caravanes attendaient quelque chose, Saul le sentait. Mais quoi ?

Il profita des circonstances pour réfléchir. Il pensa à l'Oberst, à Melanie Fuller, à Colben, à Barent et à tous les autres, qui lui restaient inconnus. Il avait travaillé durant des années sur la base d'une dangereuse erreur de perception. Il avait cru que s'il parvenait à comprendre la psychologie du mal il pourrait le guérir. A présent, il se rendait compte que sa quête de l'Oberst n'était pas seulement motivée par de vagues raisons personnelles, mais aussi par la même curiosité scientifique qui poussait un immunologiste du Centre de contrôle des maladies à traquer et à isoler un nouveau virus mortel. C'était intéressant. Intellectuellement stimulant. Trouver, comprendre, guérir.

Mais il n'existait aucun antibiotique contre le bacille de cette peste.

Saul connaissait les recherches et les théories de Lawrence Kohlberg depuis plusieurs années. Kohlberg avait consacré sa vie à l'étude du développement moral et éthique. Aux yeux d'un psychiatre formé aux théories de la psychothérapie d'après-guerre, les idées de Kohlberg paraissaient simplistes, voire infantiles, mais, alors qu'il gisait dans sa cellule en écoutant le murmure de la ventilation, Saul se rendit compte à quel point la théorie du développement moral proposée par Kohlberg s'appliquait à sa situation.

Kohlberg avait découvert sept niveaux de développement moral, censés être indépendants de l'époque, du lieu et de la culture. Le Niveau Un est essentiellement celui de l'enfant : exempt de toute notion du bien et du mal, n'obéissant qu'à ses besoins et à ses désirs, uniquement inhibé par des stimuli négatifs. Plaisir et douleur servent de base au jugement éthique selon un schéma des plus classiques. Au Niveau Deux, l'être humain réagit à la notion de bien et de mal en se conformant aux décisions d'une autorité. Les adultes savent ce qu'ils font. Une personne du Niveau Trois se soucie des règles en vigueur. «Je n'ai fait que suivre les ordres.» L'éthique du Niveau Quatre est dictée par la majorité. Une personne du

Niveau Cinq consacre sa vie à créer et à défendre des lois qui servent le bien commun, tout en défendant les droits des personnes dont les opinions sont incompatibles avec le Niveau Cinq. Les Niveau Cinq font d'excellents avocats. Saul en avait connu quelques-uns à New York. Les Niveau Six sont capables de transcender l'optique légaliste des Niveau Cinq et se soucient du bien commun et des réalités éthiques supérieures, indépendamment des frontières nationales, culturelles ou sociologiques. Les Niveau Sept obéissent *uniquement* aux principes universels. Jésus-Christ, Bouddha et Gandhi figurent parmi les rares Niveau Sept connus.

Kohlberg n'était pas un idéologue — Saul l'avait rencontré à plusieurs reprises et avait pu apprécier son sens de l'humour — et il aimait à souligner les paradoxes tout simples engendrés par sa hiérarchie du développement moral. Lors d'une soirée organisée au Hunter College, Kohlberg avait déclaré que l'Amérique était une nation de Niveau Cinq, fondée par le plus incroyable assortiment de Niveau Six doués de sens pratique que l'histoire ait jamais connu, et principalement peuplée de Niveau Trois et de Niveau Quatre. Il soulignait le fait que dans notre vie quotidienne nous nous placions souvent *en dessous* de notre niveau optimum de développement moral, mais que nous ne pouvions *jamais* dépasser celuici. Il citait comme triste exemple l'inévitable destruction de l'enseignement de tous les Niveau Sept : Jésus-Christ transmettant son savoir à un Paul de Niveau Trois, Bouddha représenté par des générations de prêtres incapables de dépasser le Niveau Six et rarement capables de l'atteindre.

Mais Kohlberg ne plaisantait jamais de ses recherches les plus récentes. A sa grande stupéfaction, puis à sa grande terreur, il avait découvert l'existence d'un Niveau Zéro. Il existait des êtres humains n'ayant jamais atteint le stade fœtal et absolument dénués de repères moraux; même les stimuli plaisir/douleur étaient impuissants à gouverner de telles personnes — si on pouvait encore les qualifier de «personnes».

Un Niveau Zéro pouvait croiser quelqu'un dans la rue, le tuer par caprice et s'éloigner ensuite sans le moindre remords. Les Niveau Zéro ne souhaitaient ni être capturés ni êtres punis, mais ce n'était pas le désir d'éviter la punition qui guidait leurs actes. Et ceux-ci n'étaient pas non plus motivés par un désir de transgression qui l'emportait sur la peur du châtiment. Les Niveau Zéro étaient incapables de distinguer un acte criminel d'un acte ordinaire ; ils étaient atteints de cécité morale. Des centaines de chercheurs avaient mis les hypothèses de Kohlberg à l'épreuve, mais ses données semblaient solides, ses conclusions irréfutables. A n'importe quelle époque, dans n'importe quelle société, *un à deux pour cent* de la population se trouvaient au Niveau Zéro du développement moral.

Ils vinrent chercher Saul le lundi après-midi. Colben et Haines le maîtrisèrent pendant qu'un troisième homme lui faisait une piqûre. Il sombra dans l'inconscience au bout de trois minutes. Lorsqu'il se réveilla un peu plus tard, souffrant d'une migraine et d'une douleur au bras, on lui avait implanté quelque chose dans la chair.

Saul examina l'incision, haussa les épaules, roula sur lui-même et se mit à réfléchir.

Ils le relâchèrent le mardi, à une heure qu'il ne put préciser. Haines lui passa un bandeau sur les yeux pendant que Colben lui déclarait : « Nous allons vous laisser partir. Vous ne devez pas vous éloigner de plus de six pâtés de maisons de l'endroit où nous vous déposerons. Vous ne devez téléphoner à personne. Quelqu'un vous contactera plus tard pour vous dire ce qu'il convient de faire ensuite. Ne parlez à personne qui ne vous ait d'abord adressé la parole. Si vous désobéissez à l'un de ces ordres, il arrivera des ennuis à votre neveu Aaron, à Deborah et à leurs enfants. Est-ce que c'est bien compris ?

– Oui. »

Ils le conduisirent vers la limousine. Le trajet dura moins de cinq minutes. Colben ôta le bandeau des yeux de Saul et le poussa par la portière ouverte.

Saul resta immobile au bord du trottoir et cligna des yeux d'un air stupide dans la pénombre de l'après-midi. Il était déjà trop tard pour qu'il puisse déchiffrer le numéro minéralogique de la limousine qui s'éloignait. Saul recula d'un pas, heurta une femme noire portant un cabas, s'excusa et ne put s'empêcher de sourire. Il s'avança le long du trottoir étroit, enregistrant les moindres détails de ce qui l'entourait : la rue aux immeubles en brique, les magasins miteux, les nuages gris… un bout de papier qui va se plaquer sur un réverbère vert-de-grisé. Saul marchait d'un pas vif, ignorant la douleur qui lui taraudait le bras, traversant au feu vert, lançant un salut allègre à un conducteur de tramway furibond. Il était LIBRE.

Saul savait que c'était une illusion. Il était sûr que certains des passants qu'il croisait sur son chemin l'observaient, le suivaient. Parmi les véhicules qui roulaient sur la chaussée, certains transportaient sûrement des hommes au costume sombre et au visage fermé qui murmuraient dans leurs radios. La bosse de son bras gauche recelait probablement un transmetteur radio ou une bombe miniaturisée, ou les deux. Cela n'avait aucune importance.

Comme Saul avait les poches vides, il se dirigea vers le premier homme qu'il vit — un immense Noir vêtu d'un blouson rouge élimé — et lui mendia une pièce de vingt-cinq *cents*. Le Noir considéra l'étrange apparition barbue, leva une main gigantesque comme pour la chasser, puis secoua la tête et tendit à Saul un billet de cinq dollars. « Va te faire soigner, mon frère », grommela le géant.

Saul entra dans un petit café, changea le billet contre des pièces de vingt-cinq *cents* et se dirigea vers une cabine publique pour appeler l'ambassade d'Israël à Washington. On ne put lui passer ni Aaron Eshkol ni

Levi Cole. Saul s'identifia. La standardiste n'eut aucune réaction perceptible, mais le ton de sa voix s'altéra lorsqu'elle dit : «Oui, docteur Laski. Si vous voulez bien patienter une minute, je suis sûre que Mr. Cohen aimerait vous parler.

– Je vous appelle depuis une cabine publique de Philadelphie, en Pennsylvanie», dit Saul. Il lui indiqua le numéro de la cabine. «Je suis à court de pièces, pouvez-vous me rappeler ici afin que nous ne soyons pas coupés?

– Bien sûr», dit la standardiste.

Saul raccrocha. Le téléphone sonna, il décrocha le combiné, entendit un bourdonnement, puis plus rien. Il se dirigea vers une autre cabine, tenta d'appeler l'ambassade en P.C.V. et entendit la tonalité disparaître.

Il sortit du café et se mit à errer sans but précis. Moddy et sa famille étaient morts. Saul l'avait su au fond de son cœur, mais maintenant il le *savait*. Ils ne pouvaient plus lui faire grand-chose. Saul s'immobilisa, regarda autour de lui, essaya de repérer les agents qui le suivaient. Il ne vit que peu d'hommes blancs à proximité, mais cela ne voulait rien dire; le F.B.I. avait des agents de race noire.

Un Noir plutôt bien de sa personne et vêtu d'un élégant manteau en poil de chameau traversa la rue et s'approcha de Saul. Il avait des traits bien dessinés, un large sourire et des lunettes à larges verres réfléchissants. Il portait un attaché-case en cuir d'aspect coûteux. Il sourit comme s'il avait reconnu Saul, fit halte et ôta son gant en peau de chamois avant de lui tendre la main droite. Saul la serra.

«Bienvenue, mon petit pion, dit l'homme dans un polonais parfait. Il est temps que vous vous joigniez à notre jeu.»

«Vous êtes l'Oberst.» Saul sentit quelque chose frissonner au fond de lui. Il secoua la tête et cette étrange impression se dissipa en partie.

Le Noir sourit et lui répondit en allemand : « Oberst. Un titre honorable, un titre que je n'ai plus entendu depuis trop longtemps. » Il s'arrêta devant un restaurant Horn and Hardart et en indiqua l'entrée d'un geste. « Avez-vous faim ?

– Vous avez tué Francis. »

L'homme se frotta la joue d'un air distrait. « Francis ? J'ai bien peur de ne... oh, oui. Le jeune détective. Eh bien... » Il sourit et secoua la tête. « Venez, je vous offre à déjeuner, même s'il est un peu tard pour cela.

– Ils nous observent, vous savez.

– Bien sûr. Et nous les observons. Une activité qui n'a généralement rien de très productif. » Il ouvrit la porte pour laisser passer Saul. « Après vous », dit-il en anglais.

« Mon nom est Jensen Luhar », dit le Noir alors qu'ils prenaient place dans le restaurant presque désert. Luhar avait commandé un cheeseburger aux oignons et un lait malté à la vanille. Saul contemplait fixement sa tasse de café.

« Votre nom est Wilhelm von Borchert, rectifia Saul. S'il y a jamais eu un Jensen Luhar, cela fait longtemps qu'il n'est plus de ce monde. »

Jensen Luhar eut un geste agacé et ôta ses lunettes. « Une question de sémantique à ce stade. Notre petit jeu vous plaît ?

– Non. Aaron Eshkol est-il mort ?

– Votre neveu ? Oui, j'en ai peur.

– La famille d'Aaron ?

– Également décédée. »

Saul inspira profondément. « Comment ?

– Pour autant que je le sache, Mr. Colben a dépêché Haines et quelques-uns de ses collègues chez votre neveu. Il y a eu un incendie, mais je suis sûr que cette malheureuse famille avait déjà succombé avant que jaillisse la première flamme.

– Haines ! »

Jensen Luhar aspira une gorgée de lait à l'aide de sa

paille. Il mordit à belles dents dans son cheeseburger, se tamponna délicatement les lèvres avec un coin de serviette, et sourit. « Vous jouez aux échecs, docteur. » Ce n'était pas une question. Luhar offrit une rondelle d'oignon à Saul. Celui-ci le regarda sans rien dire. Luhar avala son oignon et dit : « Si vous connaissez bien ce jeu, docteur, vous devez apprécier ce qui se passe en ce moment.

– Ce n'est donc que ça à vos yeux ? Un jeu ?

– Bien sûr. Considérer nos activités sous un autre jour serait prendre la vie — et nous-mêmes — beaucoup trop au sérieux.

– Je vais vous retrouver et vous tuer », dit doucement Saul.

Jensen Luhar hocha la tête et avala une nouvelle bouchée de cheeseburger. « Si nous devions nous rencontrer en personne, vous essaieriez sûrement. Vous n'avez plus le choix à présent.

– Que voulez-vous dire ?

– Tout simplement que le président estimé de ce qu'on appelle par euphémisme l'Island Club, un certain C. Arnold Barent, vous a conditionné dans ce seul but : tuer un producteur de cinéma que le monde entier croit déjà mort. »

Saul sirota une gorgée de café froid pour dissimuler sa confusion. « Barent n'a rien fait de tel.

– Bien sûr que si. Il n'avait aucune autre raison de vous recevoir en personne. Combien de temps a duré votre entretien avec lui, à votre avis ?

– Quelques minutes.

– Quelques heures, plus probablement. Mr. Barent vous a conditionné pour deux raisons : pour me tuer et pour s'assurer que vous ne représenterez jamais une menace pour lui.

– Que voulez-vous dire ? »

Luhar avala le dernier morceau d'oignon de son assiette. « Faisons une expérience. Visualisez Mr. Barent, et ensuite imaginez-vous en train de l'agresser. »

Saul plissa le front mais s'exécuta. Cela fut très difficile. Lorsqu'il se rappela Barent tel qu'il l'avait vu — bronzé, détendu, assis sur le pont de son navire et contemplant la mer —, il fut stupéfait de sentir monter en lui une sensation de plaisir, d'amitié et de loyauté. Il se força à s'imaginer en train de frapper Barent, de lever le poing sur ses traits amènes et bien dessinés…

Saul se plia en deux sous l'effet d'une soudaine nausée. Il hoqueta, sur le point de vomir. Une sueur froide lui inonda le front et les joues. Il attrapa tant bien que mal un verre d'eau et en avala plusieurs gorgées, s'efforçant de penser à autre chose, défaisant lentement le nœud de douleur qui s'était formé dans son ventre.

« Intéressant, *ja* ? dit Luhar. C'est la plus grande force de Mr. Barent. Toute personne ayant passé quelque temps auprès de lui est incapable de lui vouloir le moindre mal. Servir Mr. Barent est une source de plaisir pour nombre de gens. »

Saul acheva de vider son verre et s'épongea le front avec une serviette de table. « Pourquoi l'affrontez-vous ?

– *L'affronter ?* Non, non, mon cher pion. Je ne l'affronte pas, je joue contre lui. » Luhar regarda autour de lui. « Pour le moment, ils n'ont encore installé aucun microphone pour capter notre conversation, mais dans quelques minutes une fourgonnette va se garer près d'ici et nous ne pourrons plus parler en privé. Il est temps pour nous d'aller faire un tour.

– Et si je ne veux pas vous suivre ? »

Jensen Luhar haussa les épaules. « Dans quelques heures, la partie va devenir vraiment très intéressante. Vous avez un rôle à y jouer. Si vous souhaitez vous venger de ceux qui ont éliminé votre neveu et sa famille, il est dans votre intérêt de m'accompagner. Grâce à moi, vous serez libéré… du moins libéré d'eux.

– Mais pas de vous ?

– Ni de vous-même, cher pion. Allez, allez, il est temps de se décider.

– Un jour, je vous tuerai », dit Saul.

Luhar sourit, remit ses lunettes et enfila ses gants. «*Ja, ja.* Vous venez?»

Saul se leva et regarda par la fenêtre. Une fourgonnette verte venait de se ranger au bord du trottoir. Saul suivit Luhar à l'extérieur.

Les rues de Germantown étaient aussi étroites que contradictoires. Jadis, les immenses bâtiments avaient peut-être été des demeures agréables — certains d'entre eux rappelaient à Saul les maisons étroites d'Amsterdam. Ce n'étaient aujourd'hui que des taudis surpeuplés. Les petites boutiques avaient peut-être été le noyau d'une authentique vie communautaire — magasins d'alimentation, épiceries fines, magasins de chaussures, autant de boutiques familiales. Aujourd'hui, leurs vitrines exhibaient surtout des cadavres de mouches. Certaines d'entre elles avaient été converties en appartements bon marché; debout dans une vitrine, une fillette crasseuse pressait sa joue et ses doigts sales contre le verre.

«Que vouliez-vous dire quand vous m'avez annoncé que vous "jouiez" contre Barent?» demanda Saul. Il regarda par-dessus son épaule mais ne vit aucun signe de la fourgonnette verte. Aucune importance; il savait qu'on n'avait pas cessé de les surveiller. C'était l'Oberst qu'il voulait retrouver.

«Nous jouons aux échecs.» Le colosse noir se tourna vers lui et Saul vit son propre reflet dans les verres de ses lunettes.

«Et nos vies forment l'enjeu de la partie», dit Saul. Il chercha désespérément un moyen de pousser l'Oberst à lui révéler l'endroit où il se trouvait.

Luhar éclata de rire, révélant ses larges dents blanches. «Non, non, mon petit pion, dit-il en allemand. Vos vies n'ont aucune valeur. L'enjeu n'est rien moins que la maîtrise des règles du jeu.

– Le jeu?» Ils venaient d'entrer dans une rue latérale. Ils n'y virent personne en dehors de deux matrones noires qui sortaient d'une laverie automatique.

« Vous connaissez sûrement l'Island Club et les jeux qu'il organise tous les ans ? dit l'Oberst. Herr Barent et sa coterie de couards ont toujours eu peur de me laisser y jouer. Ils savent que j'exigerai du jeu qu'il prenne une nouvelle envergure. Une envergure digne d'une race d'*Übermenschen*.

– La guerre ne vous a donc pas suffi ? »

Luhar eut un nouveau sourire. « Vous cherchez à me provoquer, dit-il doucement. Une entreprise parfaitement vaine. » Ils firent halte devant un bâtiment en parpaings attenant à la laverie. « La réponse est "Non". La guerre ne m'a pas suffi. L'Island Club s'imagine avoir des prétentions à la puissance tout simplement parce que ses membres exercent une *influence*... sur les gouvernants, sur les nations, sur l'économie. *Une influence.* » Luhar cracha sur le trottoir. « Quand j'aurai édicté les nouvelles règles du jeu, ils verront ce dont est capable la vraie puissance. Le monde n'est qu'un morceau de viande pourrie infestée de vers, petit pion. Nous le purifierons par le feu. Je leur montrerai ce que c'est que de jouer avec des *armées* plutôt qu'avec leurs pitoyables petits factotums. Je leur montrerai ce que c'est que de voir des villes entières périr suite à la perte d'une pièce, des races entières se faire capturer et utiliser suivant les caprices de l'Utilisateur. Et je leur montrerai ce que c'est que de jouer le jeu à l'échelle du globe. Nous sommes tous mortels, petit pion, mais Herr Barent est incapable de comprendre qu'il n'y a aucune raison pour que le monde nous survive. »

Immobile sur le trottoir, Saul le regardait fixement. La bise agitait les pans de son manteau et lui donnait la chair de poule.

« Nous y voilà. » Luhar sortit de sa poche un trousseau de clés grâce auquel il ouvrit la porte du bâtiment miteux. Il s'enfonça dans l'obscurité et fit signe à Saul. « Tu viens, petit pion ? »

Saul déglutit. « Vous êtes encore plus fou que je ne l'imaginais », murmura-t-il.

Luhar acquiesça. «Peut-être. Mais si vous me suivez, vous aurez une chance de pouvoir continuer la partie. Pas le grand jeu, malheureusement. Vous n'avez aucun rôle à y jouer. Mais votre sacrifice en permettra le déroulement. Si vous venez avec moi… de votre propre volonté… nous vous ôterons les chaînes que vous a passées Herr Barent afin que vous puissiez continuer à me servir en pion loyal.»

Debout dans le froid, Saul serra le poing et sentit la douleur lui tarauder le bras gauche autour de l'implant chirurgical. Il s'enfonça dans les ténèbres.

Luhar sourit et verrouilla la porte derrière eux. Saul cligna des yeux dans la pénombre. Le rez-de-chaussée, une espèce de vaste entrepôt, ne contenait que de la sciure et des palettes de manutention. Un escalier en bois conduisait à l'étage. Luhar le désigna du doigt et Saul commença à monter.

«Bon Dieu», dit-il. La faible lumière qui filtrait à travers la verrière crasseuse permettait de distinguer une table et quatre chaises. Deux de ces chaises étaient occupées par des cadavres nus.

Saul s'approcha d'eux pour les examiner. Ils étaient froids, pris dans l'étau de la rigidité cadavérique. Le premier était celui d'un Noir, de la même taille et de la même corpulence que Luhar. Ses yeux étaient grands ouverts et voilés par la mort. Le second corps était celui d'un homme blanc un peu plus âgé que Saul, chauve et barbu. Sa bouche était béante. Saul vit sur son nez et sur ses joues une couperose trahissant un alcoolisme avancé.

Il regarda Luhar ôter son manteau en poil de chameau. «Nos doppelgängers? dit Saul.

– Exactement, fit l'Oberst par la bouche de Luhar. J'ai déjà quasiment chassé de votre esprit les pulsions que Herr Barent y avait instillées. Êtes-vous prêt à continuer, petit pion?

– Oui.» *A continuer à chercher un moyen de vous tuer,* pensa-t-il.

« Très bien. » Luhar consulta sa montre. « Nous avons environ une demi-heure avant que Mr. Colben ne décide de se joindre à nous. Cela devrait suffire. » Il posa son attaché-case sur la table, près du bras gauche du cadavre noir. Lorsqu'il l'ouvrit, Saul vit qu'il était plein du même type d'explosif qu'il avait vu sur Harrington.

« Nous suffire pour quoi faire ? dit Saul.

Nos préparatifs. Ce bâtiment est pourvu d'un sous-sol secret relié à la cave de l'immeuble voisin. Cette cave nous permettra d'accéder à une partie de l'ancien réseau d'égouts de la ville. La sortie n'est qu'à un pâté de maisons de distance, mais cette zone ne devrait pas être surveillée. Une voiture m'attendra là-bas. Vous serez libre d'aller où vous voudrez.

– Vous êtes si malin que ça me donne envie de vomir. Ça ne marchera jamais.

– Ah bon ? » Luhar haussa ses épais sourcils.

Saul ôta son manteau et retroussa sa manche. Les bandages étaient légèrement jaunis par l'onguent qu'on lui avait appliqué. « On m'a implanté quelque chose hier. Je pense qu'il s'agit d'un transmetteur radio.

– Évidemment. » Luhar prit dans son attaché-case un paquet enveloppé de tissu vert et déroula celui-ci. Une bouteille d'iode et des instruments chirurgicaux étincelèrent dans la faible lumière. « L'opération ne devrait pas prendre plus de vingt minutes, n'est-ce pas ? »

Saul prit un scalpel enveloppé dans un sachet stérilisé. « Et c'est vous qui allez officier, je suppose ?

– Si vous insistez, mais je me dois de vous préciser que je n'ai reçu aucune formation médicale.

– C'est donc moi qui aurai le plaisir d'opérer. » Saul jeta un coup d'œil dans l'attaché-case, puis releva la tête. « Pas de seringue ? Pas d'anesthésie locale ? »

La pièce se reflétait dans les lunettes de Jensen Luhar. Son visage massif était totalement inexpressif. « Malheureusement, non. Quelle valeur accordez-vous à votre liberté, docteur Laski ?

– Vous êtes un dément, Herr Oberst », dit Saul. Il

s'assit près de la table, disposa les instruments autour de lui et rapprocha la bouteille d'iode.

Luhar prit un sac de sport dissimulé sous la table. « Changeons d'abord de vêtements. Au cas où vous ne seriez pas en état de le faire tout à l'heure. »

Lorsque les cadavres furent revêtus de leurs habits, et que Saul eut enfilé un jean légèrement flottant, un pull à col roulé noir et des chaussures de marche trop petites d'une demi-pointure, Luhar déclara : « Plus que dix-huit minutes environ, docteur.

– Asseyez-vous. Je vais vous expliquer ce qu'il faut faire au cas où je m'évanouirais. » Il sortit de la gaze et des pansements d'un sachet. « C'est vous qui devrez recoudre la plaie.

– Comme vous voulez, docteur. »

Saul secoua la tête, leva les yeux vers la verrière pendant quelques instants, puis baissa la tête et, d'un geste sûr, procéda à la première incision.

Saul ne s'évanouit pas. Mais il hurla à deux reprises, et lorsque les filaments du transmetteur eurent été séparés des fibres musculaires, il se pencha et vomit. Luhar recousit grossièrement la plaie, la pansa, l'enveloppa de bandages et força le psychiatre à demi inconscient à enfiler un lourd manteau. « Nous avons cinq minutes de retard sur l'horaire prévu, siffla le Noir. Dépêchez-vous. »

Une trappe dissimulée sous des palettes s'ouvrait dans un coin de l'entrepôt, dont le sol semblait pourtant ne former qu'une surface uniforme de béton. Alors que Luhar la refermait, Saul entendit le rugissement d'un hélicoptère et un lointain martèlement. « Vite ! » siffla le colosse dans les ténèbres. Saul essaya de ramper, poussa un cri comme son bras douloureux se rappelait à lui et tomba en avant. Au-dessus d'eux, une gigantesque explosion fit trembler la terre et projeta sur le visage de Saul de la poussière et des toiles d'araignée. « Vite ! » siffla Luhar, et il poussa Saul devant lui.

Des blocs de ciment s'étaient détachés des parois. Luhar les écarta à coups de pied, aida Saul à se relever dans une cave obscure qui sentait la moisissure et le vieux papier journal, le força à avancer. Ils se faufilèrent entre une grille et un tas de briques, puis se remirent à ramper, Saul frissonnant au contact de l'eau glacée sur ses mains et ses genoux, touchant des choses visqueuses dans le noir. Il essaya de plaquer son bras gauche contre son flanc et de progresser sur trois membres. Il glissa à deux reprises et se cogna l'épaule gauche, trempant sa veste. Luhar éclata de rire et le poussa en avant. Saul ferma les yeux et pensa à Sobibor, aux masses hurlantes, au calme de la forêt des Hiboux.

Finalement, ils purent se redresser. Luhar ouvrit la marche pendant une centaine de pas, tourna à droite pour s'engager dans un passage plus étroit, et fit halte sous une grille. Ses bras robustes peinèrent pour soulever la claie métallique. Saul cligna des yeux dans la lumière grisâtre, se concentra pour chasser le vertige qui le gagnait et glissa une main dans la poche de son manteau pour toucher la poignée froide du scalpel dont il s'était emparé pendant que Luhar procédait aux ultimes réglages de la bombe à retardement contenue dans son attaché-case.

«Ahh, *et voilà*», haleta Luhar en poussant la grille de côté. Ses deux bras étaient toujours levés. La veste du colosse était ouverte, exposant son ventre et son torse sous le fin tissu de sa chemise. Saul rassembla ses forces et bondit, le scalpel à la main, imaginant pour sa lame une cible située quelque part derrière la colonne vertébrale du Noir.

Le bras gauche de Jensen Luhar s'abaissa, vif comme l'éclair, sa main massive se referma sur le poignet de Saul, et la lame s'immobilisa à dix centimètres de son sternum. «Tss-tss», fit Luhar. Son autre main alla frapper le bras gauche de Saul, toujours en sang. Le souffle coupé, Saul hoqueta et tomba à genoux tandis que des cercles rouges envahissaient son champ de vision de plus en plus étroit. Luhar ôta doucement le scalpel de sa main droite privée de force. «Ce n'est pas gentil, *mein kleine Jude*, murmura-t-il. *Auf wiedersehen.*»

La lumière fut occultée pendant une seconde, puis Luhar disparut. Saul, agenouillé dans les ténèbres, trempa son front dans l'eau glacée pendant plusieurs minutes, s'efforçant de rester conscient. *Pourquoi?* pensa-t-il. *Pourquoi rester éveillé? Dors donc un peu.*

Silence, s'ordonna-t-il.

Au bout d'une éternité, il se releva, tendit son bras valide vers la grille et tenta de se hisser à l'extérieur. Il lui fallut cinq tentatives pour y parvenir. Son jean était trempé par ses chutes successives, mais il finit par émerger dans la lumière du jour.

La bouche d'égout était située derrière une benne à ordures métallique, à trois ou quatre mètres de l'entrée d'une ruelle. Il ne reconnut pas la rue dans laquelle il s'engagea d'un pas mal assuré. Des enfilades de maisons identiques s'étiraient jusqu'au sommet d'une colline.

Saul parcourut un demi-pâté de maisons avant d'être gagné par un étourdissement. Il fit halte et examina son bras gauche. La plaie s'était ouverte. Le sang inondait la manche de sa veste, coulait le long de son bras, et tachait le pan gauche de son manteau. Il se retourna et éclata de rire en découvrant la piste écarlate qu'il laissait derrière lui. Il serra violemment son bras et heurta la vitrine d'un magasin désaffecté. Le trottoir roulait et tanguait comme le pont d'un navire en pleine tempête.

Le soir tombait. Des flocons dansaient comme des lucioles autour d'un lointain réverbère. Une silhouette massive descendait la rue en direction de Saul. Il recula en trébuchant jusqu'au pas de porte du magasin, glissa le long du mur rugueux, se tassa sur lui-même et essaya de se rendre aussi invisible qu'un poivrot habitué à de tels abris.

Alors que l'homme passait lentement devant lui, Saul sentit une nouvelle douleur déchirer les muscles de son bras gauche. Il le serra encore plus fort et grinça des dents jusqu'à produire un bruit perceptible. L'homme passa sans s'arrêter, tenant dans sa main un lourd objet métallique.

Saul sentit les ténèbres l'emporter au moment même où les bruits de pas s'interrompaient quelques mètres plus loin, pour revenir ensuite lentement vers lui. Saul roula vers la gauche, sentant à peine son crâne heurter la porte. Son bras gauche était en feu et il sentait le sang dégouliner sur son poignet et sa main.

Le rayon d'une lampe-torche lui poignarda les yeux. L'énorme silhouette se pencha sur lui, occultant la rue, occultant le monde. Saul serra son poing droit et lutta pour ne pas sombrer dans le tourbillon de l'inconscience. Une main lourde se posa sur son épaule.

« Doux Jésus, dit une voix traînante qui lui était familière. Saul, c'est vous ? »

Saul hocha la tête et la sentit tomber en avant, sentit son menton se poser sur sa poitrine, ses yeux se fermer, pendant que la voix douce continuait de dire des choses qu'il ne pouvait comprendre et que les bras robustes du shérif Bobby Joe Gentry le soulevaient et le portaient aussi facilement qu'un enfant endormi.

30.
Germantown,
mardi 30 décembre 1980

Gentry se demanda s'il n'était pas en train de devenir fou. Alors qu'il courait vers Community House, il regretta que Saul ne soit pas conscient pour qu'ils puissent en discuter. Il avait l'impression que le monde était devenu un cauchemar de paranoïaque dans lequel toutes les relations de cause à effet s'étaient complètement rompues.

Le jumeau répondant au nom de G.B. arrêta Gentry à un demi-pâté de maisons du foyer. Le shérif fixa le canon du pistolet bon marché braqué sur lui et ordonna sèchement : «Laisse-moi passer. Marvin attend mon retour.

– Ouais, mais il attend sûrement pas que tu lui ramènes un Blanc mort.

– Il n'est pas mort et il peut sans doute nous aider. Mais s'il *meurt*, je veillerai à ce que Marvin te tienne pour responsable. Maintenant, laisse-moi passer.»

G.B. hésita. «Va te faire foutre, sale flic», dit-il finalement, mais il s'écarta quand même.

Gentry dut négocier avec trois autres sentinelles avant d'atteindre l'immeuble. Marvin avait élargi leur périmètre de défense sur une centaine de mètres dans toutes les directions. Tout véhicule inconnu garé dans les parages devait être incendié si son propriétaire refusait de l'évacuer. Une fourgonnette verte occupée par deux Blancs à l'avant et Dieu sait combien d'autres à l'arrière avait obtempéré trente secondes après l'ultimatum que Leroy avait adressé à son conducteur. Peut-être était-ce le bidon d'essence sans plomb qu'il brandissait dans sa main droite qui avait convaincu le Blanc de filer sans demander son reste.

Le cauchemar avait débuté lundi soir.

Marvin et les autres avaient regagné Community House en empruntant des ruelles et des cours dérobées. A l'issue de la bataille rangée qui s'était déroulée dans le bâtiment obscur, Leroy avait le corps criblé de petits plombs et tous les membres de la troupe, Marvin excepté, étaient dans un état proche de l'hystérie. Ils avaient traîné les corps de Calvin et de Trout à l'intérieur de l'immeuble, Marvin envisageant d'envoyer Jackson ou Taylor les récupérer avec le camion de Woods, mais la confusion qu'ils avaient trouvée à leur retour au foyer avait retardé cette expédition. Lorsque le camion avait fini par se mettre en route, peu de temps avant l'aube, les cinq cadavres avaient disparu et il ne restait que des flaques de sang anonymes aux premier et deuxième étages. Aucun flic ne se trouvait sur les lieux.

La panique régnait dans Community House. On tirait sur tout ce qui bougeait. Quelqu'un avait éteint les autos incendiées, mais un nuage de fumée flottait encore au-dessus du pâté de maisons, telle une chape de mort.

«Il est venu ici, mec, le monstre blanc, mec, ici, dans la maison, il a eu ce connard de Woods et il a blessé Kara, c'est grave, mec, et Raji l'a vu poursuivre la photographe dehors, mec, et... bafouilla Taylor lorsqu'ils arrivèrent.

– *Où* est Kara?» rugit Marvin. C'était la première fois que Gentry entendait le jeune homme crier.

Kara était en haut, dit Taylor, couchée sur un matelas derrière le rideau, grièvement blessée. Gentry les suivit à l'étage. La plupart des membres du gang contemplaient fixement le corps décapité de Woods sur la table de billard, mais Marvin et Jackson se dirigèrent vers l'endroit où Kara, inconsciente, était soignée par quatre autres filles.

«Ça a l'air sérieux», dit Jackson. Le superbe visage de la jeune fille était presque méconnaissable, son front horriblement enflé, ses yeux assombris par le sang qui coulait de sa blessure. «Elle devrait être à l'hôpital. Son pouls est trop faible et sa tension trop basse.

– Hé, mec, protesta Leroy en exhibant un bras et une jambe constellés de cercles sanglants, j'ai mal. Je vais aller avec toi pour me faire soigner et…

– Reste *ici*, ordonna sèchement Marvin. Rassemble-moi tous ces connards. Personne ne doit pénétrer dans le coin, pigé ? Dis à Sherman et à Eduardo de se magner le cul et d'aller à Dogtown alerter Mannie. Qu'il nous envoie les troupes qu'il nous avait promises l'hiver dernier quand on l'a aidé dans cette histoire avec Pastorius. Et on les veut *tout de suite*. Dis à Squeeze d'envoyer tous les nains et auxiliaires dans les rues, et *tout de suite*. Je veux savoir où se cache cette foutue Sorcière Vaudou.»

Tandis qu'il continuait à donner des ordres et que Jackson emportait Kara au rez-de-chaussée, Gentry attira Taylor dans un coin. «Où est Natalie ?»

Le jeune homme secoua la tête, puis laissa échapper un hoquet lorsque Gentry resserra son étreinte sur son biceps. «Merde, mec. Le monstre blanc lui court après. Raji les a vus traverser l'esplanade et disparaître entre les immeubles, mec. Il faisait *noir*. On leur a couru après, mais on n'a rien vu.

– Il y a combien de temps ?» Gentry serra un peu plus fort.

«Hé, *merde*. Vingt minutes. Peut-être vingt-cinq.»

Gentry descendit en hâte au rez-de-chaussée et rattrapa Marvin avant qu'il s'en aille. «Je veux mon revolver.»

L'autre le fixa de ses yeux bleu pâle aussi glacials que l'océan arctique.

«Ce fils de pute s'est attaqué à Natalie et je veux lui régler son compte. Donne-moi le Ruger.» Il tendit la main.

Leroy fit glisser son fusil dans sa main droite. Il en

braqua le canon sur Gentry et se tourna vers Marvin, attendant son ordre.

Marvin dégaina le lourd revolver et le tendit à Gentry. « Tue-le, mec.

– Ouais. » Gentry remonta à l'étage, récupéra sa boîte de cartouches et rechargea l'arme. Les lourdes balles magnum se mettaient presque automatiquement en place sous ses doigts. Il se rendit compte que sa main tremblait. Il se pencha et inspira à plusieurs reprises pour faire cesser les tremblements, redescendit au rez-de-chaussée en quête d'une lampe-torche, puis s'enfonça dans la nuit.

Saul Laski reprit conscience alors que Jackson examinait sa blessure. « On dirait qu'on vous a opéré avec un ouvre-boîtes, dit l'ex-médecin. Tendez votre bras droit. Je vais vous faire une injection de morphine pendant que je répare les dégâts. »

Saul reposa sa tête sur le matelas. Sous sa barbe noire, sa peau et ses lèvres étaient blafardes. « Merci.

– Ne me remerciez pas. Je vous enverrai ma note. Il y a ici des frères qui tueraient pour cette morphine. » Il fit une piqûre à Saul d'un geste vif et sûr. « Vous autres, pauvres Blancs, vous ne savez pas prendre soin de votre corps. »

Gentry se hâta de parler avant que la morphine n'endorme le psychiatre. « Qu'est-ce que vous foutez ici, Saul ? »

Le vieil homme secoua la tête. « C'est une longue histoire. Et il y a plus de gens qui y sont impliqués que je ne le croyais, shérif...

– On s'en est rendu compte. Savez-vous où se cache votre Oberst ? »

Jackson acheva de nettoyer la plaie et entreprit de la recoudre. Saul y jeta un bref regard, puis détourna les yeux. « Non, pas exactement. Mais il est quelque part par ici. Tout près. Je viens de rencontrer un Noir nommé Jensen Luhar qui est au service de l'Oberst depuis plusieurs années. Les autres... Colben, Haines... m'ont relâché en pensant que je pourrais les conduire à l'Oberst.

– Haines! Bon sang, je savais que ce salaud n'était pas clair.»

Saul s'humecta les lèvres. Sa voix était de plus en plus pâteuse, de plus en plus vague. «Et Natalie? Elle est ici?»

Gentry détourna les yeux, fusilla du regard l'ombre environnante. «Elle était ici. Quelqu'un l'a attaquée... l'a capturée... il y a vingt-quatre heures.»

Saul tenta de se redresser. Jackson jura et le força à rester étendu. «Vivante? demanda Saul.

– Je ne sais pas. J'ai passé les dernières vingt-quatre heures à fouiller tout le quartier.» Gentry se frotta les yeux. Cela faisait plus de quarante-huit heures qu'il n'avait pas dormi. «Il n'y a aucune raison de penser que Melanie Fuller a épargné Natalie après avoir assassiné autant de monde. Mais je continue d'espérer. Une *intuition*. Si vous pouvez me dire tout ce que vous savez, alors peut-être qu'ensemble nous pourrons...» Gentry s'interrompit. Jackson avait presque fini. Saul Laski dormait à poings fermés.

«Comment va Kara?» demanda Gentry en entrant dans la cuisine.

Marvin leva les yeux vers lui. Un plan de la ville était étalé sur la table, maintenu en place par des boîtes de bière et des paquets de chips. Leroy était assis près de son chef, enveloppé de bandages blancs visibles à travers les déchirures de sa chemise. Divers lieutenants allaient et venaient, mais il régnait dans le foyer une atmosphère de détermination sereine très différente du chaos de la veille. «Ça ne va pas fort, soupira Marvin. Le docteur dit qu'elle est gravement touchée. Cassandra et Shelli sont près d'elle en ce moment. Elles enverront quelqu'un si son état s'aggrave.»

Gentry acquiesça et s'assit. Il sentait les toxines envahir son organisme épuisé, plaquant une pellicule de lumière terne sur tout ce qu'il fixait. Il se frictionna le visage.

«Le type, là-haut, il va t'aider à retrouver ta femme ?»

Gentry cilla. «Je ne sais pas.

– Il peut nous aider à retrouver la Sorcière Vaudou ?

– Peut-être. D'après Jackson, il sera en état de nous parler d'ici une heure ou deux. Et tes hommes, ils ont trouvé quelque chose ?

– C'est une question de temps, mec. Rien qu'une question de temps. Toutes les filles et tous les auxiliaires sont en train de faire du porte à porte. Une vieille femme blanche comme elle ne peut pas se planquer dans le coin sans que *personne* ne le sache. Dès qu'on l'aura dénichée, on sera prêts.»

Gentry essaya de se concentrer sur ce qu'il voulait dire. Il avait de plus en plus de peine à trouver ses mots. «Tu es au courant pour les autres... les fédéraux.»

Marvin éclata de rire. Un rire amer et glacé. «Je veux ! Ils grouillent dans tous les coins. Mais c'est à cause d'eux que la télé et les flics du coin ne sont pas sur le coup, pas vrai ?

– Sans doute. Mais ce que je veux dire, c'est qu'ils sont aussi dangereux que la Sorcière Vaudou. Certains d'entre eux ont le même... les mêmes pouvoirs qu'elle. Et ils sont à la recherche d'un homme qui est encore plus dangereux.

– Tu penses que c'est eux qui se sont attaqués au Soul Brickyard, mec ?

– Non.

– Ils ont quelque chose à voir avec le monstre blanc ?

– Non.

– Alors, ils attendront leur tour. Mais s'ils se mêlent de nos affaires, on leur réglera leur compte.

– Il y a environ quarante ou cinquante agents fédéraux en civil dans les parages. En règle générale, ces types-là sont armés jusqu'aux dents.»

Marvin haussa les épaules. Un adolescent fit irruption dans la cuisine et lui parla à l'oreille. Marvin lui donna brièvement ses instructions d'une voix calme et assurée. Le jeune homme repartit.

Gentry prit une boîte de bière, vérifia qu'il y restait un peu de liquide tiède et en but une gorgée. « Est-ce que tu as pensé à foutre le camp tant que c'est possible ? demanda-t-il. Je veux dire, mettre tous tes copains à l'abri et laisser tous ces vampires se déchirer entre eux ? »

Marvin regarda Gentry droit dans les yeux et lui répondit d'une voix à peine audible : « T'as rien compris, mec. Les Blancs, le gouvernement, les flics, les politiciens pourris du coin — ils ont jamais cessé de vouloir nous baiser. Ce que le monstre blanc est en train de faire, ça n'a rien de neuf, mais c'est à *nous* qu'il le fait, et sur *notre* territoire, mec. Natalie et toi, vous dites que c'est la Sorcière Vaudou qui est responsable, et je pense que c'est vrai. Ça me *semble* vrai. Mais y a pas que la Sorcière Vaudou. Derrière elle, y a tout un tas d'autres types prêts à nous chier sur la gueule. Et ça fait longtemps que ça dure. Mais c'est le Soul Brickyard ici. Ceux qui ont été tués — Mohammed, George, Calvin... peut-être Kara — ils étaient des *nôtres*, mec. Et c'est pour ça qu'on va tuer le monstre blanc et cette salope de vieille sorcière. On a besoin de personne pour nous aider. Mais si tu veux te joindre à nous, mec, tu es le bienvenu.

– Je veux me joindre à vous », dit Gentry. Sa propre voix lui fit l'effet d'un 45-tours passant en 33.

Marvin hocha la tête et se leva. Sa main était ferme lorsqu'il la posa sur le bras de Gentry, le forçant à se lever et le poussant vers l'escalier. « Pour le moment, mon vieux, tu ferais mieux d'aller dormir. On t'appellera dès qu'il y aura du neuf. »

Jackson le réveilla à 5 h 30 le lendemain matin. « Votre ami est réveillé », dit l'ex-médecin.

Gentry le remercia et s'assit sur le bord de son matelas, la tête entre les mains, essayant de se remettre les idées en place. Avant d'aller voir Saul, il descendit à la cuisine d'un pas mal assuré, se prépara du café dans une antique cafetière, puis remonta à l'étage avec deux bols ébréchés fumants. Une douzaine d'adolescents ronflaient sur des matelas ici et là. Ni Marvin ni Leroy n'étaient en vue.

Saul accepta le bol avec reconnaissance. « Quand je me suis réveillé, j'ai cru que tout ceci n'était qu'un rêve, dit-il. Je m'attendais à me retrouver chez moi, prêt à aller donner des cours à l'université. Puis j'ai senti ceci. » Il leva son bras bandé.

« Comment ça vous est arrivé ? » demanda Gentry.

Saul avala une gorgée de café. « Voici ce que je vous propose, shérif. Nous allons passer un marché. Je vais commencer par vous livrer les informations les plus importantes en ma possession. Ensuite, ce sera à votre tour. Si nos récits ont des points communs, nous les approfondirons. D'accord ?

– D'accord. »

Ils parlèrent pendant une heure et demie, puis s'interrogèrent mutuellement pendant une demi-heure supplémentaire. A l'issue de cette conversation, Gentry aida Saul à se lever et ils allèrent contempler les premières lueurs grises de l'aube derrière les barreaux d'une fenêtre.

« Demain, c'est le Jour de l'An », dit Gentry.

Saul leva une main pour ajuster ses lunettes et se rendit compte de leur absence. « Tout ceci est incroyable, n'est-ce pas ?

– Oui. Mais je suis sûr que Natalie Preston est quelque part là-dehors et je ne quitterai pas cette ville tant que je ne l'aurai pas retrouvée. » Ils retournèrent près du matelas pour récupérer les lunettes de Saul, puis descendirent au rez-de-chaussée voir s'il y avait quelque chose à manger.

Marvin et Leroy revinrent vers dix heures du matin, en grande conversation avec deux Portoricains élancés.

Trois automobiles surbaissées attendaient au bord du trottoir, emplies de jeunes Chicanos qui contemplaient d'un air méfiant les jeunes Noirs rassemblés sur le perron de Community House. Les membres du gang les regardaient d'un air aussi peu amène.

La cuisine était devenue un poste de commandement où l'on n'entrait que sur invitation. Vingt minutes après le départ des Portoricains, on y convoqua Saul et Gentry. Marvin, Leroy, un des jumeaux et une demi-douzaine d'autres adolescents les fixèrent en silence.

« Comment va Kara ? demanda Gentry.

– Elle est morte », répondit Marvin. Il se tourna vers Saul. « Jackson m'a dit que vous vouliez me parler.

– Oui. Je pense que vous pouvez m'aider à retrouver l'endroit où j'ai été retenu prisonnier. Ce n'est sûrement pas très loin d'ici.

– Pourquoi ferions-nous ça ?

– Cet endroit est le centre de contrôle des policiers qui quadrillent le quartier.

– Et alors ? Qu'ils aillent se faire foutre. »

Saul tirailla sur sa barbe. « Je pense que les policiers... les agents fédéraux... savent où se trouve Melanie Fuller. »

Marvin releva brusquement la tête. « Vous en êtes sûr ?

– Non, mais étant donné ce que j'ai pu voir et entendre là-bas, ça me paraît sensé. Je pense que l'Oberst leur a communiqué sa cachette pour une raison qui lui est propre.

– Cet Oberst, c'est votre Sorcier Vaudou ?

– Oui.

– Y a pas mal de flics du gouvernement qui traînent dans les rues. Est-ce que l'un d'eux saurait où se cache la Sorcière Vaudou ?

– Peut-être, mais si nous pouvions pénétrer dans leur centre de contrôle et... euh... parler à l'un de ses occupants... je pense que nous aurions de meilleures chances de la retrouver.

– Je t'écoute, mec, dit Marvin.

– C'est un endroit dégagé, à moins de dix minutes d'ici en voiture. Je pense qu'un hélicoptère s'y est posé et en a décollé à intervalles réguliers. Les constructions qui s'y trouvent ne sont que temporaires… sans doute des mobile-homes ou le genre de caravanes qu'on trouve sur les chantiers.»

Saul portait un passe-montagne et des gants lorsqu'il sortit du foyer en compagnie de Gentry et de cinq membres de la bande. Colben et Haines le croyaient sans doute mort, et Gentry lui avait suggéré de ne pas les détromper. Ils montèrent dans le camion de Woods et se dirigèrent vers Germantown Avenue, puis empruntèrent Chelten Avenue en direction du sud, obliquant ensuite à l'ouest vers une zone d'entrepôts.

«Y a une Ford bleue qui nous suit, dit Leroy tout en conduisant.

– Vas-y», ordonna Marvin.

Le camion traversa un parking encombré de détritus, puis s'engagea dans une ruelle, s'arrêtant près d'un appentis délabré le temps que Marvin, Saul, Gentry et un des jumeaux descendent d'un bond pour se précipiter à l'ombre de son entrée. Le camion accéléra pour descendre la ruelle puis vira sèchement dans la rue suivante. Vingt secondes plus tard, une Ford bleue occupée par trois hommes blancs passa en trombe devant l'appentis.

«Par ici», dit Marvin. Il leur fit traverser un no man's land de tonneaux et de poutres métalliques qui aboutissait à un petit cimetière de voitures où les véhicules compressés s'empilaient sur une hauteur de dix mètres. Marvin et le jumeau atteignirent le sommet d'une pile en quelques secondes; il fallut un peu plus longtemps à Saul et à Gentry pour y parvenir.

«C'est ça, mec?» demanda Marvin alors que Saul prenait pied sur le sommet de l'empilement précaire, s'accrochant au shérif pour ne pas tomber. Marvin tendit au psychiatre une petite paire de jumelles.

Saul glissa son bras gauche à l'intérieur de sa veste et observa la scène avec les jumelles. Une haute barrière de bois entourait un terrain grand comme un demi-pâté de maisons. Vers le sud, on avait creusé des fondations et versé du béton dans le sol. Deux bulldozers, un excavateur et divers outils attendaient les ouvriers. Au centre de l'espace restant, trois mobile-homes formaient un E privé de barre centrale. Sept voitures aux plaques gouvernementales et une fourgonnette de Bell Telephone étaient garées à proximité. L'unité centrale du groupe de caravanes était hérissée d'antennes paraboliques. On avait délimité un espace circulaire avec des balises rouges et une petite manche à air pendait lamentablement au sommet d'un poteau en métal.

« C'est sûrement ça », dit Saul Laski.

Alors qu'ils observaient la scène, un homme en manches de chemise sortit de la caravane centrale et parcourut d'un pas vif les vingt mètres qui le séparaient des trois toilettes mobiles installées près des voitures.

« C'est à un de ces mecs que vous aimeriez parler ? demanda Marvin.

– Probablement », dit Saul. Ils étaient sûrement invisibles au milieu des empilements de métal rouillé, mais Gentry et les autres se tapirent un peu plus derrière les essieux, volants et capots aplatis.

Marvin consulta sa montre. « Environ cinq heures avant la nuit. On attaquera à ce moment-là.

– Nom de *Dieu*, gronda Gentry. On est vraiment obligés d'attendre aussi longtemps ? »

Comme pour lui répondre, un hélicoptère arriva du nord, décrivit un cercle au-dessus du terrain et se posa au milieu des balises. Un homme vêtu d'une épaisse parka en descendit et se précipita vers la caravane centrale. Saul reprit les jumelles à Marvin et eut le temps d'apercevoir le visage poupin de Charles Colben. « Voilà un homme qu'il ne faut *pas* déranger, dit-il. Attendez qu'il soit parti. »

Marvin haussa les épaules.

«Fichons le camp d'ici, dit Gentry. Je vais partir tout seul à la recherche de Natalie.

– Non, dit Saul d'une voix étouffée par son passe-montagne. Je vous accompagne.»

«C'est son corps que vous recherchez?» demanda Saul Laski alors que les deux hommes fouillaient les décombres d'une maison abandonnée.

Gentry s'assit sur un mur de briques haut d'un mètre. Les derniers vestiges de la lumière du jour étaient visibles à travers les trous du plafond et du toit. «Oui, je peux vous l'avouer.

– Vous pensez que l'agent de Melanie Fuller l'a tuée et qu'il a abandonné son corps dans un endroit comme celui-ci?»

Gentry baissa les yeux et sortit le Ruger de sa poche. Il était chargé. Le cran de sûreté était ôté. Le revolver était en parfait état de fonctionnement; Gentry l'avait soigneusement huilé ce matin-là. Il soupira. «Ce serait au moins une confirmation. Pourquoi la vieille l'aurait-elle épargnée, Saul?»

Saul trouva un bloc de béton sur lequel s'asseoir. «Un des problèmes que l'on rencontre lorsqu'on travaille avec des psychotiques, c'est que leurs processus mentaux ne sont pas aisément accessibles. C'est sans doute une bonne chose. Si tout le monde comprenait le fonctionnement d'un esprit de psychopathe, nous-mêmes serions sans doute au bord de la folie.

– Vous êtes sûr que la Fuller est psychopathe?»

Saul écarta les doigts de sa main droite. Il avait relevé son passe-montagne sur son crâne et semblait à présent coiffé d'un bonnet. «Toutes les informations en notre possession prouvent qu'elle est bonne pour l'asile. Mais si elle s'est enfermée dans une vision du monde pathologiquement pervertie, le vrai problème réside dans le fait que son pouvoir lui permet d'imposer cette vision au monde.» Saul ajusta ses lunettes. «C'était l'essentiel du problème avec l'Allemagne nazie. Une psychose est pareille à un virus. Elle peut se multiplier et se répandre librement si son porteur l'accepte et la transmet à son entourage.

– Vous voulez dire que c'est à cause de gens comme votre Oberst et Melanie Fuller que l'Allemagne nazie a fait ce qu'elle a fait ?

– Absolument pas. » Gentry n'avait jamais perçu autant de fermeté dans la voix de Saul. « Je ne suis même pas sûr que ces êtres soient entièrement humains. Je les considère comme des mutations défectueuses — des victimes d'une évolution qui, durant presque un million d'années, a favorisé l'instinct de domination parmi d'autres types de comportement. Ce ne sont pas les Oberst et les Melanie Fuller, ni même les Barent et les Colben, qui créent les sociétés fascistes orientées vers la violence.

– Qu'est-ce que c'est, alors ? »

Saul indiqua la rue visible à travers les fenêtres cassées. « Nos jeunes voyous estiment que plusieurs dizaines d'agents fédéraux sont engagés dans cette opération. A mon avis, Colben est le seul parmi eux à être doué d'une fraction de cet étrange pouvoir mutant. Les autres laissent prospérer le virus de la violence parce qu'ils ne font "qu'obéir aux ordres", ou parce qu'ils font partie d'une machine sociale. Les Allemands étaient des experts dans la conception et dans la construction de telles machines. Les camps de la mort n'étaient qu'une partie d'une gigantesque machine. Elle n'a pas été détruite, mais rebâtie sous une forme différente. »

Gentry se releva et se dirigea vers une brèche dans le mur. « Allons-y. On peut finir de fouiller ce pâté de maisons avant la nuit. »

Ils trouvèrent le lambeau de tissu parmi les cendres et les débris de deux maisons qui avaient été ravagées par un incendie mais jamais rasées. « Je suis sûr que ça vient du chemisier qu'elle portait lundi », dit Gentry. Il tripota le bout de tissu et balaya le tapis de cendres du rayon de sa lampe. «Pas mal de traces de pas par ici. On dirait qu'ils se sont battus là, dans le coin. Ce clou a pu déchirer la manche de son chemisier si quelqu'un l'a projetée contre le mur à cet endroit.

– Ou si quelqu'un l'a portée sur son épaule.» Le psychiatre serrait son bras gauche dans sa main droite. Son visage était blême.

«Ouais. Cherchons des traces de sang ou... d'autre chose.» Les deux hommes fouillèrent les lieux dans la pénombre pendant vingt minutes, mais en vain. Ils étaient sortis des ruines et se demandaient quel chemin avait pu suivre l'agresseur de Natalie dans le labyrinthe de ruelles et d'immeubles vacants lorsque le jeune homme nommé Taylor apparut au bout de la rue; il courut vers eux en agitant les bras. Gentry attendit sans lâcher son Ruger. Le garçon fit halte à trois mètres d'eux. «Hé, Marvin veut que vous veniez au foyer tout de suite. Leroy a alpagué un des types des caravanes. Il a dit à Marvin où se trouvait la Sorcière Vaudou.»

«Grumblethorpe, dit Marvin. Elle est à Grumblethorpe.

– Qu'est-ce que c'est que ce Grumblethorpe?» demanda Saul.

Gentry et le psychiatre avaient rejoint la trentaine de personnes qui se pressaient dans la cuisine. D'autres membres de la bande se pressaient dans le couloir et les pièces du rez-de-chaussée. Marvin, assis à la tête de la table, éclata de rire. «Ouais, c'est exactement ce que je lui ai dit : Qu'est-ce que c'est que ce Grumblethorpe? Puis ce type m'a dit où c'était et j'ai dit : Ouais, je connais.

– C'est une vieille baraque sur l'Avenue, précisa Leroy. Vraiment vieille. Elle a été construite à l'époque où les Blancs portaient ces espèces de tricornes marrants.

– Auprès de qui avez-vous recueilli ces renseignements? demanda Saul.

– Hein ? fit Leroy.

– Lequel de ces types avez-vous cuisiné ? » interpréta Gentry.

Marvin eut un large sourire. « Leroy, G.B. et moi, on est retournés là-bas à la tombée de la nuit. L'hélico était parti, mec. Alors on a attendu près des toilettes jusqu'à ce que ce type sorte. Il avait un petit flingue dans un étui passé à son falze. G.B. et moi, on a attendu qu'il ait baissé son falze avant de lui dire bonjour. Leroy a amené le camion près du mur. On a laissé le type finir de couler son bronze avant de l'emmener.

– Où est-il à présent ? demanda Gentry.

– Toujours dans le camion du révérend Woods. Pourquoi ?

– Je veux lui parler.

– Pas possible, dit Marvin. Il dort. Il nous a dit qu'il était un agent spécial, un technicien vidéo. Il nous a dit qu'il ne savait rien de ce qui se passait. Il nous a dit qu'il ne nous parlerait jamais et qu'on était dans la merde parce qu'on avait agressé un flic fédéral, ce genre de conneries. Leroy et G.B. l'ont aidé à parler. Jackson dit que le type n'a rien, mais pour le moment, il dort.

– Et la Fuller se trouve dans un endroit nommé Grumblethorpe, sur Germantown Avenue, dit Gentry. L'agent en était bien sûr ?

– Ouais, répondit Marvin. La Sorcière Vaudou habitait chez une autre vieille Blanche dans Queen Lane. J'aurais dû m'en douter. Les vieilles Blanches se serrent les coudes.

– Que fait-elle à Grumblethorpe, alors ? »

Marvin haussa les épaules. « Le fédé dit qu'elle y a passé le plus clair de son temps la semaine dernière. On pense que c'est de là que vient le monstre blanc. »

Gentry se fraya un chemin à travers la foule pour se rapprocher de Marvin. « D'accord. On sait où elle se planque. Allons-y.

– Pas encore », dit Marvin. Il se tourna vers Leroy pour lui dire quelque chose, mais Gentry l'agrippa par l'épaule et le força à se retourner.

«J'en ai marre de t'entendre dire "pas encore". Natalie Preston est peut-être encore en vie et elle est peut-être là-bas. On y va.»

Marvin le regarda de ses yeux de glace. «Lâche-moi, mec. Quand on donnera l'assaut, je ne veux pas de fausse manœuvre. Taylor est en train de parler à Eduardo et à ses gars. G.R. et G.B. surveillent Grumblethorpe. Leila et les filles gardent l'œil sur tous les flics fédéraux.

– Alors j'y vais tout seul, déclara Gentry en tournant les talons.

– Pas question, dit Marvin. Dès que tu t'approcheras de la bicoque, tous les fédés vont te reconnaître et ton effet de surprise sera foutu. Tu attends qu'on soit prêts et tu restes ici, mec.»

Gentry se retourna. Marvin ne broncha pas lorsque le flic sudiste le domina de toute sa masse. «Il faudra que tu me tues pour m'empêcher d'aller là-bas, dit Gentry.

– Ouais, fit Marvin, je sais.»

Il régnait dans la pièce une tension à couper au couteau. Quelque part dans le bâtiment, on alluma une radio et le son de Motown déferla durant quelques secondes avant d'être coupé.

«Rien que quelques heures, mec, reprit Marvin. Je sais ce que tu as, je suis passé par là. Quelques heures On ira là-bas ensemble, mec.»

L'énorme carcasse de Gentry se détendit lentement Il leva sa main droite, Marvin l'agrippa, et leurs doigts s'entrecroisèrent. «Quelques heures, dit Gentry.

– D'accord, mon frère», dit Marvin, et il sourit.

Gentry était assis sur un matelas du premier étage désert et nettoyait le Ruger pour la troisième fois de la journée. La pièce n'était éclairée que par une lampe à l'abat-jour cassé. La table de billard était maculée de taches sombres.

Saul Laski pénétra dans le cercle de lumière, regarda

autour de lui d'un air hésitant, puis se dirigea vers Gentry.

« Salut, Saul, dit Gentry sans lever les yeux.

– Bonsoir, shérif.

– Vu les quelques péripéties que nous avons traversées ensemble, Saul, je vous serais reconnaissant si vous m'appeliez Rob.

– Entendu, Rob. »

Gentry remit le barillet en place et le fit tourner. Concentré sur sa tâche, il inséra soigneusement les cartouches, une par une.

« Marvin est en train d'envoyer ses hommes sur le terrain, dit Saul. Par groupes de deux ou de trois.

– Bien.

– J'ai décidé d'accompagner le groupe de Taylor… nous attaquerons le centre de contrôle. C'est moi qui ai suggéré cette cible. Pour faire diversion. »

Gentry leva brièvement les yeux. « Parfait.

– J'aurais souhaité être présent quand ils captureront Melanie Fuller, continua Saul, mais je ne pense pas qu'ils aient conscience du danger que représente Colben…

– Je comprends. Ils vous ont dit à quelle heure ça allait commencer ?

– Peu après minuit. »

Gentry posa son arme sur le sol et releva le matelas contre le mur. Il se croisa les doigts derrière la nuque et s'adossa à cet oreiller de fortune. « C'est le soir de la Saint-Sylvestre, dit-il. Bonne année. »

Saul ôta ses lunettes et les essuya avec un Kleenex. « Vous avez l'air de bien connaître Natalie Preston, n'est-ce pas ?

– Elle n'est restée à Charleston que quelques jours après votre départ. Mais, oui, je commençais à bien la connaître.

– Une jeune femme remarquable. J'ai l'impression de la connaître depuis plusieurs années. Une jeune personne très intelligente et très perspicace.

– Ouaip.

– Il y a des chances pour qu'elle soit encore en vie.»

Gentry contempla le plafond. Les ombres qui s'y massaient lui rappelèrent les taches sur la table de billard. «Saul, si elle est en vie, je la sauverai de ce cauchemar.

– Oui, je vous en sais capable. Je vous prie de m'excuser, mais je vais dormir une heure ou deux avant le début des réjouissances.» Il se dirigea vers un matelas placé près de la fenêtre.

Gentry garda longtemps les yeux fixés sur le plafond. Plus tard, lorsqu'on vint le chercher, il était prêt.

31.
Germantown,
mercredi 31 décembre 1980

La pièce était glaciale et dépourvue de fenêtre. A vrai dire, c'était plutôt un placard : un mètre quatre-vingts de long sur un mètre vingt de large, trois murs de pierre et une épaisse porte en bois. Natalie avait martelé cette porte jusqu'à s'en meurtrir les poings et les pieds, mais elle n'avait pas bougé. La jeune femme savait que des charnières massives et de lourds verrous devaient se trouver derrière l'épais panneau de chêne.

C'était le froid qui l'avait réveillée. Elle avait d'abord senti la panique monter en elle comme une vomissure, lui faisant oublier les plaies douloureuses qu'elle avait sur le front. Elle se rappelait s'être tapie derrière des poutres calcinées, dans une odeur de cendres et de peur, tandis qu'une ombre armée d'une faux s'avançait vers elle dans les ténèbres. Elle se rappelait avoir bondi, lancé la brique qu'elle serrait dans sa main, essayé de contourner l'ombre qu'elle venait de faire sursauter. Des mains s'étaient refermées sur ses bras; elle avait hurlé, s'était débattue. Puis un coup sur la tête, un autre sur la tempe, sur le front, le sang qui coule sur son œil gauche et l'impression d'être soulevée, emportée. Un aperçu du ciel, de la neige, d'un réverbère penché, puis le noir.

Elle s'était réveillée au sein d'une obscurité si épaisse qu'elle était restée plusieurs minutes à se demander si elle n'était pas devenue aveugle. Elle avait quitté son nid de couvertures, rampé sur le sol glacé et s'était heurtée aux limites de sa prison de bois et de pierre. Le plafond était trop haut pour qu'elle puisse le toucher. Des montants métalliques ayant sans doute jadis supporté des étagères étaient fixés au mur. Au bout de quelques minutes, Natalie avait réussi à distinguer de minces bandes de pénombre au sommet et à la base de la porte, pas de la lumière à proprement parler mais une obscurité atténuée par un soupçon de lumière indirecte.

Natalie avait cherché les deux couvertures à tâtons et s'était accroupie dans un coin, frissonnante. Elle avait atrocement mal au crâne et se sentait sur le point de vomir sous l'effet de la peur et de la nausée. Toute sa vie, elle avait admiré les personnes capables de conserver leur calme et leur courage dans une situation extrême, elle avait aspiré à ressembler à son père — un homme qui se montrait d'une compétence tranquille là où d'autres auraient paniqué — et voilà qu'elle se retrouvait tapie dans un coin, désespérée, tremblant de tous ses membres et suppliant un dieu quelconque d'empêcher le monstre blanc de revenir.

La pièce était glacée, mais d'une façon qui n'avait rien à voir avec la froidure du dehors; on y avait plutôt affaire au froid humide des cavernes. Natalie ignorait totalement où elle se trouvait. Plusieurs heures s'écoulèrent, et elle était sur le point de s'assoupir, toujours frissonnante, lorsqu'une lumière apparut en bas de la porte, suivie du cliquetis de verrous que l'on tire.

Melanie Fuller pénétra dans la pièce.

Natalie était sûre que c'était Melanie Fuller, même si la lueur vacillante de la chandelle que brandissait la vieille dame éclairait son visage par en dessous, le transformant en une bizarre caricature d'humanité : joues et paupières sillonnées de rides, cou tout en fanons, yeux pareils à des billes au fond de deux trous sombres, paupière gauche avachie, cheveux bleutés clairsemés qui se dressaient sur un crâne tacheté comme sous l'effet de l'électricité statique. Derrière cette apparition, Natalie distingua la silhouette efflanquée du monstre blanc, dont les cheveux pendaient sur un visage strié de boue et de sang. Ses dents cassées brillaient d'un éclat jaunâtre à la lueur de la chandelle. Il avait les mains vides et ses longs doigts blancs étaient agités de mouvements convulsifs, comme si son corps était parcouru de décharges électriques.

«Bonsoir, ma chère», dit Melanie Fuller. Elle portait une longue chemise de nuit et une grosse robe de chambre bon marché. Ses pieds étaient enfouis dans des pantoufles de peluche rose.

Natalie resserra les couvertures autour d'elle sans répondre.

«Il fait froid ici, n'est-ce pas, ma chère? reprit la vieille femme. Je suis navrée. Si cela peut vous consoler, il fait froid dans toute la maison. Je me demande comment le Nord était vivable avant l'invention du chauffage central.» Elle sourit et la lueur de la bougie joua sur son dentier parfaitement lisse. «Voulez-vous vous entretenir avec moi quelques minutes, ma chère?»

Natalie envisagea d'attaquer la vieille femme tant qu'elle en avait la possibilité, puis de se précipiter dans la pièce obscure derrière elle. Une pièce où elle distinguait une longue table en bois — de toute évidence une antiquité — et des murs de pierre. Mais le garçon aux yeux de démon lui en barrait l'accès.

«Vous avez apporté de Charleston une photographie me représentant, n'est-ce pas, ma chère?»

Natalie la regarda sans rien dire.

Melanie Fuller secoua la tête avec tristesse. «Je n'ai aucune envie de vous faire du mal, ma chère, mais si vous refusez de me répondre, je me verrai obligée de demander à Vincent de vous réprimander.»

Le cœur de Natalie battit un peu plus fort lorsqu'elle vit le monstre blanc faire un pas vers elle avant de s'immobiliser.

«Où avez-vous trouvé cette photographie, ma chère?»

Natalie essaya de rassembler assez de salive pour répondre. «Mr. Hodges.

– C'est Mr. Hodges qui vous l'a donnée ? » La voix de Melanie Fuller était sceptique.

« Non. Mrs. Hodges nous a autorisés à fouiller dans ses diapositives.

– Qu'entendez-vous par “nous”, ma chère ? » La vieille femme eut un petit sourire. La lueur de la chandelle illuminait ses pommettes qui saillaient sous la peau comme des lames de couteau sous un parchemin.

Natalie resta muette.

« Je présume que par “nous” vous entendez vous-même et le shérif, dit doucement Melanie Fuller. Pourquoi diable un policier de Charleston et une femme de couleur viendraient-ils jusqu'ici à seule fin de tourmenter une vieille dame qui ne leur a fait aucun mal ? »

Natalie sentit la colère monter en elle, enflammant ses membres affaiblis, bannissant toute terreur de son corps. « Vous avez tué mon père ! » hurla-t-elle. Son dos racla la pierre rugueuse lorsqu'elle essaya de se redresser.

La vieille femme parut intriguée. « Votre père ? Il doit s'agir d'une erreur, ma chère. »

Natalie secoua la tête, luttant contre les larmes. « Vous avez utilisé votre foutu domestique pour le tuer. Sans raison.

– Mon domestique ? Mr. Thorne ? Je crains que vous ne fassiez erreur, ma chère. »

Natalie aurait craché au visage de ce monstre aux cheveux bleutés si elle avait encore eu de la salive dans la bouche.

« Qui d'autre me recherche ? demanda la vieille femme. Êtes-vous seulement accompagnée du shérif ? Comment m'avez-vous suivie jusqu'ici ? »

Natalie se força à rire, ne réussissant à produire qu'un petit bruit de crécelle. « Tout le monde sait que vous vous cachez ici. Nous savons tout sur vous, sur le vieux nazi et sur votre autre amie. Vous ne pouvez plus tuer personne. Quoi que vous me fassiez, vous êtes finie... » Elle s'interrompit tant les battements de son cœur étaient douloureux.

La vieille femme parut inquiète pour la première fois. «Nina? dit-elle. C'est Nina qui vous envoie?»

Natalie mit quelques secondes à restituer ce nom, puis elle se rappela le troisième membre du trio décrit par Saul Laski. Elle se rappela la description que Rob avait faite des meurtres de Mansard House. Natalie regarda les yeux dilatés de Melanie Fuller et y vit de la démence. «Oui», dit-elle d'un ton ferme, sachant qu'elle risquait de se condamner mais désireuse de frapper un coup décisif à n'importe quel prix. «C'est Nina qui m'envoie. Nina sait où vous êtes.»

La vieille femme recula en vacillant comme si elle venait d'être frappée au visage. Sa mâchoire inférieure parut se décrocher. Elle s'agrippa au chambranle de la porte, regarda la chose qu'elle avait appelée Vincent, n'y trouva aucun remède à sa peur et hoqueta : «Je suis fatiguée. Nous en reparlerons plus tard. Plus tard.» La porte se referma à grand bruit, les verrous furent remis en place.

Natalie se tapit dans les ténèbres et frissonna.

La lumière du jour se manifesta sous la forme de deux minces bandes grises au sommet et à la base de la porte. Natalie somnolait, fiévreuse, la tête en feu. Elle fut réveillée par un besoin pressant. Elle devait se soulager mais rien n'avait été prévu à cet effet, même pas un pot de chambre. Elle se mit à tambouriner sur la porte et hurla jusqu'à en avoir mal à la gorge, mais personne ne lui répondit. Finalement, elle trouva une pierre à moitié descellée dans un coin, tira dessus pour l'enlever complètement et utilisa la petite niche en guise de latrines. Lorsqu'elle eut fini, elle traîna ses couvertures près de la porte et se recoucha en sanglotant.

Il faisait de nouveau nuit lorsqu'elle se réveilla en sursaut. On tira les verrous et la lourde porte s'ouvrit en grinçant. Vincent était seul.

Natalie recula à quatre pattes, cherchant la pierre descellée pour se défendre, mais le jeune homme fut sur elle en une seconde, lui agrippant les cheveux et la forçant à se redresser. Il lui passa un bras autour de la gorge, lui coupant le souffle. Vaincue, Natalie ferma les yeux.

Le monstre blanc la fit sortir sans ménagement de sa cellule et, moitié la traînant, moitié la poussant, la conduisit vers un escalier raide et étroit. Natalie eut le temps d'apercevoir une cuisine sombre datant de l'époque coloniale et un petit salon où un radiateur à essence brûlait dans la cheminée avant de gravir péniblement les marches. Vincent lui fit traverser un étroit palier plongé dans l'obscurité, puis la poussa dans une pièce éclairée par des chandelles.

Natalie se figea devant la scène qui s'offrait à elle. Melanie Fuller gisait en position fœtale sur un lit pliant au milieu d'un tas de couvertures et de couettes. Le plafond de la pièce était haut, son unique fenêtre occultée par un rideau, et elle était éclairée par trois bonnes douzaines de chandelles posées sur le sol, les tables, le rebord de la fenêtre, le dessus de la cheminée et en carré autour du lit. Çà et là traînaient les souvenirs décatis d'enfants morts depuis longtemps — une maison de poupée cassée, un berceau aux barreaux métalliques qui faisait penser à la cage d'un petit animal féroce, d'antiques poupées de chiffon, et un troublant mannequin de petit garçon haut d'un mètre vingt qui semblait avoir souffert d'une exposition prolongée aux radiations : il lui manquait des touffes de cheveux; la peinture de son visage s'écaillait, donnant l'impression qu'il était couvert d'hématomes.

Melanie Fuller roula sur elle-même et la regarda. «Les entendez-vous ?» murmura-t-elle.

Natalie tendit l'oreille. Elle n'entendait que le souffle court de Vincent et les battements précipités de son propre cœur. Elle ne répondit pas.

«Elles me disent que l'heure est presque venue, siffla la vieille femme. J'ai envoyé Anne chez elle au cas où nous aurions besoin de la voiture.»

Natalie jeta un coup d'œil en direction de l'escalier. Vincent lui en bloquait l'accès. Elle parcourut la pièce du regard en quête d'une arme de fortune. Le berceau était trop lourd. Le mannequin probablement trop peu maniable. Si elle trouvait un couteau ou n'importe quel objet pointu, elle pourrait frapper la vieille femme à la gorge. Que ferait le monstre blanc si la Sorcière Vaudou venait à mourir ? Melanie Fuller paraissait déjà morte ; sa peau semblait aussi bleue que ses cheveux à la lumière vacillante et sa paupière gauche était pratiquement close.

« Dites-moi ce que veut Nina », murmura Melanie Fuller. Ses yeux ne cessaient de bouger, cherchant à saisir ceux de Natalie. « Nina, dis-moi ce que tu veux. Je ne voulais pas te tuer, ma chérie. Entends-tu les voix, ma chère ? Elles m'ont dit que tu allais venir. Elles me parlent du feu et de la rivière. Je devrais m'habiller, ma chère, mais mes vêtements propres sont tous chez Anne et c'est beaucoup trop loin. Il faut que je me repose quelque temps. Anne les ramènera tout à l'heure. Tu aimeras bien Anne, Nina. Si tu la veux, je te la donne. »

Natalie resta immobile, haletante, sentant monter en elle une étrange terreur viscérale. C'était peut-être sa dernière chance. Devait-elle tenter de contourner Vincent, de descendre l'escalier et de chercher une sortie ? Ou foncer sur la vieille femme ? Elle regarda Melanie Fuller. La femme sentait la vieillesse, le talc et la sueur rance. A cette seconde, Natalie sut sans l'ombre d'un doute que c'était cette chose qui était responsable de la mort de Joseph Preston. Elle se rappela la dernière fois où elle avait vu son père : la serrant dans ses bras à l'aéroport deux jours après Thanksgiving, avec son odeur de savon et de tabac, ses yeux tristes et son sourire tendre.

Natalie décida que Melanie Fuller devait mourir. Elle banda ses muscles.

« J'en ai assez de votre impertinence, ma fille ! hurla la vieille femme depuis sa couche. Que faites-vous ici ?

Retournez travailler. Vous savez comment Papa punit les nègres indisciplinés ! » Elle ferma les yeux.

Natalie sentit quelque chose lui fendre le crâne comme une hache. Son esprit était en feu. Elle tourna sur elle-même, tomba en avant, tenta de retrouver l'équilibre. Ses synapses refusaient de fonctionner, et elle se mit à danser la tarentelle autour de la pièce. Elle heurta le mur une fois, deux fois, et tomba contre Vincent. Le garçon posa des mains sales sur ses seins. Son haleine empestait la charogne. Il arracha le chemisier de Natalie.

« Non, non, dit la vieille femme. Va faire ça en bas. Ramène le corps à la maison quand tu auras fini. » La harpie s'appuya sur un coude et regarda Natalie d'un œil, la lourde paupière de l'autre ne révélant que la sclérotique. « Vous m'avez menti, ma chère. Vous n'avez aucun message de Nina, finalement. »

Natalie ouvrit la bouche pour dire quelque chose, pour hurler, mais Vincent lui agrippa les cheveux et plaqua une main puissante sur son visage. Elle fut traînée hors de la pièce, jetée dans l'escalier. Sonnée, elle essaya de s'enfuir en rampant, ses mains raclant les planches rugueuses. Vincent n'était pas pressé. Il prit tout son temps pour descendre les marches, arriva près d'elle alors qu'elle se dressait sur ses genoux et lui donna un coup de pied dans le flanc.

Natalie heurta le mur, essaya de se rouler en boule et de devenir invisible. Vincent lui saisit les cheveux des deux mains et tira.

Elle se leva en hurlant et tenta de lui décocher un coup de savate dans les testicules. Il lui saisit le pied et le tordit. Natalie tourna sur elle-même, mais pas assez vite ; elle entendit sa cheville se rompre comme une brindille et retomba violemment sur ses mains et son épaule gauche. La douleur déferla dans sa jambe droite comme une flamme bleue.

Natalie leva les yeux au moment où Vincent sortait un couteau de la poche de son blouson kaki et en faisait jaillir la lame. Elle essaya de s'éloigner, mais il se baissa, l'agrippa par les pans de son chemisier et la souleva. Le tissu se déchira à nouveau et Vincent acheva de la déshabiller. Natalie continua de ramper le long du couloir obscur, cherchant une arme à tâtons. Ses mains ne rencontrèrent que des planches froides.

Elle roula sur le dos alors que Vincent avançait dans un grand bruit de bottes et s'immobilisait au-dessus d'elle, les jambes écartées. Natalie roula sur elle-même et le mordit à travers le tissu sale de son jean, sentant ses dents s'enfoncer dans les muscles du mollet. Il ne broncha pas, ne fit pas un bruit. Le couteau passa au ras de l'oreille de Natalie, tranchant la bretelle de son soutien-gorge et laissant un long sillage de douleur sur son dos.

Natalie en perdit le souffle, roula de nouveau sur le dos et leva les mains en un geste futile pour arrêter la lame prête à s'abattre de nouveau.

Dehors, les explosions débutèrent.

32.
Germantown,
mercredi 31 décembre 1980

«Le problème, dit Tony Harod, c'est que je n'ai jamais tué personne.

– Personne ? demanda Maria Chen.

– Personne. Jamais.»

Maria Chen hocha la tête et reversa du champagne dans leurs verres. Ils étaient nus, allongés face à face dans l'immense baignoire de la chambre 2010 du Chestnut Hills Inn. Les miroirs reflétaient la lueur d'une unique bougie parfumée. Harod s'adossa à la paroi de la baignoire et contempla Maria Chen à travers ses lourdes paupières ; les jambes hâlées de la jeune femme faisaient saillie entre les îlots blancs des genoux de son compagnon, elle avait les cuisses écartées, les chevilles posées sur les côtes de Harod, invisibles sous la mousse. Les bulles dissimulaient la quasi-totalité de son sein droit, mais il apercevait son mamelon gauche, aussi gros et appétissant qu'une fraise dans l'eau sombre. Il admira les courbes de sa gorge et le poids de sa chevelure noire lorsqu'elle rejeta la tête en arrière pour boire à son verre débordant de champagne.

«Il est minuit, dit Maria Chen en jetant un coup d'œil à la Rolex de Harod posée sur la tablette. Bonne année.

– Bonne année», lui retourna Harod. Leurs verres s'entrechoquèrent. Ils buvaient depuis neuf heures du soir. C'était Maria Chen qui avait eu l'idée de prendre un bain. «Jamais tué personne, marmonna Harod. Jamais eu besoin.

– Il semble que tu vas être obligé d'en passer par là, dit Maria Chen. Quand Joseph est parti tout à l'heure, il a répété que Mr. Barent insistait pour que ce soit toi qui...

– Ouais. » Harod se redressa et posa son verre sur la tablette. Il s'essuya et tendit la main. Maria Chen la prit et émergea lentement des bulles. Harod lui passa doucement la serviette sur la peau, la séchant peu à peu, lui fit un cercle de ses bras pour caresser ses seins avec le tissu moelleux. Elle leva un pied et écarta légèrement les cuisses lorsqu'il l'essuya entre les jambes. Harod lâcha la serviette, souleva Maria Chen et la transporta dans la chambre.

Pour Harod, c'était comme la première fois. Il n'avait jamais possédé une femme consentante depuis l'âge de quinze ans. La peau de Maria Chen avait goût de savon et de cannelle. Elle gémit quand il la pénétra et ils roulèrent sur l'immense lit aux draps si doux ; elle le chevauchait lorsqu'ils s'immobilisèrent, toujours unis, toujours enfiévrés, se caressant des mains et de la bouche. L'orgasme de Maria Chen fut bref et violent, ses gémissements très doux. Harod jouit quelques secondes plus tard, fermant les yeux et s'accrochant à elle comme un homme s'accrochant au dernier objet susceptible d'arrêter sa chute.

Le téléphone sonna. Continua de sonner.

Harod secoua la tête. Maria Chen l'embrassa sur la main, glissa sur les draps pour aller répondre. Elle lui tendit le combiné.

« Harod, rappliquez, et vite, dit la voix excitée de Charles Colben. C'est la panique ici ! »

Colben retourna dans la salle de contrôle. Les hommes assis devant les moniteurs ne cessaient de griffonner des notes et de murmurer dans le micro de leurs casques. « Où diable est passé Gallagher ? beugla Colben.

– Toujours aucune nouvelle, monsieur, répondit le technicien en poste à la Console Deux.

– Et puis merde, jura Colben. Dites au groupe Vert de cesser les recherches. Envoyez-les soutenir Bleu Deux près de Market Street.

– Oui, monsieur. »

Colben remonta l'étroit passage d'un pas vif et s'arrêta derrière la dernière console. « Les espions sont toujours à la maison ?

– Oui, monsieur », dit la jeune femme assise devant le moniteur. Elle appuya sur un bouton et la maison d'Anne Bishop disparut de l'écran pour être remplacée par une vue de la ruelle située derrière. En dépit de l'objectif à vision nocturne de la caméra qui les filmait, les silhouettes tapies près du garage à cinquante mètres de là n'étaient que des ombres.

Colben en compta douze. « Passez-moi Or Un, ordonna-t-il sèchement.

– Oui, monsieur. » La technicienne lui tendit un casque-micro.

« Peterson, ils sont une bonne douzaine à présent. Qu'est-ce qui se passe, bordel ?

– Je l'ignore, monsieur. Voulez-vous que nous intervenions ?

– Négatif. Restez en ligne.

– Huit personnes inconnues dans Ashmead Street, dit l'agent en poste à la Console Cinq. Elles viennent de passer devant le groupe Blanc. »

Colben ôta son casque. « Où diable est passé Haines ?

– Il vient d'aller chercher Harod et sa secrétaire, répondit l'homme en poste à la Console Un. Ils seront ici dans cinq minutes. »

Colben alluma une cigarette et tapa sur l'épaule de la technicienne. « Dites à Hajek de rappliquer ici avec l'hélicoptère.

– Bien, monsieur. »

L'agent James Leonard sortit du bureau de Colben et lui fit signe. « Mr. Barent vous appelle sur la ligne Trois. »

Colben referma la porte. « Ici Colben.

– Bonne année, Charles.» La voix de Barent était si lointaine et il y avait une telle friture sur la ligne que Colben eut l'impression que l'appel était transmis par satellite.

«Ouais. Qu'est-ce qu'il y a?

– J'ai parlé à Joseph tout à l'heure. Il a émis quelques inquiétudes sur le déroulement de l'opération.

– Et à part ça, quoi de neuf? Kepler est toujours en train de râler. Pourquoi n'est-il pas resté ici s'il est aussi inquiet, nom de Dieu?

– Joseph m'a dit qu'il avait des affaires à traiter à New York.» Barent marqua une pause. «Nos amis ont-ils donné signe de vie?

– Le vieux Boche, vous voulez dire? Non. Pas depuis l'explosion d'hier dans l'entrepôt.

– Avez-vous une idée de la raison pour laquelle Willi aurait sacrifié un de ses agents pour éliminer le Dr Laski? Et pourquoi de façon si voyante? D'après Joseph, les pompiers de la ville ont dû intervenir.

– Comment le saurais-je, bon sang? Écoutez, nous ne sommes même pas sûrs qu'il s'agissait de Luhar et du Juif.

– Je croyais que vos médecins légistes travaillaient à leur identification, Charles.

– Ils n'arrêtent pas. Mais demain tout le pays débraye. De plus, d'après les premières constatations, Luhar et Laski étaient assis sur quinze kilos de C-4. Mes hommes n'ont pas eu grand-chose à se mettre sous la dent.

– Je comprends, Charles.

– Bon, il faut que j'y aille. La situation commence à se compliquer ici.

– De quel genre de complication s'agit-il? demanda Barent au milieu des grésillements.

– Rien de grave. Quelques membres de cette foutue bande de jeunes qui glandent dans le périmètre de sécurité.

– Cela ne risque pas de gêner le déroulement des opérations prévues pour ce matin, n'est-ce pas?

– Négatif. Harod est en route vers le centre de contrôle. Si c'est nécessaire, nous pouvons boucler le quartier en dix minutes et nous occuper de la Fuller en avance sur l'horaire prévu.

– Pensez-vous que Mr. Harod soit à la hauteur de la tâche, Charles ? »

Colben écrasa sa cigarette et en alluma une autre. « Je ne pense pas que Harod soit à la hauteur de la tâche consistant à se torcher le cul. La question qui se pose est la suivante : que ferons-nous quand il aura salopé le boulot ?

– Je suppose que vous avez envisagé cette possibilité.

– Ouais. Haines est prêt à intervenir et à s'occuper de la vieille. Une fois que Harod aura raté son coup, j'aimerais m'occuper personnellement de ce frimeur hollywoodien.

– Je suppose que vous recommandez son élimination.

– Je recommande de fourrer un magnum dans la bouche de ce con et de répandre sa putain de cervelle sur tout l'ouest de Philly. »

Il y eut un bref silence seulement interrompu par les grésillements de la ligne. « Agissez comme il vous semblera nécessaire, dit finalement Barent.

– Oh, il faudra aussi faire disparaître sa secrétaire chinetoque.

– Naturellement. Charles, il y a autre chose… »

L'agent Leonard passa la tête par l'entrebâillement de la porte. « Haines vient d'arriver avec Mr. Harod et la fille. Ils sont à bord de l'hélicoptère. »

Colben hocha la tête. « Oui, quoi donc ? demanda-t-il à Barent.

– Demain est un jour très important pour nous tous. Mais n'oubliez pas qu'une fois que la vieille aura quitté la partie, notre tâche essentielle sera de nous occuper de Mr. Borden. Si possible, vous le contacterez en vue d'organiser des négociations, mais vous devrez l'éliminer si cela s'avère nécessaire. L'Island Club se fie à votre jugement, Charles.

– Ouais. Je m'en souviendrai. Je vous rappelle plus tard, d'accord ?

– Bonne chance, Charles. » Il y eut un sifflement et la communication fut coupée.

Colben raccrocha, attrapa un gilet pare-balles et une casquette, et glissa son .38 dans la poche de sa parka.

Les pales du rotor se mirent à tourner plus vite lorsqu'il courut en courbant le dos vers la porte ouverte de l'hélicoptère.

Saul Laski, Jackson et Taylor, accompagnés de six jeunes membres de Soul Brickyard, regardèrent l'hélicoptère s'envoler en direction du nord-est. Ils avaient garé leur camion près de la barrière en bois, à un demi-pâté de maisons de l'entrée du centre de contrôle du F.B.I.

« Alors ? demanda Taylor à Saul. C'était votre Sorcier Vaudou ?

– Peut-être, répondit le psychiatre. Est-ce que nous sommes du côté du chantier ?

– Je crois bien.

– Vous êtes sûrs de pouvoir faire démarrer les engins sans l'aide des clés de contact ?

– Je veux, mec, dit Jackson. Quand j'étais au Viêtnam, j'ai passé trois mois dans les ateliers mécaniques du génie avant d'être envoyé dans la jungle. Je pourrais faire démarrer même ta mère.

– Les bulldozers suffiront. » Comme Jackson, Saul savait qu'il était moins simple de faire démarrer un bulldozer qu'une voiture.

« Hé, fit Jackson, quand je les aurai fait démarrer, tu arriveras à piloter le tien ?

– J'ai passé quatre ans à construire et à entretenir un kibboutz, dit Saul. Je pourrais piloter même ta mère.

– Fais gaffe, mec, dit Jackson avec un large sourire. Commence pas à jouer à ce petit jeu avec moi. Les Blancs n'y connaissent rien en matière d'insultes.

– Dans ma culture, nous avons pris l'habitude d'échanger des insultes avec Dieu. Quel meilleur entraînement pourrait-on concevoir ? »

Jackson éclata de rire et tapa Saul sur l'épaule.

« Arrêtez de déconner, tous les deux, dit Taylor. On a déjà deux minutes de retard.

– Tu es sûr que ta montre marche bien ? » s'enquit Saul.

Taylor prit un air outré. Il tendit son poignet pour exhiber une Lady Elgin des plus élégantes : boîtier en or de 24 carats et cadran incrusté de diamants. « Ce truc ne retarde pas de cinq secondes par an. Il faut se remuer.

– Bien, dit Saul. Comment on fait pour entrer là-dedans ?

– Poisson-chat ! » appela Taylor, et un des garçons qui se trouvaient dans la remorque en ouvrit la portière, se hissa sur le toit, bondit sur la barrière haute de trois mètres et disparut à l'intérieur de l'enceinte. Ses cinq compagnons le suivirent. Ils portaient de lourds sacs à dos contenant des bouteilles cliquetantes.

Saul considéra son bras gauche toujours bandé.

« On y va, souffla Taylor en sortant de la cabine.

– Tu risques d'avoir mal au bras, dit Jackson. Tu veux que je te fasse une piqûre ?

– Non », répondit Saul, et il suivit le même chemin que les autres.

« C'est sûrement illégal », dit Tony Harod. Il regardait défiler réverbères, bâtiments et voies express sous l'appareil qui filait à trois cents pieds d'altitude.

« Hélico de la police, dit Colben. Autorisation spéciale. »

Colben avait orienté son siège de façon à pouvoir se pencher par une vitre ouverte côté tribord. Un air glacé venait poignarder Harod et Maria Chen. Colben tenait un fusil militaire Colt calibre 30 calé sur un support spécial au bord de la fenêtre. Son viseur nocturne volumineux, sa lunette laser et son énorme chargeur lui donnaient un aspect peu maniable. Colben sourit et murmura quelques mots dans le micro à moitié caché par la cagoule de sa parka. Le pilote vira brusquement sur la droite, décrivant un cercle au-dessus de Germantown Avenue.

Harod s'accrocha des deux mains à son siège rembourré et ferma les yeux. Il était sûr que seule sa ceinture de sécurité l'empêchait de passer par la vitre ouverte et d'aller s'écraser dans la rue trente étages plus bas.

«Leader Rouge à Centre de contrôle, appela Colben. Votre rapport.

– Ici Centre de contrôle, dit la voix de l'agent Leonard. Le groupe Bleu Deux signale la présence de quatre automobiles transportant des Portoricains de sexe masculin dans le périmètre de sécurité de Market et Chelten. D'autres groupes non identifiés sont signalés dans la ruelle derrière Château Un et Château Deux. Un groupe de quinze Noirs de sexe masculin vient de passer près du groupe Blanc Un dans Ashmead. Terminé.»

Colben se tourna vers Harod et lui sourit. «Je parie que c'est une bagarre qui se prépare. Nègres contre graisseux la veille du Nouvel An.

– Il est minuit passé, dit Maria Chen. Nous sommes le Jour de l'An.

– Peu importe. Et puis merde. Qu'ils se castagnent, on s'en fout, tant qu'ils ne gênent pas l'Opération Aurore. Pas vrai, Harod ?»

Tony Harod continua de se cramponner sans rien dire.

Le souffle court, le shérif Gentry devait courir pour ne pas se faire distancer. Marvin et Leroy conduisaient un groupe de dix adolescents à travers un labyrinthe de ruelles, d'arrière-cours, de terrains vagues emplis de détritus et d'immeubles désaffectés. Ils arrivèrent à l'entrée d'une ruelle et Marvin fit signe à tout le monde de s'accroupir. Gentry aperçut une fourgonnette garée à soixante mètres de là, derrière des bennes à ordures et des garages avachis.

«Des flics fédéraux», murmura Leroy. Le jeune barbu consulta sa montre et sourit. «On a une minute d'avance.»

Les mains calées sur ses genoux, Gentry reprit son souffle. Il avait un point de côté. Il avait froid. En ce moment, il aurait voulu être chez lui, à Charleston, en train d'écouter le Dave Brubeck Quartet sur sa chaîne stéréo tout en lisant un livre de Bruce Catton. Il appuya sa tête contre la brique froide et repensa à un incident survenu alors qu'ils allaient quitter Community House, un incident qui lui avait fait considérer Germantown et le Soul Brickyard sous un nouveau jour.

Un petit garçon — il n'avait pas plus de sept ou huit ans — était entré dans le foyer en courant alors que le dernier groupe se préparait à partir. Il s'était dirigé droit sur Marvin. «Stevie, avait dit le chef de la bande, je t'avais pourtant dit de ne jamais venir ici.» Le petit garçon était en pleurs; il s'était essuyé le visage avec sa manche. «Maman a dit que tu devais revenir à la maison tout de suite. Maman a dit qu'elle et Marita avaient besoin de toi et que tu devais revenir tout de suite.» Marvin avait passé un bras autour des épaules de l'enfant et l'avait emmené dans une pièce voisine. Gentry l'avait entendu :

«... tu dis à Maman que je serai là demain à la première heure. Que Marita reste là-bas et s'occupe de tout. Tu leur dis ça, d'accord, Stevie ?»

Cet incident avait troublé Gentry. Jusque-là, la bande avait fait partie intégrante du cauchemar qu'il vivait depuis cinq jours. Germantown et ses habitants avaient trouvé tout naturellement leur place dans le chaos de douleur, de ténèbres et d'événements apparemment sans rapport entre eux où se débattait Gentry. Il savait bien que les membres de la bande étaient des jeunes. Jackson était une exception, mais c'était une âme perdue, un visiteur, un diplômé de retour dans sa vieille école parce que la vie ne lui avait fourni aucune autre issue. Gentry n'avait vu que de rares adultes dans les rues glacées; il s'agissait pour la plupart de femmes silencieuses au visage marqué marchant d'un pas pressé, de vieillards errant sans but précis ou regardant la rue par la fenêtre d'un bar, des inévitables poivrots gisant sur des pas de porte encombrés de détritus. Il savait que ce n'était pas là la véritable communauté qui peuplait ce lieu, qu'en été les rues et les perrons seraient remplis de familles, d'enfants jouant à la marelle, d'adolescents jouant au basket-ball, de jeunes gens discutant en riant, accoudés à leurs automobiles luisantes. Il savait que si les rues étaient désertes, c'était à cause du froid, d'une violence nouvelle et de la présence d'une armée d'envahisseurs qui se croyaient invisibles, mais l'arrivée de Stevie avait confirmé ces impressions confuses. Gentry se sentait égaré dans un lieu étrange et glacé, affrontant avec des enfants des adversaires adultes qui avaient tous les pouvoirs.

« Les voilà, mec », murmura Leroy.

Trois automobiles bruyantes stoppèrent dans la rue à l'autre bout de la ruelle. Des jeunes en sortirent, riant, chantant, criant en espagnol. Plusieurs se dirigèrent vers la fourgonnette et commencèrent à taper dessus avec des tuyaux et des battes de base-ball. Les phares du véhicule s'allumèrent. Un de ses passagers poussa un cri. Trois hommes en descendirent; l'un d'eux leva un fusil à pompe et tira en l'air.

« On y va », souffla Marvin.

Les membres du groupe sprintèrent sur vingt mètres, rasant les barrières et les murs des garages. Ils firent halte derrière un appentis, se pressant contre une petite clôture grillagée. De nouveaux coups de feu retentirent en provenance de la fourgonnette. Gentry entendit les voitures des Portoricains démarrer en trombe en direction de Germantown Avenue.

« Grumblethorpe », dit Leroy, et Gentry regarda à travers le grillage, découvrant une petite cour, de grands arbres nus et l'arrière d'une maison de pierre.

Marvin se coula près de lui. « Il y a des barreaux aux fenêtres du rez-de-chaussée. Une porte derrière. Deux portes devant. On va rentrer des deux côtés. Allons-y. » Marvin, Leroy, G.B., G.R. et les deux autres escaladèrent la clôture, aussi vifs que des ombres. Gentry essaya de les suivre, s'accrocha au grillage et tomba sur le sol gelé, se cognant le genou. Il dégaina son Ruger et courut rejoindre les autres.

Marvin et G.B. lui firent signe de se diriger vers le côté. Ils avaient tous deux un fusil à pompe et Marvin avait noué un mouchoir rouge autour de ses cheveux coiffés à l'afro. « On va entrer par-devant. »

Une clôture en bois haute d'un mètre vingt séparait la maison en pierre de l'épicerie adjacente. Ils attendirent qu'un tramway vide soit passé, puis Marvin ouvrit le portail d'un coup de pied, et G.B. et lui s'avancèrent hardiment, passant nonchalamment devant les fenêtres condamnées pour gagner les deux portes. Chacune d'elles était flanquée de deux grilles basses. Une porte en plan incliné, fermée par un cadenas, donnait de toute évidence sur la cave. Gentry recula d'un pas et examina la façade de l'immeuble. Aucune lumière n'était visible à ses neuf fenêtres. Germantown Avenue était déserte, exception faite du tramway qui se trouvait déjà à deux pâtés de maisons à l'ouest. L'éclairage au sodium, choisi pour décourager les délinquants, bariolait de jaune les façades en brique. La nuit sentait le froid et l'heure avancée.

« Vas-y », dit Marvin. G.B. se dirigea vers la porte ouest et donna un violent coup de pied dedans. Le montant de chêne ne bougea pas. Marvin hocha la tête et les deux adolescents armèrent leurs fusils, reculèrent d'un pas et tirèrent sur les serrures. Des échardes jaillirent du bois et Gentry détourna la tête, se protégeant instinctivement les yeux. Les deux adolescents tirèrent une nouvelle fois et Gentry se retourna juste à temps pour voir la porte s'ouvrir. G.B. sourit à Marvin et leva le poing en signe de victoire alors qu'un minuscule point rouge apparaissait sur son torse et montait vers sa tête. G.B. leva les yeux, se toucha le front, faisant apparaître le point rouge sur le dos de sa main, et jeta à Marvin un regard de surprise amusée. Le bruit de la détonation fut lointain et étouffé. Le corps de G.B. alla rebondir sur la porte avant de s'effondrer sur le trottoir.

Gentry eut le temps de remarquer que le front du garçon avait en grande partie disparu, puis il se mit à courir, tomba à quatre pattes, rampa jusqu'au portail de la clôture latérale. Il avait à peine vu Marvin sauter par-dessus la petite grille et s'engouffrer dans la maison. Des petits points rouges dansèrent sur la pierre au-dessus de Gentry, deux balles projetèrent des éclats de pierre sur son visage, puis il franchit le portail, roula sur lui-même et heurta violemment un obstacle invisible alors que plusieurs balles hachaient la clôture et labouraient le sol gelé sur sa gauche. Gentry rampa à l'aveuglette en direction de l'arrière-cour. On tira de nouveau depuis l'avenue, mais toutes les balles se perdirent.

Leroy se précipita vers lui, haletant, et tomba à genoux. « Merde, qu'est-ce qui se passe ?

– Des tireurs embusqués de l'autre côté de la rue », hoqueta Gentry, stupéfait de constater qu'il n'avait pas lâché son Ruger. « Au premier étage ou sur le toit. Ils ont une sorte de lunette laser.

– Marvin ?

– A l'intérieur, je crois. G.B. est mort. »

Leroy se redressa, fit un signe du bras et s'en fut. Une demi-douzaine d'ombres se précipitèrent vers le devant de la maison.

Gentry courut le long du mur latéral et scruta l'arrière-cour. La porte de derrière était ouverte et une faible lumière était visible à l'intérieur. Puis une fourgonnette s'immobilisa dans la ruelle ; une portière s'ouvrit, la veilleuse découpa brièvement la silhouette du conducteur au moment où il mettait pied à terre, et une douzaine de coups de feu éclatèrent dans une zone d'ombre située près de l'appentis. L'homme se hâta de réintégrer son véhicule et la portière se referma. Quelqu'un poussa un cri depuis l'appentis et Gentry vit des ombres courir en direction de l'arbre. Un bruit d'hélicoptère se fit entendre et, soudain, le feu d'un projecteur éclaira de sa lueur crue la majeure partie de la cour. Un garçon dont Gentry ignorait le nom se figea tel un cerf paralysé par des phares de voiture et leva la tête en plissant les yeux. Gentry vit une tache rouge danser sur la poitrine de l'adolescent pendant une seconde, puis sa cage thoracique explosa. Gentry n'avait entendu aucune détonation.

Gentry agrippa son Ruger des deux mains et tira trois balles en direction du projecteur. Le rayon lumineux ne disparut pas mais balaya la scène dans tous les sens, éclairant les branches, les toits et la fourgonnette, puis l'hélicoptère s'éleva dans la nuit.

Plusieurs coups de feu furent échangés devant la maison. Gentry entendit quelqu'un hurler d'une voix de fausset. Il y eut d'autres explosions, d'autres lueurs en provenance de la fourgonnette, et Gentry entendit d'autres voitures approcher. Il jeta un coup d'œil au Ruger, estima qu'il n'avait pas le temps de le recharger, et se précipita vers la porte de Grumblethorpe.

Il y avait des années que Saul Laski n'avait pas conduit un bulldozer, mais dès que Jackson eut remplacé une magnéto pour faire démarrer l'engin, Saul se hissa sur le siège rembourré et s'efforça de rappeler à lui des compétences laissées en friche depuis la construction du kibboutz à laquelle il avait participé presque vingt ans plus tôt. Heureusement, il se trouvait dans un Caterpillar D-7, le descendant en ligne directe des engins de son kibboutz. Saul débraya, mit le levier de vitesse au point mort, poussa le levier de réglage du régime moteur, appuya sur la pédale de frein droite et la bloqua en position, vérifia que tous les leviers importants étaient au point mort, puis se mit à la recherche du démarreur.

« Ahhh », murmura-t-il lorsqu'il l'eut trouvé. Il mit les leviers de transmission et de compression en position voulue — du moins l'espérait-il —, embraya le levier de démarrage, ouvrit l'arrivée d'essence, tira le starter, libéra le loquet de ralenti et appuya sur le démarreur. Rien ne se passa.

« Hé, le vieux ! hurla le dénommé Poisson-chat, qui était accroupi près du siège. Tu sais ce que tu fais, au moins ?

– Absolument ! » cria Saul en réponse. Il tendit la main vers un levier, estima que ce n'était pas le bon, en saisit un autre et tira. Le démarreur électrique se mit à gémir et le moteur rugit. Il trouva la pédale d'accélérateur, embraya, donna trop de traction à la chenille de droite et faillit écraser Jackson, qui se préparait à faire démarrer un second bulldozer à sa gauche. Saul reprit le contrôle de son engin, faillit caler, et réussit à l'orienter vers le groupe de caravanes à soixante mètres de là. Un nuage de gaz d'échappement lui arriva en pleine figure. Saul jeta un coup d'œil à sa droite et vit trois membres de la bande qui couraient à côté de l'engin.

« Ce machin pourrait pas aller un peu plus vite ? » cria Poisson-chat.

Saul entendit un raclement et se rendit compte qu'il n'avait pas levé la lame de l'engin. Il remédia à son oubli et le bulldozer s'élança avec un nouvel enthousiasme. Un rugissement s'éleva derrière eux lorsque l'engin conduit par Jackson démarra à son tour.

« Qu'est-ce que tu vas faire quand on arrivera là-bas ? cria Poisson-chat.

– Tu verras bien ! » lança Saul en ajustant ses lunettes. Il n'avait pas la moindre idée de ce qu'il allait faire. Il savait que d'une seconde à l'autre, les agents du F.B.I. allaient sortir des caravanes, se disperser et ouvrir le feu. Les bulldozers, très lents, leur offriraient des cibles en or. Ils n'avaient qu'une toute petite chance de parvenir au niveau des caravanes. Il y avait des dizaines d'années que Saul ne s'était pas senti aussi bien.

Malcolm Dupris conduisit huit membres de Soul Brickyard dans la maison d'Anne Bishop. Marvin était presque sûr que la Sorcière Vaudou se cachait dans l'autre maison — la vieille bicoque de l'Avenue —, mais l'équipe de Malcolm avait pour mission de fouiller la maison de Queen Lane. Ils n'avaient pas de radio; Marvin avait affecté à chaque groupe au moins deux nains — des membres auxiliaires de la bande âgés de huit à onze ans — destinés à servir de coursiers. Malcolm n'avait aucune nouvelle du groupe dirigé par Marvin, mais dès qu'il entendit des coups de feu en provenance de l'avenue, il prit la moitié de ses hommes et pénétra dans l'arrière-cour d'Anne Bishop. Les six autres continuèrent de surveiller la fourgonnette du téléphone garée au bout de la ruelle.

Malcolm, Donnie Cowles et le petit Jamie — le frère cadet de Louis Solarz — passèrent les premiers, ouvrant la porte de la cuisine d'un coup de pied pour se précipiter à l'intérieur. Malcolm agita le pistolet automatique 9 mm graissé de frais et tout luisant qu'il avait acheté soixante-quinze dollars à Mohammed. Il y avait quatorze balles dans son chargeur brinquebalant. Donnie était armé d'un pistolet bon marché dont la chambre ne contenait qu'une seule cartouche de calibre 22. Jamie n'avait sur lui que son couteau.

La vieille femme qui habitait là n'était pas chez elle et il n'y avait aucun signe de la Sorcière Vaudou ni du monstre blanc. Il ne leur fallut que trois minutes pour inspecter la petite maison, puis Malcolm retourna dans la cuisine pendant que Donnie allait jeter un coup d'œil sur le devant.

«Y a plein de trucs sur le lit en haut, dit Jamie, comme s'ils étaient en train de faire leurs valises.

– Ouais», fit Malcolm. Il adressa un signe à ses compagnons dans l'arrière-cour et Jefferson, le coursier âgé de dix ans, s'empressa de le rejoindre. « Va faire un tour près de la vieille bicoque de l'avenue et demande à Marvin ce qu'il... »

Ils entendirent grincer des portes de garage, puis un bruit de moteur tournant au ralenti. Malcolm fit signe aux autres et, passant par-derrière, fit irruption dans l'allée alors qu'une vieille voiture à la calandre bizarre sortait du garage. Ses phares n'étaient pas allumés et sa conductrice serrait le volant dans une attitude nerveuse de chauffeur timoré. Malcolm reconnut aussitôt Miss Bishop ; il l'avait toujours vue dans le quartier, il avait même tondu sa pelouse quand il était gamin.

Cinq de ses équipiers bloquèrent le passage à la voiture pendant que Malcolm se dirigeait vers sa conductrice. Elle jeta autour d'elle un regard terrifié, puis abaissa sa vitre. Sa voix avait des accents étranges, des accents de somnambule. « Écartez-vous, les enfants. Je dois sortir. »

Malcolm jeta un coup d'œil dans la voiture pour s'assurer que personne ne s'y cachait ; Miss Bishop était seule à l'occuper. Il abaissa son automatique et se pencha vers elle. « Désolé, mais vous n'irez nulle part tant que... »

Les mains d'Anne Bishop jaillirent vers son visage, ses doigts recourbés comme des griffes. Malcolm aurait eu les deux yeux crevés s'il n'avait pas instinctivement rejeté la tête en arrière. Mais les ongles de la femme blanche n'en laissèrent pas moins huit sillons sanglants sur ses joues et ses paupières. Malcolm hurla et la vieille voiture bondit en rugissant, projetant le petit Jefferson dans les airs et écrasant Jamie sous sa roue avant gauche.

Malcolm jura, chercha à tâtons son arme sur le gravier, mit un genou à terre lorsqu'il l'eut trouvée, et tira trois coups de feu en direction de la voiture qui s'éloignait avant que quelqu'un ne lui crie de faire gaffe. Malcolm pivota, toujours sur un genou. La fourgonnette du téléphone qui se trouvait au bout de la ruelle fonçait droit sur lui. Malcolm braqua son arme sur elle et se rendit aussitôt compte qu'il avait commis une erreur et perdu un temps précieux. Il ouvrit la bouche pour hurler.

La fourgonnette du F.B.I. roulait au moins à cent à l'heure lorsque son pare-chocs avant heurta Malcolm en pleine figure.

«Foutons le *camp* d'ici!» hurla Tony Harod alors qu'une balle ricochait sur le patin gauche de l'hélicoptère dans un jaillissement d'étincelles. Ils flottaient à soixante pieds au-dessus de la terrasse d'un immeuble pendant que Colben s'amusait avec son flingue tout droit sorti de *La Guerre des étoiles*, un sourire stupide plaqué sur son visage. Hajek, le pilote, était de toute évidence du même avis que Harod, car il avait fait virer l'hélico sur la droite et repris de l'altitude avant que Colben ne s'écarte de la vitre pour lui lancer un ordre. Richard Haines restait stoïquement assis sur le siège du copilote, regardant le paysage comme s'ils étaient de simples touristes en train de visiter Philadelphie la nuit. Maria Chen, assise à droite de Harod, gardait les yeux fermés.

«Leader Rouge à Centre de contrôle», appela Colben. Harod et Maria Chen portaient un casque-micro pour pouvoir communiquer en dépit des rugissements du vent et du moteur. «Leader Rouge à Centre de contrôle!

– Ici Centre de contrôle, dit une voix féminine. Je vous écoute, Leader Rouge.

– Qu'est-ce qui se passe, bordel? Ça grouille d'indésirables autour de Château Deux.

– Affirmatif, Leader Rouge. Le groupe Vert est entré en contact avec un groupe de Noirs armés tentant d'entrer par effraction dans Château Deux. Le groupe Or est en train de poursuivre la Cible Deux, qui conduit une DeSoto modèle 1953 et se dirige vers le nord parallèlement à Queen Lane. Les groupes Bleu, Blanc, Gris, Argent et Jaune signalent qu'ils sont entrés en contact avec des individus hostiles non identifiés. Le maire a déjà téléphoné deux fois. Terminé.

– Le *maire*, répéta Colben. Nom de Dieu. Où est passé Leonard, bordel ? Terminé.

– L'agent Leonard est sorti pour enquêter sur tout un remue-ménage dans le chantier. Je lui dirai de vous contacter dès qu'il sera revenu, Leader Rouge. Terminé.

– Bordel de merde, jura Colben. Bon, écoutez. Je vais faire déposer Haines pour qu'il dirige les opérations à Château Deux. Dites aux groupes Bleu et Blanc d'aller boucler le périmètre de Market à Ashmead. Dites aux groupes Vert et Or que *personne* ne doit entrer ni sortir de Château Deux. Compris ?

– Affirmatif, Leader Rouge. Nous avons un... » Il y eut un grésillement atroce, puis la communication fut coupée.

« Merde, dit Colben. Centre de contrôle ? Centre de contrôle ? Haines, nous adoptons la Tactique Deux-Cinq. Groupe Or ? Groupe Or, ici Leader Rouge. Peterson, vous me recevez ?

– Affirmatif, Leader Rouge, répondit une voix masculine plutôt tendue.

– Où diable êtes-vous ? Terminé.

– Nous roulons dans Germantown Avenue en direction de l'ouest derrière la Cible Deux, Leader Rouge. Terminé.

– La Bishop ? Où va...

– Euh... nous avons besoin d'aide, Leader Rouge, coupa la voix. Deux véhicules, conduits par des Portoricains de sexe masculin, euh... On vous recontactera, Leader Rouge. Terminé. »

Colben se pencha vers le pilote et lui ordonna : « Posez-vous. »

Le pilote, coiffé d'une casquette de base-ball, mâchait du chewing-gum d'un air décontracté. « Aucun terrain disponible, monsieur. Je reste à mille pieds.

– Allez vous faire foutre, rugit Colben. Posez-vous sur Germantown Avenue s'il le faut. *Tout de suite*. »

Le pilote jeta un coup d'œil sur la droite, fit virer l'hélicoptère et hocha la tête.

Tony Harod faillit hurler lorsque l'appareil tomba comme un ascenseur aux câbles rompus. Les réverbères semblèrent se précipiter sur eux, ils aperçurent un incendie à un pâté de maisons sur leur gauche, puis l'hélicoptère ralentit sa chute et se posa comme une fleur sur la brique et l'asphalte en plein milieu de la chaussée. Haines en descendit aussitôt, courant le dos courbé vers le trottoir.

« Remontez ! hurla Colben en levant son pouce vers le pilote.

– Non ! » cria Harod. Il fit un signe de la tête à Maria Chen et tous deux débouclèrent leur ceinture. « On descend nous aussi.

– Pas question », dit Colben dans son micro.

Harod ôta son casque alors que Maria Chen sortait son browning de son sac à main et le braquait sur Colben. « On descend ici, cria Harod.

– Vous êtes un homme mort, Harod », dit doucement Colben.

Tony Harod secoua la tête. « Je ne vous entends pas, Chuck, hurla-t-il. *Ciao !* » Harod descendit par la portière gauche et courut dans la direction opposée à celle que Haines avait prise. Maria Chen attendit trente secondes, puis se glissa à son tour vers la porte.

« Vous êtes morts tous les deux », dit Colben en souriant. Il jeta un coup d'œil au fusil fixé à la paroi tribord de l'appareil et se détendit.

Maria Chen haussa les épaules, bondit et se mit à courir.

« Cent pieds », dit Colben dans son micro.

L'hélicoptère s'arracha au-dessus des toits et des fils électriques, pivota vers la gauche et flotta dix étages audessus de l'avenue. Colben posa le fusil sur son socle et balaya les ruelles avec son viseur nocturne. Rien ne bougeait. « Trop de corniches, bordel », murmura-t-il. Un dialogue rapide emplit ses écouteurs. Il entendit la voix de Richard Haines exigeant un rapport des tireurs du groupe Vert.

Colben secoua la tête. « Retournez à Château Deux, ordonna-t-il sèchement. On s'occupera de ce connard après. »

L'hélicoptère vira, piqua du nez au moment où il reprenait de l'altitude et se dirigea vers l'est.

33.
Germantown,
jeudi 1er janvier 1981

Natalie Preston gisait sur le dos, les mains levées pour se protéger du couteau de Vincent, lorsque la porte d'entrée de Grumblethorpe fut secouée par une explosion à moins de deux mètres de là. Des échardes jaillirent dans le couloir étroit. Il y eut une deuxième explosion; Natalie se tourna vers le petit salon situé sur sa gauche et vit la porte donnant sur la rue s'ouvrir brutalement.

Dans le silence qui s'ensuivit, la tête de Vincent se redressa, pivotant sur elle-même comme celle d'un robot mal programmé. Le couteau luisait dans sa main droite. Natalie n'osait ni bouger, ni parler, ni respirer.

Il y eut une nouvelle série d'explosions, plus lointaines cette fois-ci. Soudain, une forme sombre se précipita dans le salon, heurtant le fauteuil à oreillettes placé près de la cheminée. Un fusil glissa sur le plancher et alla frapper les pieds de la table.

Vincent enjamba Natalie et pénétra dans le salon. Elle aperçut les grands yeux bleus de Marvin Gayle alors que Vincent le soulevait, puis elle se mit à ramper vers l'arrière de la maison. Elle faillit hurler sous la douleur qui lui traversa la cheville, mais elle se mordit les lèvres jusqu'au sang et resta silencieuse. Elle entendit de nouvelles détonations devant la maison, puis des bruits de lutte en provenance du salon où Marvin affrontait le monstre blanc. Natalie se redressa péniblement sur sa jambe gauche une fois arrivée sur le seuil de ce qui devait être la cuisine. C'était une pièce tout en longueur, aux volets fermés, pourvue d'une immense cheminée, d'une table où brûlaient deux bougies, et d'une porte solidement verrouillée. Un fusil à pompe était posé contre le mur près de la porte.

Natalie laissa échapper un petit gémissement et se dirigea vers l'arme à cloche-pied. Elle était sur le point de l'atteindre lorsque trois explosions rapides secouèrent la porte. Verrou et gâche succombèrent à la quatrième et à la cinquième tentative, et des échardes vinrent se planter dans son bras et sa jambe gauches. Natalie s'écarta d'un bond de côté, fit porter tout son poids sur son pied droit et heurta la table. Celle-ci se renversa, l'entraînant dans sa chute. La porte subit deux nouveaux assauts et finit par s'ouvrir. A moins de deux mètres de Natalie la porte du réduit où on l'avait enfermée était entrebâillée, lui offrant un abri de fortune. Elle se précipita dans cette direction, trébuchant dans l'obscurité alors qu'on achevait d'ouvrir la porte à coups de pied.

Natalie reconnut l'un des deux jumeaux de la bande de Marvin lorsqu'il entra, suivi par un autre garçon. Ils étaient tous deux armés. Ils se planquèrent aussitôt derrière la table renversée.

«Ne tirez pas! hurla Natalie. C'est moi!

– Qui ça?» cria le jumeau. Il se redressa en faisant décrire de brefs arcs de cercle à son fusil à pompe.

Natalie se glissa à l'intérieur du réduit alors que Marvin Gayle entrait dans la cuisine d'un pas mal assuré. Ses bras et son torse étaient maculés de sang et il laissait traîner la crosse de son fusil sur le sol comme s'il était trop épuisé pour lever son arme.

«Marvin! Merde, mec, comment t'es entré ici?» Le jumeau se redressa et abaissa son arme. Son compagnon leva la tête de derrière la table.

Marvin leva son fusil et tira deux fois. Le jumeau fut projeté dans la cheminée. Le second garçon roula dans un coin de la pièce, cria quelque chose, essaya de se redresser. Marvin pivota sur lui-même et tira. Le garçon heurta le mur, tomba en avant, et disparut dans un trou invisible parmi les ombres.

Natalie se rendit compte qu'elle était accroupie et qu'elle serrait toujours contre elle son soutien-gorge lacéré. Elle jeta un regard par l'entrebâillement de la porte et vit Marvin se diriger d'un pas mécanique vers la cheminée afin d'examiner le cadavre du jumeau. Il se retourna et se dirigea vers l'entrée du tunnel. Là, il abaissa son fusil et tira une nouvelle fois.

Natalie regagna en hâte le couloir, laissant choir son soutien-gorge et sentant sa poitrine se couvrir de chair de poule. Une terrible fusillade retentit au-dehors.

Tout ça n'est qu'un cauchemar, pensa-t-elle. *Je vais sûrement me réveiller d'un instant à l'autre.* La terrible douleur que lui causait sa cheville cassée lui prouva le contraire.

Vincent apparut dans le couloir, les jambes écartées, son long couteau à la main.

Natalie stoppa, s'agrippa au lambrissage. Elle vit sur sa gauche l'escalier qui conduisait à l'étage.

Vincent fit un pas vers elle.

Natalie bondit, hurla lorsque sa cheville heurta une marche. Sanglotante, elle entreprit de gravir les degrés, au moment même où la voix de Rob Gentry l'appelait depuis la cuisine.

Saul Laski avait conçu l'attaque du centre de contrôle comme un raid : frapper vite, semer le plus de confusion possible et se retirer aussitôt l'objectif atteint. L'idéal était de ne blesser personne et d'éviter les échanges de tir. Mais il espérait secrètement mettre la main sur Colben ou sur Haines. Lorsque le bulldozer franchit les vingt derniers mètres qui le séparaient des caravanes, il se demanda si sa tactique était sensée.

Il y eut une soudaine explosion à sa gauche, et des fleurs de feu s'épanouirent dans l'air lorsque les cocktails Molotov lancés par Taylor et les autres atteignirent les voitures garées dans l'enceinte. La scène fut illuminée par les flammes et un homme vêtu d'une chemise blanche et d'une cravate noire sortit de la caravane principale. Il examina les voitures incendiées, puis les deux bulldozers qui s'approchaient, poussa une exclamation inaudible et dégaina son pistolet.

Saul était à dix mètres de la caravane. Il leva la lame du bulldozer pour se protéger et se rendit compte qu'elle lui bouchait la vue. Le bruit du moteur et celui d'une autre explosion l'empêchèrent d'entendre les coups de feu, mais la lame tinta à deux reprises et il perçut un choc plus sourd sur le radiateur. Le bulldozer ne broncha pas. Saul leva la lame d'une trentaine de centimètres et eut le temps d'apercevoir l'homme qui regagnait l'intérieur de la caravane.

« C'est ici que je descends ! » cria Poisson-chat, et il bondit par-dessus la chenille gauche, disparaissant dans les ténèbres.

Saul envisagea de le suivre, haussa les épaules, et s'accrocha à la portière. Il leva la lame de trente centimètres supplémentaires.

Le terrain devenait légèrement pentu près de la caravane et la lame pénétra dans son objectif à une hauteur d'environ deux mètres, juste à droite de la porte. Le petit escalier en bois qui permettait d'y accéder vola en éclats lorsque Saul accéléra, se mordant la langue ; il s'adossa au siège tandis que les chenilles de son engin s'employaient à renverser la longue caravane.

Le centre de contrôle tout entier frissonna lorsque le bulldozer conduit par Jackson heurta la caravane six mètres plus loin sur la gauche. La mince paroi d'aluminium se tordit et se déchira. Une fenêtre jaillit de son châssis et la chenille du bulldozer de Saul la réduisit en pièces. Saul crut pendant quelques secondes que les lames allaient traverser la caravane de part en part, mais celles-ci rencontrèrent une résistance, les deux bulldozers poussèrent, et la caravane centrale se sépara des deux autres avec un atroce grincement tandis qu'elle commençait à basculer.

La porte principale s'ouvrit à quelques dizaines de centimètres de Saul et le torse d'un homme en émergea, puis un revolver cherchant sa cible, mais la caravane, déséquilibrée, se renversa enfin. Le bras se dressa vers le ciel, le revolver tira à deux reprises, puis disparut.

Saul passa au point mort et descendit du bulldozer. Jackson s'éloignait déjà de son engin et les deux hommes échangèrent un regard épuisé lorsqu'ils s'abritèrent derrière le pare-chocs d'un des véhicules du F.B.I.

«Et maintenant?» demanda Jackson au bout d'une minute.

Des hommes rampaient hors des ruines de la caravane renversée. Saul vit une femme que l'on aidait à sortir par une brèche ouverte dans le toit. La plupart d'entre eux étaient en état de choc, restaient assis par terre ou erraient sans but précis comme les victimes d'un accident de la circulation, mais quelques-uns avaient sorti leurs armes. Saul savait qu'il serait ridicule et dangereux de rester où il était. Taylor et les autres étaient invisibles, et il supposa qu'ils avaient déjà regagné le camion. «Je cherche quelqu'un», dit Saul.

Il attendit que tous les agents soient sortis de la caravane, pareils à des fourmis fuyant en masse une fourmilière piétinée. Il n'y avait aucun signe de Charles Colben, ni de Richard Haines. La déception de Saul lui fit l'effet d'une remontée de bile dans la bouche.

«On ferait mieux de filer, murmura Jackson. Ils commencent à se ressaisir.»

Saul acquiesça et suivit son compagnon au milieu des ombres.

Leroy vit le corps de G.B. gisant au bord du trottoir et aperçut des éclairs au deuxième étage de la maison d'en face avant de se baisser et de foncer vers la clôture. Des balles à haute vélocité la hachèrent sur sa gauche. Il avait l'impression que certains frères ripostaient depuis le côté ouest de la maison et depuis l'avenue, mais il savait que leur assortiment de fusils et de pistolets ne pouvaient pas grand-chose contre les armes des flics fédéraux. Leroy pressa son visage contre le sol glacé lorsque de nouvelles balles atteignirent la clôture. «C'est dingue, mec», murmura-t-il.

Un corps gisait près du mur à vingt centimètres du bras droit de Leroy. Il le fit péniblement rouler sur lui-même, entendant des bouteilles tinter dans son sac à dos bon marché. Il perçut une forte odeur d'essence.

C'était Deeter Coleman, un élève de Germantown High School et un membre récent de Soul Brickyard. Deeter était sorti deux ou trois fois avec la sœur de Leroy. Celui-ci savait que le garçon s'intéressait davantage au théâtre et aux ordinateurs qu'à la rue, mais cela faisait des années qu'il suppliait Marvin de lui donner une chance de rallier la bande. Le chef lui avait donné cette chance à peine une semaine plus tôt. La balle qui l'avait atteint lui avait arraché la quasi-totalité de la gorge.

Leroy retourna le cadavre et tira sur les lanières du sac à dos sans cesser de marmonner entre ses dents. «T'es vraiment un con, Leroy. Merde, c'est toujours toi qui te tapes le sale boulot.»

Il serra les lanières à fond, sentit l'essence coulant des bouteilles brisées lui inonder le dos, et secoua la tête. Il passa le petit pistolet calibre 25 à sa ceinture et, sans se donner le temps de réfléchir, il ouvrit le portail et se mit à courir de toutes ses forces.

Deux coups de feu retentirent et quelque chose lui arracha le talon d'une basket, mais Leroy ne s'arrêta pas. Il renversa une rangée de poubelles à l'entrée de la ruelle, puis bondit vers l'escalier de secours. «Quelle idée à la con», grommela-t-il en montant les marches quatre à quatre.

Aucune fenêtre du deuxième étage ne donnait sur la ruelle, rien qu'une porte métallique fermée et dépourvue de loquet extérieur. «Connard, connard», murmura Leroy, et il s'accroupit à droite de la porte. Il fouilla les poches de son blouson et de son pantalon. Il n'avait pas d'allumettes, pas de briquet, rien. Il riait de bon cœur lorsque trois ombres jaillirent dans la ruelle depuis l'arrière du bâtiment. De son poste d'observation, dix mètres au-dessus du sol, Leroy vit leurs visages blancs, leurs mains blanches, lorsqu'ils se tournèrent vers lui et levèrent leurs armes. « T'es coincé, mec », marmonna-t-il.

Il pressa son visage et son ventre contre le mur de brique lorsque la première balle ricocha sur la rambarde dans un jaillissement d'étincelles. La deuxième traversa la semelle de sa chaussure droite, faisant bondir sa jambe vers le haut. Leroy la sentit soudain s'engourdir et regarda le trou noir et fumant qui ornait sa basket. « Vous déconnez, les mecs », murmura-t-il.

La porte d'acier s'ouvrit et un homme vêtu d'un costume sombre s'avança sur l'escalier de secours. Il portait un fusil d'allure bizarre. Leroy lui arracha son arme et le frappa à la gorge avec la crosse, le forçant à se pencher en arrière au-dessus de la rambarde tout en maintenant la porte ouverte de sa jambe blessée. On cessa de tirer en bas, mais Leroy aperçut les visages blancs qui se déplaçaient en quête d'un angle de tir. L'homme se débattit, cracha, griffa le visage de Leroy d'une main, l'autre tentant d'éloigner le fusil de sa gorge.

Leroy pesa de tout son poids sur l'homme, le forçant à s'arquer un peu plus en arrière. « T'as du feu, mec ? » murmura-t-il. Il entendit un bruit de pas derrière lui. Leroy enfonça sa main gauche dans la poche de l'agent et en sortit un briquet en or. « Merci, mon Dieu », dit-il à haute voix, et il laissa choir l'homme et son fusil dans la ruelle, dix mètres plus bas. Il entra dans l'immeuble alors même que les balles recommençaient à voler.

« Est-ce que tu as eu ce... » commença un autre Blanc armé d'un pistolet. Il y en avait trois autres près de la fenêtre, où des armes et des télescopes sophistiqués étaient disposés sur des trépieds. Leroy aperçut des sièges pliants, une table de camping couverte de boîtes de conserve et des radios posées contre le mur.

« Plus un geste ! » hurla le Blanc, et il braqua son pistolet sur la poitrine de Leroy.

Les mains de celui-ci s'élevaient déjà. Son pouce actionna la molette; il sentit la chaleur de la flamme contre son oreille droite. « C'est bien ma veine. Putain, du premier coup! » dit Leroy, et il laissa tomber le briquet dans le sac à dos bourré de bouteilles de super sans plomb.

Anne Bishop était à un demi-pâté de maisons de Grumblethorpe lorsque se produisit l'explosion. Elle continua de rouler à vingt-cinq kilomètres à l'heure, les mains crispées sur le volant de la DeSoto, les yeux grands ouverts fixés droit devant elle. Toutes les fenêtres de l'immeuble situé en face de Grumblethorpe éclatèrent en mille morceaux. Une pluie de verre diamantine s'abattit sur Germantown Avenue. Trente secondes plus tard, les flammes apparurent. Anne Bishop se gara devant Grumblethorpe et passa au point mort. Obéissant à un réflexe vieux de plus de trente ans, elle serra soigneusement le frein à main.

Les flammes montant du bâtiment étaient beaucoup plus brillantes à présent, éclairant d'une lueur orange Grumblethorpe et toute une fraction de l'avenue. On entendit une succession saccadée de coups de feu. Cinquante mètres plus loin, une demi-douzaine de silhouettes aux longues jambes traversèrent la chaussée au pas de course. Juste à côté de la roue avant droite de la DeSoto, un garçon gisait face contre terre au bord du trottoir. Une petite flaque noire s'élargissait autour de son crâne fracassé.

L'immeuble en feu était le théâtre d'un concert de craquements, comme si on brisait des centaines de brindilles. Les munitions explosaient de temps en temps, avec un curieux bruit de pop-corn en train de griller. Quelqu'un hurla au loin. Puis vint la plainte aiguë des sirènes. Anne Bishop resta assise dans sa DeSoto 1953, les yeux fixes, les mains sur le volant, attendant la suite des événements.

Gentry s'était engouffré dans la maison par la porte de derrière, le Ruger braqué devant lui. Une table renversée lui offrait un abri et il s'était tapi derrière pour examiner les lieux.

La vieille cuisine était éclairée par une chandelle posée sur l'évier et une autre tombée sur le sol. Le jumeau du nom de G.R. gisait dans une immense cheminée à deux mètres de Gentry, son anorak déchiqueté de la gorge au bas-ventre. Les plumes de la doublure recouvraient le visage, le torse et les jambes du cadavre. Le reste de la cuisine était vide. Une porte étroite donnant sur un réduit ou une petite pièce était restée grande ouverte, l'empêchant de voir le couloir.

Gentry braqua le Ruger sur la porte du réduit, entendant des bruits dans le couloir. Il se rendit compte qu'il respirait beaucoup trop vite et qu'il était sur le point de suffoquer. Il retint son souffle durant une dizaine de secondes. Dehors, les coups de feu cessèrent quelques instants et Gentry entendit un grattement dans l'ombre derrière lui. Il pivota sur son genou et découvrit Marvin Gayle qui semblait émerger du sol de pierre, comme un homme sortant d'une piscine. En dépit de la faible lumière, Gentry remarqua que son visage était dénué de toute expression, que ses yeux n'étaient que des fentes blanches où les iris étaient à peine visibles.

«Marvin?» Au moment où Gentry prononçait son nom, l'adolescent leva un fusil à pompe de l'espèce de trou où il se trouvait, visa la tête de Gentry et appuya sur la détente.

Clic, fit le percuteur.

Gentry leva son Ruger alors même que Marvin armait et tirait une deuxième fois. Le chien de son fusil ne rencontra que le vide.

Gentry avait appuyé sur la détente assez fort pour faire se relever le chien du Ruger; il le bloqua avec son pouce et le fit doucement retomber. «Merde», dit-il à voix basse, et il bondit sur le grotesque simulacre de Marvin alors que celui-ci achevait d'émerger de l'entrée du tunnel.

Le garçon était plus petit et moins lourd que Rob Gentry, mais il était aussi plus jeune, plus rapide, et animé d'une énergie démoniaque. Gentry ne voyait pas comment triompher de lui dans un combat à la loyale; il n'attendit pas d'avoir trouvé une méthode. Il arriva dans le coin de la pièce alors que Marvin finissait de se redresser et fit décrire un arc vicieux au Ruger, frappant l'adolescent à la tempe avec son long canon. Marvin s'effondra, roula sur lui-même et s'immobilisa.

Gentry s'accroupit près de lui, trouva son pouls, et leva les yeux à temps pour découvrir le monstre blanc debout près de la porte du réduit. Gentry tira deux fois; la première balle ricocha sur la pierre à l'endroit où l'apparition s'était tenue une seconde plus tôt, la seconde transperça la porte du réduit. Il entendit un bruit de pas dans le couloir. De dehors lui parvint le bruit étouffé d'une explosion.

«Natalie!» hurla Gentry. Il attendit une seconde, hurla de nouveau.

«Par ici, Rob! Sois prudent, il...» La voix de Natalie se tut. On aurait dit qu'elle était au bout du couloir.

Gentry se redressa, écarta la table de son passage et courut vers elle.

Natalie avait rampé le plus haut possible sur l'escalier, espérant à tout le moins pouvoir décocher un coup de pied dans la tête de Vincent, lorsqu'elle se rendit compte qu'elle n'était pas seule. Elle se força à cesser de regarder par-dessus son épaule et à lever les yeux vers le palier.

Melanie Fuller se dressait en haut des marches, à moins d'un mètre de la tête de Natalie. Elle portait une longue chemise de nuit en flanelle, sa robe de chambre rose bon marché et ses pantoufles en peluche rose. Les chandelles de la nursery éclairaient un visage sans âge, des rides qui se perdaient dans des replis de peau rongés jusqu'aux tendons, un crâne qui s'efforçait d'échapper à un masque de chair morte. Ses cheveux bleus dressés sur sa tête semblaient trop rares; des plaques de cuir chevelu tavelé apparaissaient ici et là, comme si ses cheveux étaient tombés par paquets sous l'effet de la chimiothérapie ou de quelque drogue. L'œil gauche de Melanie Fuller était fermé et grotesquement enflé, son œil droit se réduisait à une espèce de bille jaune. Elle sourit, et Natalie vit que la partie supérieure de son dentier s'était détachée de ses gencives. A la lueur des chandelles, sa langue semblait aussi sombre que du sang coagulé.

« Quelle honte, ma chère, dit Melanie Fuller. Couvrez votre nudité. »

Natalie frissonna et pressa les lambeaux de son chemisier contre ses seins. La voix de la vieille femme n'était qu'un râle sifflant; son souffle empestait la décomposition. Natalie tenta de ramper vers elle, de refermer ses mains sur ce cou étique.

« Natalie ! » La voix de Rob.

Elle s'agrippa aux marches de bois et l'appela. *Où était Vincent ?* Elle essayait d'avertir Rob lorsque Melanie Fuller descendit trois marches et lui toucha l'épaule du bout de sa pantoufle rose. « Chut, ma chère. »

Gentry apparut dans le couloir, revolver à la main. Il aperçut Natalie et ses yeux s'écarquillèrent. « Natalie. Mon Dieu.

– Rob ! » cria-t-elle, utilisant les dernières secondes de liberté accordées à son esprit. « Fais attention ! Le monstre blanc est là...

– Chut, ma chère », répéta Melanie Fuller. La vieille femme inclina la tête sur le côté et examina Gentry avec une intensité de dément. « Je sais qui vous êtes », murmura-t-elle, un jet de salive jaillissant de son dentier mal fixé. « Mais je n'ai pas voté pour vous. »

Gentry regarda derrière lui, en direction du salon et de la porte d'entrée. Il posa le pied sur une marche, s'adossa au mur et leva son revolver pour le braquer sur le torse de Melanie Fuller.

La vieille femme secoua lentement la tête.

Le revolver s'abaissa comme sous l'effet d'une puissante force magnétique, trembla, s'immobilisa, resta braqué sur le visage de Natalie Preston.

« C'est ççça », siffla Melanie Fuller.

Un spasme secoua le corps de Gentry, ses yeux s'élargirent et son visage devint de plus en plus cramoisi. Son bras tremblait violemment, comme si chaque nerf de son corps luttait contre les ordres envoyés par son cerveau. Sa main se serra sur la crosse du revolver, son doigt se crispa sur la détente.

« Oui », souffla Melanie Fuller. Sa voix était pleine d'impatience.

Un flot de sueur inonda le visage de Gentry et macula sa chemise, visible entre les pans de son blouson. Les tendons saillirent sur son cou et les veines sur ses tempes. Son visage était un masque de supplicié, le visage d'un homme engagé dans un suprême effort mobilisant toutes les ressources de son esprit, de ses muscles et de sa volonté. Son doigt pressa la détente, la relâcha, la pressa assez fort pour relever le chien du revolver, la relâcha.

Natalie ne pouvait pas bouger. Elle regarda ce masque de supplicié et ne vit que les yeux bleus de Rob Gentry.

« Ceci prend trop de temps », murmura Melanie Fuller. Elle se passa une main sur le front, l'air épuisée.

Gentry tomba en arrière comme s'il avait affronté au tir à la corde des titans qui venaient de lâcher l'autre bout. Il recula en trébuchant dans le couloir et glissa le long du mur, laissant tomber le revolver par terre dans ses efforts pour reprendre son souffle. Natalie vit une expression d'exultation envahir le visage de Rob durant la fraction de seconde où leurs regards se croisèrent.

Vincent jaillit du salon et balaya l'air deux fois de son couteau. Gentry hoqueta et porta les deux mains à sa gorge comme s'il espérait pouvoir refermer sa blessure béante. Il sembla y réussir pendant trois secondes, puis le sang coula entre ses doigts, jaillit en quantité inimaginable le long de ses mains, de ses bras et de sa poitrine.

Gentry glissa de travers jusqu'à ce que sa tête et son épaule gauche viennent doucement toucher le sol. Il ne cessa pas de regarder Natalie jusqu'à ce que ses yeux se ferment lentement, tels ceux d'un petit garçon avant une sieste réparatrice. Son corps fut agité par un spasme, un seul, puis se détendit dans la mort.

«Non!» hurla Natalie, et elle bondit au même instant. Elle avait gravi huit marches; elle les descendit la tête la première, heurtant si violemment la dernière qu'elle sentit quelque chose se rompre dans son épaule gauche. Elle ignora le choc, ignora la douleur, ignora les doigts qui frôlaient son esprit comme des papillons tapant à la fenêtre, ignora le second choc lorsqu'elle roula sur le plancher dur, sur les jambes de Rob, contre les jambes de Vincent.

Natalie ne perdit pas de temps à réfléchir. Elle laissa son corps faire ce qu'il avait à faire, ce qu'elle lui avait ordonné de faire il y avait une éternité de cela, avant qu'elle ne bondisse de l'escalier.

Vincent vacilla au-dessus d'elle, agitant les bras pour recouvrer l'équilibre qu'il avait perdu lors de leur collision. Il dut faire pivoter son torse pour lever son couteau sur elle.

Natalie n'hésita pas un instant. Elle roula sur le dos, laissa sa main droite retomber sur le revolver, sachant parfaitement où il se trouvait, le leva et visa. Elle tira dans la bouche grande ouverte de Vincent.

Le bras de Natalie heurta le plancher sous l'effet du recul et l'impact de la balle souleva Vincent dans les airs. Il alla frapper le mur à plus de deux mètres au-dessus du sol et laissa une traînée de sang sur sa surface en retombant.

Melanie Fuller descendit lentement l'escalier, ses pantoufles raclant mollement le bois des marches.

Natalie essaya de se hisser sur son bras gauche, mais tomba en travers des jambes de Rob. Elle abaissa son arme et parvint à adopter une position assise. Elle dut chasser les larmes de ses yeux avant de pouvoir braquer le revolver sur Melanie Fuller.

La vieille femme était à un mètre cinquante de distance, deux marches au-dessus d'elle. Natalie s'attendait à sentir des doigts plonger dans son esprit pour la saisir, la stopper, mais rien ne se passa. Elle appuya sur la détente, une fois, deux fois, trois fois.

« Il faut toujours compter ses cartouches, ma chère », murmura la vieille femme. Elle descendit les marches, enjamba Natalie et se dirigea vers la porte en traînant les pieds. Elle s'arrêta et regarda derrière elle. « Au revoir, Nina. Nous nous retrouverons. »

Melanie Fuller jeta un dernier regard sur le couloir et sur la maison, déverrouilla la porte en ruine, sortit dans une rue éclairée par les flammes, et disparut.

Natalie lâcha le revolver et éclata en sanglots. Elle rampa jusqu'à Rob, le tira par les épaules jusqu'à ce qu'il soit dégagé du corps de Vincent, et lui posa la tête sur sa jambe. Du sang macula aussitôt son pantalon, le plancher, tout le reste. Elle essaya d'éponger le blouson et la chemise de Rob avec les lambeaux de son chemisier, mais finit par y renoncer.

Lorsque Saul Laski et Jackson arrivèrent cinq minutes plus tard, alarmés par les flammes, les sirènes et de nouvelles détonations, ils la trouvèrent ainsi, la tête de Rob reposant toujours sur son giron, en train de lui chanter une berceuse et de lui caresser tendrement le front.

34.
Melanie

J'étais fort contrariée de quitter Grumblethorpe, mais je n'avais guère le choix étant donné les circonstances. Le quartier était devenu bien trop agité ; les nègres avaient choisi le Nouvel An pour organiser une de ces émeutes insensées dont j'entendais parler depuis si longtemps. Ce genre de choses ne se produisait jamais avant les manifestations de ces vingt ou trente dernières années en faveur des prétendus droits civiques. Père avait l'habitude de dire que si on accordait un doigt à un nègre, il exigeait le bras et s'emparait de l'épaule.

La messagère de Nina — une fille de couleur qui aurait été séduisante n'eût été sa coiffure ébouriffée qui la faisait ressembler à une négrillonne — avait presque réussi à me convaincre que ce n'était pas Nina qui l'envoyait, mais j'avais fini par la percer à jour grâce aux voix de Grumblethorpe. Elles étaient fort bruyantes ce dernier jour. J'avoue avoir eu quelques difficultés à me concentrer sur certaines tâches moins importantes, tant je m'efforçais de comprendre ce que me disaient ces voix — celles d'un petit garçon et d'une petite fille à l'accent étrange, presque anglais.

Certains de leurs propos étaient confus. Elles me parlaient de l'incendie, du pont, de la rivière et de l'échiquier. Je me demandais si elles faisaient référence à des événements de leur propre vie — peut-être les catastrophes qui avaient causé leur trépas. Mais lorsqu'elles évoquaient Nina, leurs avertissements étaient on ne peut plus clairs.

En fin de compte, les deux émissaires de Nina — venus jusqu'ici depuis Charleston — ne me causèrent que des désagréments mineurs. J'étais navrée de perdre Vincent mais, à vrai dire, il avait rempli son rôle. Je ne garde aucun souvenir précis des derniers instants que j'ai passés à Grumblethorpe. Je me rappelle surtout l'atroce migraine qui me taraudait la moitié droite du crâne. Alors qu'Anne était occupée à faire nos bagages avant de venir me chercher, je lui avais ordonné mentalement d'emporter une bouteille de Dristan. Il n'était guère étonnant que mes sinus me fassent si mal dans ce climat nordique, si froid, si humide et si peu hospitalier.

Anne se pencha pour m'ouvrir la porte de la voiture lorsque je sortis de Grumblethorpe. Un incendie ravageait l'immeuble d'en face, sans aucun doute l'œuvre des pillards nègres. Quand Mrs. Hodges me rendait visite et évoquait les dernières atrocités survenues dans le Nord, elle manquait rarement de préciser que les minorités soi-disant pauvres, mal nourries et opprimées sautaient sur la moindre occasion de voler des téléviseurs de prix et des vêtements fantaisie. Elle estimait que les gens de couleur employés autrefois par les Blancs n'avaient jamais cessé de voler leurs maîtres et qu'ils continuaient d'agir ainsi maintenant qu'ils étaient devenus des assistés. C'était une des rares opinions que je partageais avec cette vieille fouinarde.

Il y avait trois valises sur la banquette arrière de la DeSoto. Une des deux plus grandes contenait mes vêtements, l'autre l'argent et les actions qu'Anne avait conservés, et la plus petite quelques vêtements et effets personnels appartenant à Anne. Elle n'avait pas oublié mon fourre-tout. Le fusil à pompe qu'elle conservait chez elle était posé sur le tapis de sol.

« Allons-y, ma chère », dis-je, et je m'adossai au siège.

Anne Bishop conduisait comme une vieille femme. Nous laissâmes Grumblethorpe et l'immeuble en flammes et, pratiquement au pas, prîmes la direction du nord-est. Je regardai derrière nous et remarquai qu'une collision venait de se produire près du croisement entre Queen Lane et Germantown Avenue. Une fourgonnette et deux automobiles surbaissées, plutôt laides, étaient immobilisées au carrefour. Il n'y avait aucun signe de la police.

Nous passâmes devant Penn Street, Coulter Street, et nous approchions de Church Street lorsque deux fourgonnettes s'immobilisèrent en travers de la chaussée, nous bloquant le passage. J'ordonnai à Anne de monter sur le trottoir de gauche et de ne pas s'arrêter. Des hommes sortirent des fourgonnettes en brandissant des armes, mais ils furent vite distraits lorsque celui que je surveillais tourna son revolver dans leur direction et se mit à tirer sur ses collègues.

C'était ridicule. S'ils étaient ici pour arrêter des pillards de couleur, ils auraient dû s'atteler à leur tâche et laisser en paix deux dames blanches comme nous.

Nous arrivâmes au niveau de Market Street; en dépit de l'obscurité, je distinguais le soldat yankee de bronze debout sur son piédestal. Lors de notre première sortie, Anne m'avait appris que ce monument était en granite de Gettysburg. Je pensai au général Lee battant en retraite sous la pluie, ayant perdu la bataille mais pas la guerre, ayant préservé de ce carnage toute la fierté de la Confédération, et je me sentis un peu moins démoralisée par le repli que j'étais en train d'effectuer.

Les gyrophares et lumières clignotantes de voitures de pompiers, de police et autres véhicules de secours fondirent sur nous de l'autre bout de Germantown Avenue. Derrière nous, une fourgonnette et une conduite intérieure noire menaçaient de nous rattraper. J'entendis un bruit étrange. Je levai les yeux et aperçus des lueurs vertes et rouges au-dessus des toits.

«Tournez à gauche», ordonnai-je. Au moment où Anne m'obéit, la distance entre la voiture de pompiers et nous s'était suffisamment réduite pour que je puisse voir le visage de son conducteur casqué. Je fermai les yeux et poussai. Le long véhicule vira brusquement au milieu de la chaussée, rebondit sur les rails des tramways et emboutit la fourgonnette au niveau de sa portière droite. Celle-ci fit plusieurs tonneaux et s'immobilisa sur le toit en plein centre de Market Square. J'aperçus la conduite intérieure qui freinait à mort pour éviter le camion rouge couché en travers de la rue, puis nous nous engageâmes dans School House Lane, loin de toute cette agitation.

J'avais forcé Anne à faire bien des choses, mais le plus dur était de l'obliger à rouler à plus de cinquante kilomètres à l'heure. Je dus rassembler toutes les ressources de ma volonté pour qu'elle conduise enfin comme je le souhaitais. Si bien que ce fut par l'intermédiaire de ses sens que je vis les rues défiler sur le côté, entendis le bruit des pales au-dessus de nous, et regardai les rares voitures qui circulaient à cette heure s'écarter devant nous.

School House Lane était une jolie rue, mais elle n'avait pas été conçue à l'intention d'une DeSoto 1953 roulant à 130 km/h. Une voiture verte apparut derrière nous et nous prit en chasse. J'apercevais de temps en temps l'hélicoptère qui suivait une course parallèle à la nôtre, tantôt sur notre gauche, tantôt sur notre droite. J'ordonnai à Anne de freiner pour négocier un virage, puis d'accélérer à nouveau. Soudain, la lunette arrière se transforma en toile d'araignée et des éclats de verre jaillirent dans l'habitacle. Je jetai un regard par-dessus mon épaule et vis deux trous gros comme mon poing.

Un Noir en veston titubait au bord de la chaussée lorsque nous arrivâmes près de Ridge Avenue. Il traversa lorsque la voiture verte surgit et se jeta devant elle. Je vis dans le rétroviseur le véhicule faire une embardée pour l'éviter, heurter la bordure du trottoir à plus de 100 km/h et décrire en l'air une spirale complète avant de s'encastrer dans la vitrine d'un débit de hamburgers.

Je cherchai un plan de Philadelphie dans la boîte à gants tout en gardant le contrôle de la voiture par l'entremise d'Anne. Je voulais trouver une voie express pour sortir de cette ville de cauchemar; il y avait devant nous une pléthore de panneaux, de flèches et de ponts autoroutiers, mais je ne savais quelle route suivre.

Un vacarme soudain nous parvint par la vitre brisée et l'énorme hélicoptère passa à dix mètres sur notre droite. A la lueur des réverbères qui défilaient à une vitesse folle, j'aperçus le pilote et un homme coiffé d'une casquette de base-ball qui se penchait vers nous à l'arrière de l'appareil. Il avait un sourire de dément et tenait quelque chose dans ses bras.

J'ordonnai à Anne de tourner à droite pour prendre une rampe d'accès. La roue arrière gauche de la DeSoto glissa sur un accotement non stabilisé, et durant quelques secondes je me concentrai entièrement sur le volant et l'accélérateur pour éviter l'accident.

L'hélicoptère passa en rugissant sur notre gauche alors que nous roulions sur une boucle sans fin. Une tache rouge dansa un instant sur la joue gauche d'Anne. Je lui ordonnai aussitôt d'appuyer sur l'accélérateur, la vieille voiture bondit en avant, la tache disparut, et quelque chose frappa le pare-chocs arrière de la voiture avec un bruit sourd.

Nous nous retrouvâmes soudain sur un pont enjambant une rivière. Je ne voulais pas de pont, je voulais une voie express.

L'hélicoptère était à présent sur notre droite, exactement à notre niveau. L'espace d'une seconde, une lueur rouge brilla dans mon œil, et j'ordonnai à Anne d'obliquer à gauche et de se coller au flanc d'une fourgonnette Volkswagen qui nous servirait ainsi de bouclier. Le conducteur de la Volkswagen s'effondra soudain sur son volant et son véhicule se précipita sur la rambarde. L'hélicoptère se rapprocha, réussissant à maintenir une vitesse de 140 km/h.

Nous étions sortis du pont. Anne vira sèchement à gauche et nous passâmes par-dessus le terre-plein central, évitant de justesse un semi-remorque qui nous lança un coup de klaxon furieux. Nous sortîmes de la route au niveau d'un panneau vantant les mérites des appartements présidentiels. Quatre voies désertes s'étendaient devant nous dans un jour artificiel dispensé par les lampes à mercure. Il y eut une série d'éclairs verts et rouges lorsque l'hélicoptère passa cinq mètres à peine au-dessus de nos têtes, fit demi-tour et s'immobilisa une centaine de mètres devant nous.

L'endroit était trop désert, trop bien éclairé. On aurait dit un stand de tir à la carabine dont nous étions les cibles.

J'ordonnai à Anne de tourner à gauche. Les pneus de la DeSoto mordirent l'asphalte en gémissant et nous catapultèrent sur une voie d'accès non signalée à peine plus large qu'une allée.

Cette route se dirigeait vers le sud-ouest sous une section aérienne de ce que le plan appelait la voie express Schuylkill. C'était faire preuve d'indulgence que de lui donner le nom de route. Il ne s'agissait que d'un chemin gravillonné infesté de nids-de-poules. Des piliers de béton défilaient dans nos phares. La robe et le pull-over d'Anne étaient trempés de sueur et son visage offrait un spectacle étrange. L'hélicoptère apparut sur notre gauche, volant au-dessus d'une voie ferrée parallèle à la voie express. Une rangée de piliers nous séparait, accentuant l'impression de vitesse. Notre vieux compteur indiquait 150 km/h.

La route gravillonnée s'achevait un peu plus loin dans un labyrinthe de bretelles soutenues par des centaines de piliers, contreforts et entretoises. Une forêt de béton et d'acier.

Je veillai à ce qu'Anne ne bloque pas le frein, mais nous avons dû déraper sur une demi-longueur de terrain de football, projetant un nuage de poussière au sein duquel la lueur de nos phares se réduisit à deux rais de lumière jaunâtre. La poussière se dissipa. Nous avions stoppé à moins d'un mètre d'un contrefort gros comme une petite maison.

La DeSoto le contourna au ralenti, roula doucement entre les pylônes et sortit prudemment de sous une chaussée pour aller se dissimuler sous une autre. Il devait y avoir au moins quinze voies de circulation au-dessus de nous, dont certaines s'incurvant vers un pont qui ajoutait des troncs supplémentaires à la forêt de piliers.

Nous parcourûmes une cinquantaine de mètres dans ce labyrinthe et j'ordonnai à Anne de se ranger près d'une île de béton, de couper le moteur et d'éteindre les phares.

J'ouvris les yeux. Nous étions pareilles à des souris venant de s'introduire dans une cathédrale baroque. D'immenses piliers se dressaient vers les chaussées aériennes, hauts de quinze à vingt-cinq mètres, voire davantage, près des trois ponts qui enjambaient la Schuylkill River. Seuls le murmure de la circulation et le sifflement encore plus lointain d'un train venaient briser le silence. Je comptai jusqu'à trois cents avant d'oser espérer que l'hélicoptère nous ait perdues et ait renoncé à nous poursuivre.

Puis retentit un rugissement effroyable.

Précédé par la lumière de son projecteur, l'engin infernal flottait à dix mètres au-dessous de la plus haute chaussée aérienne, le vacarme de son moteur et de son rotor résonnant sur la moindre surface de béton. L'hélicoptère avançait lentement, ses pales se tenant à l'écart des pylônes et des banquettes de sûreté, son fuselage pivotant comme la tête d'un chat aux aguets.

Le projecteur finit par nous trouver et nous épingla dans son éclat impitoyable. A ce moment-là, j'avais déjà ordonné à Anne de descendre. Elle tenait son fusil avec maladresse, calé sur le toit de la DeSoto.

Au moment même où je lui ordonnais de tirer, je sus que c'était trop tôt, que l'hélicoptère était trop loin. Le bruit de la détonation vint s'ajouter au vacarme ambiant sans autre effet notable.

Anne fit deux pas en arrière sous l'effet du recul. Une

balle à haute vélocité lui arracha son fusil des mains et la jeta à terre. J'étais déjà étendue sur le tapis de sol lorsque la deuxième balle fracassa le pare-brise et fit tomber une pluie de verre sur la banquette avant.

Anne réussit à se relever, à regagner la voiture et à tourner la clé de contact de la main gauche. Son bras droit pendait, inutilisable, presque détaché de l'épaule. Un os luisait sous la laine et le coton déchirés.

Nous passâmes en dessous de l'hélicoptère — la souris désespérée détalant entre les pattes du chat surpris —, puis nous nous engageâmes sur une voie gravillonnée, nous éloignant temporairement de la rivière pour négocier un escarpement boisé qui donnait sur un pont.

L'hélicoptère se lança à notre poursuite, mais les arbres dénudés qui se dressaient de chaque côté de la route étaient assez hauts pour nous protéger tant que nous continuions de rouler. Nous arrivâmes sur une ligne de faîte boisée. A droite, la voie express s'incurvait vers le sud; à gauche, nous avions la rivière et la voie ferrée. Je vis que notre route rejoignait par la gauche le plus au sud de deux ponts ténébreux. Nous n'avions plus le choix; l'hélicoptère était de nouveau derrière nous, les arbres étaient trop rares pour nous protéger et il était impossible à la DeSoto de descendre le long du talus escarpé et boisé pour rejoindre la voie express située quelques centaines de mètres plus bas.

Anne tourna à gauche, accéléra une fois sur le pont. Et stoppa.

C'était un pont de chemin de fer, un très vieux pont. Bordé de chaque côté par un garde-fou de pierre et de métal. Les rails rouillés, les traverses de bois et une étroite cendrée s'enfonçaient dans les ténèbres à vingt-cinq bons mètres au-dessus de la rivière.

Dix mètres devant nous, une solide barrière nous bloquait le passage. Même si nous avions pu la franchir, cela ne nous aurait servi à rien; le terre-plein était trop étroit, trop exposé, et les traverses nous auraient trop ralenties.

Nous marquâmes une pause qui ne dura pas plus de vingt secondes, mais c'était déjà trop long. Le rugissement se fit de nouveau entendre, un tourbillon de poussière et de brindilles nous enveloppa, et je me baissai alors qu'une masse sombre occultait le ciel. Cinq trous apparurent dans le pare-brise, le volant et le tableau de bord explosèrent, et Anne Bishop tressauta sous les balles, touchée au ventre, à la poitrine et au visage.

J'ouvris la portière et me mis à courir. Une de mes pantoufles roula en bas du remblai et disparut dans les buissons. Mon peignoir et ma chemise de nuit se gonflèrent sous la tornade des rotors. L'hélicoptère passa à vive allure à un mètre cinquante à peine au-dessus de ma tête, et disparut derrière la ligne de faîte.

J'avançai en titubant le long des traverses, m'éloignant du pont. Au-delà du faîte et de la lueur qui émanait de la voie express, j'apercevais l'obscurité relative de Fairmount Park. Anne m'avait dit qu'il s'agissait du plus grand parc municipal du monde, plus de mille six cents hectares de forêt longeant la rivière. Si je pouvais arriver jusque-là...

L'hélicoptère s'éleva au-dessus de la ligne des arbres comme une araignée montant le long de sa toile. Il glissa latéralement vers moi. Partant de son cockpit, je vis un mince rayon rouge trancher l'air empoussiéré.

Je fis demi-tour et regagnai le pont à grand-peine, en direction de la DeSoto. C'était exactement ce qu'ils attendaient de moi.

Un sentier abrupt s'enfonçait dans les buissons à droite du remblai. Je m'y engageai, glissai, perdis ma seconde pantoufle et tombai assise sur le sol froid et humide. L'hélicoptère passa au-dessus de moi en rugissant, s'immobilisa à quinze mètre au-dessus de la rivière et balaya le rivage de son projecteur. Je trébuchai le long du sentier, glissai sur une longueur de six mètres, sentant les branches des buissons m'érafler la peau. Le projecteur m'épingla de nouveau. Je me redressai, me protégeai les yeux et scrutai son éclat. Si je parvenais à Utiliser le pilote...

Une balle vint agacer l'ourlet de ma robe de chambre.

Je me mis à quatre pattes et gravis péniblement le remblai, m'arrêtant à une douzaine de mètres au-dessous du pont. L'hélicoptère perdit un peu d'altitude et me suivit.

Nina ne se trouvait pas à bord de l'appareil. Qui était-ce donc ? Je rampai derrière un tronc pourrissant et me mis à sangloter. Deux balles se plantèrent dans le bois. J'essayai de me recroqueviller sur moi-même. J'avais une migraine atroce. Ma chemise de nuit et ma robe de chambre étaient dans un état épouvantable.

L'hélicoptère flottait presque à mon niveau, à dix ou douze mètres de moi, pas tout à fait sous le pont. Il pivota sur lui-même, jouant avec moi comme un prédateur prêt à achever son gibier.

Je levai la tête, concentrai toute mon attention sur l'appareil et sur ses passagers. Ignorant le supplice que me causait ma migraine, je tendis ma volonté le plus loin et le plus fort possible, plus résolue que jamais.

Rien.

Il y avait deux hommes à bord de l'appareil. Le pilote était un Neutre… un trou dans la trame de pensée. L'autre était un Utilisateur… pas Willi… mais un homme aussi obstiné et assoiffé de sang que l'était Willi. Comme je ne l'avais jamais vu, ne le connaissais pas, ne l'avais jamais affronté, il m'était impossible de triompher de son Talent assez longtemps pour pouvoir l'Utiliser.

Mais lui pouvait *me* tuer.

J'essayai de ramper vers une culée de pierre située à six ou sept mètres de moi. Une balle laboura la terre à vingt centimètres de ma main.

J'essayai de remonter l'étroit sentier vers un buisson touffu. Une balle m'effleura la plante du pied.

Je pressai ma joue contre le sol, mon dos contre la souche pourrissante, et fermai les yeux. Une balle déchira le bois friable à quelques centimètres de mon dos. Une autre se planta dans la terre entre mes jambes.

Anne avait été atteinte par quatre balles. La première lui avait traversé le ventre, ratant de justesse la colonne vertébrale. La deuxième lui avait brisé une côte, avait ricoché sur sa cage thoracique et avait réduit son bras gauche en pièces. La troisième balle avait traversé son poumon droit et s'était logée dans son omoplate droite. La dernière l'avait atteinte à la joue gauche, lui arrachant la langue et la plupart des dents, et était ressortie par son maxillaire droit.

Pour l'Utiliser, j'étais obligée de ressentir toute la souffrance de son agonie. La moindre rupture de contact lui aurait permis de m'échapper, d'échapper à ce monde. Mais je ne pouvais pas lui permettre de mourir. J'avais besoin d'elle une dernière fois.

Le moteur de la DeSoto continuait de tourner. La boîte automatique était au point mort. Pour passer en prise, Anne dut passer la tête à travers le volant brisé et serrer le levier métallique avec ce qui lui restait de dents. Poussée par la force de l'habitude, elle avait serré le frein à main. Je lui ordonnai de le desserrer avec son genou.

L'image qu'elle me transmettait se brouilla et disparut. Je la forçai à se reformer au prix d'un effort surhumain. Des éclats d'os lui voilaient l'œil droit. Aucune importance. Elle posa ses bras fracassés sur l'anneau de métal commandant le klaxon et accrocha sa main droite à ce qui restait du volant en plastique.

J'ouvris les yeux. Une tache rouge dansa sur l'herbe sèche près de moi, trouva mon bras, se déplaça vers mon visage. Il ne restait pratiquement plus rien du tronc pourrissant.

Je clignai des yeux pour chasser le rayon rouge.

Le bruit que fit la DeSoto en accélérant et en défonçant le garde-fou était audible en dépit du vacarme du rotor. Je levai les yeux à temps pour voir le double faisceau lumineux des phares poignarder l'espace avant de basculer. J'eus la vision d'un carter et d'essieux noirs lorsque la DeSoto tomba presque à la verticale.

Le pilote était très, très fort. Il avait dû apercevoir

quelque chose au-dessus de lui, à la lisière de son champ de vision, et il réagit presque instantanément. Le moteur de l'hélicoptère hurla et son fuselage bascula en avant au moment où il virait vers la rivière. Seul le bout d'une pale toucha la voiture dans sa chute.

Ce fut suffisant.

Le rayon rouge avait quitté mon œil. Un cri presque humain de métal torturé me déchira les oreilles. Toute la puissance de rotation de l'hélicoptère parut se transférer de son rotor à son fuselage, et la cabine superbement profilée se mit à tourner sur elle-même dans le sens inverse des aiguilles d'une montre, une fois, trois fois, cinq fois, avant d'aller se fracasser sur l'arche de pierre du pont de chemin de fer.

Il n'y eut pas de flammes. Pas d'explosion. La masse d'acier, de plexiglas et d'aluminium broyés tomba silencieusement d'une hauteur de vingt mètres pour heurter l'eau tout près de l'endroit où la DeSoto s'était engloutie à peine trois secondes plus tôt.

Le courant était très fort. Pendant plusieurs secondes, le projecteur de l'hélicoptère resta allumé, montrant l'engin privé de vie en train de s'enfoncer dans les profondeurs et de s'éloigner vers l'aval plus vite qu'on n'aurait pu l'imaginer. Puis la lumière s'éteignit et les eaux sombres se refermèrent sur lui comme un linceul boueux.

Il s'écoula une minute avant que je ne me rassoie, une demi-heure avant que j'essaie de me relever.

Aucun bruit n'était perceptible en dehors du doux murmure de la rivière et du chuchotement lointain et immuable de la voie express invisible.

Au bout d'un certain temps, je nettoyai tant bien que mal ma chemise de nuit des brindilles et de la poussière qui s'y accrochaient, serrai la ceinture de ma robe de chambre et remontai lentement vers le sentier.

35.
Philadelphie
jeudi 1er janvier 1981

Les enfants avaient été autorisés à aller jouer dehors une heure avant le petit déjeuner. Il faisait frais mais le ciel était dégagé, et le soleil levant ressemblait à une grosse orange qui s'efforçait d'émerger des innombrables branches dénudées de la forêt. Les trois enfants riaient, jouaient et faisaient des cabrioles sur la longue pente conduisant au bois et à la rivière. Tara, l'aînée, avait fêté son huitième anniversaire trois semaines plus tôt. Allison avait six ans. Justin, le petit rouquin, aurait cinq ans en avril.

Les échos de leurs rires et de leurs cris résonnaient sur le flanc de coteau boisé. Tous trois levèrent les yeux lorsqu'une vieille dame sortit d'entre les arbres et se dirigea lentement vers eux.

«Pourquoi êtes-vous encore en robe de chambre?» demanda Allison.

La vieille dame fit halte à un ou deux mètres d'eux et leur sourit. Sa voix était étrange. «Oh, il fait si beau ce matin que je n'ai pas eu envie de m'habiller pour aller me promener.»

Les enfants hochèrent la tête en signe d'assentiment. Ils avaient souvent envie de jouer dehors en pyjama.

«Pourquoi vous n'avez pas de dents? demanda Justin.

– Chut», fit vivement Tara. Justin baissa les yeux et se tortilla.

«Où habitez-vous? demanda la dame.

– On habite dans le château», dit Allison. Elle désigna un vieux bâtiment en pierre grise qui se dressait, imposant, au sommet de la colline. C'était la seule construction de l'immense parc. Une étroite bande d'asphalte serpentait le long du faîte en direction de la forêt.

«Mon papa est l'administrateur adjoint du parc, annonça Tara avec fierté.

– Vraiment? Vos parents sont-ils ici en ce moment?

– Papa dort encore, dit Allison. Maman et lui sont rentrés très tard de leur soirée de réveillon. Maman est réveillée, mais elle a mal à la tête et elle se repose avant le petit déjeuner.

– On va manger du pain français, dit Justin.

– Et regarder le défilé des roses», ajouta Tara.

La dame sourit et regarda la maison. Ses gencives étaient rose pâle.

«Vous voulez que je fasse une cabriole? demanda Justin en lui prenant la main.

– Une cabriole? dit la dame. Oui, bien sûr.»

Justin ouvrit la fermeture à glissière de son blouson, s'accroupit et roula maladroitement sur lui-même, atterrissant sur le dos et frappant le sol de ses baskets. «Vous avez vu?

– Bravo!» s'exclama la vieille dame en applaudissant. Elle se tourna de nouveau vers la maison.

«Je m'appelle Tara, dit Tara. Elle, c'est Allison. Et Justin n'est qu'un bébé.

– C'est pas vrai! protesta Justin.

– Si, c'est vrai, dit Tara avec hauteur. C'est toi le plus jeune, alors c'est toi le bébé de la famille. C'est maman qui l'a dit.»

Justin se renfrogna et alla reprendre la main de la vieille dame. «Vous êtes une gentille dame», dit-il.

Elle lui caressa les cheveux d'un geste machinal. «Avez-vous une voiture? demanda la dame.

– Bien sûr, dit Allison. On a une Bronco et une Ovale bleue.

– Une Ovale bleue?

– Elle veut dire une Volvo bleue, dit Tara en secouant

la tête. C'est Justin qui a commencé à l'appeler comme ça, et maintenant maman et papa font pareil. Ils trouvent ça *adorable.*» Elle fit la grimace.

«Y a-t-il quelqu'un d'autre chez vous ce matin? demanda la dame.

– Nan, dit Justin. Tante Carol devait venir, mais elle est allée ailleurs. Papa dit que c'est tant mieux parce que tante Carol est une chieuse.

– Chut!» ordonna sèchement Tara, et elle fit mine de taper Justin sur le bras. Le petit garçon alla se cacher derrière la dame.

«Je parie que vous vous sentez seuls dans ce château, dit la dame. Vous n'avez jamais peur des voleurs ou des méchants?

– Non», dit Allison. Elle lança un caillou vers la lisière de la forêt. «Papa dit que le parc est l'endroit le plus sûr de la ville pour les enfants.»

Le visage de Justin apparut derrière la robe de chambre, et il leva les yeux vers la dame. «Hé, qu'est-ce qui est arrivé à votre œil?

– J'ai un peu mal à la tête, mon chéri.» La dame passa des doigts tremblants sur son front.

«Comme maman, dit Tara. Vous aussi, vous avez fait la fête hier soir?»

La dame sourit de toutes ses gencives et regarda de nouveau la maison. «L'administrateur adjoint du parc doit être un monsieur très important.

– Oh oui», acquiesça Tara. Son frère et sa sœur s'étaient désintéressés de la conversation pour entamer une partie de chat perché.

«Votre père a-t-il besoin de quelque chose pour protéger le parc des méchants? demanda la dame. Un pistolet, par exemple?

– Oh oui, il en a un, dit Tara avec enthousiasme. Mais on n'a pas le droit de jouer avec. Il le range sur une étagère dans son placard. Et il a plein de cartouches dans la boîte bleue et jaune cachée dans son bureau.»

La dame sourit et hocha la tête.

«Voulez-vous m'entendre chanter? demanda Allison, interrompant la partie acharnée qui l'opposait à Justin.

– Bien sûr, ma chérie.»

Les enfants s'assirent en tailleur sur l'herbe. La dame resta debout. Derrière eux, le soleil orange se libéra de la brume matinale et des branches nues et monta dans un ciel d'azur glacé.

Allison se tint bien droite, croisa les mains, et chanta «Hey, Jude» *a cappella*, trois couplets dont chaque note, chaque syllabe, était aussi claire que les cristaux de givre qui accrochaient la riche lumière du matin. Lorsqu'elle eut fini, elle sourit et les enfants restèrent assis en silence.

Les yeux de la dame s'emplirent de larmes. «Je crois que j'aimerais voir votre père et votre mère à présent», dit-elle doucement.

Allison la prit par la main gauche, Justin par la main droite, et Tara ouvrit la marche. Alors qu'ils arrivaient sur le sentier dallé qui conduisait à la porte de la cuisine, la dame porta une main à sa tempe et se détourna.

«Vous n'entrez pas? demanda Tara.

– Plus tard peut-être, dit la dame d'une voix bizarre. J'ai une horrible migraine tout à coup. Peut-être demain.»

Les enfants regardèrent la dame s'éloigner de la maison d'un pas hésitant, puis elle poussa un petit cri et tomba dans le massif de roses. Ils se précipitèrent vers elle et Justin la tira par l'épaule. Le visage de la vieille femme était grisâtre et déformé par une effroyable grimace. Son œil gauche était complètement fermé, son œil droit entièrement blanc. Sa bouche était grande ouverte, révélant des gencives rouge sang et une langue blanche qui s'enfouissait dans sa gorge comme une taupe. Un long filet de salive pendait à son menton.

«Elle est morte?» hoqueta Justin.

Tara se mordait les phalanges. «Non. Je ne crois pas. Je ne sais pas. Je vais aller chercher papa.» Elle courut vers la maison. Allison hésita une seconde, puis suivit sa sœur aînée.

Justin s'agenouilla dans le massif de roses et posa la tête de la dame évanouie sur ses cuisses. Il lui souleva la main. Un vrai glaçon.

Lorsque les autres sortirent de la maison, ce fut ainsi qu'ils trouvèrent Justin, à genoux parmi les fleurs, tapotant doucement la main de la dame et ne cessant de lui répéter : «Ne mourez pas, gentille dame, d'accord? S'il vous plaît, ne mourez pas, gentille dame. D'accord?»

Déjà parus en
Présence du Fantastique

1. **Scott Baker • Le jardin aux araignées**
Professeur dans un obscur institut en Floride, Brian Gerard voit le jardin de la maison qu'il occupe progressivement envahi par des araignées monstrueuses. Est-il le jouet de la folie de son épouse par voie télépathique, ou est-ce une toile plus complexe et plus sournoise qui se tisse autour de lui? *Cat. 10.*

2. **Serge Brussolo • Boulevard des banquises**
Sarah effectue un reportage dans les glaces de l'île de Gottherdäl, sorte de Venise de l'extrême nord. Des aberrations architecturales, de bizarres rituels nocturnes, lui dévoilent peu à peu un sinistre secret. Elle finira par attendre, elle aussi, la Grande Punition qui vient par voie de mer. *Cat. 10.*

3. **Patricia Geary • Drôles de jouets**
Pet a 9 ans quand elle surprend les activités occultes de sa sœur aînée, contre lesquelles elle se met en devoir de protéger sa famille. Ses amulettes ne sauront toutefois éviter le tragique accident qui les attend. De la Californie du surf à la Louisiane du vaudou, le fascinant voyage d'une petite fille trop vite grandie.
Cat. 10.

4. **Scott Baker • Ombres portées**
Pour découvrir ce nouveau courant de littérature fantastique qui a pour ambition de désigner la réalité au lieu de lui tourner le dos, voici un éventail de talents déjà connus : (Jeter, Gibson, Swanwick, Shepard) et d'autres à découvrir. PRIX LOCUS pour *Tombent les anges* de Pat Cadigan (anthologie de 10 nouvelles). *Cat. 10.*

5. **Gene Wolfe • Il y a des portes**
Si la femme de votre vie vous quitte, OK, il y a de quoi flipper. Mais si vous partez à sa recherche dans des mondes parallèles alors qu'elle vous a prévenu, justement, qu'*il y a des portes* à ne pas franchir, vous étonnerez-vous de la retrouver tantôt déesse, tantôt starlette, et d'avoir toujours un hôpital psy sur votre route? *Cat. 10.*

6. **Lisa Tuttle • Le nid**
Un énorme nid au grenier, construit par qui? Pour qui? Un vieux coffre de bois qui attire mystérieusement bébé. Une maison colonisée par des insectes. Et un art exemplaire de l'ambiguïté dans l'exploration d'un fantastique dont les spectres se nomment culpabilité, solitude, poids de l'enfance. (13 nouvelles). *Cat. 9.*

7. **Robert Holdstock • La forêt des mythimages**
Suivi de *Lavondyss* nos 9 et 10
Le bois de Ryhope, ce vestige de la forêt primitive qui semble capable d'engendrer les héros « rêvés » par l'inconscient collectif, obsède les frères Huxley. Obsession que leur amour commun pour la belle Guiwenneth va transformer en mortelle rivalité. *Cat. 10.*

8. **K.W. Jeter • Terre des morts**
Cooper, placé en liberté surveillée chez un producteur agricole, vit toutes les humiliations de l'exploité. Fay, sa sœur de misère qui prétend pouvoir ranimer les morts, va le projeter dans un voyage au bout de la nuit pire que toutes les violences faites à la dignité humaine. *Cat. 10.*

9. **Robert Holdstock • Lavondyss 1 et 2**
10. Suite de *La forêt des mythimages* (n° 7)
Des années après la disparition de son frère dans le bois de Ryhope, la jeune Tallis se sent à son tour appelée par la forêt. Ses dons de sorcière lui font parfois entrevoir des êtres du passé, tel ce jeune chevalier qu'elle se jure d'arracher à son destin. *Cat. 10 et 10.*

11. **Richard Matheson • Otage de la nuit**
Un bord de mer désert, un chalet de vacances isolé et un couple en crise qui espère y retrouver l'harmonie Mais une beauté fatale hante les parages, sapant à chacune de ses apparitions les bonnes intentions du mari, tissant autour de lui un piège de délice et de feu dont il devient à chaque heure plus difficile de sortir *Cat. 9.*

12. **Pat Murphy • La cité des ombres**
Certains murmurent que l'archéologue Élisabeth Butler est un peu folle : on la voit souvent discutant seule au milieu des ruines. En fait, elle échange des civilités avec les ombres du passé, comme cette prêtresse maya qui sacrifia jadis sa fille à la déesse de la Lune et lui explique que l'heure est venue d'un nouveau sacrifice. *Cat. 12.*

13. **Gene Wolfe • Toutes les couleurs de l'enfer**
Par quel tour du destin ce jeune homme se retrouve t-il confronté à un personnage échappé de sa légende celtique? Quels tragiques événements se déroulent dans l'esprit et le corps de cette jeune fille qui se prétend « habitée »? Au charme de quelle créature succombe cet Américain en voyage d'étude en Grèce? (18 nouvelles). *Cat. 12.*

14. **K.W. Jeter • Drive-in**
Ce n'est pas drôle d'être petit, surtout avec une mère alcoolique, une sœur dont les copains passent leur temps à vous martyriser et personne à qui parler. Alors on se réfugie au fond de sa tête, et là, dans le noir, on voit des choses... comme l'homme sans visage qui rôde dans sa voiture noire et tue les méchants... *Cat. 12.*

15. **Jean-Marc Ligny • Yoro si**
Un jeune percussionniste débarque en Afrique pour y trouver instruments et professeur. Mais tout mélomane ne connaît pas forcément « la musique » et les propriétés magiques du balafon vont projeter le jeune homme au milieu d'une guerre de sorciers, dans un monde de passions dont il ignore toutes les lois *Cat. 9.*

16. Lisa Goldstein • Touristes
Un orientaliste s'installe avec sa famille dans la cité d'Amaz pour y étudier une ancienne épopée dont il a retrouvé le manuscrit. Mais Amaz, où s'interpénètrent la magie des Mille et Une Nuits et les conflits du Moyen-Orient contemporain, n'est pas de tout repos pour les « touristes ». *Cat. 12.*

17. Alain Dorémieux • Territoires de l'inquiétude 1 et 2
18. Les deux premiers volumes d'une série d'anthologies consacrée à la terreur et au fantastique contemporains. De la demi-teinte à la démesure, un train fantôme conduit par Stephen King, K.W. Jeter, Fritz Leiber, Richard Matheson et autres maîtres du genre (anthologies de 16 et 17 nouvelles). *Cat. 11 et 11.*

19. Pat Cadigan • L'épreuve du feu
Télé, vidéo, sexe, drogue et rock and roll, manie du jogging, conflits familiaux : autant de motifs de la société contemporaine dont Pat Cadigan, une des plus vigoureuses rénovatrices du fantastique et de la S.-F. modernes, active la dimension surnaturelle (12 nouvelles). *Cat. 12.*

20. Pierre Pelot • Une jeune fille au sourire fragile
Est-elle morte? Est-elle folle? Est-elle une autre? Kate Tolviac ne sait qu'une chose : elle n'aurait jamais dû répondre à l'offre de location d'Anne Bihrlinger. Mais y a-t-elle vraiment répondu? Un suspense et une ingéniosité dans l'art du récit qui font songer aux meilleurs Boileau-Narcejac. *Cat. 8.*

21. Anne Duguël • Le corridor
Où mène ce corridor dans lequel Barbara se trouve projetée chaque fois qu'elle fait l'amour avec son mari? Dans ses fantasmes? Dans le passé? Ou vers la folie? Par l'auteur de *Et rose elle a vécu* (coll. « Périphérique »), un roman digne de rivaliser avec la production des meilleurs spécialistes anglo-saxons du genre. *Cat. 3.*

22. Alain Dorémieux • Territoires de l'inquiétude 3
Quinze visages de la mort explorés par les grands

auteurs fantastiques modernes : Jack Dann, Lisa Goldstein, Charles L. Grant, Jean-Pierre Hubert, Joe Lansdale, Robert McCammon, Dan Simmons, Steve Rasnic Tem, Lisa Tuttle, etc. Une étude en noir en forme d'exorcisme (anthologie de 15 nouvelles). *Cat. 11.*

23. **Fritz Leiber • Notre-Dame des ténèbres**
Franz Westen, écrivain de S.-F., découvre l'existence d'une « entité paramentale », une de ces forces maléfiques qui, selon Thibaut de Castries, inspirateur de Clark Ashton Smith et peut-être de Lovecraft, seraient engendrées par les grandes villes. Un voyage palpitant dans les mythes de la littérature fantastique. *Cat. 8.*

24. **Alain Dorémieux • Territoires de l'inquiétude 4**
Cette fois, c'est au tour du bon vieux mythe des vampires d'être décortiqué : loin de la Transsylvanie, ils ont toujours bon croc bon œil et se cachent parmi nous, dans les salons de coiffure, dans les hôtels, sur les aires de repos des autoroutes et même dans les jardins d'enfants (anthologie de 16 nouvelles). *Cat. 11.*

25. **Lucius Shepard • Kalimantan**
L'ingestion d'une drogue locale transporte un fuyard replié dans la jungle de Bornéo dans un véritable Eden, un îlot de pureté qu'il aura tôt fait de polluer de sa volonté de puissance et ses valeurs occidentales. Une fable sur le colonialisme qui place Shepard aux côtés du Conrad de *Au cœur des ténèbres. Cat. 9.*

26. **Jean-Pierre Andrevon • Le reflux de la nuit**
« Et si *elle* revenait? » se demande Pierre, brisé par une cruelle disparition. Mais *s'ils* revenaient, les morts apporteraient-ils aux vivants qui les ont appelés la présence désirée ou seulement une terrifiante caricature? Et si, finalement, il était plus facile de les faire revenir que de s'en débarrasser *après? Cat. 8*

27. **Alain Dorémieux • Territoires de l'inquiétude 5**
Dérives au bout des mondes piégés où la trame du réel se disloque, voyages dans l'espace halluciné

caché de l'autre côté du miroir, seize récits de terreur signés Ray Bradbury, Jacques Barbéri, Ramsey Campbell, Philippe Curval, Jack Finney, Shirley Jackson, Richard Matheson et autres maîtres classiques et modernes du genre. *Cat. 8.*

28. **Robert Bloch • Frère de la chauve-souris**
Un apprenti vampire, un méchant petit démon qui se promène dans la tête des gens, un chat vindicatif... En douze nouvelles qui s'échelonnent sur près de quarante ans de carrière, un voyage au cœur des ténèbres dans le train fantôme d'un grand maître du fantastique et de la terreur modernes. *Cat. 9.*

29. **Serge Brussolo • La nuit du bombardier**
Exilé dans un étrange collège aux confins d'une lande désolée, près des décombres d'un ancien parc d'attractions, David, quatorze ans, découvre peu à peu la vérité à propos du bombardier fou qui s'écrasa une nuit de fête sur les manèges, peuplant la cité de vieillards infirmes et de souvenirs d'apocalypse. *Cat. 8.*

30. **Alain Dorémieux • Territoires de l'inquiétude 6**
Entrez dans les hantises au quotidien telles que les débusquent les maîtres américains du fantastique (Ray Bradbury, Fritz Leiber, Robert McCammon, Richard Matheson) et les plus talentueux des auteurs français du genre (J.-M. Ligny, Wildy Petoud, Daniel Walther) (16 nouvelles). *Cat. 12.*

31. **Lucius Shepard • Le bout du monde**
De rêve en rêve, un homme en dérive au Guatemala glisse dans une autre réalité. Effet d'une manipulation, d'un dérèglement mental ou de la vieille magie maya toujours agissante? La confirmation du talent visionnaire de Lucius Shepard (5 nouvelles). *Cat. 11.*

32. **Jean-Pierre Andrevon • Une mort bien ordinaire**
Dans l'ombre du parc, dans le reflet des vitres de l'immeuble d'en face, dans le regard de verre des animaux empaillés, méfiez-vous du moindre signe : un geste machinal, un pas de trop, et vous vous retrouvez

là où personne n'a envie d'aller, là où conduisent pourtant inéluctablement les vies les plus ordinaires.. (10 nouvelles) *Cat. 5.*

33. **Sheridan Le Fanu • Carmilla**
Laura s'ennuie un peu dans le château de son père, mais voici que surgit la pâle Carmilla, avec qui il lui semble être unie par des liens mystérieux... Un grand nom de la littérature irlandaise, un classique du fantastique « gothique » qui compte parmi les principales sources d'inspiration du fameux *Dracula* de Bram Stoker (4 nouvelles). *Cat. 1.*

34. **Alain Dorémieux • Territoire de l'inquiétude 7**
La ménagerie des monstres revisitée par les maîtres américains du fantastique et de la terreur (Charles Beaumont, Ray Bradbury, Dean R. Koontz, Suzy McKee Charnas, Lisa Tuttle, etc.) et les plus talentueux des auteurs français du genre (Jean-Pierre Andrevon, Richard Canal, Jean-Claude Dunyach, Raymond Milési) (15 nouvelles). *Cat. 8.*

35. **Jean-marc Ligny • La mort peut danser**
Irlande, 1181 : la prophétesse Forgaill meurt sur le bûcher, après avoir reçu l'initiation druidique... Irlande, 1981 : un couple de musiciens s'installe dans un manoir du XIIe siècle. Peu après, Alyz, la chanteuse, commence à s'exprimer dans une langue inconnue. Un hommage clair à Lisa Gerrard, la chanteuse du groupe Dead Can Dance. *Cat. 11.*

36. **Renato Pestriniero • Venezia**
Venise... Lieu géométrique de tous les clichés ou de tous les possibles? Pour qui aime les villes ayant la capacité de « faire penser de manière insolite », la faculté de « laisser filtrer l'étrangeté dans la réalité », la question ne se pose pas : Venise est un lieu magique qui propose des rencontres inattendues... (12 nouvelles).*Cat. 6.*

37. **Norman Spinrad • Vamps**
Et si, en plus du sang, le comte Vlad Dracul devenait accro à l'héroïne? Deux nouvelles et un court roman

où Norman Spinrad, qui s'aventure pour la première fois dans les eaux troubles du fantastique, reconsidère le vampirisme sous l'angle de la dépendance. L'effet est celui d'une bombe H. Comme Horreur et comme Humour. *Cat. 5.*

38. René Reouven • Les grandes profondeurs
Quel rapport entre William Crookes, le célèbre savant anglais, et Henry James, Oscar Wilde et Robert Louis Stevenson? Une époque sans doute, mais surtout un intérêt passionné pour les monstres tapis dans les grandes profondeurs de l'inconscient. Et peut-être une obscure participation à la naissance de Jack l'Éventreur... *Cat. 1.*

39. Anne Duguël • Le chien qui rit
Ce chien défiguré pour avoir mordu un fil électrique a attendri Marjorie, et le voilà adopté. Mais ce Quasimodo canin ne cache-t-il pas une autre monstruosité bien plus redoutable? Treize nouvelles-pièges où objets, lieux, animaux sont lourds d'un mystérieux passé, d'étranges pouvoirs ou de terribles malédictions. *Cat. 4.*

40. Lisa Tuttle • Gabriel
Le jeune mari de Dinah Whelan, Gabriel, s'est suicidé onze mois après leur mariage. Aussi, lorsque Ben, un gamin qui ressemble étrangement à Gabriel, se met à nourrir pour Dinah une passion qui se fait envahissante, dévorante, la jeune femme panique. Ben serait-il la réincarnation de Gabriel, qui avait juré à Dinah un amour plus fort que la mort? *Cat. 2.*

41. Lisa Tutte • Sur les ailes du cauchemar
Une femme jalouse entraîne sa rivale dans une mortelle chevauchée sur les ailes du cauchemar... Une autre collectionne ce que ses amants lui ont laissé d'eux-mêmes pour se construire un compagnon idéal... En treize nouvelles, un voyage à travers la femme, ses fantasmes, ses désirs, qui prend les allures d'une descente aux enfers. *Cat. 5*

Cet ouvrage a été composé par le Studio Denoël
et achevé d'imprimer
par la Société Nouvelle Firmin-Didot
Mesnil-sur-l'Estrée
pour le compte des Éditions Denoël
en mars 1998

Dépôt légal : mars 1998
N° d'édition : 9050 - N° d'impression : 41913
Imprimé en France